野山风

张茉儿 ◇ 著

台海出版社

图书在版编目（CIP）数据

野山风 / 张茉儿著. -- 北京 : 台海出版社,
2020.1
ISBN 978-7-5168-2552-5

Ⅰ.①野… Ⅱ.①张… Ⅲ.①故事—作品集—中国—
当代 Ⅳ.①I247.81

中国版本图书馆CIP数据核字(2019)第296675号

野山风

张茉儿　著

出 版 人	蔡　旭	
策　　划	王　彦	
责任编辑	员晓博	
装帧设计	北京天禾佳诚国际文化传媒有限公司	

出　　版　台海出版社
地　　址　北京市东城区景山东街20号
邮　　编　100009
电　　话　010-64041652（发行、邮购）
传　　真　010-84045799（总编室）
网　　址　www.taimeng.org.cn/thcbs/default.htrn
电子邮箱　thcbs@126.com

发　　行　全国各地新华书店
印　　刷　河北盛世彩捷印刷有限公司

开　　本　710毫米×1000毫米 1/16
字　　数　243千字
印　　张　16
版　　次　2020年1月第1版
印　　次　2020年1月第1次印刷

书　　号　ISBN 978-7-5168-2552-5
定　　价　49.00元

前　言

　　《野山风》这部小说时间跨度三十年，正是中国改革开放的时间段，这篇小说也是以改革开放三十多年农村发展为大背景，描写了农村发展的进程和面貌，也以此为根基，描写了八十年代的有志青年为改变家乡面貌，不懈的奋斗史和发展史，以及他们的婚姻状况，由于特殊的年代、特殊的原因，造就了他们婚姻的畸形发展，从而引发出的婚姻出轨、私奔、骗婚事件，描述了他们在爱、恨、情、仇面前扭曲、挣扎的变态心理。

　　小说整体恢弘大气，历史感浓厚，故事性很强，情节跌宕起伏，引人入胜。又通过细微处细腻、逼真的心理描写一层层展开人物命运。从而也演示了一个家族的命运走势，有很好的阅读性。里面贯穿着人物的生离死别、悲欢离合，读来令人荡气回肠、扼腕叹气。小说的主人公，他不是一个高大全的人物，可以说，是一个有严重瑕疵的人物，但我仍歌颂了他的一生，我这样写，是不想挥舞道德的大旗，站在道德的制高点上去评判任何人，只想描写人性，从内心深处揭示人性的弱点。毕竟我们都不是圣人，都是一些普通人。

2015 年 3 月 17 日

◇ 目录 ◇

野山风

在河北省中部，冀中平原西北部，盘卧着太行山东麓一段绵延的山脉，山不高而众，特殊的炭灰岩层结构，呈现一片荒山秃岭的地貌，又宛如一道屏风，遮住了来自西伯利亚大部分寒流。那里的乡民以大山为脊背，世代耕种劳作，民风淳朴、彪悍。2002年，一个叫"凤凰山"的山头，在当地乡民进行开凿时，突然间，一阵山摇地动，山体里发出山崩地裂的巨响，乡民们纷纷奔走相告，飞奔上山，并大呼："不得了啦，不得了啦，快去救人啊！凤凰山塌了，这是血光之灾啊！"

第一章 离家出走

20 世纪 80 年代中期，改革开放的春风吹过冀中平原这块天高厚土，大地刚从冬眠中醒来，一切还处于萌芽状态，只待雨露滋润，万物勃发。对于大山深处的人们来说，还徘徊在封闭落后的思想意识中，在大山遮蔽下，他们变得和山一样坚韧不拔，和石头一样顽固坚硬。生活上虽能达到衣能裹体、食能饱腹，但愚昧封建的思想依然盘踞在内心深处。俗话说："水往低处流，人往高处走。"能离开大山的，就像出笼的鸟儿一样纷纷飞出，而最容易飞出山里的是女孩子们，她们靠婚姻改变一辈子都窝在山里的命运。徒留下一群老少爷们儿成了孤家寡人。于是，不好找媳妇的男人，就会花钱托人从南方更加贫瘠之地"买"个媳妇，都说北方男多女少，而南方据说女多男少，根据交叉互补原则，就有了这种"南北配"的婚姻。尽管这种婚姻，带有买卖的性质，但都建立在双方"互利"的基础上，故而这种形式的婚姻还持续了一段时间。

小荷就是一位从南方来的待嫁新娘，还不满十七岁，按理说，尚未到结婚的法定年龄，但在某些偏远农村，父母之命、约定俗成就是规矩。摆过了酒席，拜过了天地、父母，就成了大家眼中的合法夫妻。

和小荷一同来的，还有莲子和顺英。莲子今年二十岁，长着一张甜甜的笑脸。顺英今年三十岁，高颧骨、大眼睛。

她们三个都来自云贵高原上的一个大山里，那里山高路险、沟壑纵横，四面群山阻隔。

小荷的家在大山脚下，在一间用木板搭建的破木屋里，小荷的母亲在灶膛里点燃一把油松，刚掰下的油松泛着潮气，小荷母亲低头用力地吹着灶膛中奄奄一息的火焰，屋里立刻烟雾弥漫，蜷缩在床上的几个孩子被呛得流着眼泪、

1

捂着口鼻，咳嗽着从床上滚下来想冲到屋外，才发现屋外已是细雨沥沥，几个孩子又缩回了屋内。

这时，"咣当"一声，一扇破木门猛地被推开了，一股冷风猛地灌进屋子里，几个孩子都打了个寒战，一个人晃晃悠悠趔着脚进了屋，他头发湿透，身上黏着泥浆，是小荷的父亲又在外喝得酩酊大醉，一路歪斜着回来了。几个孩子惊恐得睁大眼睛，选好家中角落尽可能地把自己隐身，小荷的父亲脚下一趔趄，抬起手指着小荷母亲喊道："你，你说，你把你儿子藏哪儿去了？快让他给我滚出来。"小荷母亲把最后一把油松送入灶膛，站起来想扶住站立不稳的男人。"你听我说，他不在家，出门办事去了。"小荷母亲一副低眉顺眼、委曲求全的样子。小荷父亲一甩胳膊，小荷母亲一个侧歪。"你少来这套，都是你，是你生了这么一个败家子儿，败我的门风，辱没祖宗啊。"小荷的父亲随手又抄起灶台上的一只碗，"啪"地摔在地上，几片碎片如弹雨般飞溅到四周墙上，躲在角落中的几个孩子把探出去的头在一瞬间都缩了回去，屏住了呼吸，生怕自己也像父亲手中碗的命运。小荷的父亲仍不能缓解气愤，嘴里不停地骂骂咧咧着，一边歪歪愣愣地斜躺在木板床上。一会儿，骂人的梦语渐渐消停了，呼噜声又开始此起彼伏，几个孩子这时弓着身子从角落里钻出来，小荷的母亲此时偷偷摸去眼泪，从地上捡起一块块破碎的碗片。

这样的情景在年幼的小荷心中，不止一次地深深烙刻着、涂抹着，成了她多年后挥之不掉的记忆。在这间破屋陋室里，父母连续生下他们姐弟七个孩子后，让本来就捉襟见肘的日子更加的雪上加霜。

小荷排行第四，上有两个姐姐、一个哥哥，下有两个妹妹、一个弟弟。在小荷的印象里，家里是缺少欢声笑语的，尤其哥哥变得越来越不务正业后，本来性格暴躁的父亲，喝醉酒的次数也越来越多，家中的空气仿佛凝固成用棍子一捅便会碎了的冰霜，父亲对哥哥的拳打脚踢、对母亲的咆哮都让几个孩子成了惊弓之鸟。

在家里的第二个男孩，也就是最小的孩子出生前，夹在前后五个女儿之中唯一的儿子，则是他们父亲所有的希望，父亲重男轻女，他剥夺了女儿们上学的权利，然后孤注一掷，把希望全部寄托在儿子身上，他让女儿们上山割草、下地干农活来供儿子上学。

兴许是上辈子与这个儿子冤孽太深，这个儿子三天打鱼，两天晒网，勉强上到初中后，再也不肯去上学，跟社会上一帮不三不四的人鬼混到了一起，之后，便把家里省吃俭用好不容易积攒下的一点钱，从父母藏的破鞋盒子里，偷偷翻出，拿到了赌场，之后便一发不可收。

再后来，输了钱也无法从家里拿到值钱的东西，跑到村里干起了偷鸡摸狗的勾当，父亲的暴躁由此点燃了火点。

他对儿子一次次的拳脚相加非但没有换来儿子的改邪归正，反而使儿子更加的有恃无恐，经常十天半月不回家。

小荷比哥哥小三岁，她目睹了哥哥是如何集父母宠爱于一身，也目睹了父亲在哥哥身上倾注的所有希望幻灭后，这个要靠塑料布才能遮风挡雨的破木屋，是如何抵挡住来自父亲的飓风暴雨。

在一个缺少关心和爱的家庭里，人人都把自己全副武装地保护起来，处在中间位置的小荷，既感受不到来自家人的关心爱护，也不像弟弟妹妹一样很会撒娇地讨得家人的一丝喜爱，她觉得自己在兄弟姐妹之中是可有可无的。

童年的小荷学习很好也很用功，她想让父亲看在她刻苦好学的份上，让她继续留在课堂里，不要重蹈两个姐姐的命运，可是小学没毕业，还是被父亲勒令退学了，从那天起，小荷便收起了灿烂的笑容，变得沉默寡言，父亲总是用眼斜视着她，他认为小荷的沉默是对他无言的抗议。

"快点，赔钱的东西，干点活儿也这样磨磨蹭蹭！"父亲对她叫嚷着。

插秧，收稻，干农活时，父亲说她干活不顶用，赶不上姐姐，回到家里又没有弟弟妹妹们嘴巴乖巧，小荷变成了一个不合群的孩子。

等长大了，一定要到一个很远很远的地方去，像鸟儿一样飞走，离开这里，小荷一个人待在角落里，在寂寞的时光里，她喜欢用心与自己交流。等小荷长到十几岁的时候，已经出落成大姑娘了，两个姐姐也相继出嫁，刚刚出生的小弟弟，给父亲又点燃了希望之火，父亲对小荷的态度忽然转变了，但小荷的性格一时很难改变，她想她现在终于长大了，可以带上简单的包裹，远走天涯了，走到哪儿，哪儿就是她的家。只要有人关心她、爱她，就足够了。

一次，小荷从河边洗完衣服回来，在半路，被同村一个男人拦住，小荷叫这个男人四叔，其实他们之间并不沾亲，叫四叔只是按乡亲辈分的叫法。

四叔背着手使劲打量着小荷，说道："小荷呀，想不想离开这里？跟着四叔去外面闯荡闯荡？"

"嗯。"小荷连连点头。

"那就好。"四叔还笑呵呵地告诉小荷，只要找个婆家嫁了，婆家就会给她一笔数目很大的彩礼，他会把彩礼中的大部分交给小荷的家人。小荷便爽快地答应了。

四叔又道："那你快点回家，收拾几件换洗衣服，马上跟我走。"

小荷本想问为什么这么着急，但一想起这个她早就不想待的家，又有什么可留恋的？她匆匆赶回家里，抓紧把刚洗过的衣服晾在凉绳上，又从柜子里翻了一通，实在没什么好收拾的，只捡了姐姐们穿剩的两件发白发旧的衣服和自己换洗的内衣，找了个包裹一包，扎紧，挎在臂弯里，走出了屋门。

家里人此时都不在，只有小弟在院中逗小鸡仔玩儿。

"刚刚，四姐出去办事儿，一会儿就回来，你看好家。"小荷对小弟说道。

刚刚撅着小屁股，歪过头来问道："四姐，你什么时候回来呀？"

"我一会儿就回来。"小荷答道，不知为什么鼻子有点儿发酸，有点儿想流泪，她忍了回去。她回头再看了一眼破旧的屋子，大步迈出了院门，她要逃离这个家。她不想再忍受父亲的暴躁和母亲的软弱，还有家人对她的无视。

等到在路口和四叔会面时，小荷才发现，四叔不止带她一个人，还有另外两个女孩子，经四叔介绍，小荷知道她们分别是莲子和顺英。

小荷、莲子和顺英被四叔赵庆带着，翻山越岭，徒步几十里走出重重大山。天黑时，来到县城内的一个长途客运站，四个人在一把长椅上一直挨到天亮，简单吃了点东西，搭上了一辆长途小客车，又在崎岖山路上经过一路颠簸后到达了省城火车站，四个人登上了北上的列车。

列车风驰电掣，越过莽莽苍苍的崇山峻岭，跨过无数座桥梁，钻过无数条隧道后，进入一马平川的大平原。一座座城市的居民楼群，片片的村庄聚集群从窗外晃过，在疾驶而过的土地上，生长着高粱、谷子、玉米……

一路辗转颠簸，几个人来到华北平原太行山东麓余脉上的一个山窝窝里，这个村因大多数都姓周，所以，村名为周家庄。她们来自南方的大山，又走进了北方的山区。

周家庄处于半土冈的位置上，村子四周是高高低低、大大小小的山岭，一走进村子，满眼都是石头垒砌的墙头，鸡站在墙头上鸣叫，狗沿着胡同口溜达。墙头外，街道的边缘，有的就是沟堑、山坡，村里没有一条像样的宽阔街道。

赵庆带着她们三个落脚在周家庄的一个朋友家里，当天，小荷就被周家庄的铁蛋儿一眼相中，铁蛋儿亲手交给赵庆一把皱皱巴巴、裹满了十元、五元、一元、五角的纸币，共计五千块，算是与小荷定亲的彩礼。

铁蛋儿大名周铁民，今年二十三岁，他的父亲周广顺是个老实巴交的庄户人，共育有一女两子，大女儿俊英已经出嫁，大儿子铁生是周家庄的村主任，并且已经娶妻生女，小儿子铁蛋儿也到了结婚抱孩子的年龄，可是到现在，连个提亲的影儿都没有，老汉周广顺明白，这不光有铁蛋儿自身的原因，也和他的老伴儿有一定的关系。

那还是几年前的一个秋天，他借了生产队里的一辆马车，带着老伴儿去她的二姨家，因为老伴儿的二姨家刚添了大胖孙子，大胖孙子到了满月，他们要去道喜，他们备了四样礼——红糖、挂面、鸡蛋和刚刚出锅的白面馒头，每个大馒头上还用蓖麻果蘸了红染料印上红色的小花瓣，装满了一个柳条编的大篮子，上面用一块大红布盖上。农村虽说不富裕，但这礼节是要讲究的，它直接关系到亲戚间走动的亲疏远近。

他们到二姨家道过喜、祝了贺，吃过了满月的酒席。在回家的路上，周广顺拽着马缰绳，驾着马车路过好大一片玉米地，密不透风的玉米地里，玉米秸秆伸展着一条条青绿叶子，顶着穗头盖过了人的头顶，玉米棒子正是灌浆的时候，吐着粉嫩的红须子歪愣愣的，就像是人腰间别了只手雷。

马车沿着曲曲折折的地垄穿行在玉米地里，除了头上一片骄阳似火的天空，前后左右都是青绿的玉米秸秆，周广顺坐在车辕上，他的视野也就在前后几米的范围之内，老伴儿坐在一尺多高的车帮上，脚下摆放着被折剩半空的柳条篮子，里面是几个压篮底儿的大白面馒头，按礼节这道喜的礼品是不能被倒

5

空的，几个大白面馒头上还盖着那块红艳艳的方布。

周广顺和老伴儿一边悠闲地搭着话，一边时不时抃一抃马缰绳，扬起马鞭，抽打一下停下来想偷吃玉米的两匹枣红马，当时他们怎么也不会想到，危险已经一步步逼近。

老伴儿坐在颠簸的车帮上说道："我说你呀，脾气得改改吧，咱们铁蛋儿胆小，你老这样大呼小叫的，铁蛋儿就更胆小了。"周广顺答道："嗨，咱自个儿的孩子我还能不知道吗？可我一见他那个窝囊熊样，就气不打一处来，你说他从小就这样窝窝囊囊，长大能有什么出息？"

"他怎么窝囊了？他现在还小，等他长大了就好了。"老伴儿紧跟着辩解道。周广顺一抃马缰绳："驾！"马车拐过了一个弯道，周广顺回头又对老伴儿说道，"我也这样想啊，再过两年，等铁蛋儿再长大一点儿，兴许就跟咱铁生一样了。"老伴儿随口答道："谁说不是啊？你总认为咱铁蛋儿窝囊，那只是被咱铁生比的，如果不是被咱铁生比着，他也不会显得那么窝囊。"

周广顺刚要接过来答话，忽然感觉身后传来一阵杂乱的声音。凭经验，他感觉应是惊慌中的牲畜。他赶紧用鞭子朝着马头连抽了两下，试图把马车赶到一侧，避开惊慌奔跑中的牲畜，还没等马车靠边儿，身后便传来老伴儿的惊呼："哦，哦，哦……啊！"

周广顺一时方寸大乱，他猛地回头，只见一头愤怒的大黑牛不知从哪里蹿了出来，四只蹄子抬得老高，凌乱而又疯狂，仿佛要踏碎一切。它的两只眼睛通红，两只弯曲的牛角带着一股瘆人的恐怖。

大黑牛眨眼已经奔跑到车后，瞪着两只愤怒的大牛眼，直冲车子过来，周广顺连忙拉了刹车，跳下马车反身跑到车后，大黑牛此刻正用两只瘆人的牛角朝着柳条篮子顶去，牛角穿过柳条篮子又向车帮上的老伴儿撞去，因为篮子被惊慌中的老伴儿抱在了怀里。在惊慌中她还在想着：篮子里这几个雪白雪白的大白面馒头，可是三个孩子一年中少有的美食啊，它们可不能被这牲畜给糟蹋了。

周广顺忙挥起马鞭向大黑牛连抽几鞭子，可是马鞭对于疯狂的大黑牛来说如同抓痒，对它丝毫产生不了威胁，说时迟，那时快，没容周广顺再靠近，大黑牛已经掀翻了篮子，撞上了老伴儿，老伴儿一下子从车帮上跌落下来，篮子滚落在地，几个雪白的馒头从篮子里滚出来，骨碌了好远。那方红布也从篮子上飘出，挂在一个玉米棒子上，大黑牛又向挂了红布的玉米撞去，一片玉米秸秆瞬间"噼噼、啪啪"被折断，红布被挑落在地，大黑牛用蹄子在一片倒卧的玉米秸秆和红布上"哒、哒"地来回刨了几脚，地上顿时一片狼藉，大黑牛发泄完了，一仰脖子，"哞、哞"地叫了两声，甩了两下尾巴，带着胜利的狂喜，四蹄乱踏地跑远了。

周广顺扔下鞭子来到老伴儿身旁，老伴儿躺在地上，双眼紧闭，额上拳头大的一片乌青，周广顺蹲下身子抱起老伴儿："铁生他娘，铁生他娘"，周广顺连呼几声，老伴儿一动不动。

"铁生他娘啊，你醒醒啊。"周广顺带着哭腔喊道。这时，一个人慌慌张张地奔跑过来，是本村第二生产队的马车车夫周大水，他手里提着一截木棍，满头大汗。周大水抹了一把额上的汗，低头看看周广顺和他的老伴儿，结结巴巴地问道："广顺叔，你们这是咋的了？"见周广顺没有回答他的问话，周大水又结结巴巴地问道，"广顺叔，你刚才看见了……一头大黑牛从这儿跑过去没有？"

正处于悲伤之中的周广顺，听到"大黑牛"三个字，立马抬头看着周大水："那头大黑牛是你的呀？你看看它把你婶子撞得，你怎么不看住它呢？"说着周广顺一把扽住周大水的胳膊，生怕他跑了似的。周大水结巴着说道："这……这头……牛是队里刚买来的，我准备给它套上缰绳，让它给队里拉车化肥回来，可是这头牛却给我耍性子，还用蹄子踹了我一个跟头，我就用一个大棒子教训了它一顿，没想到这头牛那么大的力气，硬是拽断了绳索从牲口棚里跑了出来，开始我还随着它跑了一段路，之后就再也撵不上它了。"

周广顺瞪着眼睛吼道："我不听你那么多的废话，你看看你婶子这样了，你说怎么办吧？"说完周广顺抹了把眼泪。周大水弯着腰，眼圈红红的："叔呀，你看看我周大水，有啥值钱的？除了一间泥坯房，就只有我这条光棍儿啦，我可以带着婶子去看病，可是你要让我掏钱，我真掏不出一个子儿啊。"说着周大水低头看着躺在地上的周广顺老伴儿，"广顺婶子，你醒醒啊。"周大水边说边用胳膊抹开了眼泪。

"哎。"突然地上传来一声呻吟,周广顺老伴儿一下子睁开了眼睛,翻身从地上坐了起来,抬头看看周广顺:"铁生他爹,你扶着我坐起来。"

"哎。"周广顺一下子破涕为笑,忙伸手扶住老伴儿。周大水兴奋地一下子从地上站起来,说:"婶子,你站起来,试试走两步。"周广顺扶起老伴儿试着走了几步,周大水一拍巴掌,"嘿,没毛病,什么毛病都没有。"说着,周大水走过去,搀扶住周广顺老伴儿,"广顺叔,广顺婶子,你们上车,我这就驾车带你们回去。"

周广顺带着老伴儿回家后,往老伴儿额头上敷了一把草木灰,算是起到一些活血化瘀的疗效,见老伴儿能说能动,便以为没事。然而令周广顺万万没有想到的是,从那之后,老伴儿却像变了一个人似的,每天就像失了魂,稍留神就不见了人影,村里人都帮忙去找。有一次,十天半月也没找到,就在全家急得焦头烂额的时候,一个队的社员在收获一人多高的玉米庄稼时,发现了一个蓬头垢面、衣衫褴褛的妇人。

妇人正坐在玉米地里,在一片倒卧的玉米秸秆上,啃着一只玉米棒子,看样子睡在玉米地里已经有些时日,活脱脱一个白毛女。再一细看,这不是寻找多日的周广顺的老伴儿吗?社员们连忙通知了周广顺,周广顺把老伴儿从玉米地里带回了家。看着老伴儿一脸的痴呆模样,终于不得不承认,老伴儿疯了。

周广顺实在想不明白老伴儿怎么就变成了这个样子,想来想去,他想到了老伴儿被牛踢的那回事。其实,老伴儿在醒过来时,眼神就已经变了,只是当时他只顾及老伴儿能不能醒过来,根本没有留意老伴儿的精神状态。那头牛是第二生产队刚买来的牲口,队长听说此事后,让人宰了大黑牛为民除害,又买了两瓶二锅头,两条"大前门",还有一兜新鲜猪肉,带着车夫周大水,来到周广顺家里,登门道歉,张嘴一个叔,闭嘴一个叔,拍着胸脯说:"以后有什么用到我们的地方,只要叔你一张嘴,我们一个磕巴不打就先紧着你的事去办,如果我们说话不算数,就遭天打五雷轰,不得好死。"憨厚朴实的周广顺看到人家一副诚恳无辜的样子,再也说不出别的话来了,也再没有找过他们。可周家也从此再没有了平静的日子。老伴儿整天两眼呆滞，嘴里嘟嘟囔囔，什么玉皇大帝、王母娘娘要来显灵啦，要大家赶紧跪拜，一会儿又说要打仗了，要大家赶紧逃吧，等别人稍不留神，又不知了去向。经常急得几个孩子跑遍方圆几个村子，在成片的庄稼地里找。

周广顺借了钱带着老伴儿到省城的各大医院去看病，并不见成效。后来听说这种病需慢慢调养，适合中医治疗，就到乡里的老中医那里坚持着把脉针灸，慢慢调理。

老汉周广顺经常蹲在自家的门前，用手卷着自制烟卷儿，点上火，不声不响地抽上几口，在烟雾缭绕中，他遗憾这么多年，老伴儿的病折腾得这个家风雨飘摇，几个孩子失去了太多的关爱。尤其对大儿子铁生，他这个做父亲的，是有愧疚的。

在老伴儿得病前，家里是祥和平静的，大女儿俊英虽然到了初中就不再念书，但在家里、地里都是一把干活儿的好手，大儿子铁生，学习优秀，生得龙眉虎目、相貌堂堂，一直到高中毕业都是班干部。听铁生的同学讲，铁生在班上没少收到女同学的小纸条。有一个叫娟娟的邻村女同学，生得眉清目秀，就不止一次来过家里，看样子是非常喜欢铁生的。可自打老伴儿得病后，几个孩子都受到了打击，铁生的学习一路下滑，曾经被寄予厚望的铁生，在高考中名落孙山，落榜的铁生心灰意冷，整日愁眉不展。正被老伴儿折腾得筋疲力尽的周广顺，便让铁生每个星期都用自行车驮着他母亲到乡里的中医诊所看病，一来可以分担自己的负担，二来也让铁生分散一下烦躁的情绪。而同时高考落榜的邻村女孩儿娟娟，仍然会时不时地来找铁生，两个惺惺相惜的孩子更加如胶似漆，谁都认为铁生和娟娟以后会是一对。

可谁也没有想到，命运的轨迹就在这有意无意中悄悄发生着变化。开中医诊所的陈老中医，有两个女儿，红云和红玉，大女儿红云长得憨厚、朴实，高中毕业后就一直帮父亲打理着药房，铁生每次带着母亲到陈中医那里把过脉后，就拿着方子到药房抓药。药房是半间昏暗的屋子，一进门，一股浓重的中草药味儿扑面而来，就见一个拖着两条粗黑大辫子的姑娘，站在柜台里，在一排排密密麻麻的小格药箱前拉来拉去，提着小巧的杆秤称着各种中草药，有时也能看到她给病人打针输液。铁生每次去话都不多，抓了药就走。后来铁生得知，这就是陈中医的大女儿红云。铁生觉得红云为人诚恳、和善，其他的并没在意。

有一次陈中医给铁生母亲把过脉后，忽然抬头端详着铁生问道："小伙子，今年多大了？""十八。"铁生随口应道。"啊，好年纪啊，和我们红云一般大，今年定亲了没有啊？"陈中医一脸的慈祥。铁生犹豫着不知怎样回答才好，可一想，人家就是随便一问也不当真："没，没定亲呢。""那好啊。"陈中医笑容可掬，脸上的皱纹都绽放出了花朵。

没过多久，有人来给铁生提亲了，女方就是陈中医的大女儿红云，闻听给铁生介绍的对象是陈中医的女儿红云，周广顺喜出望外。这是打着灯笼都找不到的好事啊！无论是家庭条件、社会地位，陈中医一家在全乡都是响当当、屈指可数的。铁生哪辈子修来的福啊？而介绍人还说了，铁生和红云定亲后，以前铁生母亲看病欠下的医药费，陈家都给免了。这么天大的好事，还犹豫什么？周广顺老汉当机立断，就这么定了。他没等铁生回家和他再商量一下，就迫不及待地让介绍人带着满意的答复回话去了。

铁生满头大汗地从生产队里分了一推车红薯回来，拿着一把大舀子从水缸里舀了一瓢水，正仰头喝水，父亲在一旁激动地把喜讯告诉他时，铁生被这突来的"喜讯"给呛住了。弯着腰剧烈地咳着，眼泪、鼻涕和刚刚喝进嘴的水，又被咳出后混合着挂了一脸，喷溅了一地，他把舀子奋力地摔向水缸，随着"咚"的一声响，水缸里溅起了巨大水花，溅了父亲一身，眉飞色舞的周广顺顿时变成了木鸡。

之后几天，铁生不吃不喝，蒙头大睡，其间周广顺几次恭敬地站在炕边，小心翼翼地讲述娶了红云的种种好处。例如，陈家不但可以免去以前欠下的医药费，还可以继续免费给铁生的母亲看病，这可以很大地缓解家庭负担。而且红云有个当医生的父亲，自然也是半个医生，可以看个头疼脑热的小病。这都是娶别的女孩儿没法儿比的。

铁生和红云定亲的事很快便在周家庄传开了，乡亲们便到周家道喜，老汉周广顺却皱着眉头，扭脸朝着铁生的屋子咧咧嘴："嗨，那小兔崽子，还惦记着娟娟那姑娘呢。"

铁生定亲的事也很快被娟娟知道了。娟娟气冲冲地到了周家，直奔铁生的屋子，铁生母亲也感觉到了情况不妙，怯怯地站在铁生的屋门口就是不肯让开，平素温柔的娟娟一把推开铁生母亲，撩门帘进到铁生屋里，对着蒙着被子的铁生喊道："周铁生，你是不是和别人定亲了？我要你亲口告诉我，这是不是真的？"

娟娟喊了几遍，铁生都没有反应，娟娟伸手便去掀被角。被子却忽然掀开了，露出铁生双眼红肿、消瘦的脸："对，我已经和别人定亲了，你走吧，我就要结婚了，咱们俩分手吧。"铁生从被子里翻身坐起来，对着站着的娟娟喊道，"你恨我吧，娟娟，是我对不住你，我就是一个混蛋！"

铁生的高声喊叫，被刚刚走到外屋的周广顺听到了。他原以为，铁生既然以这种绝食的方式来对抗他，他和铁生之间一定还会有一场艰难持久的斗争，这场斗争的胜负，他没有太大把握。他还筹划着下一步规劝儿子的办法。没想到，儿子已经想通了。他心里却没有了如愿以偿的兴奋，而是愧疚，心里一股隐隐的酸痛。听到铁生绝情的喊声，娟娟哭着跑了出去。

深秋的风，烈烈地吹过山冈，一圈圈的旋风卷着黄土在山脚下打着转转。黑褐色的山，横亘在周家庄去往外界的路上，一条绵延的山路，盘旋着通向山顶，山顶上灰色的天空中，一群大雁排成人字很快消失在山顶。

在山脚下的一个土冈上，铁生和娟娟四目相对，娟娟告诉铁生，她要走了，就要去南方找她表姐，她表姐早就写信让她过去，她只是一直恋着铁生舍不得走，现在，铁生已经抛下她和别人定了亲，她已经没有牵挂了，明天就要离开。铁生想像往常一样伸手帮娟娟捋一下额前被风吹乱的头发，被娟娟伸手拦住了："不用了，不要再让我产生幻觉了。"铁生苦笑着："我辜负了你，娟娟，你对我的好，我这一生都没法儿回报，只希望你今生幸福。"

"会的，我会幸福的，也祝你幸福。"娟娟转身走了，在转身的一霎，铁生看到了娟娟两行滚落的泪水。

夕阳落山了，山顶一片火烧云，这时风更大了，吹得铁生的脸生疼，就像

11

被人抽着耳光，铁生迎着风往回走，他希望风大些，再大些，就替娟娟来抽打自己吧。

这之后没多久，铁生和红云就结婚了，知道周家的情况，红云什么彩礼都没要，而自己却陪嫁来不少物品。应红云的要求，红云父亲送了女儿一辆永久牌自行车和一对大衣橱，婚礼也一切从简。婚后，红云对公婆温顺孝敬，对铁生百依百顺、关心体贴。对小叔子铁蛋儿也是关心有加。应该说，做媳妇能做到这个份上，应该没得挑，可在老汉周广顺看来，他总觉得铁生的眼神里没有看娟娟时的那份柔情，甚至有种冷淡，他觉得这对红云不公，这桩婚事是他强拧成的，他只希望这是他疑虑太多的缘故。

第二章　洞房

　　周广顺的家坐落在一个山脚下，自铁生结婚后，三间平房住五口人就显得拥挤，何况小儿子铁蛋儿也到了结婚年龄。于是父子三人在农闲时，发扬愚公移山的精神，在自家屋后已经清理出的一片空地上，用铁锨、铁镐继续开垦，整出一块宅基地大的面积，新建了三间大瓦房，让铁生夫妇搬了过去。开始，铁生夫妇执意不肯，红云对公公周广顺说道："我们已经结婚了，新房就让还没结婚的铁蛋儿住吧，现在，哪家姑娘没有三间大瓦房会进家门？"

　　周广顺老汉一拍桌子："新房我说了算，就给你们住了，没有你们陈家这样接济着，我们周家现在还不知背多少饥荒，别家的新媳妇都有新房住，你陈红云凭什么就没有新房住？铁蛋儿的婚事我自有办法。"

　　20 世纪 80 年代中期，这里的农村还没有实行村民选举。铁生的高中学历在村里也算是个识文断字的人，在村里混迹几年之后，当村主任退休时，推荐铁生为自己的接班人，报到乡里，乡里很快就批下来了。铁生当村主任后的头件事，便是在山坡地里带着乡亲们栽上了耐旱的花椒树、柿子树、梨树。由于山里缺水，乡亲们吃水都要到几里之外的村下游，到一口深井里去打水，然后再一桶桶地往家里担，很不方便。于是，铁生到乡里联系上了钻井队，在村中央的大队部开挖了一眼机井，修建了水塔。由于几乎整个村庄都在山冈，高高低低没办法安装水管，又经常停电，铁生就让每户人家在自家院中都开挖一口蓄水池，四周抹上沙子和洋灰搅拌的混凝土。抽水机抽水后存入水塔备用，村民们把水挑回家倒入蓄水池，就这样，吃水比以前方便多了。经过这两件事，铁生在村里的威信树起来了，村民们评价铁生年轻有为，用乡政府领导的话说，是后生可畏。

　　几年后，铁生和红云的孩子出世了，这也终于了却了老汉周广顺的一桩心事，眼看铁生和红云结婚头几年都不见孩子出生，他心里那个急啊，但他一个老公公又不便说什么，铁生也是堂堂的村主任，他再也不能像以前那样朝他大呼小叫了。现在他看见了孙女出世，总算打消了顾虑，一块石头落了地。而更让他欣慰的是，老伴儿坚持了几年针灸治疗后，身体情况也有所好转，在一次摔倒在台阶上醒来后，忽然脑子像开了窍，不但能和周广顺有正常的语言交流，还能做点简单的家务事。尽管时不时还有点发呆，但对周家来说，这么多年的风风雨雨终于见到了阳光。

现在，铁蛋儿结婚的问题被提上了日程，说起铁蛋儿来，就让周广顺皱眉，要说他的大女儿、大儿子都是人中龙凤，聪明能干。可唯独他的小儿子铁蛋儿，天生木讷，见人也不爱说话，人们都说他母亲精神出了问题，也遗传给了铁蛋儿。其实周广顺知道，铁蛋儿本来就胆小，不爱说话，自打他母亲病了以后，更被他母亲发病时的样子吓到了，一直生活在恐惧之中。别人说话时，他只顾低着头，现在，铁蛋儿都二十三岁了，可是连个提亲的影儿都没有。考虑到弟弟铁蛋儿娶媳妇的困难，铁生夫妇才执意让铁蛋儿住新房，但被做父亲的周广顺否决了。周广顺有他的打算。铁生、铁蛋儿都是他的儿子，手心、手背都是肉，咬咬哪儿都疼，他不想亏负哪个孩子，铁生为家里付出的太多了，他不想再亏负铁生，更不想亏负红云。现在很多人家花钱娶个南方媳妇，他也打算给铁蛋儿找个南方姑娘，虽然南方姑娘都要一些彩礼钱，但这也省去了再给新媳妇盖新房的资金和麻烦。因为她们收了彩礼后，也就没有了选择的余地，只有被别人挑选。而对男方来说，还有个好处，就是省去了再置办什么录音机、大衣橱、缝纫机、自行车四大件的费用，这几件大儿子铁生也没给置办，而红云的娘家反而陪嫁来不少物品。

一个艳阳高照的早晨，小荷走进了铁蛋儿家，周广顺一家人早就站在院中，翘首企盼着新人的到来，这是一排三间旧房，青色的洋灰屋墙有的墙皮已经剥落，旁边开了一个后门，通向后院，房子的一侧又接了一间小平房，专门放置粮食、农具之类的物品，屋檐下，挂了锄头、铁耙。窗台上，摆着一排带着秸秆的高粱穗儿，院落的一角，一个用高粱秸秆捆扎的环形粮食墩子，里面堆了玉米棒子。墙根儿的位置，两只猪仔在猪圈里正哼哼着拱着猪槽。猪栏外，两棵大槐树伸展着浓密的枝叶，给小院投下一片树荫。

院墙是用青石垒砌而成，靠墙搭着成捆的玉米秫秸。小院四四方方，打扫得干净整洁，似乎是在欢迎它的新主人。从踏进院子的第一步，北方小院特有的质朴就给小荷带来一种新奇感，小荷有一种踏实安全的感觉。

小荷被主人热情地让到屋里，一进门是左右两个大灶台，一侧的灶台旁是拉火的风箱，迎面靠墙是一张半旧八仙桌，两侧各摆着一把椅子，散发出一股陈旧的木头味儿，上方墙上贴着老虎上山的旧年画。撩帘进到里屋，一张土炕占据了半间屋子，炕上摆放着一张吃饭的小方桌，桌上摆着茶壶、茶碗。

小荷和铁蛋儿被安排一起，并排坐在一条长板凳上。一个红红脸膛的女人，脸上堆满了喜气，张罗着众人坐下后，递给小荷一杯茶水，脚边跟了一个两岁多的女娃，女人手搭着小荷的肩膀，亲切地问道："妹子，你叫什么名字？"

"我叫小荷。"小荷抬起脸答道。

"小荷呀，我是你嫂子，以后我们就是一家人了。"女人笑眯眯地说着，随手抱起了脚边揽着腿的女娃，扭头对怀里的女娃说道，"妞妞，你看，小婶婶多好看啊，是不是啊？"

屋里靠门口还挤着来看新媳妇的几名妇女和小孩子。一名脸上飞着雀斑，涂了厚厚一层雪花膏的女人随口应道："是啊，铁蛋儿，你真有福，娶了这么个水灵媳妇，这脸蛋儿嫩得一掐一股水儿。"

铁蛋儿低头憨憨地笑着。铁蛋儿嫂子红云放下怀里的孩子，走过去递给搭话的女人一杯茶水，扭头对小荷说道："小荷，这是咱邻家翠芝嫂子。"又用手拍了一下铁蛋儿，对着铁蛋儿和小荷说道，"对翠芝嫂子，你们俩可要嘴巴甜点儿，不然，你们结婚那天，翠芝嫂子会让你们好受的。"说着红云用眼瞥了翠芝一眼。

翠芝从桌子上抄了把瓜子，用手指捏出一颗放进嘴里，上下牙一嗑，一对小翅膀似的瓜子皮顿时从两片薄嘴片里飞出："哎呀呀，我说红云呀，这就是你的不对啊，你看人家这外乡外省的小闺女，我跟人家闹个啥？"又说道，"你看我这铁蛋儿兄弟，这么个老实孩子，我捉弄人家做什么？"说着，一边嗑着瓜子，一边飞了红云一个搞怪的坏眼，对铁蛋儿说道，"铁蛋儿，别听你嫂子瞎说。"

红云立刻脸一红，别过脸去忙给盘腿坐在炕上的公公周广顺和带小荷来的赵庆的茶杯中续了茶水。

周广顺和赵庆正在谈论他们印象中的南方和北方的差别，谈得还相当投缘，也不理会这一大屋子人叽叽喳喳的说笑。

小荷用眼角余光偷偷打量着身边的铁蛋儿，二十出头的样子，身材高高瘦瘦，有点驼背，粗眉大眼，说话时露出一颗龅呲的门牙。铁蛋儿只顾和别人憨憨地搭讪，眼睛却不敢朝向这边，偶尔瞥过一眼，又做贼似的慌忙收回。对于这个男人，此时的小荷说不上有什么感觉，她只顾低头看着自己的两个脚尖儿，此时却想念起家里人来了：父母他们找不到自己会着急吗？父亲会和母亲发脾气吗？还有小弟刚刚，他会想念自己这个四姐吗？

还在几年前，由于父母偏心，总让小荷对小弟看不顺眼，可是在这几年里，小荷越来越喜欢小弟刚刚，在她临出门时，她还骗刚刚，让他在家里等着自己。可现在，自己却到了遥远的河北，小弟看不到自己会哭吗？这样正想着时，撩帘进来一个男子，二十五六岁的样子，中等个、四方脸，眉眼间和铁蛋儿有几分相似，却比铁蛋儿多了几分精明干练，一进门眼睛如同矍铄的电光般扫视了一遍众人，和小荷的目光相对时，小荷不知为什么心里震了一下。这时只听翠芝喊道："哎呀，我说铁生大兄弟啊，你回来了？"说着便凑了过去。

男子也不理会翠芝，径直走到红云跟前，对红云说道："今天大队里有点事，刚忙活完就赶紧回来了。"又对着满屋里的众人说道，"今天铁蛋儿相亲，是大喜事，来、来、来，大家吃块喜糖。"说着把手里拎着的一个纸包递给红云，红云接过来打开纸包，拿出里边花花绿绿的糖块，分发给看媳妇的众人。最后，又挑出一块软糖剥去糖纸，把糖块放到翠芝嘴边，说道："翠芝嫂子，你吃块喜糖，来堵堵你的嘴。"

翠芝含了糖块，翻了一个白眼，"哼"了一声，扭着胯走了。小荷想，进来的这个人一定是铁蛋儿的大哥了。

　　铁蛋儿的婚礼如期举行，洞房是俊英和红云帮忙布置的，她们从乡里的百货商店买来花红柳绿的几床被面、褥面，赶制了几床被褥，花花绿绿的在炕头儿一摆，再把屋子上上下下打扫布置，门口再贴上大红的"囍"字，窗户上重新糊了一层窗纸，上面贴了鸳鸯戏水的剪纸画。此时的周家，呈现出一片喜气洋洋、热闹祥和的气氛。

　　小院收拾得干干净净，中央摆设了十几张喜桌。帮忙跑腿儿的一帮人一趟趟往酒桌上摆菜拼盘，院落的墙角临时搭建了几个灶台，请来的几个当地厨师，正忙活着在一个大案子上切了肉、宰了鸡，和一堆青菜变成一桌桌的酒席菜盘。周广顺和老伴儿换上了只有过年时才穿的一身衣服。周广顺是中式蓝布盘扣对襟大褂，老伴儿则是蓝布掩襟褂子，老两口正襟稳坐在酒席桌的主席台位置，笑容满面地接受着各方宾客的道贺。铁生和红云应是最忙碌的人，他们一面迎接来吃喜酒的各路亲戚，一面忙里忙外地招待已经入座的各桌宾客。

　　一通鞭炮齐鸣之后，铁蛋儿挽着小荷在众人的翘首企盼中出现了。新郎铁蛋儿，穿着一身深蓝色中式制服，胸前别着一朵新郎的小红花，人显得精神了许多。小荷穿着一条蓝色卡其布裤子，着一件红底碎花撇领上衣，配上小巧玲珑的身材、两条乌黑的辫子、一对清澈的眸子，更衬托出晶莹润白的脸颊。把铁蛋儿心痒痒得像是揣着一窝小兔子，不停地怦怦乱跳。在管事的唱和下，小荷和铁蛋儿拜过天地，又拜过了父母，接下来的环节是大嫂红云带着铁蛋儿和小荷在酒席宴上指认亲属，舅舅、姨、姑姑等一一叫过之后，作为见面礼，舅舅、姨、姑姑们便往红云手里的托盘中放入五元、十元不等的礼钱。

　　忙完了一系列的婚礼仪式，回到洞房中的小荷，坐在铺着百鸟朝凤床单的炕沿上，两条乌黑的辫子自然搭在肩上，一双明亮的眸子低垂，低头摆弄着一条小手帕。

　　铁蛋儿满脸通红，脸颊发烧，脚步多少有点踉跄，因为给亲戚宾客们敬酒而他自己也喝了很多，借着酒劲儿撩开蓝底大红牡丹的门帘，痴痴地看着明灿灿的洞房和光鲜的新娘，就好像见到了瑶池里的九天仙女，感觉自己走错了地方，迟迟不敢走进洞房，忽的被一伙人一把推了进去。随后，闹洞房的人便挤满了屋子，人们起着哄地一声接一声"亲一个，亲一个"地欢叫着，小荷和铁蛋儿便成了人们手中把持的木偶,他们俩第一次有了脸贴脸、嘴挨嘴的亲近,两个人的脸羞得通红。

直到傍晚时分,吃酒的亲戚宾客们才陆陆续续地走净,帮忙的本家兄弟们腿脚利索地收拾完满院的杯盘、桌椅,喧嚣了一天的小院终于清静下来。

洞房花烛夜,两只红蜡烛静静地投射出昏黄的光晕,投射到小荷的脸上,忽明忽暗地在小荷的脸上跳跃着,忙碌了一天的家人也都累了,拖着疲惫的身子也都各自回房中歇息去了。

小荷一动不动地坐在炕沿上,惴惴不安地等待着那一时刻的来临。对于那一刻,她似乎知道要发生什么,又什么也不知道。

铁蛋儿小心地移过脚步和小荷并排坐在炕沿上,拘谨得有点手足无措,两只手相互搓着,好像有搓不完的泥卷儿,他的呼吸也变得粗重而急剧,小荷似乎听到了铁蛋儿心脏的搏动声,她紧张地等待着暴风骤雨的来临,她不知道她该怎样做,在那个封建保守的年代,母亲还没来得及告诉她此刻该怎样做,她只能靠自身本能的反应,一个有着生命物体本能的反应。

铁蛋儿始终不知该怎样开口,两个人就这样僵持着,尴尬地坐着。终于,小荷的警觉力在困乏面前败下阵来,眼皮止不住地打架,便和衣躺在花红柳绿的一床锦簇中睡着了。不知过了多久,迷迷糊糊中,感觉有只手在颤巍巍地剥去她的衣服,她本能地护住了自己的身体,那只手还在悄悄地用力,小荷暗暗地使劲,拒绝着那只手的侵扰。就这样几番挣扎之后,那只手缩了回去,没了动静,一切又归为沉寂。许久,屋外传来一声盆子落地的响声,不知是猫踩翻了盆子,还是听房人不小心撞翻。小荷一下子清醒了许多,她想这不是她的大婚之夜吗?旁边躺着的不就是她的男人吗?虽然她对这个男人毫无感觉,但既然是她的男人就不该拒绝他。她感觉中女人就应该是这样的。当颤抖的手再次摸向她身体的时候,她终于不再拒绝了。之后,一个笨拙的身影倏地压了下来。

早晨起来,一家人正围着八仙桌吃着早饭,翠芝涂抹着一张压盖着蝴蝶斑的大白脸又过来串门,她斜靠在屋子门框上,双臂环抱在胸前,斜着眼问道:"铁蛋儿呀,昨晚过得咋样啊?"铁蛋儿和小荷连忙低下头。翠芝又笑道:"铁蛋儿,咱也是堂堂的一大老爷们儿,做事可不能缩手缩脚啊。"小荷忽然想起昨晚院外盆子落地的声音，心里便明白了八九成，一时羞成了大红脸。

红云在旁边看着铁蛋儿和小荷都是一脸的通红，再看看翠芝，一副话里话外的得意洋洋，便说道："翠芝嫂子，昨晚你又去闹洞房了？"翠芝答道："人家这一对老老实实的小两口，我可不给人家闹去，我怕吓着人家，我只是在关键时刻提了个醒。"

红云便笑道："你这爱听窗根儿的老毛病，什么时候才能改改啊？"翠芝眼皮一翻，说道："改？改什么改？你问问铁蛋儿，他是不是应该谢我才对。"她这么一说，铁蛋儿的脸窘得更红了。

铁蛋儿结婚后，铁生夫妇照例来前院一家人一起吃饭，铁生母亲许是心情高兴，她的病也好多了，红云做饭时，可以帮着打个下手，小荷在院中照看着侄女妞妞。铁生每天照例去大队部看看有没有上级的乡里通知，查看一下当天的报纸，有没有新的文件指示，有时也被请去调解一下邻里街坊、家庭婆媳之间的矛盾纠纷。其余时间便和父亲周广顺、弟弟铁蛋儿一起下地干农活儿，家里每个人都各司其职。

转眼一个月，就这样在祥和安宁中度过，一家人都很宠爱小荷，就像周家的小女儿一样，尽量不让她干活儿，当一家人该出门的出门、上工的上工，院中就剩小荷一人的时候，小荷就托着腮坐在门槛上发呆，她想起了千里之外的家乡，想念起父母和兄弟姐妹来。

她想起在她六七岁时，一次发高烧，母亲背着她走了好几里的山路，把她背到乡里的卫生院，医生给她输了液。病情稍稍好些的时候，母亲特意为她买来了一串葡萄，那是她第一次见到葡萄，也是母亲第一次给她单独买食物，葡萄是青绿的，剥开皮，很酸很涩，她把它们放在枕边舍不得吃，母亲就劝她："你吃吧，你不吃带回家就会被家中的几只狼给分吃了。"出院后她把葡萄藏在了衣柜里，最后，还是被那几只馋嘴的饿狼——哥哥妹妹们发现后偷吃了，她伤心地哭了。母亲笑着把她搂在怀里，抚摸着她的头。

她想应该给家里写封信，告诉家里她在这里过得很好，尽管她小学还没毕业，但写封信还是可以的，她也想问问母亲的腰腿病好点了没有？小弟想她了没有？四叔答应给家里的钱，父母收到了没有？她偷偷地离家出走，家里人会不会埋怨她？

想起家，她还想起家乡满山的翠绿、层层的梯田、一道道深山峡谷和家门前那条潺潺流淌的小溪，想起她在小河边的大青石上，用木棒捶打衣服时溅起的满脸水花，还有春天来了那满山遍野的油菜花海。

她还想起了莲子和顺英，她们一路同行的两个姐妹，自从各自成家后，三个人再也没见过面，也不知她们过得怎么样，有时间去看看她们去，小荷这样想着。

日头越过了树梢，照得小院明晃晃的，铁生、铁蛋儿和父亲周广顺从地里回来了，红云连忙舀了一盆水让父子三人洗了手脸。从铁生手中接过来毛巾，红云又用毛巾抽打了一遍铁生身上的灰土，自打铁生当上村主任后，红云更把铁生收拾得干净体面，铁生也越来越有了村主任的派头。

中午，一家人围着八仙桌吃饭，边吃边聊着家常。铁生忽然问小荷："小荷，赵爱莲是和你一起来的吧？""对啊，怎么啦？"小荷不明白大哥为什么会问起莲子来。"哦，也没什么，听说她不见了。"铁生答道。

第三章　远嫁

　　原来，自从小荷被铁蛋儿领走、顺英被山后的刘家岭人领走后，莲子也被几户人家相中，可是莲子的性格倔强又有主见，她不乐意的坚决不从，最后，村西头的周大春来了，周大春有三个弟弟，哥四个号称周家四虎。

　　周大春长相彪悍，性格霸道，周大春、周二春又在镇上杀猪卖肉，日子过得红红火火，哥四个各建一处大瓦房，但是人们都忌惮他们家的霸道，没有哪户人家愿意把女儿嫁到他们家。一晃，周大春都快三十五了，可还没有媳妇的影子，当他听说村里来了三个女孩儿，有一个还没找好人家，就急急忙忙揣上几千元钱赶到了莲子落脚的人家，看到莲子圆润白皙的脸庞，一笑起来，两个甜甜的酒窝，周大春当即从口袋里掏出五千块钱拍给了中间人。

　　莲子一看周大春彪悍的身形，满脸的横肉，胡子拉碴，就死活不同意。周大春见状略一迟疑，便道："你不嫁我也行，那就嫁给我家老二吧。"一会儿周二春赶过来了，周二春硕大的脑袋上长着一个酒糟鼻，咧着嘴嘿嘿乐着，莲子瞅了一眼便低头不语，周大春不耐烦了，一挥手，说道："算了，那就跟我家老三吧。"周三春二十五岁，中间人知道周家四虎的脾气，知道他们不好惹，就一再劝莲子，说周三春只比莲子大几岁，也是一表人才，说话办事都是响当当的，绝对是条汉子，跟了周三春肯定吃不了亏，莲子这才勉强答应下来。

　　等莲子过了门才知道，虽说她嫁给了周三春，但一日三餐，周家四虎都回周大春那里在一个锅灶里吃饭，他们守寡的母亲，每日把饭菜做好，就爱看四个如狼似虎的儿子，狼吞虎咽地把碟子、碗吃得干干净净，老太太就高兴得合不拢嘴。莲子每日守着四条大汉子吃饭，总觉得浑身不自在，周大春贪婪的眼神总在莲子身上扫来扫去。莲子告诉周三春，想和他们分开过，周三春瞪着狭长的眼睛明确说道："在我两个哥哥还没找到媳妇之前，你就死了这条心吧，我妈年龄越来越大，还指望你来照顾全家吃喝呢。"

莲子觉得自己快要崩溃了，整日闷闷不乐，有次周大春凑到莲子身边又想和她说话，她装作没听见一扭头走开了，那日周三春回家后，见到莲子不问青红皂白，上去就是一记耳光，说道："你一天到晚板着脸给谁看呢？我们给你吃穿，像供着姑奶奶一样供着你，你还不知足？你甩脸给谁看呢？"莲子捂着火辣辣的脸，眼泪在眼眶里打转。

在一个黎明，周三春一觉醒来，发现莲子不见了，周三春赶忙找大哥周大春商量办法，周大春面沉似水，拧着一脸横肉，也顾不得大发雷霆，考虑到一个外乡来的媳妇，不会有庄户人家收留，说道："你快去把老二、老四他们叫来，再让他们把左邻右舍都找来，咱们兵分四路从村子的东、南、西、北四个方向出发，从沿街的犄角旮旯到通往山外的攀山小路，一块地皮不剩的去找。"

周三春带着几个人沿着向西方向骑着自行车一路寻找，到了山脚下，正碰上铁生父子三人在山坡上耕地，周三春问铁生，看到了他媳妇莲子没有，铁生作为周三春的小学同学，喝过周三春的喜酒，在酒席宴上见过莲子，铁生回答："没看见。"

听了铁生的讲述，小荷不由得担心起来，说道："莲子是个很要强的女孩子，没想到会是这样，也不知道她现在躲到了哪里？"

一直到太阳落山，周家四虎找遍了周家庄的街角旮旯，依然找不到莲子，傍晚时分，几个捉迷藏的孩子发现靠墙的玉米秫秸中有个人影。周家得到消息后，周三春立刻钻了进去，莲子被周三春拽着胳膊从玉米秫秸垛中拖出，周大春对着周三春说道："给这个娘们儿点教训，让她长长记性，不要让她拿咱们当猴儿耍。"

周三春把莲子从街上一路拖到家里，然后把莲子往院中一丢，顺手关上院门，从墙根儿抄来了一条扁担，举起扁担照着莲子就打了下去，一边打嘴里还喊道："我让你跑，我让你跑，我看你还跑不跑？我花钱娶你，供你吃喝，你还想拍拍屁股就走人，你以为我周三春是吃素的不成？"

莲子闭着眼睛没有任何的反抗，只是随着扁担落在身上不由自主地抖动着，嘴里发出痛苦的呻吟声。周家大门外，趴了一门缝看热闹的眼睛。这时，门外忽然响起了急促的拍门声，周三春骂骂咧咧地对着大门喊道："谁他妈的拍门呢？也不看看是什么时候。"

只听门外喊道："三春快开门，你妈来了。"周三春连忙放下扁担打开院门，马上蜂拥进一院子的人，周家老母亲走了进来，紧随身后的是铁生、铁蛋儿、小荷和一帮村民。

周三春也不理会众人，气呼呼地坐在台阶上，喘着粗气，小荷三步并作两步跑过去，抱起躺在地上的莲子，哭道："莲子，是我，你睁开眼睛看看啊，我是小荷。"

"小荷，你怎么来了？"莲子微微睁开眼睛，轻声问道。"我听说了你的事，就赶过来了。"小荷说着，眼泪簌簌地流淌下来。"小荷，我的好妹妹。"莲子搂紧小荷，忍不住声地抽噎起来。

周家老母亲指着周三春道："畜生，你还不把你媳妇扶到屋里去，丢人啊，你非要全村人都看我们家的笑话不成？"周家老母亲跺着脚数落着，说到气愤处，拍着腿呼天抢地地哭道，"作孽呀，我们做的这是哪门子的孽噢。"

周三春怕气坏了母亲，连忙把母亲扶进屋，众人也把莲子抬到了炕上。铁生走到周三春旁边拍了拍周三春的肩膀，说道："三春，什么事你也不能动手打人啊，这么干会出人命的，你这是犯法，会酿成大祸的。"

周家老母亲坐在炕沿上，用大褂衣襟揩着眼角说道："还是铁生说的对，千万别胡来，这样会出事的，咱们家再也经不起折腾了。"

在周家四虎翻遍周家庄寻找莲子的过程中，小荷也在时刻关注着莲子，当铁蛋儿风风火火地回来，把探听到的消息告诉小荷，莲子是被周三春从街上拖着胳膊进的家门，小荷即刻就想到了莲子可能遭受到伤害和折磨。她找到铁生，向作为村主任的大哥求救，铁生有些迟疑，他和周三春同岁，又是小学同学，对周家四虎的情况，他太了解了。

在 20 世纪 70 年代还是生产队的时候，周大春的父亲是一个小生产队的仓库保管员，在每户人家靠生产队按人头分下来的口粮勉强糊口的时候，周大春的父亲利用仓库保管员的方便，趁夜间经常偷偷地往家里背粮食，四个赤条条的半大小子也着实没辜负父亲的一片苦心，在其他人家的孩子忍饥挨饿、面黄肌瘦的时候，周家四虎生得个个体型健壮，村里的一拨愣头青都怵他们。也确实没少受到周家四虎的欺负。

铁生清楚地记得，他额头上的一处疤痕，就是周大春给留下的。他十岁那年，和一拨伙伴结伴去掘红薯。在社员们每次刨完红薯后，都会在地里残留一些零碎半截或是长在深处的红薯头，他们这些半大小子便蜂拥着，背着筐带着铁锹，沿着已经刨过的沟垄进行第二次开挖，有时不到半天工夫，就能挖到一筐大大小小的红薯头，着实地丰收一把。一次，铁生顺着一小手指粗细的根茎，一直挖到周三春身后的沟垄里，当他刨出长在深处的一大块红薯时，周三春一把夺过去放入自己的筐中，说道："这是我占的地盘，你在我的地盘里掘出的红薯就归我。"铁生不服，就去周三春的筐里抢，说道："这是我刨出来的凭什么归你？"一块大红薯在两个小孩子手中夺来夺去几个来回后，两个人开始扭打起来，在不远处的周大春看到后，连忙赶过来，一把夺过被铁生死死抱在怀里的红薯，说道："你这个小崽子这么不识抬举，也敢和我们争，看我怎么收拾你。"

周大春说着一把就把铁生推到了地上，可怜的铁生站起来还不到周大春的肩头高，但他丝毫也不示弱，爬起来又去争夺，周大春被激怒了，他还没遇到过如此不识好歹的对手，又一拳抡过去，铁生应声倒地。

"给我打。"周大春对着周三春吩咐道。周三春就骑在了铁生身上，铁生奋力反抗，见三春马上又要处于下风，周大春干脆一屁股坐在了铁生身上，抡起拳头一拳拳地打下去，被哥两个压在地上挨打的铁生，情急中摸到了一把铁锹柄，他拿起铁锹柄抡过去，周大春手疾眼快，顺势拿铁锹砸向铁生，可怜的铁生，顿时血流如注，周大春这才住手，站起来掸了掸手上的土，说："周铁生，今天就不和你这个小崽子一般见识了，哪天再不识抬举，就要了你的小命儿。"小铁蛋儿就站在一旁，看到哥哥铁生被大春哥两个欺负，吓得哭都不敢出声。

周大春的父亲又一次趁一个月黑风高的晚上，偷偷摸摸地往家里背粮食，却突然被队长和几个村民撞上了。当天夜里，周大春的父亲喝了生产队里喷洒庄稼的敌敌畏自杀了，人们私下里传言，是有人举报了周大春的父亲，但那人是谁呢？一直是个谜，有人说是铁生的父亲周广顺，理由是不久前，铁生被周大春打了，周广顺曾找到周大春的父亲评理，周大春的父亲却说道："活该，是你们自找的。"周广顺只得窝了一肚子火回来，由此人们便推测这个告密者，周广顺的嫌疑最大，不过被周家四虎欺负的也不止一家，想想谁都有可能举报，本身父亲干的就是违法的事情，周大春也不敢明目张胆地深究。从此后，周大春的母亲——那个瘦弱的女人，在失去了丈夫这根顶梁柱后，就变得格外的坚强。她教育孩子们，一定要学会隐忍，不要再到外面去惹是生非，并告诉她的四个儿子，长大后一定要找到这个告密的人，替死去的父亲报仇。没有了父亲这棵参天大树的庇护，周家四虎算是消停了几年，可随着这几年个个都长大成人，他们原有的霸道在这几年里又都显露了出来。

由于幼年结下的梁子，铁生与周家四虎并不怎么来往，在铁生当了村主任后，周家四虎却很势利地见了铁生亲热起来，作为村主任的铁生也不想再纠结过去的恩怨，在周三春结婚时，铁生以村主任和小学同学的身份出席了周三春的婚礼。

小荷找到铁生，让他去处理莲子的事，铁生有些犯难，他不想刚和周家四虎缓和的关系再因此搞僵，他想起了周家老母亲，那个经历过风风雨雨，已变得精明干练、处事不惊的老人。周家四虎虽然对外人蛮横无理，但对母亲却极尽孝道，言听计从。铁生到周大春的家里，把周家老母亲请出了山，这场风波总算平息了下去。

莲子的身体渐渐恢复过来，但她依然郁郁寡欢，周三春把母亲从大春那里接到了自己家里住，谁都能看得出，他是让母亲来看住莲子，莲子出门不便，小荷就隔三岔五地到周三春家去串门，周三春并不反对，他也想让小荷陪着莲子聊聊天，排解忧虑。小荷每次来的时候，都能看到周家母亲在院子里忙活着。

小荷一进门就喊道："周大娘，莲子在家吗？""她在屋里，你去吧。"周家老母亲咳嗽着便忙活着别的事情去了，有小荷陪着莲子，周家老母亲也格外的放心。在和莲子的闲聊中，小荷也知道了莲子只身远嫁北方的原因。

和小荷离家出走的情况不同，莲子有一个患小儿麻痹症的哥哥，有条腿严重变形，要靠拐杖才能走路，为了给哥哥娶上媳妇，莲子的父亲曾经答应要给女方家三千元的彩礼钱。之后，莲子父亲便没日没夜地刨种几亩稻田，莲子也成了父亲农田里有力的帮手，可是一段时间过后，他们发现不管怎样干活，都无法凑足三千元的彩礼。正当莲子的父亲为钱发愁的时候，有人找上门来，问他同意不同意将莲子带走，把莲子嫁到北方，就可得到一笔彩礼钱，莲子的父亲一听就急了，"呼"地站起来，说："你让我把姑娘卖了？休想！"把那人连推带搡推出了房门，那人也不甘心，仍在喋喋不休地说着："我说兄弟，你再考虑考虑，你不指望着你姑娘的钱，你那瘸儿子还指望着呢，你们家没有钱能娶上媳妇吗？你不怕断子绝孙吗？"显然这话刺到了莲子父亲的痛处，往外推的手没有了后劲，那人马上又说道，"你再考虑一下，我过两天再来。"

那人再次来到莲子家，莲子的父亲没有往外赶他，蹲在地上只是一个劲儿地抽着旱烟，莲子的母亲瞥着丈夫，默默抱了一捆干柴，准备烧火做饭，莲子想起哥哥刚才看见她时惶恐无奈而又祈求的眼神，她更坚定了在这两天里已经盘算好的主意，她要为这个家做个庄严的决定，为这个家她要付出自己，哪怕是她的终身幸福，而且她要主动开口，不让父亲为难，她走到父亲跟前，掸了掸父亲后背上粘着的一根小草棍，说道："爸，我同意跟着这个人走。"父亲迷茫的双眼愣了一下，细细地瞅着莲子，仿佛不认识一样，有那么几秒钟后，突然抽旱烟的手猛地抖动了一下，两行浑浊的泪水便肆意地爬满了一张沧桑的脸，一个金刚铁打的汉子就这样"嘤嘤"痛哭起来，母亲正在往灶膛里添柴，这时也像失了魂，直到火苗烤疼了手，才慌忙把手抽回来。里屋传来窸窸窣窣的声音，哥哥已经听到了莲子说话，痛苦、愧疚、懊恼一起揪扯着年轻人的心，他捶打着自己不争气的腿，他想呐喊，他想发泄，可撞击喉咙的，只有海啸般的哭声。

莲子娓娓讲来，仿佛讲述一个和她不相干的故事，小荷望着莲子纯净圆润的脸，只觉得脸上有些火辣辣的发烫，就像被人扒了衣服，她为自己的自私而羞愧。

第四章　家暴

转眼就是第二年的春天，由于大山的遮挡，山里的春天也比山外来得迟一些。寒风料峭中，窝了一冬天的人们，迫不及待地想出来晒晒太阳、伸伸懒腰。俗话说："一年之计在于春"。人们已经开始规划这一年的年景了。

早晨起来，老汉周广顺照例用一把大扫帚扫了院子，铁生、铁蛋儿吃过早饭就下地给一块麦地撒粪去了。小荷正收拾屋子，铁生母亲嘴里"咕咕"叫着往院中扔了一把瘪谷，几只老母鸡飞跑过来，围在她身旁"嘟嘟"啄起谷来。周广顺又拌好了草料倒入牛槽，他新购了一头小牛，他一边将着小牛的毛一边想着：以后再拉庄稼就省人力了，等牛长成个了，还可以卖了赚个千八百块钱。他从没像今年这样舒心，他的心情也像今天的天气一样，亮堂堂的。

小荷来周家村也快一年了，跟着红云学会了熬粥、贴饼子、蒸窝头、包饺子，她已渐渐习惯了北方农村生活。她早起收拾着屋子，忽然胃里一股酸水涌上喉咙，连忙跑到院中的一棵树下，弯腰呕吐起来。做饭的红云见了，把一把柴禾捅进了灶膛，跑过来问道："小荷，你有多久没来那个了？"小荷止住呕吐，扭过头看着嫂子红云，她不明白嫂子为什么会问这个，答道："有六十来天了吧。""是吗？那太好了。"红云立刻喜上眉梢，说着便拉着小荷就进了屋子。

"来，小荷，你坐下，把胳膊给我，我给你把把脉。"红云低头给小荷摸了一会儿脉，忽然抬起脸说道，"小荷，恭喜你啊，你怀上孩子了。"

"我怀上了孩子？"小荷有点不相信地问道。

"是啊，你现在是害喜了。"红云说着用手指点了一下小荷的额头，"看你这个傻丫头，居然连这个都不知道，要是铁蛋儿知道了，指不定得多高兴呢。"

这一天，周广顺的大女儿俊英回娘家来了，女婿耀辉用自行车驮着俊英，车把上挂着刚从集市上称的一提猪肉。俊英坐在后座上，手里提溜着两瓶盒装二锅头酒，耀辉捏着自行车车铃，一通"丁零零"地响着，骑着车子进了院中。见女婿耀辉来了，周广顺格外高兴，招呼着小荷到村东头的小卖部买点下酒菜回来，中午他要陪女婿喝两盅。

红云和小荷在灶上一通忙活，几盘菜很快上桌，铁生把几个小酒盅满上酒，周广顺和女婿、两个儿子盘腿坐在炕上对饮起来。周广顺端起酒盅抿了一小口，对女婿耀辉说道："耀辉啊，你给我讲讲今年有什么打算。"女婿耀辉递给岳父一根烟，用火柴划着了凑到岳父嘴边点燃，再分别递给铁生、铁蛋儿各一根，自己也抽出一根点燃，说道："我还是打算去建筑队干我的木匠活儿，在外打工总比在家干农活划算，一天下来，怎么也能挣上几块。"耀辉夹了一口菜，继续说道，"今年我给家里新置办了一台电视，给女儿买了辆自行车，明年呢，再攒钱把房子翻建一下。"周广顺瞥了一眼大女儿俊英，说道："你这样一出去，俊英就累了。"俊英端着一盘刚炒出的热菜摆上桌，忙说道："我不累，我对耀辉说了，家里有我呢，你就放心出去吧，明年攒攒钱把房子翻建一下，我们那儿新建的房子现在都实行贴瓷砖，抹上彩色水刷石，可漂亮了。"

"姐夫，你们建筑队有我能干的活儿吗？"此时，铁蛋儿说话了，大家都抬头看着铁蛋儿，被铁蛋儿这突然一问，都一时没有反应过来，见没人搭腔，铁蛋儿以为自己又说错了话，连忙低下头。

耀辉见状忙说道："当然有啊，只是没有技术的话，只能干些力气活，什么推砖、和泥之类的，挺辛苦的。"耀辉扭头看着铁蛋儿，"怎么，你也想出去？"

"嗯，有就行，我别的没有，就是有把子力气。"铁蛋儿说道。

铁生这时扭过脸对着铁蛋儿问道："这事，你和小荷商量过吗？这事得小荷同意。"

傍晚的周家庄被雾霭笼罩着，在黛黑色大山的隐约映衬下，一座座瓦房上升起一柱柱青灰色的炊烟，袅袅消散在上空。早春的寒意中，还是让人缩手缩脚。

周广顺蹲在屋檐下的台阶上，一口口地吸着旱烟，他问小荷："你想好了让铁蛋儿去建筑队干活儿？"小荷正往灶膛里添柴，她犹豫着不置可否，这时铁蛋儿从里屋出来一手搭在门框上，对父亲说道："我想攒点钱，把屋子翻建一下，这屋子太旧了，一到冬天就四处漏风。"

老汉周广顺便不再言语，过了一会儿又问："小荷怀孕了，你出去放心吗？"

"爸，我会注意的。"这时小荷插话道。红云正往大锅里下面条，这时也帮腔说道："爸，铁蛋儿愿意出去干活儿就让他出去吧，一个大男人也该闯荡闯荡，到外面长点见识，小荷这里有我呢。"

周广顺便不再说话，大家也都不再为这事发声。过了一会儿，周广顺站起来，跺了一下发麻的双脚："唉，既然你们都这么说，那就让铁蛋儿出去吧。"一抬头，发现有只乌鸦正落在树梢上，"哇哇"地叫着，周广顺从地上捡起一颗石子，向那只乌鸦投去，乌鸦"哇、哇"地飞走了。

从没像现在这样，小荷这样的依恋铁蛋儿，自她进入这个家以来，她喜欢公婆的憨厚朴实，喜欢大哥大嫂的宽厚待人，与其说她喜欢铁蛋儿，不如说她更喜欢的是这个家庭，是这个家庭每个人对她的宽容、和善、尊重，让她在童年中缺失的情感得到了补偿。其实，铁蛋儿作为丈夫的感觉并不强烈，在小荷心里，他只是这个家庭的一员而已。可现在，铁蛋儿在她心目中忽然高大起来，变成了一个顶天立地响铮铮的汉子。黑暗中，小荷从被窝中伸出手，第一次主动把手向铁蛋儿揽了过去，把脸贴在铁蛋儿的胸口上，她想就这么和自己的丈夫紧紧地搂抱在一起。

几天后，铁蛋儿跟着姐夫去了外地建筑队，卷了一床铺盖卷，坐着村里的拖拉机走了。小荷一下子觉得心里空落落的，她屋里屋外地转着，一副魂不守舍的样子，一大早公公和大哥铁生就去了自留地，婆婆一个人在屋里摸索着干着零碎活儿，虽说婆婆现在的病已无大碍了，但比起正常人，反应还是显得迟钝些。小荷就到后院去找红云，红云正坐在屋檐下的台阶上，手里飞针走线，用五彩丝线正绣着一个枕套，妞妞在红云身边转悠着，一会儿又趴到了红云背上。红云见小荷过来，就对妞妞说道："妞妞，你跟小婶子玩会儿吧，你让妈妈把这条小金鱼绣上。"小荷从屋里搬了把小凳子出来，说道："来，妞妞，到小婶婶这儿玩来。"小荷把妞妞放到自己腿上，两手拉住妞妞的两只小胳膊，一抻一拉，"拉大锯，扯大锯，老娘家看大戏……"

妞妞的小身子一起一伏，红云看着"哈哈"乐疯的妞妞，笑着对小荷说道："怎么？小荷,铁蛋儿这一走,是不是不习惯了？觉得闷了吧？不过你也快了,快有给你解闷儿的了。"小荷继续逗着妞妞也不回答。红云又道："小荷，要不你也绣花儿吧？你不会,我来教你,省得你闷得慌。"小荷侧过头,看着红云手里绣着的一条小金鱼摇头摆尾,活灵活现,便道："好啊。"

小荷此时又想到了别的事,就问："嫂子,你说咱家的邻居翠芝嫂子,怎么那么烦人？神神道道的,什么都爱刨根问底地瞎打听。"

红云看了一眼小荷笑着说道："她是不是还特爱打听两口子之间的事？"小荷脸一红。红云说道："哎,别管她。"接着说道,"这个翠芝啊,其实说起来也挺不容易的,她是给她哥哥换的亲,她哥哥娶的是她男人的妹子,两个女的都小,两个男的都大,翠芝的男人比翠芝要大上十几岁,翠芝婚后嫌她男人又老又丑又窝囊,总觉得不舒心,可是也没办法,她只要离开她的男人,她的嫂子也不会跟她哥过了,她只好和她男人凑合着过日子,而她又不甘心,所以啊,只要见了年轻有模样的男人,她就要过去勾搭两句,再赶上有个结婚的,她就干那种听窗根、闹洞房的事儿,总让人觉得她有点不正常。"

听红云这样一讲,再联想到翠芝的种种表现,小荷终于明白了翠芝不正常的原因。红云又叹了口气："哎,挨着这么个街坊,有什么法子呢？"正说着,一个声音从门口传过来："哎哟,我说这一大清早,院子里这么静呢？敢情都在后院待着呢,铁生呢？他没在家呀？"此时翠芝抹着一张大白脸,扭着胯,进了院子。

红云白了她一眼："怎么？你找他有事儿啊？"翠芝走到红云跟前："噢,没事儿,我能有什么事啊？"翠芝又走到小荷跟前,用手捏了一把妞妞的小脸蛋儿,"村里又出事啦,你们还不知道吧？"

红云低着头,阴着脸道："能出什么事啊？别一天到晚总是大惊小怪的。"

翠芝却不顾及红云脸色,仍是一脸兴奋道："嘿,这次是真出事啦,你们真不知道啊？周三春的媳妇啊,又被打了,都拉去医院看病去了。"

"什么时候发生的？"小荷的脸一下子沉下来。

"就是大前天,听说昨晚都出院回家了。"翠芝提高了嗓门说道。

小荷放下妞妞，倏地站起来："我这就去看看。"

在周家庄，虽说周家四虎的恶名在外，但实际上，事情也不是人们都传的那样，周家四兄弟除了大春和三春霸道、蛮横外，二春和四春的为人处世并没有出格的地方，而且，二春淳厚朴实，四春呢，还是一名小学老师，知书达理，说话慢条斯理。人们统称他们为周家四虎，实在是受了老大和老三的连累，人们爱称呼四春为老四，他为了和周家兄弟区分开来，自己擅作主张，把自己的大名改为周卫东。老四卫东今年二十三岁，和铁蛋儿同岁，在他原本的童年记忆里，一开始是无忧无虑的，就在他七岁时，父亲突然去世，给这个家庭带来了灭顶打击。他依稀记得，当时的大哥红肿着双眼，在磨刀石上"噌噌"地磨着一把菜刀，母亲一把夺过，厉声呵斥道："为父报仇，十年不晚，从今以后，你不能再招惹是非，要学会夹着尾巴做人。长兄为父，你要挑起大哥的担子，把三个弟弟平平安安带大成人，才对得起你们死去的父亲！"母亲的语气足够严厉，瘦小羸弱的身躯此时迸发出坚韧不拔的无穷力量，一下子就像变了一个人。以至于多年以后，周卫东每每想起这件事，都能清晰记得母亲那张冷峻坚强的脸，在他们父亲的整个葬礼上，他的母亲竟然没流一滴眼泪。

在老四卫东小小的年纪中，他搞不明白人世间为什么有如此深的矛盾隔阂，人心为何又是如此的险恶，他搞不明白的，干脆就不想搞明白，也懒得搞明白，在三个哥哥怀揣仇恨、收起锋芒、忍辱负重的时候，他凝神静气，把心思放在了学习上。当他高中毕业后，被他的小学校长招到了学校里，当起了一名小学代课老师。

乡村的小学老师，收入微薄，待遇不高，但在乡下人眼里，依然是个很体面的工作。老四卫东至今还没有对象，不是他找不到，是他不想找，多少个乡下妹子都托过媒人来为他提亲，都被他拒绝了，他的理由是，三个哥哥还没成亲，他不着急。

学校坐落在村南面的山脚下，从家到学校来回走山坡路，也要二十多分钟，每天中午吃头天晚上母亲给他装好的盒饭，下午上完最后一节课回家，晚上他跟母亲一起吃住，母亲上哪儿，他就跟着上哪儿，这是母亲给他制定的规矩。

作为老幺，母亲是最疼他的，现在，他就跟着母亲一起搬到三哥这里住了。

每天一家人在三春这里吃过晚饭后，大春、二春都是先陪着母亲唠一会儿嗑后，就各自回家了，留下他和母亲住在三春的一个通三间的瓦房里。

莲子刚来周家时，周家老母亲还在大春那里住，只有吃饭时，一家人才凑到一起，莲子总是低眉顺眼，不爱言语，而一向说话像放大炮似的大春，可不管那一套，在饭桌上眉飞色舞，说到兴头上，手舞足蹈，有事没事就凑到莲子跟前聊天，一双眼瞄在莲子身上扫来扫去。老四卫东能明显地察觉到莲子脸上的厌烦。他悄悄提醒大哥，大春反而大声嚷嚷，生怕莲子听不到似的："你们说，这房子哪一套不是我周大春辛辛苦苦盖起来的？人也是我花钱给老三娶来的，我也没有别的啥意思，怎么，我连说句话都不行啊？"

卫东无奈，管不了那么多，就任由去吧。自打上次出过事后，莲子和三春不再往大春那里跑，但大春和二春却天天往这里聚齐，莲子实在无奈，现在被周家母亲天天盯着，寸步不离视线。

莲子的心情这段时间稍稍好些，就帮着老母亲做饭、洗衣。这天，莲子把两个屋扔在炕头的脏衣服都捡走洗了，晒了一晒绳的衣服，周家母亲见状，高兴得合不拢嘴。

第二天早起，莲子像往常一样往锅里舀上水准备熬一锅粥，这时三春光着膀子气愤地从里屋走出来，手里拎着一件叠好的白衬衫，那件白衬衣是老四的，昨天莲子洗过后，傍晚被老母亲收起来，和三春的衣服一起叠起来放在屋里。莲子想，定是婆婆没区分开，放错了屋子。不听莲子的解释，三春拿着白衬衫照着莲子突然没头没脸地抽去，嘴里骂道："我说你这个臭娘们儿怎么整天一脸的晦气？敢情喜欢的是小白脸儿啊，你不爱伺候我，别人你倒是伺候得挺周到的。"莲子拿着一根烧火棍正往灶膛里添柴，遭到三春没头没脑的一顿臭骂。当三春拿衣服再次抽打的时候，莲子拿起了烧火棍，她要还击，她要还击这个不问青红皂白就侮辱人、打人的男人。自己一次次被当众暴打，自己的人格、尊严就这样被眼前这个男人践踏得荡然无存，她甚至不愿出门见人，这次好端端地又被诬陷，她不想再忍耐了，三春一躲闪，棍子落在三春的胳膊上，暴躁中的周三春显然气疯了，他没想到，莲子居然敢还手，他一把夺过莲子手里的棍子，扯起莲子的头发，抱着莲子的头向墙上撞去，一下、两下、三下……这时，一个男人迅速地扑向疯狂中的周三春，两个人在地上开始扭打起来。

老四卫东正在院子里刷牙，他开始听到了动静，没太在意，这种鸡飞狗跳的动静已经在这个家里见怪不怪了，他想独身事外，但是屋里越来越大的噪声已不容他再宁心静气。他进了屋才看见，自己昨天脱的一件白衬衣，现在居然被三哥拿来当起了武器，三哥一声声的"小白脸儿"，他听得明白，那是指谁了。其实，他从心眼儿里反对这种带有买卖性质的婚姻，更是对嫂子的遭遇寄予了同情，他觉得嫂子这种似莲花一样清纯如水的女孩儿，是让人呵护怜爱、百般疼爱才对，嫁了三哥这样粗暴的男人，是把好端端的一朵莲花给糟踏了。现在他看到这朵出水莲花再一次被糟踏，三哥像一条发了疯的恶狗，他要上前，制止住这条疯狗。

周家母亲有早起蹲茅坑的习惯，岁数大了毛病也多起来，近来她便秘得厉害，眼睛也开始模糊起来，老四卫东带她到县医院查了一下，说是得了白内障，问医生能不能做手术，医生说等再长厚些才好做。她发愁啊，自己老了，越来越不中用了，可是四个儿子由谁来照料？虽说娶了一房儿媳妇，刚开始看着如花似朵的满心欢喜，可毕竟不是本乡本土的，水土不服啊，老三的日子过得让人揪心啊。老四卫东她倒是不发愁，可老四偏偏是谁都看不上，也不知是咋想的。哎，哪个都不让她省心啊。孩子他爹呀，你倒是腿一蹬、眼一闭，早早地享清闲去了，留下我这个孤老婆子在这儿活受罪啊。

周家母亲就在茅厕里胡思乱想着，家里怎么一大早就这么嘈杂起来了？又出了什么乱子？刚才不是还好好的吗？她抓紧提好裤子出来，进了屋，展现在眼前的情景让她惊呆了，莲子的头上淌着血，半躺半坐依靠在墙上，她的两个儿子，她都快不认识他们了，这是她的老三和小四儿吗？他们怎么像仇人一样，在地上扭打起来了，锅灶上的盆盆罐罐，破碎的碗碟滚落了一地。周家母亲见状一屁股瘫坐在地上，忍不住放声大哭："我的天啊，我们这是造了什么孽呀？你要惩罚就惩罚我吧，孩儿他爹啊，我和你一起去吧。"

莲子的神智已经有些迷乱了，她迷迷糊糊中，看到父亲挑着筐走在山坡路上，自己坐在前边的筐里，哥哥坐在父亲身后的筐里，她又回到了四五岁的时候。那时的她就像一只嘴巴闲不住的小麻雀，叽叽喳喳地向父亲问这问那："爸爸，你说我长大了会嫁人吗？哥哥说我嫁了人就会离开你的，是吗？""是啊，我的小莲啊，嫁了人啊，就像小鸟一样飞走喽。"父亲打趣地说着。"不嘛，我不嫁人，我不离开爸爸妈妈，永远不离开你们。"小莲子欢快地嚷嚷道。

"不，我不嫁人，不嫁人，我不离开爸爸妈妈的，我小时候说过的，我不嫁人……，我怎么嫁人了？"莲子嘴里迷乱地说着，忽然一群人拿着棍棒朝她打过来，她吓得猛然睁开了眼睛。

莲子被三春找来的一辆牛车拉到了镇上的卫生院，莲子醒来时发现自己正躺在病床上，胳膊上扎着针管，头上悬着吊瓶，瓶里的药液正一滴滴地流到她的血管里。整个病房里就她一个人，她环顾着一白落地的房间，久久流连着梦中的过往。小时候，她依偎在父亲的怀里，是多么的甜蜜和幸福，小时候活泼开朗的自己，现在为什么变得这样孤独烦闷、郁郁寡欢了呢？对，是这桩该死的婚姻，是这个不幸的婚姻毁了自己，她要离开这里，无论如何，也要离开这里，这里不是她的家，她要回到父亲身边去。

三天后，莲子稍稍好些后，又被周三春用牛车拉回她不想再踏入一步的家。莲子把大门紧闭，把自己锁在家里，她不想见到任何人。

小荷来到莲子家的门口，见大门紧闭，小荷拍着门环喊道："莲子，莲子在家吗？"好久，才听到一个低沉的声音："谁呀？""是我，我是小荷。"

大门"吱扭"一声打开了，莲子蜡黄着脸，低着眉，额头上贴着一块纱布出现在小荷的眼前，莲子也不说话，扭头回了屋。小荷随着莲子进了屋子，俩人坐在炕沿上，沉默了好大一会儿。

小荷问莲子道："以后，你打算怎么办？周三春有这种动不动就打人的毛病，你怎么对付他？"

莲子抿了一下嘴巴："我怎么办？"忽然眼睛里闪过一丝恨意，说道，"到时我会让他得到应有的报应。"

小荷盯着莲子久久没有说话，她实在不知该怎样劝解她。

身体恢复后的莲子确实就像变了一个人一样，她站在周家宅院里抬头望去。她想，她该出去走走了，她不能被憋死在这不透气的牢笼里，她要吸吮新鲜空气，去见一见宅院外面的世界。

莲子一走出宅院，就认识了街坊家的二嫂明芳，明芳说她其实早想过来找莲子，就是不愿意走进三春的家门，他们家的那口子二树和三春为了垒砌两家之间的那道院墙，曾经干过一仗，二树被三春一砖头打破头后，就把本应垒砌在两家之间的那道院墙，硬是往自家的地基里移进了几工分，自己还憋屈出一场大病。从此，两家老死不相往来。

明芳还说，对于莲子，她也不是外人，她就是顺英丈夫长安的表姐。是她撺掇着让长安娶了顺英的。明芳还告诉莲子说，顺英和长安婚后感情非常好，而且顺英也非常能干。知道了这层关系后，莲子好像见到了亲人，有事没事就到明芳家里串门。看见莲子常到侄媳妇明芳家，周家母亲板着脸对莲子说道："你以后还是少到他们家里去，他们家的人，没有一个好东西，明芳也不是什么好东西，到处散播咱们家的坏话。"

"好，我知道了，我不去就是了。"莲子现在不但很听话，还格外勤快，主动要求到地里干苦活儿、累活儿。要说南方女人确实能干，真要干起地里的农活儿，丝毫不输于男人，不管是身背、肩扛、头顶，莲子样样都行。见莲子的心踏实下来，周家母亲长长出了口气，脸上露出少有的笑容，她对莲子的看管不像以前那么严了，有时经过婆婆的准许，莲子还可以跟着村里的大姑娘、小媳妇们到镇子里的集市上采购点自己喜欢的物品，她还可以到小荷家串个门儿，婆婆反对她到明芳家串门儿，但并不反对她去找小荷。

小荷趁着这几日地里不忙，坐在屋檐下的台阶上，在一小块细白布上绣着一朵艳丽的荷花，她先用铅笔描画出轮廓，三四片圈圈圆圆的荷叶上，竖起两朵含苞欲放的花骨朵，因为她名字叫小荷，所以她喜欢荷花。

此时，院门开了，小荷抬头一看是莲子，忙打招呼："莲子，你今天怎么有闲工夫了？"莲子进了院，也不回答小荷的问话，开口便说道："你知道吗？小荷，顺英她走了。"

小荷停下手里的针线活儿，问道："她去哪儿了？"莲子径直走到小荷身边："她能去哪儿啊？还不是逃回老家了。""啊？逃？不会吧？"小荷抬头，瞪大眼睛。

莲子拍拍小荷的脑袋："怎么不会呀？这有什么大惊小怪的？"小荷更加疑惑，问道："你不是说，顺英姐跟她的丈夫过得挺好的吗？是人见人夸的模范夫妻吗？她怎么还能逃呢？""嗨，那都是做给人看的，装装样子呗。"莲子说着把手贴近小荷的耳边，压低声音说道，"顺英姐啊，人们都说她是来骗婚的，骗了钱就跑回去了。"

"啊？骗婚？不可能！"小荷更加吃惊。

莲子推搡了一把小荷："声音小点儿，让人听见了不好。"莲子接着说道，"开始我也不信，是明芳说的，明芳正懊恼自己管了闲事，她说她还为她的表弟长安垫了不少钱呢，我出门时，正听见他们家院里吵吵着呢，我听见她家的二树骂她，说她'自己赔了钱不用说，还把长安给坑了'。"

小荷更加迷惑："我不相信，顺英姐，她那么好的人，怎么能这么做？一定是人们搞错了。"小荷想起她们来时的路上，顺英像个大姐姐一样对她的照顾。又说道，"就算她那么做了，肯定是家里遇到了什么事儿，是迫不得已，不然顺英姐绝不会做那种事。"

莲子盯着小荷叹了口气："可不嘛，如果谁不被逼上绝路，谁会干那种没有良心的事？"说话中，莲子一脸茫然地望着远处。

第五章　逃婚

与周家庄一山之隔的后山，有一片开阔地带，开阔地带上游是一座挺拔的山峰，两山夹击中的开阔地带，经过人们一代代繁衍生息，一个村落的体系已初具规模，因为它海拔高、地形险，人们称呼它为"岭"。这里的人大多姓刘，所以，人们称呼村名为"刘家岭"，相传是明代时，一刘姓的达官贵人为躲避战乱而避难至此，这位达官贵人当年没有想到的是，他以山峰为屏障，躲过了一场场战乱的浩劫，但也把他的后代子孙都囚禁在了崇山峻岭之中，就如一首诗中所云："春风不度玉门关。"一座座大山的阻挡遮住了人们的视线，也拦住了人们出行的脚步。

事情退回一年多以前。

在这蜿蜒的山路上，沿山而下正走着两个人，一男一女，男人背着铁锨、铁镐，女人肩头挑着水桶。经过初春太阳的暴晒，又经过刚才一通热火朝天的忙碌，男人敞开一件半旧的蓝色制服外罩，女人头发凌乱许是被灌木划过，一绺头发连着汗水贴在鬓角。在他们往山下走的半山坡处，有一片宽阔地带，有星星点点的几处简陋民房，四周用篱笆围成一个个小院，男人和女人进了一户篱笆院门。

此时，门口用锁链拴着的一条大黄狗见到主人进来，便站起来乞怜地摇动着尾巴，院里一个两三岁的小男孩儿坐在地上，正专注玩着一只小青蛙玩具，男人放下铁锨、铁镐，对着男孩儿喊道："锁儿，爸妈回来了。"男孩儿扭过头，顿时一脸兴奋地伸着小手跑过来，女人放下水桶，一把抱过孩子，用脸亲着孩子，问道："锁儿，想妈妈了吗？"

他们正是我们前边提到的和小荷、莲子一起从南方远嫁而来的王顺英和她的男人刘长安。刘长安的第一个老婆在两年前生锁儿的时候，因为难产，生下锁儿后就撒手人寰了，这让本就是孤儿的刘长安更加的孤苦无依，带着锁儿挨家挨户东家一口奶、西家一口汤，勉强维系着锁儿的一条小命，锁儿两岁了，依然是面黄肌瘦，一脸的菜青色，有人劝他："长安，给锁儿找个妈吧，男人带不好孩子。"长安长叹一声："我也想啊，难啊，像我这样的条件谁跟我呀？谁又愿意结婚就当后妈呀？"

就在一年多前，嫁到周家庄的表姐来告诉长安，周家庄来了几个南方姑娘，其中一个年龄大一些，彩礼要的也不高，只要三千元就行，并说只要有意，她可以帮忙凑点钱。长安想了想说，还是算了吧，谁知道给锁儿找个后娘是福还是祸？表姐就劝道："你没找怎么就知道是祸呢？"长安道："那行吧，就试试看吧。"

顺英就这样进了长安的家门，当起了锁儿的后妈，当锁儿眼巴巴看着刚刚进门的顺英时，顺英一把把锁儿揽进怀中，心疼地抚摸着锁儿瘦黄的小脸。长安与表姐对视了一下，他们在庆幸，娶顺英进门是个多么英明的决策。

顺英进门的第二天起来，就把屋里屋外、犄角旮旯打扫得干干净净。然后，烧了一大锅热水，把长安、锁儿按到脸盆旁，拿着一瓢冷热调匀的温水当头浇下，给他们父子挨着个冲洗了头，然后，让他们把身上的衣服全都换了，又找来一个大木盆三下五除二，把衣服洗了又晾上。

顺英就像《天仙配》中的七仙女，让破烂不堪的刘长安的家一夜之间变了样。没几天，锁儿就开始学着别的小孩子的样子，匍匐在顺英怀里，用小脸亲着，用小手揉搓着顺英的胸脯。

刘长安蓬乱杂草似的头发也开始服服贴贴的有了形，他每天神采奕奕地出门干活，回家就可以吃上热气腾腾的饭菜，小锁儿终于不再拖着鼻涕，皱巴着小脸了。他有时感觉这是幻觉，要不就是老天怜悯他，给他派来了七仙女来照顾他。长安想，顺英就是狐狸精转世，他也认了。

村里的大喇叭通知全体村民，在大队部召开承包荒山的动员大会，开完会后，刘长安回家就给顺英讲了，顺英问把荒山承包下来会怎么样，长安说可以种植耐旱的果树，山草还可以养羊、养牛，而且一包就是三十年，不会赔的，就是太辛苦。顺英说："你去承包一块吧，我和你一起去山上种树，这点辛苦算什么。"长安说："我不想让你太辛苦，我想让你在家带着锁儿就行。"顺英便道："我们出门时可以把锁儿一起带上。"

长安承包了山坡下正南面的十亩荒山，为了鼓励人们的积极性，村里规定，头五年可以免税，五年后每亩每年两口袋玉米，再以后每一个五年逐年再往上增，长安认为很划算。

每天天不亮，顺英和长安都要从山下几公里之外的一口深井中打水，用小拉车拉着装满水的一个废弃大油桶，沿着坑坑洼洼的小路运到山下，再一桶桶地担到半山坡上。顺英又用一个粗布床单做了一个背袋，把锁儿放在背袋里开始背着上山，后来因为起床太早，就从亲戚家牵来一条大黄狗看门，给锁儿准备些零食放在家里。

经过夫妻俩辛苦一个月后，山坡上一棵棵桃树苗、苹果树苗以每天种植几棵的速度渐渐成林了。长安有时看着成片的果树苗出神，他仿佛看到了满山的果树林中，一个个大苹果、大桃子坠弯了枝条，他和顺英正在茂密的枝叶中采摘果子。他想，好日子已经开始了，美好的生活正向他走来。

可是如今——长安却坐在门槛上一根接一根地吸烟，他不明白能为他捂被窝、暖身子，知冷知热跟他掏心掏肺过日子，打着灯笼都找不到的好老婆，怎么才过了一年多的光景，就说失踪就失踪了呢？难道真的是仙女下凡，被王母娘娘发现后抓走了。要真是这样的话，他就应该学《天仙配》中的董永带上锁儿去追，可上哪儿去追呀？长安无奈地望着四周黑黢黢的山梁，光秃秃的山梁带给他的只是一次又一次无奈的失望。

顺英已经失踪半个多月了，可在长安的眼里，满屋子、满院子都是顺英的影子，屋里炕边上，几件长安和锁儿的衣服，洗净后整整齐齐地叠放在一起，墙上相框上，一张全家放大的彩色半身照，依然还显示着往日家的温暖，他把它摘下来用袖子擦了擦上面的一层灰，照片中的顺英，围着一条红围巾含情脉脉地看着他，长安的眼泪情不自禁地流淌了下来，那是顺英进门一个月后，他带着全家去镇子的集市上拍的，长安还特意为顺英买了一条红围巾，以后每次顺英出门都围着它。

长安的家与集市就相隔着一座山梁，翻过山梁，路就平坦多了，就能见到拖拉机、小型公交车的影子。有时顺英自己去赶集，长安在家等着她的时候，就是看山梁上这条鲜红鲜红的围巾来辨别是不是顺英。

锁儿自从顺英走后不哭也不闹，出奇的平静，他只是坐在院中眼巴巴地看着山梁上有没有妈妈的影子。长安过去把锁儿抱起来："走，锁儿，咱们回屋去，外面天凉了。"

"不，我要等妈妈。"锁儿童声童气的话中透着一股认真劲儿。

"你要听话，妈妈才会回来的。"长安哄着锁儿。

"我要是听话，多久妈妈会回来呀？"锁儿相信爸爸的话，顺从地趴在了爸爸的臂弯里，用小手摸着爸爸一脸的胡子茬，他已经不习惯爸爸这样邋遢的模样了。

"很快的，很快就会回来的。"长安说道。

尽管村里人都在议论顺英是个"放鹰儿"的骗子，骗到钱后，人就跑了。但长安父子不相信顺英是骗子，幻想着顺英说不定哪天就会出现在他们的眼前，为他们洗衣、做饭、收拾屋子。

那天，顺英说她要到集市上给家里寄封信，便跟着街坊六婶去了，长安问顺英要不要带上锁儿，顺英说："锁儿大了，越来越重了，背着锁儿爬山路有点吃不消，你今天不出门就带着锁儿在家吧。"

那天日头快要下山了，还不见顺英回来，此时六婶慌里慌张地跑来说，在她选购一件衣服的时候，一转脸就不见了顺英，她衣服也没买成，转身就去找顺英，结果找遍了整个集市，也没找到，只看到一辆开往县城的面包车开走了。如果天黑之前，再见不到顺英回家，多半就是她坐着车跑了。六婶一口气把话说完。

"怎么可能呢？"闪在头脑中的头一个念头，长安张口质问道。他根本不相信六婶的判断："要是顺英想跑的话，早就跑了，还能等到现在？"

见长安的情绪有点激动，六婶连忙改口道："顺英要是真能回来，那敢情好了。"说完，趁机一溜烟地跑得没影了。

天很黑了，依然没有顺英的影子，长安只得抱起两眼巴巴的锁儿进了屋子。

第二天，第三天……十天半月过去了，对于长安父子，又回到了从前，父子俩如同做了一场美梦，一切又回到了原点。

第六章　村主任的抱负

　　小荷这些日子闹胎得厉害，喉咙里总想反酸水，吃什么都寡淡无味，小脸也日渐憔悴，婆婆见了心疼得要命。红云咬咬牙，用半袋子高粱换回来一臽子大米，中午大家吃玉米面饼子窝头时，红云就特意给小荷蒸上一碗米饭，她知道小荷是馋大米饭的。铁生现在忙得很，除了吃饭时，一天到晚，家里找不到他的人影，他正在组织各小队把田地分封到户的工作，山坡沟堑的地大小不一，测量起来非常有难度。为了公平起见，几个村干部就协助各小队长进行土地测量分配工作。

　　前几天，红云娘家捎过话来说，她母亲不小心摔了一跤，摔断了胳膊，红云说要回娘家照顾她母亲一段时间。

　　红云带着妞妞回娘家了，铁蛋儿跟着耀辉走了，少了三口人的周家小院，一下子显得空落落的。铁蛋儿已出去个把月，他捎回话说，让家人不要惦记他，活儿虽累但能忍受，他让小荷千万要注意身体。小荷让人转话说，她很好，让铁蛋儿也不要太累了。

　　铁生这几日，忙完了土地分田到户和荒山承包工作后，终于有了点闲空儿。吃饭时，小荷对铁生提议，想在院中开垦一块菜地出来，铁生点头同意，吃了饭便刨开了一块十几米见方的空地，铁生和小荷一起除去石子，再把地松软、搂平，再泼水浇湿，小荷撒上了一把买来的韭菜籽、莴苣籽，没过几天，嫩绿的小苗便破土而出。

　　这天，小荷蹲在菜畦垄上看着一行行的小苗，如同看到了家乡到处都被绿色植被覆盖一样，正呆呆地出神。这时，铁生从外面回来了，看到小荷正蹲在菜畦里，走过来说道："小荷，你种的菜籽儿发芽儿了？"小荷仰脸一看是铁生，便问道："大哥，你什么时候回来的？""我刚从大队部回来，现在要去乡里开会，你想要点什么不？我给你带回来。"

"嗯……"小荷站起来看着脚下的菜畦。

"你到底想要啥？"铁生问道。

见小荷仍是扭捏着身子迟迟不吭声，又见她欲言又止的样子，铁生忽然笑着说道："小荷，你是闷了吧？等铁蛋儿回来了，让他带着你出去转转好不好？还可以让他带你到北京，去看天安门、看故宫，你说怎么样？我现在就得马上走，回来时给你带两个烧饼夹驴肉，让你解解馋。"说完，铁生也不等小荷回答，径直走到小仓库里推出红云陪嫁来的永久牌子的加重自行车，推到门口，一条腿撩到了车子的另一侧，一只脚支在地上，回过头对小荷说道，"小荷，等铁蛋儿回来了，我一定让他带着你出去好好转转。"说完，骑上车子不见了人影。

小荷望着铁生消失的背影，心里升起一丝失落还有一丝温暖，她现在喜欢听铁生讲话，喜欢他那种不紧不慢、不高不低、张弛有度的讲话节奏，这种感觉，还是半年前听铁生在村里召开的承包荒山的动员大会上开始的。

那天，平时空荡荡的大队部里，因为忽然新增了几百人，一下子显得喧闹起来。人们从家中拎来了小板凳、小马扎坐在会场，男人抽烟吐出的烟圈在会场上袅袅环绕，女人们叽叽喳喳的闲聊声充斥着耳鼓，还有一群小孩子围着会场奔跑打闹。

副主任周胜也是一位刚刚提拔起来的村干部，比铁生略小一些，他坐在主席台上，清了清嗓子对着扩音器："大家请安静，我们马上开会。"说完，周胜环视着会场，等待着会场安静下来，可是他的话并没有奏效，喧嚣声依然不断，没有任何停下来的迹象。"大家请安静，会议马上开始。噗！噗！"周胜用嘴对着扩音器吹了几吹，他的话仍不见效，周胜的脸上开始出现一丝怒气，他站起来看着会场下面，还是有嘀嘀咕咕声从会场的某个角落中传过来，而且还夹杂着有人干咳吐痰的声音："呸！呸！"

周胜感觉面子有些挂不住，消瘦的脸被气得有点发白，他气愤地一拍桌子："你们还有完没完？我们这是开会，不是让你们到这里听评书看大戏来了，你们愿听就听，不愿听就滚蛋！不要在这里来磨牙。"

　　台下一片哄笑，骚乱声更大了。看来人们是存心让周胜难堪，周胜站在台上，小脸一阵白、一阵红，又一阵绿。此时的他，站在台上讲也不是，不讲也不是。他干杵在那儿，尴尬得快要哭出来了。

　　铁生这时走过来替换下狼狈不堪的周胜，对着扩音器吹了吹，用不紧不慢的浑厚男中音讲道："大家请安静，大家请安静。"然后坐在主席台上便不再说话，用犀利的眼神环视着台下的每一张脸，在不安分的脸上就多停留几秒，目光再缓缓移开，环顾了一圈，说话声渐渐变小，最后，变得鸦雀无声，连几个嬉戏打闹的小孩子也在各自家长嗔怒的目光里消停了下来。

　　铁生也不啰嗦，一开口便进入正题："乡亲们，大爷大娘大叔大婶们……为了使我们村早日脱贫致富，我们这个穷山恶水的村庄，在没有外来资金支援的情况下，该怎么办呢？我们只能靠我们自己的双手来改变我们家乡的面貌。所以，村委会响应上级号召，因地制宜，决定把我们村几处还没有开垦的荒山和村南、村东的果树林承包出去。承包出去的好处在哪呢？可以提高人们的积极性……"

　　铁生侃侃而谈，充分发挥了上学时作文好、口才好的优势，加上这几年当领导者的见识。他抓住了人们的心理，一步步把人们引进了他为村庄的未来设计出的一片蓝天绿树的场景中，人们沉浸未来的规划场景中，忘记了闭上嘴巴，以至于有人哈喇子流出来还浑然不觉，他们忽然感觉到，只要他们肯勤劳地付出，贫穷的家乡一定会变得天蓝山绿，会变得富足起来。

　　会议开得很成功，最后，人们承包的态度积极踊跃。这次会议以后，铁生在村中的地位和威信得到了极大的巩固，人们认准了这小子是个当干部的材料，而且也愿意听他指挥、被他调遣。而周胜在这之后便成了落魄书生，见了人一副灰头土脸的样子，他被人们的不屑打败了。也就是从这次会议之后，让当时在台下的小荷也不知不觉被铁生的风度迷住了，连她自己也不明白是怎样的一回事。现在，她喜欢听铁生讲话，喜欢听他讲今后村里的发展，喜欢听他讲外面好多她从来没有听说过的事，她还喜欢铁生微笑着喊她"小荷"。

　　铁生在乡里开了一上午严格落实计划生育政策的会议，会议要求，各村干部都要严格掌握村中适龄生育妇女的生育问题，做到一对夫妇只生一个孩儿，并做好登记备案，防止遗漏。对婚外同居的，做到零生育。

下午，乡里便来人在周家庄沿街的墙上刷满了"一对夫妇只生一个孩"，"还是计划生育好"的口号标语。这让铁生有点担心。小荷还不满十八岁，和铁蛋儿还没领结婚证，是严格控制婚外生育的对象，可是小荷已经怀孕了。但是，他在下午向其他村干部转达上级文件精神时，还是如实传达了。当然，铁生并没有向他们透露小荷已经怀孕的事情，而是在中午帮小荷给南方的家里拍发了电报，催促小荷的娘家抓紧把小荷的户口关系转过来，同时一定要把年龄修改一下，要报大两岁，这样，小荷就可以和铁蛋儿领取结婚证了。

上午传达完文件精神，下午会议接着开，铁生和大队支书周定奎、副主任李刚、周胜、会计周瑾五个人召开了已经策划好要在村外的西山脚下开办石子厂的会议。开设石子厂是铁生的主意，是他在半年前就开始筹划的，他也实地考察和盘算了一番，在距离周家庄百十里之外都有建设中的铁路和公路，石子不用担心销路。而开设石子厂最起码需要的是石子粉碎机和运输用的拖拉机，扩大规模后还需大型铲土机、翻斗车等。不过现在，在资金紧张的情况下，还只能是勉强支撑起简单的生产规模。所以，五个大队干部才坐下来谈论资金的问题。

会计周瑾低头翻看着账本："今年大队总收入和总支出的结余要好于去年，承包出去的果树林和荒山以及山上卖掉的荒草，还有租赁出去的农械机器，卖掉的树木等，全部资金加起来是两万七千零六十元。"周瑾说完合上账本看着大家。

铁生接过来说道："我估算了一下，如果咱们要开办石子厂，就是按最简单的规模的话，也得要石子粉碎机一台，运输用的拖拉机最少也得要四台，再加上其他最基础的工具、材料、人工开销，最起码也得要五六万元起步，现在咱们手里只有这两万来元，还差三四多万元的资金缺口，而这三四万元，我们大家坐下来商量一下，都发表一下各自意见，到底该怎么凑？"铁生说完看着其余的四人。

周定奎重重吸了一口烟，不耐烦地说道："我还是坚持我的观点，不够的资金由我们五个人均摊，这样呢，公家的资金占全部资金的比例是多少，自然效益比例也按这个提取，这样我们每个人基本上就是七分之一的股份，你们觉得这样是不是公平呢？"说完周定奎把吸剩的烟扔在地上，用脚狠狠地把火星碾灭。

周胜这时举手示意："我同意不够的资金由我们五个均摊，这样我们五个就可以齐抓共管。"

铁生看着舅甥两个，说道："我不同意。"

其余的四人一起把目光投过来，铁生继续说道："由我们五个村干部管理石子厂，这在外人看来，不成了公私不分了吗？谁会相信咱们不会中饱私囊？所以，我还是坚持由村民自愿入股的方式，这样，大家就可以共同管理监督。"

会议一下僵持下来，僵持中，已表过态的三人都看着李刚和周瑾，李刚和周瑾一下子露出为难的表情。村支书周定奎显然对唯一的外姓——村委会副主任李刚和会计周瑾不满，一向对自己言听计从的二人，看来有调转方向的征兆。周定奎瞪着眼睛对着二人大声嚷嚷道："你们俩倒是表个态，支持哪一方？"李刚和周瑾此时都嗑起了牙花子。"这？"李刚抓挠着头发。

"这样吧，我们不记名投票，支持谁的观点，便写上谁的名字。"铁生出主意道。说完，便从一个本子上撕了一张纸，又撕成五份放到桌子上，分别推给其他四人，自己又首先捡起了一小片纸，写下了"周铁生"三个字后扣放在桌上，然后看着其余的四人。

李刚和周瑾互相对视了一下，也各自捡起来写上了名字放回桌子中央，桌子上现在只剩下两小片纸，周定奎看看大家，又看了一眼自己的外甥周胜，无奈，只好捡了一片。

周胜见舅舅写了，也在最后一片纸上写上了名字。

最后投票的结果：铁生三票，周定奎两票。周定奎看完结果后，气得甩着袖子出去了。

铁生最后一个从大队部的屋子里走出来，长长地舒了口气，他又一次在对手面前取得了阶段性胜利。

随着铁生在村中的威信逐步提高，他和支书周定奎的矛盾在这两年里也逐步显露了出来。周定奎是个资历深、原则性强的老党员，靠着他多年来的秉公办事、雷厉风行、敢说敢干、不怕得罪人的办事态度，在村中是个说一不二的人物，可是随着铁生这个后生晚辈的异军突起，他明显感觉到了自己的势力范围在逐步缩小。俗话说：一山不容二虎。他和周铁生迟早会有一场硬碰硬的较量。自己一手培植出的亲信，副主任李刚和会计周瑾现在也有了摇摆不定的趋势，当一名副主任退休时，他便把自己的亲外甥周胜迅速提拔了起来，用以对抗铁生的势力。

铁生也有着远大的抱负，在他高考落榜的时候，就为自己谋划出了一条路，既然他不能通过高考这条路离开这片穷山恶水，那么命里注定他就要扎根在这里，他要努力改造它，通过这片天地实现自己的人生理想。所以当年他以牺牲爱情为代价，不光是为了家庭的经济考虑，也是为了在人生理想的道路上走得顺畅。当年为了当上村主任，他没少往老主任的家里跑，提溜着酒有事没事就陪着老主任喝酒套近乎，又让岳父陈中医递话到乡上。所以，他的村主任之路才走得顺风顺水。可是面对着交通不便、缺水少田的一片荒山秃岭，他一直找不到改造家乡的突破口，就在过年时，他看见了他的前女友娟娟。

娟娟带着她的南方丈夫回来了，娟娟穿了一件黑黄条纹的貂皮大衣，烫着大波浪卷的长发，一双半高跟的翻毛皮鞋，脸上略施粉黛，"咔、咔、咔"地走在磕磕绊绊的土路上。娟娟手挽着一个高额深眼的三十多岁的中年男人，男人梳着向后的油光大奔头，一件笔挺的呢子大衣，引来不少村人的围观。

娟娟告诉乡亲们，她丈夫是一家企业的老板，那家企业就是他们家开的，现在她就是老板娘，村民们咂摸着老板和老板娘的字眼儿，颇不习惯这样的叫法，这不是旧社会资本家的叫法吗？怎么现在又时兴回来了，看来真是老土鳖了。

铁生听说娟娟回来了，而且是衣锦还乡，心里颇不是滋味，生怕哪天和娟娟撞上，可怕什么就来什么，那天铁生推着他的永久牌自行车和娟娟狭路相逢，娟娟和她的丈夫手挽着手，仰着脸和铁生打着招呼："铁生，我来给你们介绍一下，这是我的丈夫陆培元，广州一家配件厂老板。"陆培元礼貌地堆着笑脸说："你好，你好。"操着一口浓重的广州口音。娟娟又指着铁生向她的丈夫介绍道："这是我的高中同学周铁生，现在是我们这里的村主任。"铁生机械地点了下头："你们好，今天队里有点事，咱们有时间再聊。"慌忙推着车子走开了。

那天，铁生回家后，便一个人躺在炕上好久，红云喊他吃中午饭，叫了几声都不见反应，便走过来，只见铁生大瞪着两眼直直地望着屋顶，红云用手拍了拍铁生轻声说道："赶紧起来吃饭，饭都要凉了。"见铁生还是没反应，便把手放在铁生的额头，"怎么了？不舒服？"铁生不耐烦地推开红云的手："哎呀，你怎么这么烦？你让我清静会儿好吗？"

红云委屈地走了，自己一个人躲到另一间屋独自落泪，过了一会儿，铁生感觉不对劲，过来找到落泪的红云，赔着笑说道："怎么啦？你看都多大岁数了，还这样孩子气。"说着拉起红云的手，"走，咱们吃饭去。"红云甩开铁生的手，生气说道："不管我怎样，都拢不住你的心。"铁生马上抓起红云的双手，放到自己胸前笑着道："心就在这里，要不我掏出来，给你看看是不是在这儿。"红云"扑哧"一下笑了，一把推开铁生，说："你就会耍贫嘴。"俩人到前院吃饭，铁生母亲嗔怪着说道："你们吃个饭也这样磨蹭，我们等你们等得饭菜都凉了。"铁生忙道："妈，下回你们吃饭，该吃就吃，不要再等着我们了。"

娟娟的衣锦还乡确实刺激到了铁生，昔日的恋人娟娟傲慢地挽着衣着考究的男人，把铁生比得寒酸落魄。他心里真的是五味杂陈，他知道山外辽阔的中国大地，此时正经历着翻天覆地的变化，而只有他们这块山窝窝里还沉睡在冬眠中，他也在冬眠中助长了惰性。终于，他下定决心，向老支书周定奎讲了他想开办石子厂的计划。虽然他和老支书周定奎有了面和心不和的迹象，但在原则问题上，俩人还是一拍即合。接下来就是资金问题。周定奎的提议遭到了铁生的坚决反对，由五个人补充资金并由五个人来管理，这在外人看来很容易出现以公谋私、贪污现象的滋生，这在一向坚持原则的老支书周定奎来说，很不合他的套路，而他为什么要这样坚持呢？

铁生得出了结论，周定奎想和外甥周胜一起组成联手，拥有石子厂更多的话语权。铁生想到了这点，为了防止这种暗中的垄断，铁生提前找到了李刚，这个全村少有的外姓，一直在周定奎的庇护下的副主任。铁生向他讲明了利益得失，李刚狡黠的眼珠在眼眶里打着转转，迟疑着说道："铁生，你的话很在理，可是这么多年，他的性格你也知道，他一向不允许别人反对他的，我们怎能公开……"

铁生一摆手打断了李刚的话，不慌不忙从口袋里拿出了一张纸扬了扬："你不用说话，让它说了算。"铁生又找到了会计周瑾，向他说明来意，和李刚不同，一向办事一丝不苟的周瑾在这事上立场坚定地站在了铁生这边，他怕日后背个账目不清的黑锅。

现在的结果，一切都在铁生的掌控之中。

在铁生的大力宣传下，又有村里几个人入了股份，石子厂在铁生的一通紧锣密鼓的操办下，终于开起来了。石子厂的规模不大，工人加上司机不超过二十人，雷管、炸药、钢钎、铁镐、铁锨，粉碎石子机一台，拖拉机四台。从开办那天起，放炮声，粉碎石子的机器轰鸣声，就时不时地从远处的山脚下传来，拖拉机冒着一股黑烟，"哒、哒、哒"绕着村外的土路一直开出村子，送到了几十里之外的一条正在铺设的高速路旁。

铁生这一段日子，还在为小荷的户口关系焦虑着。小荷已经怀孕三个月，小肚子已有了微微的隆起，拍发的电报却一直没回音。再这样下去，小荷怀孕的事迟早会传出去的，现在计划生育正在风头上，这让铁生这个做村主任的也一时犯了难，可在表面上，铁生还是一副风轻云淡的表情。

此时正值播种季节，由于缺少水源灌溉，像周家庄这样的山区，人们便在山坡地头儿，点上花生、棉花、豆子，栽上红薯秧这些耐旱庄稼，至于收成，大半是靠天吃饭。

小荷随着公婆点完了一块花生地，回到家里，刚洗了把手，莲子这时又来找她，一进门，莲子的表情有点儿神秘兮兮，她把小荷一直拖到屋里，确认旁边没有人，才说道："小荷，我有事想求你帮个忙。"

"什么忙？你说吧。"小荷笑着说道。

莲子拉过小荷的手："小荷，我说的可是真的，真有事求你，没跟你开玩笑。"莲子的表情一下子严肃起来。

第七章　争斗和老村主任的秘密

由于卫东的一件白衬衫，莲子再一次遭到三春的家暴，现在莲子对三春，对这个家不再有一丝留恋。老四卫东为了避嫌，也搬走住了校，莲子表面上跟没事儿似的，在家里忙这忙那，就像真的融入这个家庭一样，其实她一直为她的出逃做着准备，现在不管三春如何骂她，大春如何对她指桑骂槐，她都无所谓。她从一个怨妇变成了一个大大咧咧的人，就连阅历丰富的周家母亲都没看出什么来。现在的莲子只希望三春继续对她不好，这样就为她出逃找到了借口，就能缓解为实施的逃跑计划所承受的良心的指责和不安。

莲子会找出各种理由，跟着村里的大姑娘、小媳妇到镇子上，她要摸清各条出村去镇上的道路和需要的时间，然后又偷偷打听镇上开往省城的汽车时间、线路。只要到了省城就好办了，因为那里有大型的火车站，有开往全国各地的火车，莲子在心里盘算着。

这一段时间以来，三春一家对莲子的戒备放松了，莲子觉得时机到了，今天找到小荷把自己的计划和盘托出，并向小荷详细地讲了出逃的时间和路线。小荷听得心头一阵阵发慌。但看到莲子如此坚定，她实在找不出阻拦她的理由，便问莲子自己能为她做点什么。莲子说，希望小荷能给她凑点路费，而且，要小荷把家里小仓库内那辆长久不骑的旧自行车给她用一下，因为她要用它赶时间。莲子的准备工作做得足够细致周密，都盘算到自己家里来了。话也说到这个份上，作为同乡的姐妹，小荷已没有拒绝的余地了，尽管内心还在为这事该不该帮忙纠结着，不过嘴上已经答应了莲子。

夜里，小荷躺在炕上辗转反侧，顺英走了，莲子又要走，三个好姐妹只留下了自己，以后连个说贴心话的人都没有了，心里不免空落落的。她又想起前些日子，莲子来向她说顺英逃走时的情景，想起莲子当时的表情，现在才明白，那时的莲子，就已经做好了要逃走的准备，没想到莲子是这样一个有心机的人，自己要不要帮她？小荷的脑海里马上闪现出莲子一次次遭受丈夫毒打的情景，莲子是个好姑娘，为了家人，千里迢迢来到北方，却遭遇到不幸的婚姻。想到这里，小荷又为莲子开始鸣不平，希望她快点脱身，回到家乡，回到父母身边去。可是这样做就对吗？还有更让她心不安的，她这样做，公公婆婆、大哥大嫂他们知道了会同意吗？万一莲子路上有什么不顺⋯⋯她不敢再往下想，心头就像有块巨石压着一样，一直思虑到东边泛白时，才昏昏睡去。

小荷挨过了一上午的魂不守舍，终于等到了她和莲子约定的中午，小荷手里握好了向大哥借来的五十元钱和自己的八十元私房钱，这是给莲子准备的路费，莲子说手里一分钱也没有，她每次买东西都要向婆婆张口要，婆婆都是盘算好数目后，一分不差地给她，所以莲子结婚这么长的时间，身上却一分钱都没有，这也是婆家一家人对她放松戒备的一个原因。

小荷以给自己母亲买件衣服寄回家为借口，向大哥铁生借钱，铁生也没过多细问，就拿了五十元钱交给小荷，并说今天他再给小荷的家里拍份电报，户口证明可能是邮局出了什么差错，被遗漏在哪儿了。小荷随口应着，她的心思此刻不在这里，连诓骗大哥都来不及自责一下，她趁中午家里人午休的时间，把她和莲子提前收拾出的旧自行车推到了院门外。可是，她哪里知道，这辆破旧的自行车所承载的家史，只要他们村上的人都能认出，只是没有经历过那段时期的小荷和莲子浑然不知。

屋里的老式座钟还有五分钟就指到下午一点，小荷焦急的身影一趟趟出现在院门外，已经过了她们约好的时间十分钟。小荷在院门外徘徊着，又担心家里人问她，她不知编排个什么谎话出来。徘徊中，终于见到了莲子奔过来的身影，俩人来不及多讲，小荷把手心里握出汗的一把钱塞给莲子："这是一百三十块，刚够你的路费，你快走吧。"小荷说着向莲子摆着手，示意她快走，莲子推上车子回头对着小荷道："借你的钱到了那边我会还给你母亲的，自行车我把它放在出村口的杨树林子里，你到那里去取。"

小荷催促道："我知道了，你快走吧。"

莲子一迈腿蹬上车子。

望着莲子蹬着车子远去的背影，小荷回到屋里，只觉得两腿发软。

在周家庄去往镇子的马路上，周家庄的一对夫妇刚从镇上卖完了一窝小猪仔回来，正好赶上猪市高价，俩人兴高采烈地赶着驴车往回赶路，在刚拐出镇子的一个十字路口，老婆用手拍了拍丈夫的后背："哎，你快看，那不是周三春的媳妇吗？你看她到这儿来干什么？"男人顺着老婆的指点望去，在对面马路旁的杨树林边上，一个女人推着一辆自行车进了树林。"你看清了是三春他媳妇？要是她，怎会到这里？"男人的头一歪。他的不以为然显然让老婆感到心里不爽，老婆又道："不信，你把车子停下来，咱们等着她出来，看看到底是不是她。"

"大中午的不回家，真没事干了吗？"男人撇着嘴说道。显然对老婆的无聊极不耐烦。老婆遭到丈夫的奚落很不开心，也不再吭气，驴车继续"哒哒"往前赶路。"你快看，她出来了。"没多大工夫，一直和丈夫较劲儿的女人终于又开始兴奋喊道。丈夫瞥眼看去，只见刚才见到的那个女人从杨树林里跑出来，之后女人一路小跑着又上了马路，此时一辆小型公交车正好驶来，女人向汽车挥手示意停下，汽车停在女人身边，女子随即上了那辆汽车。看着汽车消失在二人的视线中，俩人才转回已发酸的脖子。老婆这次问丈夫道："这次，你看清了吧，是不是三春媳妇？"丈夫"嗯"了一声，说："看着是挺像的。""什么叫挺像啊？本来就是。"女人得意地说道。丈夫不再吭声，女人又道："那你说，她这是要去哪儿？这可是开往省城方向的汽车啊。""那就去省城呗。"丈夫答道。"可是不对呀，周三春不是一直死盯着他媳妇吗？根本就不让她出远门？他媳妇怎么可能一个人到省城？""对呀，也是啊。"丈夫终于被老婆点拨得悟出了点什么。夫妻俩就这样坐在驴车上你一言、我一语。经过一路推敲，终于得出了一个大胆推测：周三春的媳妇逃跑了。

驴车在进周家庄的路口时，刚好被卖完猪肉骑车回家的周大春从后面赶上来，今天的猪肉卖得异常好，刚过中午肉就卖完了，周大春收拾好摊子，蹬上车子往家赶，夫妻俩便把所见的一五一十说给了周大春听，尤其提到看见那个女人推着车子进了树林的事，让他们很是蹊跷，不过，他们并没明确说那个女人就一定是莲子,只是说着看着很像。周大春向他们挥挥手表示感谢,掉头蹬着车子就往回骑,老婆看着周大春远去的背影,咂摸着嘴巴:"得、得,这回可有热闹瞧了。"

周大春骑着车子来到那片杨树林,把车子靠在边上,自己钻了进去,没走几步,就发现了靠在一棵树干上的一辆自行车,再看四周,并没有任何异常痕迹,再细看这辆自行车,车把上布满着陈旧的划痕,车轮瓦圈,锈迹斑斑,这是一辆长久不用的旧自行车,觉得有点眼熟,但一时想不起见谁骑过,先带回去再说,他用枝条把车子捆在自己的自行车后座上,后座上刚好有摆放猪肉的大木板,还是赶紧回家,通知三春一起想办法,看来这娘们儿已经去了省城。

周三春有睡午觉的习惯,他一觉醒来,发现没有了莲子,便上母亲的屋里,扒拉醒鼾声正浓的母亲,问她知道不知道莲子去了哪里,母亲揉着惺忪的双眼,说:"你去看看她去没去铁蛋儿家,她不是老爱找小荷吗?"三春马上蹬上车子到了铁生家里,周广顺正在门口吸着旱烟,周三春过来问道:"叔,我家莲子在你家吗?"周广顺咳嗽了一声,答道:"没有,小荷吃饭后就一直在东屋睡觉,今天没见过莲子来过。"三春又急忙蹬上车子围着村子转悠,逢人就问看见莲子没有。

周三春从满街跑着的两个小孩儿口里得知,莲子骑着车子去了村东,那是出村的一条路。这时三春只觉得头有点大,大春、二春都在镇上,他只好叫来了堂弟宝柱和他一起准备去追,这时周大春风风火火地赶回来,周大春把那辆旧自行车扔到地上,对着三春说道:"是不是那个臭娘们儿又跑了?"

周三春答道:"是不见了,哥,你怎么知道的?""哼!"周大春鼻子里哼了一声,指着扔在地上的自行车道,"赶紧看看这是谁家的自行车,她就是骑着这辆车子跑的。"周三春细细观察着车子,车子有些眼熟,细想之下,忽然想起来了,这不是当年周铁生上高中时骑的那辆车子吗?后来为给他母亲看病,每个星期都要驮着他母亲去乡里。"这是周铁生的自行车。"周三春一口断定。

"又是他们家,我早该想到了。"周大春狠狠地咆哮着,"三春,你们快去省城去追，下午三点半还有一趟去省城的汽车，我现在就去找周铁生。"

这是个残阳似血的黄昏，出春入夏时节，大地已覆盖了一层茸茸的绿色。这也是个躁动的季节，在刚开始昼长夜短的季节变换中，人们需要找寻一些刺激来填补无以打发的寂寥。

周家庄好久没有这样噪杂了，那种噪杂声从一个点传来，然后又向四周散去，噪杂声所到之处，家家户户门洞大开，老老少少、男男女女鱼贯而出，循着声音，就像被什么施了吸纳大法，都被吸到周广顺家的院中停下来。

此时周大春手握一把剔肉尖刀，一脚踹开周广顺家的院门，把作为罪证的自行车扔到地上。周大春对着屋里喊道："混蛋王八蛋，都给我滚出来！"

周广顺和老伴儿正在屋里唠嗑，见周大春叫骂着闯进来，不知什么原因，赶忙迎出来："大春啊，有事啊？来、来，屋里坐。"周大春用手指着周广顺："老东西，你少来这套，我问你，周铁生在不在家？小荷在不在家？我要找他们。"

"大春，你有什么事情？就跟我说吧。"周广顺赔着笑脸道。"跟你说？那我问你！三春他媳妇为什么会骑着你家的自行车逃跑？你给我说，你给我说呀！"周大春对着周广顺大声咆哮着。铁生娘见事不好，赶忙从后院叫来了铁生。

"有什么事你对我说，你不要对着老人瞎嚷嚷。"此时铁生从后院赶过来，对着周大春义正辞严地呵斥道。"好，周铁生，你来得正好，我问你，为什么三春媳妇会骑着你的自行车逃跑？你给我讲清楚，讲不清楚，我就把你家全砸了。"周大春把手里的尖刀猛地扎到了地上。

此时，满院子都是人，里三层，外三层，有几个半大孩子爬到了院墙上看热闹。铁生说道："三春他媳妇逃跑，是你家的事，你到我家胡闹什么？我家的自行车在小屋里搁的好好的，三春媳妇又什么时候骑过？"

周大春扒拉开人群，指着地上的车子说道："怎么？想赖账不成？这就是莲子逃跑时丢在杨树林子里的。"说着用手指着铁生，"周铁生，你别装蒜，别以为你当个什么破村主任，就没人敢把你怎么样，我周大春可不吃这一套，人找不回来，你就赔人，损失的钱，你来补，不然，我让你也尝尝这家破人亡的滋味。"

铁生看着地上的自行车，当确认是自己上学时骑的那辆自行车时，迅速进了小荷的屋子，一进屋便见到小荷把头埋进了一条被子里，全身蜷缩着簌簌发抖，铁生叫了一声："小荷。"小荷惊恐地"啊"的一声，全身抖动得更加厉害。铁生即刻明白了，他镇静了一下，走出了屋子。

铁生来到周大春面前，说道："大春哥，咱们有话好说，可能是一场误会，来，我今天请你喝两盅，咱们进屋说话。"

"周铁生，你少给我来这嬉皮笑脸，我不吃你这套，我今天就是要人来了，我还明确地告诉你，莲子要是找不回来，就让你们家小荷到我家当媳妇去。"这时，红云和周广顺也一起过来对着周大春说好话："大春，你先消消气。"他们也是刚才看见了小荷惊恐的样子，确认是小荷把车子借给了莲子使用。正当周大春在铁生一家的好言相劝下稍稍有些气消的时候，人群后边有阵骚动，人群往两旁自动闪出一条通道，周家母亲这时从人群中冲了进来。

周家母亲一进来，就一屁股坐到了周广顺面前，拍着腿号啕大哭道："老天爷啊，你怎么这样不长眼啊？你竟往死路上逼我们啊，我们这孤儿寡母的一家人以后可怎么过噢？"一边哭诉，一边用手指着周广顺，咬着牙道，"周广顺，我问你，你为什么总要和我们这一家过不去？大春他爹死了这么多年，你为什么还要没完没了，你们家现在又帮着莲子逃跑，你们到底安的是什么心？"

周广顺听周家母亲这样讲话，吃惊地说道："嫂子，你这是说的什么话？"

周家母亲用手指着周广顺，气愤地说道："周广顺，你不要装糊涂，大春他爹的死，你就是那个造谣诬陷、告黑状的人，这么多年，你忘了，我可忘不了。"

这时在一旁的周大春听了母亲的话，猛地从地上拔出那把尖刀，走过去一把揪住周广顺的衣领，人群中顿时发出"哦"的一声惊呼。

铁生迅速扑了上去，死死抓住周大春的胳膊，红云大声惊呼着，也过来揪住周大春的衣服，几个邻里乡亲赶紧过来帮忙一起夺周大春手中的尖刀，周家母亲此时见无法收场了，又大声哭喊起来："大春呀，不能动刀啊，那样会出人命的，千万不能啊！"

周大春并没有听从他母亲的话，在众人的一起阻拦下，仍在奋力挣扎着冲向周广顺："周广顺，你这个老东西，我今天就要替死去的父亲报仇！"

周广顺跺着脚说道："我冤枉啊，我从来没有告过什么密啊。"此时的周大春，谁的话都听不进去，他已被仇恨的火焰又燃回了那个北风呼啸的夜晚，他又想起了当年父亲七窍流血、气绝身亡的情景。他在父亲冰冷的遗体前发过毒誓：此仇不报，誓不为人。这么多年，他一直没有在母亲那里得到过杀父仇人的真正答案，母亲只是含含糊糊，一直没有明确过。二十多年过去了，他似乎对为父报仇的事已经淡忘，但今天，当第一次从母亲口里得到了答案，他的心已经不能再平静了。

被众人围困的周大春还在奋力挣扎，嘴里继续大声谩骂："周广顺，你少跟我装可怜，你骗得了别人，骗不了我，我早就应该想到是你，让你逍遥了这么多年，因为我父亲就死在我跟周铁生打架的第三天，你觉得气不顺，就去告密，今天，咱们就来个新仇旧恨一起算吧，啊！"周大春突然发出野兽般的一声狂叫，一下子冲出了众人的围挡。

看热闹的人谁也不敢再上前，人群紧张地倒退出数步，留出中间一大片空地，周大春发狂地挥舞着尖刀，就在人们紧张得大气都不敢出的时候，只听一声摄人心魄的断喝："你给我站住！"

随着一声大吼，此时一个人站在院中，手里抄着一把菜刀，怒气腾腾，脸上凝结着一层杀气，他怒目而视，死死盯着周大春。当周大春再次提起当年的那场打架，铁生觉得头上的血直往上涌，他想起了自己当年被周大春、周三春哥两个骑在身上挨打的情景。当年的屈辱他不想再提起，自己的委屈就算了，他更受不了自己的父亲在自己面前，让别人指着鼻子这样的侮辱谩骂。

"铁生，你千万不能做傻事啊，你不是他的对手，我求求你了，你不要过去。"红云大声哭着从铁生后面把他拦腰抱住，哭倒在铁生脚下，"你千万不要过去，我求你啊，铁生，不要啊！"

铁生并不理会脚下的红云，手持着菜刀说道："周大春，你不是要报仇吗?

有种的你不要冲着老人耍威风，你冲着我来，你要敢碰我父亲一根手指头，就先从我周铁生的尸体上跨过去。"铁生怒视着周大春，之后，铁生开始撸起一只袖子。

众人都疑惑不解，不知铁生这是要做什么。突然，铁生把菜刀的刀刃放到了自己露出的胳膊上。

"哇！"人们又一阵惊呼，这是……

此时只见铁生突然一咬牙，把菜刀在胳膊上一刀划下，血一下子流淌下来。

"哇！"人们又是一声不约而同的惊呼。

"铁生，你不能干傻事啊。"铁生的父亲周广顺大声喊道。周广顺的话音刚落，突然，一个瘦小的身影迅速扑了过来。

众人一见，原来是小荷，不知什么时候从屋里跑出来，扑到了铁生身上，小荷托起铁生流血的胳膊大声哭喊道："哥，哥，我对不起你，是我错了，都是我惹的祸。"小荷托着铁生的胳膊开始号啕大哭，众人这才明白事情的根源起因。

"小荷，没事，不要怕，这个不怪你，该来的迟早要来。"铁生用没有受伤的右手拍拍小荷的手，继续怒视着周大春，"来吧，咱们今天就来个了断，不是你死，就是我亡，不然这事我跟你没完。"

就在院中一阵骚乱之际，谁也没有注意到，一个人影迅速跑出了人群，跑到墙根儿下，磕头下拜："王母娘娘，观音菩萨呀，显显灵吧……"铁生母亲在惊吓中又失去了理智，她跑出了院门。

"这，这——"看着此时已经一脸杀气，红了眼的周铁生，周大春向后倒退出数步，他也被铁生这不要命的一招给镇住了，忽然觉得自己好没面子，又从后槽牙发出声音说道，"今天的事儿就到这儿，记住了，这仇一定要报，还有，莲子找不回来，还要找你算账。"

"不要报仇了，你的仇人不在那里。"这时忽然有个声音从人群中发出来，众人都循着声音望去，只见退休的老村主任周洪走出了人群。

周洪走到铁生跟前，意味深长地拍了拍铁生的肩膀，又拉起周广顺的手低下头去，说道："广顺大哥，对不住啊，我让你们受委屈了。"十五年前那个伸手不见五指的夜晚，此时便浮现在周洪眼前。

十五年前，周洪时任周家庄村主任并代任第四小生产队队长。周大春的父亲当时是第四小生产队的仓库保管员，周洪和周大春的父亲每人各拿着生产队的一把仓库钥匙，曾有人向周洪唠叨过，大春的父亲手脚不太干净，周洪由于大队、小队的事都要处理，忙起来也没拿这事太在意。后来，在给社员们分发粮食的时候，他都感觉到粮囤里的粮食有了变化，他悄悄地做了记号，果然，粮食被人动了手脚，在变少。这事的出处当然他心知肚明，因为只有他和大春的父亲有钥匙。

于是周洪想给大春父亲一个教训，他没有声张这事，偷偷地找来了几个民兵和他在晚上一起去巡逻，告诉他们说这段时间粮库出现了盗贼，还让他们不要对外声张，免得打草惊蛇，几个人在粮库门口守候了几个晚上。

在一个漆黑的夜晚，盗贼被他们当场擒获。大春的父亲正背着一口袋玉米从粮库里走出来，锁门的时候，被几盏亮晃晃的手电筒照得脸色发白，浑身筛糠。大春的父亲"扑通"跪在几个人面前，痛哭流涕，哀求道："求你们放了我吧，我家里还有几个饿着肚子的孩子，那点口粮不够他们吃啊。"

周洪说道："我可以放了你，但希望你要好好悔过，明天给我写份检讨书，这种事不能再干了。"周大春的父亲当场答应。带着几个晚上辛苦守候的胜利成果，周洪和几个民兵打道回府。有人激动地吹起了口哨，没人再搭理瘫在地上的周大春父亲。

第二天早起，一个爆炸性消息迅速传遍了整个周家庄，周大春的父亲当夜服毒自尽了。人们再细一打听，原因是大春的父亲昨晚偷了生产队里的粮食，被当场抓住，觉得没脸见人，于是服了敌敌畏，畏罪自杀。周洪听到这个消息时，害怕得浑身冒汗，他没想难为大春的父亲，只想让他收手不再偷了就行，没想到，他会这样想不开，而且还有个要命的问题，他忘了从大春父亲手里要过那把钥匙，那把钥匙上还拴着另一个仓库的钥匙。那个仓库里有给庄稼喷洒农药的喷雾器和农药。大春的父亲正是服了库房里的农药回到家后一命呜呼的。

周洪躲在家里几天没有出来，他也能想象得到，那几个和他一起抓盗贼的民兵，是怎样把这事和大春父亲服毒自尽的事联系在一起，传遍了整个周家庄的。周大春哥几个在强大的舆论面前，量也不敢出来犯浑找茬儿。几天之后，周洪又似乎找到了为自己内心开托的理由，不是之前有人向他反映过，大春父亲手脚不干净吗？是谁说的他已经忘了，反正是有人说过。于是，他向村民们说，有人向他反映周大春的父亲偷粮食，他不得不去抓，至于说谁向他反映的，他神秘地一乐："保密"。

于是在人们口口相传中，周大春一家仇恨的怒火全部被转移到那个神秘的告密者身上了。因为没人觉得他周洪的做法有什么不妥。周洪自己觉得这个理由足可以让自己的内心稍稍宽慰些，也就真的把那个似是而非的理由当成真的事实了。可就在他为自己找出如此安心的理由没几天，他就发现他又犯了一个天大的错误，那就是他设计下的告密者，已经被人们对号入座了，与周大春一家打过架、结过怨的都在入选之列。尤其是周广顺的嫌疑最大，原因是周大春的父亲在服毒的三天前，周铁生刚好在与大春的争斗中，被打得头破血流，周广顺气不过，找大春的父亲理论，大春父亲不但不赔礼道歉，反而说："活该，是你们自找的。"

周广顺成了人们猜忌中神秘的告密者。周洪当然能想象得到，周广顺是窝了怎样的一肚子憋屈，这个黑锅一背就是十五年。

在这十五年中，周广顺尽管在人们或明或暗的暗示中，得到的信息是：周大春的父亲是那么的浑不讲理，就应该告他，他的死也是罪有应得。但周广顺还是满腹的委屈，就连铁生也有一次向他求证，被他当场臭骂一通。他的苦闷不能向任何人倾诉、解释。因为那只能被人误以为是"此地无银三百两"，只能越描越黑。

周广顺背负十五年的"黑锅"，周洪也因此背了十五年的亏心。明明抓贼是一件光明正大的事情，为什么他周洪要让一个清清白白的人背负冤案呢？尤其在这几年里，周洪也越来越有了为人"平反昭雪"的想法。当这次看到铁生一家被周大春逼得忍无可忍，都要闹出人命的时候，他觉得这时他再不出来把事情的原委讲出来，这个秘密可能会被他带入棺材中。

周洪鼓足勇气，把十五年前的"秘密"公布出来，不管后果如何，他心安了。此时却感到他当时办事是光明磊落的，没什么亏心的。他也犯不着对周大春一家有什么亏欠之心。

在人们吃惊的目光中，周洪说出了积压已久的秘密，他的心里顿时豁亮了。周广顺此时已是老泪纵横，他用手指着周洪："你怎么能这样？"便哽咽着再说不出话来。此时的周广顺对周洪不知应该是感激还是应该恨。

周大春拿起尖刀对着周洪比划着："你这个老不死的，我真想一刀宰了你。"几个村民赶紧拦了下来："大春啊，你要杀了人得要偿命的，为一个老棺材瓢子偿命可是犯不着。""哼！老不死的，算是饶你一条老命。"周大春自觉没趣，拉起自己的母亲，"走，咱们回家。"

第八章 血案 惩治恶霸

满院子的人随着周大春母子的离开走得所剩无几，铁生这才感觉胳膊开始痛起来，红云早已从家中备用的小药箱中取来了紫药水和纱布，给铁生把伤口消完毒后包裹起来。家人正为铁生忙活的时候，不知谁喊了一声："你们快看小荷，她怎么了？"

大家的目光一起去寻找小荷。发现小荷歪倒在台阶旁，脸色煞白，大家一起跑过去扶起她，只见小荷的两条裤腿全被血色染透了。

"快去套车。"铁生大声惊呼着。周广顺赶忙套来了自家的牛车。铁生一把抱起了小荷放在牛车上，对红云说道，"你把妞妞托给街坊照看一下，咱们快去医院。"

此时天色已暗淡下来，周广顺用鞭子狠劲儿抽打着小牛，牛车一路吱扭着狂奔在崎岖的山路上。

小荷闭目躺在红云的怀里，昏昏沉沉，刚刚发生的一幕让她惊魂未定：凶神恶煞般的狂魔周大春让她惊恐到了极点，丈夫铁蛋儿也不在身边，连个依靠都没有，知道周大春闯进了家里，小荷没敢出屋，隔着窗户，她听到了周大春的咆哮声，她只有把头埋进被子里，才能稍稍感到安全些，隔着厚厚的棉被，院外的嘈杂声顿时与她隔离开来。过了一会儿，小荷从棉被里轻轻掀开一条缝，外边的嘈杂声马上又灌进了耳朵里，镇静了一下，小荷趴到窗台上向院外望去。

"啊！"她正看见铁生手持菜刀划向自己的胳膊。"不！不要啊！"小荷从屋里冲了出来，跑到铁生身边，托起他流血的胳膊。

殷红的血，顺着小荷的手、胳膊往下流淌，一直流淌到脚面。那血好刺眼啊，小荷眼前一片晕眩，伴随着一阵痉挛般的腹痛，一股热乎乎的东西，顺着腿流淌下来。

牛车在山路上继续颠簸着，红云低头不停呼唤着："小荷，小荷。"小荷感觉耳际有人呼唤她，迷迷糊糊中轻轻"嗯"了一声。

"小荷，你感觉现在怎么样？"是一个男人急切的声音。"我冷。"小荷颤抖着声音有气无力地答道。红云把小荷往怀里使劲搂了搂。"就快到医院了，小荷，你不要睡觉。"铁生说着抓起小荷一只冰凉的手，使劲在掌心里握了握，抬眼看着前方崎岖的山路，一纵身跳下了牛车。

"你要干吗？"红云回头问道。铁生也不回答，抬起没有受伤的右臂搭在车帮上，奋力向前推去，车轮"咕噜噜"立马加快了速度。

小荷的神智越来越模糊，一丝气息，随着不断流淌出身体的血液，也在渐渐流逝，她觉得自己好轻啊，轻得若不被抱住，她就要飘飞出去。忽然，一双有力的大手把她拦腰抱起。"小荷，你醒醒，我们这就到医院了。"耳边响起一个男人气喘吁吁的声音。

小荷感觉好温暖、好舒服啊，她想，就这样沉沉地睡去，该有多好。接着，她听到遥远的天际里，隐隐约约传来很多陌生人的说话声，她被放在一个平台上，有人扒开她的眼睛，刺眼的亮光直射进瞳孔里，鼻子里被插进了细管，手背上一丝疼痛。后来，身体麻麻的，再之后，一团热乎乎的东西便脱离出身体。

铁生、红云和周广顺在手术室外焦急地等待着，在煎熬中也不知过了多久。终于见到一名女医生推开手术室的门，几个人赶忙围过去。"你们是管小荷的家属？"几个人忙说："是。""孩子流产了，大人算是命大，你们再晚来一会儿，她不但会永久失去生育能力，而且命都有可能保不住，还好大人平安了，她一会儿就会醒过来。"

铁生连忙说道："谢谢大夫。"女医生瞥了一眼铁生："没什么，应该的，你的胳膊怎么了？"铁生托着胳膊忙说道："没什么，只是擦破了点皮。"

红云这时见铁生一脸的憔悴模样，忙说道："现在小荷已经脱离危险了，我们去找大夫把你的胳膊再包扎一下吧。"铁生这才发现缠裹着胳膊的纱布上，血迹已经隐隐透了出来。

天刚蒙蒙亮，铁生在值夜班的医生那里把伤口重新清洗，上药包扎后，对红云说道："你留在这里陪着小荷，我和爸回家去看看咱妈怎样了吧，再看看妞妞，她如果不在邻居家待着，我把她也带过来。"红云担忧地看着铁生说道："你还是回家先睡会儿，先照顾下自己再说吧。"铁生随口"嗯"了一声。

铁生父子二人又驾着牛车折返到家中，屋前房后转了一个遭，也找不着铁生母亲，父亲周广顺叹口气说道："你妈哪能受得了这种刺激？有可能旧病复发了。"铁生忙安慰父亲道："爸，你先别着急，我再去远处找找，你也累了，先回屋躺会儿吧。"父亲周广顺无奈说道："我哪里躺得下呀？我再到附近找找，顺便找人去给铁蛋儿拍封电报，让他回家吧，回来好替换下红云。"

铁生简单地吃过了一些剩饭，便来到一座山脚下。此时山脚下，桃树林，杏树林的粉色、白色的花瓣儿刚刚飘落了一地，枝条上都已经长出一个个如豆大小的桃子、杏子。这片果树林还是几年前铁生带领着村民们栽种的，要在平时，铁生一定会停下来在果树林中好好欣赏一番，可现在他脚步匆匆地穿过这片果林，确认里面没有人，又沿着崎岖的山路向上走去，山路两侧荒草丛生、岩石裸露，没有树木生长的山丘，视觉上便一览无余。铁生回过头来眺望着周家庄，周家庄特有的青灰瓦房的北方民居，如同镶嵌在幽静的山谷之中。此时，铁生顾不得欣赏，又茫然地向山上走去，母亲能上哪儿去呢？思忖中走了一段路，忽然，在路边的一块大青石下边，他发现了一只女人穿的半旧布鞋，铁生低头仔细看了看，这不是母亲穿的鞋子吗？铁生一下子兴奋起来，母亲一定就在附近，她没有鞋子穿，能走多远？

环顾着四周光秃秃的山坡，铁生抬腿向着南边的山头走过去。南侧不远处有个山头，人们唤它为"凤凰山"。它有凤凰头一样形状的山顶，凤凰山半山腰位置还有一个洞口，人们称它为"狐仙洞"。

关于这个洞口传说由来已久，祖辈上传说，这里以前曾有狐仙居住，它们白天幻化成人，和人来往，夜晚出来布施法术，专门调戏那些走夜路的人，让他们一晚上也走不出一片庄稼地，就是人们传言中所说遇到的"鬼打墙"。传闻还说，凤凰山里藏着无数的金银珠宝，有聚宝盆、金马驹、成仙草，这些宝贝是由山洞里的狐仙看守的。还传言在民国时期，曾经有人准备放炮崩山，取出宝藏，山上看守宝藏的狐仙们听说了此事后，连夜逃离了此山，从此，狐仙便销声匿迹了。之后又有传言说，在民国时期曾有位风水大师路过此山，也断言：此山非同寻常。

当然，随着时间的久远，这个传说和断言都已经被人们所淡忘。中华人民共和国成立前，日本侵略者的铁蹄踏进了晋察冀这块广袤的土地，晋察冀广大人民奋起反抗，他们挖地道、修战壕、修建防空洞，与日本军队开展了迂回作战，而那个"狐仙洞"便在抗战时又被扩建成了防空洞。铁生在小时候曾和伙伴儿们打着手电筒进去过，里面一人多高，窄窄的巷道里曲曲折折，又分支出一个个小洞口，有的洞就是一个独立的房间，里面可以储存水、粮食。有的洞又变成一条通往深处的主洞。如果不熟悉地形的人走进洞中，如同进了迷宫一样。

铁生来到洞口，洞口外还堆放着当年扩建时从洞里清理出的一堆大青石，经过长年更月，大青石的缝隙内又生长出丛丛荒草，反而比其它地方的草更浓密、茂盛。这些草如同人耳道中的绒毛把洞口糊住了，如果不细看，很难发现里面的洞口。铁生认真查看了一下，发现有束荒草歪歪斜斜地倒向洞里，一看就是刚被人踩过不久，心里马上一阵兴奋，他踩着石头顺着斜倒的荒草钻了进去。

洞内几米远之内，还有一丝微弱的光亮，铁生的手扶着岩壁慢慢向洞里走去，嘴里轻轻唤着："里面有人吗？"洞内静悄悄的，只有自己的脚步声和重重的呼吸声，越往里越黑，铁生一寸寸地往里移动着，忽然，耳边一丝轻微声响，像是鞋底滑动地面的声音，铁生屏住呼吸，停下脚步，循着响声方向定睛望去，恍恍惚惚中似是有一个黑乎乎的影子，铁生感觉自己的头发都要竖起来了。"谁？谁在里边？"铁生轻声问道，见没有动静，愣了一会儿，他继续摸索着向黑影方向移动，突然"啪"的一声脆响，紧接着对面发出"哦"的一声，一粒石子投到了铁生旁边的墙上。

铁生一阵惊喜："是娘吗？我是铁生。"他从"哦"的那一声中，听出了熟悉的声音，铁生轻声呼唤着。见对方没有反应，又说道，"我是铁生啊，娘，你听不出我的声音来了吗？"铁生在黑暗中等待着对方回答。

"走开，你们不许打我的铁生。"此时一个再熟悉不过的声音从对面传来，铁生再也忍不住，一下子冲到人影处。"娘。"铁生忍住对方在他身上的捶打，把她连拖带抱带出了山洞。

此时，铁生娘两眼直勾勾地望着前方，只有听到铁生的名字时，眼睛才眨动几下，嘴里不住地叨叨着："你们不许打我的铁生。"铁生像哄孩子一样："娘，没人打你的铁生，你看你的铁生不是好好的？娘，咱们回家吧。"

铁生把手里一直提溜着的一只鞋子给母亲穿上，忍着胳膊的疼痛连拖带背，把母亲带离了"狐仙洞"。到了半山坡的位置，正发愁如何把他娘带回家去，忽然听到一阵"哒、哒"的牲口蹄声。

一辆牛车正好经过，铁生一看是村中的二牛，刚给一块山坡地卸了一车粪回来，铁生便说道："二牛，给我们捎上一段吧。"二牛勒住缰绳："好啊，你们上来吧。"铁生一手扶着母亲坐在了车帮上，把受伤的左臂蜷在怀里。二牛问道："铁生哥，你的胳膊不要紧吧？"看着铁生受伤的胳膊，二牛一点也不奇怪，铁生想，看来他和周大春的这场争斗，已经是全村皆知了。铁生忙说道："不要紧。"二牛一甩鞭子，牛车继续在颠簸的土路上赶路，二牛说道："这个周大春也真是混横不讲理，周三春呢，是又精又坏，大刺头一个，是个只占便宜不吃亏的主，就他们兄弟一联手，整个就是地痞、恶霸，他们只要跺一跺脚，咱们整个周家庄都得颤三颤，不过呢，老二和老四还算不坏。"

铁生没有搭话，任由二牛自顾自地去说，他在想着昨天和周大春争斗时的场景，如果不是他用了不要命的同归于尽的一招，制住了周大春的威风，恐怕周大春的嚣张气焰还不知猖狂到什么时候。他和周大春的争斗结束了吗？铁生心里问着自己，恐怕没有。

二牛还在继续说着："铁生哥，我真的是佩服你，也只有你敢跟周大春兄弟一决高低，论文咱有文，论武咱也不怵他，你真的是咱周家庄第一条好汉。"铁生苦涩地一笑，说："你以为我愿意当这好汉？还不是被他们给逼的。"

说话间牛车进了村口，铁生见村上的人陆陆续续都往一个地方赶路，便叫住一个妇女："哎，我说嫂子，你这急急忙忙的，是要到哪儿去啊？"妇女停下来看着铁生道："铁生啊，你还不知道啊？周三春今早上刚把他媳妇给抓回来了，听说都被吊在树上了，人们都到他们家去看热闹。"铁生只觉得脑袋"嗡"

地一下子大了。

铁生对二牛说道："快，你快点赶车。"二牛"驾"的一声，车子加快了速度。

到家后，铁生把母亲交给父亲看管，又找来一条毛巾，两头一捆，斜搭在肩上，把受伤的左胳膊放到毛巾中兜好，纱布上渗出来的血迹又大了，他顾不了这么多了，走出了家门。

父亲担心地喊道："铁生，你要到哪儿去？你已经一宿没睡了，还不好好睡一觉。"铁生头也不回，答道："爸，我没事儿，不要紧的。"周广顺还是不放心，又追出来喊道："你还受着伤呢，别乱跑了。""爸，我一会儿就回来，你看好我娘就行了。"

铁生现在被一种责任感驱使着，不管论公论私，对莲子他都不能袖手旁观。论公，他是周家庄村主任，村民间的打架斗殴他必须出来调停；论私，莲子是小荷的姐妹，从这里生出许多亲近感，而且莲子常来家中找小荷，他也和莲子有过接触，感觉莲子是个热情开朗的好姑娘，只是在周三春特殊的家庭氛围和周三春的家暴中，才萌生出逃跑的想法。

铁生先找到周胜，周胜也是全村唯一有摩托车的人，铁生让他骑上摩托车赶紧到镇上去找妇联干部和派出所民警，之后便急急地往周三春家赶去。

到了周三春家的大门口，只见大门紧闭，门缝处挤满了看热闹的人，人们三三两两，议论纷纷，院墙上也站满了人，铁生顺着一堆石头攀上了院墙，向院内望去，只见院中的一棵枣树下，莲子被反背双手，五花大绑地吊着。周三春用一根柳条鞭子恶狠狠地正在抽打莲子，周大春在边上朝着莲子咆哮着："三春，你就照死里打，看她还敢不敢跑？就是打死了、打残了，她也别想逃出周家的大门。"莲子头发蓬乱，脸上、身上都是被鞭子抽打出的条条伤痕，莲子闭着眼睛随着柳条鞭子落在身上发出绝望的哭声。

莲子是在火车站候车室的角落里被周三春发现的，她刚刚买好晚上九点半的火车票，混在旅客之中，在火车站的指针指到九点钟快要上车的时候，被周三春从旅客中一把拖出去的，一股绝望弥漫着莲子整个身体，一路上，她几次试图逃跑甚至自杀，都被周三春发现，她被周三春和他的堂弟宝柱连拖带架带回了周家庄。他们找来了绳子像捆粽子一样，把莲子反背着双手吊在树杈上。

铁生对着身边的一个年轻人说道："你快去学校，把周卫东叫来，不然要出人命的。"说完迅速跳到了院中。

"住手，周三春，你这是侵犯人权，违法犯罪！"铁生对着挥舞着鞭子的周三春呵斥道。

周三春通红着眼睛，听到呵斥声一扭脸见是铁生，便咬牙切齿地说道："周铁生啊周铁生，我还没找你算账呢，你还自己找上门来了。"

铁生走上前缓了缓口吻，说道："莲子她又不是犯人，你怎么能这样对待她？"说着就去解莲子身上的绳子，周三春一甩鞭子"啪"地抽在地上。一把抓住铁生胸前吊着胳膊的毛巾，脸凑近铁生的脸，咬着后槽牙说道："周铁生，我看你是活腻歪了吧？你想找死，是吧？对你，我已经是一忍再忍，我给你留足了面子，你却非要和我较着劲，那就来吧，不然你会认为我是真的怕你。"说话中，周三春一拳抡过去，铁生扭头躲闪，可吊着胳膊的毛巾却被周三春死死抓在手里，铁生用右拳挥向周三春的脸，趁他躲避时，把受伤的左臂从毛巾里解脱出来。这时，在一边的周大春喊道："三春，别怕他，上手吧。"

昨天的那场争斗，周大春生平以来第一次以灰头土脸收场，为了挽回脸面，正愁没有机会呢，没想到他周铁生却主动找上门来。对于铁生，周大春现在还真有点怵他，这小子亦正亦邪。在台面上，嘴皮子好使风光无限，在男人的争斗场上，又敢跟你生死相搏，如果不是冤家对手的话，他周大春还真有点服这小子，不过现在，他必须要把周铁生的气焰压下去，不然，他周家的威名何以立足？

周大春认为，现在正是挽回败局的大好机会，不用他亲自动手，一个三春就能轻松搞定，周铁生现在有伤在身，已经是强弩之末。铁生却对着周三春说道："三春，我们能不能坐下来好好谈谈？"周三春又一拳挥过去："谈什么？谈你们怎么帮助莲子逃跑，害得我家破人亡。"铁生一边闪躲一边说道："三春，这可能有误会。"

周大春在一边喊道："三春，别听他的油嘴滑舌，给我上手啊。"铁生一个没躲开，被三春一拳打倒在地，铁生被迫还击，两人在地上开始扭打起来。但很快铁生就处于劣势，周三春又一次骑在了铁生身上，拳头如同雨点儿一般落在他受伤的左臂上。"啊！啊！"铁生咬着牙勉强招架着，这时，大门突然打开了。

两个派出所民警和一名女干部模样的中年妇女随即走了进来。

村民们一看这情景，就知道事态闹大了，上边乡里来人了。刚才早有墙头上看热闹的人，一见乡里来了人，跳落到院中，打开了院门。

周大春一看情况不妙，赶忙叫停了周三春，他虽然不认识来人，但他认识那身民警的衣服，还有这名中年妇女，他觉得绝不是什么等闲之辈，周大春来到民警和女干部面前赔着笑脸说道："领导同志，你们怎么来了？我们家有一点点的家庭矛盾，我弟妹她不听话，我弟弟教训一下她。"

女干部盯着大春严肃说道："我是乡妇联主任刘苏。"又指了指旁边的两名民警，"他们是乡派出所民警大周和小乔，听说你们这里有迫害妇女的案件发生，我们特意赶过来调查一下，看来情况的确属实，你们这哪是教训？分明是私设刑堂，已经触犯了国家法律，还不赶紧把人放下来。"

周大春赔着笑一扭脸对着周三春喊道："还愣着干吗？还不把人放了。"莲子被众人解下来，斜靠在树干上，微微半睁着眼睛喘着气。民警大周上前查看了一下莲子的伤势，对着周三春说道："她是你什么人？下手够狠的，你知道吗？根据受害人的伤情，你已经够得上拘留判刑的罪过了。"周三春听了吓得手足无措，周大春忙过来拱手作揖，说道："民警大哥，你可不知道啊，他打的可不是别人，那可是他老婆啊，我们为什么打她？是她骗了我们的钱后就要跑啊，她可是骗了我们整整五千块呀，我们又上哪儿说理去？我们冤啊。"

刘苏盯着周大春说道："冤不冤也不是你们说了算，而你们私设刑堂，殴打他人致伤、致残的行为，却已经触犯了刑法。"这时，周大春的母亲从屋里一溜小跑着出来，一把拉住刘苏的衣角坐在了地上，哀求着："我说领导同志啊，你就可怜可怜我们吧，我有四个儿子啊，现在只娶了这一房媳妇，我们给她好吃好喝，她却没有良心啊。"

刘苏拉起大春母亲说道："大娘，你起来说话。"正说话中，忽然见到一名年轻男子从大门外迅速跑到了莲子跟前，俯身把莲子抱了起来，扭头对着周大春、三春吼道："你们怎么能这样呢？我恨你们！"说着年轻男子抱起莲子进了屋里。

刘苏诧异地问："这是谁呀？"这时铁生挣扎着起身掸了掸身上的土，抹去嘴角的血迹走过来，答道："这是周卫东，他们家老四，也是周家庄的小学老师。"

刘苏"哦"了一声，看着铁生狼狈不堪的样子，说道："我没猜错的话，你应该是村主任周铁生吧？我们应该见过面的，是你找人通知了我们？"铁生点点头，答道："是我找人到派出所报的信，我怕控制不了局面，所以请你们帮我维持一下。"民警大周说道："按照现在的情况，他们已经够拘留的程度了，我们也想听听你们村干部的意见，毕竟你们比我们更了解情况。"铁生看了一眼面露祈求之色的周大春母子，说道："还是给他们先进行批评教育吧，至于拘留？"铁生看了一眼周三春，"如果他们能够知错就改，就免了吧？毕竟农村也有特殊情况，还是给他们一次改过的机会吧？"刘苏点点头，转过头来对着周三春说道："听见了没？既然村主任帮你们说情，我们可以对你们兄弟宽大处理，但我们还是要了解一下受害人的情况，我们也得尊重受害人的意愿，她如果实在不想在你们家待下去，我们还要保证她能顺利返回家乡。"说着抬腿进了屋子，其他人也都跟着进来。

莲子此时闭目躺在土炕上，老四卫东正用一块毛巾擦着莲子脸上的血迹。一边擦一边哭泣着说道："你们怎么能这么狠？"周家母亲此时忙不迭地对着刘苏说道："同志啊，你就开个恩吧，我们孤儿寡母几十年了，娶个媳妇不容易啊，你千万别拘留我的儿子啊，也别让我的儿媳回去啊，我这就给你们磕头了。"说着又要下跪。刘苏赶忙一把拉住，说道："大娘，你不要这样，我们知道你们不容易，但我们也要看看姑娘的情况。"说着轻轻撩开了莲子的衣角，看了下莲子的伤情，啧啧说道，"太不像话了，下手太狠了。"又对着莲子问道，"姑娘，你叫什么？"

莲子的头脑已有些清醒，她大概明白刚才所发生的一些，只是眼睛、嘴巴都肿着，从牙缝里挤出"赵爱莲"三个字。刘苏用手轻轻抚摸着莲子的头发，说道："赵爱莲，你不要怕，你以后有什么困难，一定要找妇联，妇联会为你做主，你现在先把伤养好，好吗？"又对铁生说道，"这里的事还得要你们村干部多费费心，多做思想沟通，等她的伤养好后，看她到底想不想待下去，如果人家姑娘不想留下，一定要放人家走，再不能发生类似的家暴了。"周大春拍着胸脯，说道："领导同志，我保证再不会发生这样的事了。""你们先给人家姑娘养好身体再说。"刘苏扭头用眼白了一下周大春说道。

妇联主任刘苏和民警大周、小乔走出了周家大门，刘苏又回头对着铁生说道："你抓紧休息一下，我看你的脸色不好，哎？我还没来得及问你呢，你的胳膊怎么了？是刚才被他们打伤的吗？如果是被他们所伤，这个案子就大了。"铁生连忙摇摇头："不是，是之前不小心自己擦破了点儿皮。"刘苏又点点头："好吧，不过我看你的伤还是挺严重的，要不我们顺脚带你到卫生院去包扎一下，不能耽搁着，不然，伤口会发炎的。"

"谢谢你们，不用了，没什么大碍的。"铁生连忙摆手，一抬胳膊，马上皱紧了眉头道，"我还得回家去看看，家里还有一摊子事儿等着我呢，你们先回吧。""那既然这样，我们就回去了，不过，你还是要抓紧时间看看你的伤。"刘苏挥手坐进了警车。目送着三轮警车消失在村口，周大春白了铁生一眼，说："谢谢你刚才替我们说情啊，不远送了。"

周家母亲这时也过来对铁生说道："铁生大侄子啊，以前的事啊都是误会，咱们低头不见抬头见，乡里乡亲的，以后有什么不对的地方还得要你多担待啊。"

铁生在乡亲们赞许的目光中离去，心里想着赶紧回家看看，刚把娘找回来交给了父亲看管，也不知现在怎么样了，刚走出几步，忽然感觉天旋地转，眼前无数条金星向四周散去，边上的乡亲和他们的说话声，仿佛都与他隔离了一个世界，他好像一脚踏空，身体扑腾跌倒在地，他仿佛在无底的深渊中坠去。连日的疲惫、失血，铁生休克了过去。

铁生醒过来的时候，已经在医院里昏睡了三天三夜，他当时极度的虚弱、疲惫，多亏了几个在场的乡亲，迅速找来了一辆牛车，七手八脚把他抬到了车上，把他送到了卫生院的急诊室里，医生查看了铁生的伤情，量了体温，发现人已经发烧到 39 度多，又剪开缠裹胳膊的纱布，发现伤口已经血肉模糊，发炎溃脓，医生清洗了伤口，上药包扎，又连续给他挂了吊瓶，输液治疗。

铁蛋儿从工地赶了回来，一直守在铁生的病床前，见铁生醒了过来，便说道："大哥，让你受苦了，怪我没在家看好小荷，给你惹了这么大的乱子。"铁生轻轻地笑了，说道："你看我不是把周大春兄弟都战败了吗？咱爸告密的黑锅也给端掉了，没有小荷，哪有这次翻身的机会？"

红云坐在床边嗔怪地说道："看你还笑，你都把人吓死了。"又对着铁蛋儿说道，"你不知道当时有多凶险，你哥哥是拿自己的命跟他们拼的。"铁蛋儿说道："我知道，小荷都告诉我了。"这时小荷穿着病号服，跟跄着从屋外赶进来，铁生病倒的事，她也听说了，她的身体刚刚恢复一些，实在不放心铁生，趁着医生护士们不注意，撑着身体从病床上下来，一路扶着墙赶过来。铁蛋儿过去一把扶住小荷，责怪道："小荷，谁让你不好好休息的？"小荷没理会铁蛋儿，径直走到铁生的病床前，看到铁生此时虚弱无力的模样，抓起铁生的一只手，把头埋进铁生的掌心里："哥！"深深的愧疚和自责，小荷哭了起来。铁生轻轻地笑了，安慰道："小荷，不要哭了，一切不是都过去了？"忽然想起了给小荷家拍发电报的事，便说道，"趁这次回来，你们把结婚证抓紧领了吧，这事不能再耽搁了。"

周家庄经过这场血腥的争斗，一下子寂静下来，铁生和小荷也都出院回家疗养。乡亲们用竹篮提着鸡蛋和用纸包的红糖陆陆续续来到周广顺家中，看望恢复中的铁生和小荷。见了铁生的面，那些大娘大婶儿便拉着铁生的手说："哎呀，我说铁生啊，你可真是不得了啊，你干了件大快人心的事，你把周家四虎的威风给灭了，他们再敢出来犯浑，你就让警察去抓他们。"铁生笑着说道："好，好，他们再犯浑，我就让警察去抓他们。"

没过几天，铁生除了胳膊的外伤还没有彻底痊愈外，身体基本上复原了。他来到山脚下的石子厂，看着石子粉碎机轰鸣着"哗哗"地吐着石子儿。工人们汗流浃背地正用大铁锹往拖拉机上装石子。他找来了周胜和周瑾，问他们这一段石子的销售情况。俩人说销售很好，而且百十里外还有一条正在建设中的铁路，已经打探过有关的铁路领导，说他们正需要铺设枕木用的石渣。

铁生便召集了四个村干部和几个入股的村民，征集大家意见，除了工人的工资外，是否同意把这一段的收益用来扩大规模，再采购大型铲土机和翻斗车。另外，如果下一步销售旺盛的话，再用自产自销的石渣为村中铺设一条通往村外的公路，大家一致响应，周定奎也没再反对，铁生现在不管是论资格、论能力、论胆识和魄力，在周家庄已经无人能及。周定奎明白，现在没有人能够撼动铁生的地位。

第九章 私奔 屋漏偏遇情暖

一段时间的调养，小荷的脸色渐渐红润起来，用老家寄来的户口证明和铁蛋儿领了结婚证。周家庄又恢复了它往日的宁静。早起，鸡鸣犬吠之声相闻，趁着清凉的晨风，乡民们挥舞着镰刀，抓紧收割田间地头的麦子。此时正是收麦时节，一个更爆炸性的消息传播在周家庄的街街巷巷、田间地头，周卫东和他嫂子莲子双双失踪，周卫东丢下学校里的一大帮学生带着莲子私奔了。

老四卫东在莲子被三春抓回的那天上午，正在课堂里上课，被本村一个年轻人急急叩开了教室的门，年轻人把卫东叫出来，粗略地给他讲述了家里的情况，没听他讲完，卫东便急急忙忙来到校长室，向校长请了假，跟着年轻人一溜小跑，抄近道直往家赶，当他赶回家的时候，派出所民警和妇联主任已经赶到，他看到了家门口围着的一大帮人，还有停在家门口的三轮警车。冲进了院门，扒开人群，他一眼就看到了靠着树干的莲子，仅从蓬乱的头发遮住脸的缝隙中，他就看到了莲子脸上被鞭子抽打之后留下的条条伤痕。他的心如同被万千只蜜蜂蜇过一样，此刻，他什么也来不及多想，他只想冲过去保护她、怜爱她，什么礼义廉耻、伦理道德都统统滚一边去吧。这一段时期以来，他曾经为了这不可逾越的伦理道德，努力让自己放下心中的杂念，以一种平和的心态看待家中所发生的一切。可是，在夜深人静时，他要压抑怎样的情感，才能排解相思之苦给他带来的折磨。而家中那永无宁日的纷乱，却仿佛还在极力挑战着他忍受的极限。如果做出什么出格的事，也都是你们给逼出来的！卫东心里愤愤地想着，当他看到眼前的莲子，他终于不能再忍受了，他要把他的愤怒爆发出来，他要给全家一个报复。

卫东端着碗一勺勺地向莲子肿胀的嘴里喂着粥，怕莲子被烫着，先用嘴轻轻地抿一抿，吹一吹汤勺上的热气。卫东对莲子表现出了超出叔嫂范围的关心体贴。大春和母亲几个人用眼斜视着卫东，如果不是他们亲眼所见，他们绝对不能想象出，从小被娇惯，从不懂得关心照顾家人的卫东，会把他嫂子照顾得如此细心，一家人被惊得目瞪口呆。而莲子似乎与卫东也有了某种默契，她无所顾忌地享受着卫东给予她的一切，精神上的抚慰和细心的呵护。卫东的到来，如同给莲子带来了一片温暖的阳光。

　　大春、三春显然没有从两名民警手铐的阴影里走出来，而周家母亲也没有从妇联主任口中那句"人家姑娘不想待，就痛痛快快地放人家回家"的话中解脱出来，一家人此时小心谨慎地对待着莲子，对于莲子死活不肯回三春的屋里，一家人很无奈，只得把老四卫东赶到三春的屋里睡觉，让哥两个睡一张土炕。一家人现在谁也不怪，就怪对老四卫东从小娇生惯养，心疼他小小的年纪便没了父亲，三个哥哥都责无旁贷地承担起了父亲的角色，一切恶名、骂名，一切苦难都由三个哥哥来承担，只希望卫东能在没有任何干扰的保护网中，健康地成长为一个读书识字有学问的人，能够光宗耀祖。后来卫东高考落榜之后的小学代课老师职务，多少让一家人心里有点落差，但卫东不知是被学校培养出来的，还是骨子里就有的，为人处事的善良，温文尔雅的文人气质，还是时常被三个哥哥拿来作为周家四虎的形象代言人，有这么一个工作体面、形象出众的弟弟，三个哥哥自然觉得脸上有光。

　　可就是这位全家人辛苦培养出的"体面人"，这几年里却越来越让他们感到难以理喻，卫东经常会顶撞他们，甚至目光中还带着一丝鄙视。这些他们都原谅他岁数小不懂事，不和他一般见识。可是他千不该、万不该，他不该在嫂子身上打主意，就算嫂子是那种风骚女人，难道你周卫东读了十几年的圣贤书，什么叫礼义廉耻都不懂吗？就算面对一个女人的骚扰，难道一点坐怀不乱的定力都没有吗？何况村里那么多的黄花大姑娘主动送上门来，你周卫东眼睛都不眨一下，却要和自己的哥哥来竞争嫂子。这个周卫东简直是疯了，无药可救了。

　　就在一家人商量着如何把老四卫东从莲子身旁劝开，让他"迷途知返"的时候，一天夜里，老四卫东和莲子双双在家中蒸发了。

　　小荷还是在一个多月后收到了莲子的来信，打开信件，字迹清秀、洒脱。

一看就是由莲子口述，卫东执笔的，信中写道：

亲爱的小荷妹妹：

　　你看到这封信的时候，我已在几千里之外的南方广州，请原谅我的不辞而别，我真的没有脸面和勇气跟你道别，由于我的鲁莽，给你和你的全家带来了无法挽回的伤害。我不知怎样来弥补我的过失。但也正因为我的鲁莽和过失，才有了我现在重见天日的新生，我和卫东在一起。我也找到了我今生的幸福。请祝福我吧。

　　我也深深祝福你

莲子

　　早起，收拾完家务，小荷在院子里洗着几件衣服，父亲周广顺蹲在墙角，嘴里叼着烟卷儿，手里拿块石头打磨着几把铁锹和锄头，铁生和红云这时带着妞妞从后院过来，铁生从小仓库里推出自行车，对父亲说道："爸，我和红云今天回趟她娘家，和她父亲聊一聊我妈的病情，看看有没有更好的治疗办法。"周广顺拔掉嘴里的烟卷儿："去吧，你妈的病，不能再拖下去了。"说完把锄头上的沙粒在地上磕打了几下，继续低头打磨。铁生一只脚跨过车子横梁，一只脚点地，等着红云坐上后座儿。

　　"小荷，我们走了。"红云抱起妞妞乐呵呵地和小荷打完招呼，一扭胯在自行车后座上坐稳，铁生使劲一踩脚蹬，随着几声清脆的车铃响，一家三口消失在院门外。

　　小荷头也不抬，用手猛搓着几件衣服，这时铁蛋儿光着膀子走过来，由于赶上收割麦子，铁蛋儿的脊梁被晒得仿佛镀上了一层黑油，铁蛋儿走过来蹲在小荷身边说道："哎，小荷，你现在身子也复原了，地里庄稼也收割得差不多了，我也该回工地了。""你什么时候走？我给你提前收拾一下。"小荷心里其实很想再挽留铁蛋一段时间。"过两天，过两天就走。"铁蛋儿答道。

　　小荷从水盆里捞出衣服，使劲用手拧干，她忽然想问一个问题："铁民。"

　　"嗯。"

"我想问你一件事。"

"什么事？你说吧。"

"就是……没了孩子的事，你怪我吗？"

"嗨！我以为什么事呢？看你那个样子。"铁蛋儿用打火机点燃手里一根烟，由于工地过于枯燥，铁蛋儿在工地没待多久就学会了抽烟，铁蛋儿猛吸一口，鼻腔里喷出一股烟雾："我们还年轻，有的是机会，想生孩子还不容易？你啊，养好身子最重要。"铁蛋儿说完，起身朝地上猛啐了一口唾沫。

小荷抬起头，眼神追随着铁蛋儿，心头忽然升起一股暖意。

铁生母亲从屋里走出来，低着头嘴里不停地嘟嘟囔囔："你们不许打人，你们凭什么打人？你们坏，你们要遭报应的。"

眼看婆婆又要走出院门口，小荷忙追过去劝道："妈，现在不能出去，外边有坏人要打人的，咱们在家里待着好不好？"小荷哄着婆婆把她搀扶回来，婆婆眼睛依旧直直地盯着地上："呸，呸，叫你们打人，你们坏，玉皇大帝就会派来天兵天将把你们抓走，都抓走，一个也不留。"

"妈，玉皇大帝一会儿就来抓他们，咱们不管他们，咱们回家。"小荷把婆婆搀扶着领回了屋里。周广顺看着老伴儿痴呆的眼神，无可奈何地抹了一把老脸，叹了口气："哎，小荷呀，你去找点儿玉米棒子过来，你妈一干活儿就不乱跑了。"

"哎！"小荷答应着，找来了一簸箕玉米棒子摆在婆婆跟前。果然，婆婆端起一簸箕玉米棒子，回到了屋里坐在炕头上，老老实实地搓起了玉米粒儿，嘴里继续叨念着："我让你坏，我看你还坏不坏！"

北方的夏天异常的燥热，树叶在太阳的烘烤下无精打采地皱巴着，知了却来了精神，在树上不停地鸣叫，叫得久了，人的听力反而习惯了这种声音，对它充耳不闻。

铁生带着一帮村民用了二十来天的功夫，就把村东通往外界的一条主路修成了柏油路，一直和乡里的柏油路连接。这一头连接到村西头的石子厂，在村边的山坡沟堑变窄的地段，他们又用大青石把道路垒砌加宽填土。边上筑起了一排石墩作为保护墙。最后又在村口摆放了一块从山上开采下来的大型巨石，找人修葺加工雕琢，上刻"周家庄"三个大字，用红色油漆粉刷，道路铺成的当天，用一块大红布把这块巨石遮上，请来了乡长，在村口燃放了鞭炮后，请乡长张春林亲自掀开红布，乡长张春林紧紧握住铁生的手，激动地说道："铁生啊，你要好好干，希望你能带领周家庄真正走上一条发展致富之路，给周围的几个村带个好头，起个表率示范作用。"围观的一帮父老乡亲们都热烈地鼓掌。有的老人激动得热泪盈眶，因为他们清楚，在这条路上，有多少人仰马翻的事故发生。现在他们终于可以坦坦荡荡地驾着马车、牛车在这条路上通过了。

红云这段时间格外忙，她除了照顾一家老小的吃喝拉撒外，还担起了为婆婆治病的重任。现在妹妹红玉从中专卫校毕业后，和她的卫校同学李东海结了婚，二人双双入住父亲的中医诊所，他们又扩大了规模，建成一所中西医结合的中型诊所，婆婆现在旧病复发，红云又来求助父亲。但妹妹红玉建议中西医结合治疗，说效果可能更好，向红云推荐一种西药，再结合针灸点穴疗法。于是红云就向父亲重新学习针灸推拿，这项技术，她以前跟父亲学过一段，现在又重新把荒废的中医针灸再捡起来。铁生看着红云为了练习针灸，有时还要在自己的胳膊腿上扎针，感动得用手搂着红云："来，你就在我身上练吧，我皮糙肉厚，禁得住扎。"红云笑着用脚踹开铁生："去，滚一边去，别到这儿捣乱了，我扎你你就不疼啊？"

铁生母亲经过一段吃药和红云的针灸双重疗法后，这次病情减轻得很快，没多久便不用人总是跟着了，药量也减了，人也渐渐恢复正常。

这天上午，周广顺看太阳一如往常一样火辣辣的，就把刚收割回来的麦子铺在院中晾晒。中午，大家正在睡午觉，忽然天空起风了，周广顺一看天气要变，连忙招呼一家人赶紧起来，周广顺用木刮子把麦子归到一堆，小荷撑好了口袋，铁生忙用簸箕把麦子倒入袋中，红云领着妞妞随后赶到，她看婆婆在边上用笤帚正在归扫周遭的麦粒，便对婆婆说道："妈，你回屋去看着妞妞，让我们来扫。"红云抬头见小荷和铁生两个人一个撑着口袋，一个端着簸箕往里倒麦子，走过去对小荷说道，"小荷，你去拿把笤帚把四周的麦粒儿扫喽。"说着从小荷手中接过口袋，小荷没吱声，走到婆婆身边接过笤帚，铁生端着簸箕看了红云一眼，继续往口袋里倒入麦粒。红云眼皮也不抬，对着屋里喊道：

"妞妞听话，跟着奶奶玩儿。"

空中狂沙吹来，昏黄一片。雷声"咕噜、咕噜"由远而近滚来，铁生和父亲最后把装进袋中的麦子抬进屋里的时候，天色已全黑下来，一个闪电过后，巨大的雷声炸响在头顶，紧接着，豆大的雨点儿便落下来。铁生和父亲坐在八仙桌旁的椅子上，父亲周广顺一手卷着纸烟，听着一阵接一阵的雷声，看着门外的瓢泼大雨，抬头看了看屋顶，说道："这么大的雨，不知这屋子会不会漏？上次像这么大的雨，这屋子就有点儿漏雨。"铁生随着父亲的目光望着屋顶，说："这房子也有年头儿了，还是你和我妈结婚时我爷爷给盖的吧？真的应该翻盖一下了。"

正说着，就听红云在里屋喊道："漏雨啦，房子漏雨啦。"红云正带着妞妞在小荷的屋中聊天，这时从小荷屋里跑出来，小荷也跟着出来，铁生连忙起身来到小荷的屋中，只见从屋顶的一根木椽子边上，雨水正一滴一滴地落到炕被上，小荷找来了脸盆放在滴水的地方。铁生仰脸说道："我现在就去找块塑料布先搭一下，不能让缝隙越来越大。"红云接过话来道："你没看外面雨下得正大吗？你怎么出去啊？"铁生也不答话，弯着腰冲到了屋外。

铁生冒着大雨跑到了小库房里，一会儿身上披着一件雨衣跑出来，手里拿着一大块塑料布和一把绳子，跑到房根儿底下靠墙的一副梯子旁边，抬头看了看，沿着梯子爬上了房顶。

"你小心啊，屋顶很滑。"红云也跑出了屋门，打了把伞站在院中对着铁生高声喊道。铁生小心地站在雨雾缭绕的房檐上抹了把脸上的雨水，朝下面看了看，垂下手里的绳子，喊道："你们找几块石头过来。"父亲周广顺从院中找来几块石头放进了一个荆条筐中，把它绑在铁生垂下的绳子一端。铁生把筐拉上房顶，在房顶的瓦片间小心翼翼地移动着脚步，雨水隔着雨衣砸在头上，顺着脸往下淌，不管视觉还是听觉都受了阻碍。铁生抹了把脸上流淌的雨水，一寸寸在瓦片间摸索。这所老房子建成已经好几十年了，房顶的青石板在风吹雨淋下，已经风化得又薄又脆，他不得不加倍小心。终于找到断瓦处，铁生摸索着把塑料布平铺在上面，周遭用石头压上，这才顺着梯子爬下来。小荷这时也跑到了红云的伞下，和红云搂在一起，喊道："哥，你要小心啊。"

　　铁生从梯子上爬下来回到了屋里，红云接过铁生脱下的雨衣，把它搭在门钩上。小荷跑过去把自己的毛巾递给铁生，一直看着铁生擦干了脸上、头上、脖子里的雨水，铁生把毛巾递给小荷，迈步进到小荷的屋中，看了看屋顶，漏水处止住了，又环顾着屋子四周，感觉脑后有股凉风，抬头发现风来自后墙的小窗户，还有些许雨丝从窗缝隙飞溅进来，铁生对小荷说道："这个小窗户还没关严。"说着搬来一把板凳踩了上去，用手把倾斜的小窗户用力扳正，这才跳下来拍了拍手上的土，说，"好了，现在都严实了。"看看这间屋不漏雨了，铁生转身又进到父母住的西屋，铁生母亲正坐在土炕上，面前摆着一把簸箕，正在搓玉米。"妈，这屋不漏吧？""不漏，这屋没事儿。"铁生母亲答道。铁生这才重新回到八仙桌旁坐下，对父亲说道："这房子必须得翻建了，瓦片间不光有缝隙，还有不少断瓦，还有好多瓦片都活动了，今年进冬之前，等闲在了，就把房子翻建了。"父亲周广顺咂摸了一下嘴："缺钱啊，本来是有点积蓄，可自打上次你和小荷这一住院，又欠了一屁股饥荒。"

　　"借钱也要翻建，攒钱盖房总也攒不够，就不如先借钱盖上房再还债，这样有饥荒压着，钱反而攒得快。"铁生斩钉截铁地说道。父亲周广顺点了下头，说："那倒也是。"

　　雨势渐渐小了，红云打着雨伞从后院找来了一身干净衣服、鞋袜递给铁生："去，进屋把你的衣服换了，看你身上都是湿的。"铁生和父亲此时又谈论起未来村中的发展问题，铁生此时正说到兴头上。铁生说以后他还打算再办一个砖窑厂。现在农民手里有了钱，第一件事就是盖房子，所以砖窑厂一定会很红火。看铁生迟迟不肯抬屁股换衣服，红云推着铁生："别说了，快去屋里把衣服换了，要不就该感冒了。"铁生这才起身来到父母的西屋里把衣服、鞋袜都换了，把换下来的一把湿衣服随手一团，放在角落里。

　　雨终于停下来了，傍晚的天空一片放晴。空气中透着凉爽清新的气息，村外低洼河沟中传来一声声青蛙的叫声。铁生抓起妞妞的小手："妞妞，爸爸带你一起去捉青蛙好不好？"妞妞听话地向铁生扬起两只小手。"好吧，爸爸这就抱着妞妞去捉青蛙。"铁生边说边抱起妞妞换了一双胶鞋走出房门。

　　"嫂子，你们一家三口都出去转转吧，做饭归我了。"小荷推了一把红云说道。红云笑着问："小荷，你行吗？"

"行，我当然行，我什么都做得来。"小荷也笑着回道。

"好吧，这次就辛苦你了。"红云笑着追上铁生父女二人。

等铁生一家人一出门，小荷迅速把铁生换下来的一身衣服、鞋袜拿到院子里，找来了洗衣的大木盆舀好了水，用最快的速度，把铁生的衣服、鞋袜，该洗的洗、该刷的刷。一顿饭的工夫，铁生一家三口在河沟边玩儿够了，乐呵呵地回到家里，小荷已经把衣服鞋袜洗好、晾上，正在烟熏火燎的灶台边做着晚饭。由于柴禾太潮，弄得满屋子烟雾腾腾，小荷用嘴使劲向着灶膛中吹火，自己不知不觉抹得满脸黑灰都不知道，铁生一家三口看到小荷时，都不禁大笑起来，小荷也不知究竟。

铁生抱着妞妞把她抵到小荷的脸前，问妞妞道："妞妞，你看你小婶子好看吗？"妞妞不忍心看小婶子一张黑灰八怪的脸，好像那些黑灰是长在自己脸上，便用两只小手捂住自己的脸，哈哈大笑着说道："不好看。"

第二天吃过早饭，周广顺便让一家人到刚割完麦子的田间点播玉米，红云把妞妞交给已无大碍的婆婆看管，铁生说先到大队部去看看，周广顺便和两个儿媳扛着铁镐和锄头，带着玉米种子来到地里。

周广顺要根据行距和间隔刨出土坑，红云和小荷负责点种子和填土，周广顺累的时候，红云和小荷就替换他一下。快中午的时候，铁生忙完了大队部里的事情赶到了田里，周广顺正在地头抽烟休息，铁生见小荷正抡着镐刨玉米坑，便走到小荷跟前说道："把镐给我吧，我刨，你点种子。"说完抡起铁镐就刨起来，铁生仗着年轻，又歇了大半天，所以干起活儿来，速度非常快。小荷跟在铁生后边，点种子的速度也跟着加快起来，她一边飞快地点种子一边用脚把土踢平，一会儿手中的玉米袋子就空了，小荷欢快地跑到地头去取玉米种子。在另一头点种子填土的红云走过来拦住小荷，说道："小荷，快中午了，该做饭了，你不如回家和咱婆婆一起做饭吧？"

小荷把半口袋玉米种子放在地上，转身准备离开，铁生停下手里的铁镐，扭头对红云说道："干了半天的活儿，都挺辛苦的，做饭这活儿也不轻闲，不如你们俩一起回家，一起做饭，剩下的活儿，我和爸一起干就行了。"红云白了铁生一眼，转身拉过小荷，说："走，我们回家。"

吃过午饭，铁生和红云回到自己的住处午休，铁生见红云好久不说话，用手扒拉了一下躺在一边的红云："哎，你怎么大半天不说话啊？这可不像你啊。"红云纹丝不动，铁生又碰了红云一下："嗨，你睡着了？"

红云一下子转过身来，说道："我怎么觉得你特别的心疼小荷，胜过心疼我呢。"说完又赌气地把身子转过去，给了铁生一个后背。铁生笑着说道："我看你的小心眼儿病是越来越重了，我是心疼小荷不假，但我是拿她做小妹妹的，你不要胡思乱想啊。"红云转过脸来道："就算我胡思乱想，那我问你，是媳妇亲还是妹妹亲呢？"铁生笑了，答道："当然是媳妇亲了，媳妇是自己的，妹妹可是别人的。"红云"扑哧"一下也笑了，用拳头捶了铁生一下，说道："你知道就行了。"

铁蛋儿外出打工五个月后，终于见到了工资，虽然只发了前两个月，但还是让铁蛋儿把发到手里的钱数了一遍又一遍，他在一个下午请了半天的假，兴冲冲地赶回了家，把十元、五元的一沓五百元钱交给了父亲，回到自己屋内，又偷偷塞给了小荷二十元的私房钱。

农村的夜晚，十天里有八天停电，一家人就着昏黄的煤油灯吃了一个团圆饭，小荷对铁蛋儿说想到外边走一走，借着月光，俩人一前一后走出院门，邻家的大黄狗听到了动静，不停地"汪、汪"叫着，小荷把手轻轻塞进铁蛋儿的掌心里，铁蛋儿会心地拉过小荷的手，用身体护着小荷，从大黄狗身边绕过去。此时，皎洁的月亮也如一个调皮的孩子，和他们一路如影随形，拐过街角，不知不觉中，来到一个山坡下，俩人从一处羊肠小路攀了上去，在半山坡处，找了块大青石坐了下来，草丛中不停地响着蟋蟀的鸣叫，间或有蚂蚱、飞虫弹来跳去，还有讨厌的蚊子不时地向他们袭来，铁蛋儿一手揽过小荷，一手替她轰赶着讨厌的蚊子："小荷，大哥说让我带你出去转转，我觉得还是以后再说吧，现在家里缺钱，大哥还要帮我们盖房子，我不想咱们全指靠着大哥，你说呢？"

小荷把头搭在铁蛋儿的肩上，说道："我听你的。"俩人便都不再说话，沉默了一会儿，小荷问："你打工的地方好玩儿吗？"铁蛋儿答道："我们工地不好玩儿，全是一帮大糙老爷们儿，但是工地外边的城市还是挺热闹的，那里白天晚上都不停电，到了夜晚地面的灯光比天上的星斗还亮上好多倍。"

"是吗？"小荷依着铁蛋儿的肩膀抬头仰望着夜空中闪烁的星斗。"小荷，你知道我这次出去最大的感受是什么？"铁蛋儿说道。

小荷歪过脸来问："是什么？"

铁蛋答道："城里人都长得很白，尤其是城里的女人，可是她们的脸是煞白煞白的，没有一点血色。"小荷问："那是怎么回事？"铁蛋儿借着朦胧的月色侧过头看了一眼小荷，小荷的脸在洒过月光之后，净白的脸上如撒过一层银霜，两只眸子更加深邃迷人，铁蛋儿不由自主地把脸贴向小荷的脸，说："因为城里女人的白，是长久不见阳光捂出的白，不像你才是健康的白。"小荷笑着说道："你知道我对你的感受是什么？"铁蛋儿问："是什么？""你现在跟着城里人学机灵了，学会说话了。"小荷笑着用手指戳着铁蛋儿的脸说道。

他们赶回家的时候，父母已经熄灯睡下，邻家的大黄狗又是一通汪汪声，父亲周广顺也醒了，忙问："是铁蛋儿吗？进门的灶台上有火柴和蜡烛。"铁蛋儿答道："是我。"便进门去摸火柴。小荷一拉铁蛋，说："不用点蜡了，我们早点儿睡吧，明天你还要起早走呢。"

月亮在云层中钻来钻去，月光从开启的窗户透过窗纱洒在土炕上，铁蛋儿在小荷身上一通温存之后，很快满身大汗地瘫在一边，疲惫中的俩人甜甜地进入了梦乡。

铁蛋儿的房子在农闲时建成了，一排四间全部是红砖垒砌，前脸又刷了一层红色水刷石，窗台以下再拼出棱形、圆形等各种彩色几何图案，再配上明亮的玻璃门窗、米黄色门框。屋里的大灶台面则用了白色瓷砖，地上也刷抹了洋灰和沙子搅拌成的混凝土。周广顺围着屋子前前后后、里里外外美滋滋地摸摸这儿，看看那儿，总也欣赏不够。再比起铁生的房子，红砖盖的前脸，石头勾缝沙子垒砌的两侧和后墙，就是跨年代的飞跃。盖房时，铁生没让铁蛋儿回来，而是包给了一个当地盖房班儿，铁生用东拼西凑借来的六七千元钱在十来天的时间里就让旧房子拆旧出新，新房子拔地而起。小荷和公婆在铁生和红云的房子里挤了个来月，在房子都刷抹好之后，高高兴兴搬回了新居。

第十章　顺英回归

　　周家庄由西向东的柏油马路上，车轮滚滚，有满载石子的大型卡车、小型拖拉机昼夜不停地奔跑着，还有乡亲们的马车、牛车、驴车经过。间或有年轻人骑着摩托车风驰电掣，一溜烟驶过。这条路也成了周家庄最热闹、最有现代气息的地方，也成了周家庄走出去、引进来的一个进出口，也让周家庄人由此嗅到了外界文明的气息，看到了更广阔的天空。

　　铁生和支书周定奎正为砖窑厂的选址忙碌着，他们选中了村下游一块田地，临界山坡，土质黏性大，而且和柏油马路遥遥相对。他们把土地的农户找来，和他们商谈征地事情，条件是让他们用土地换取砖窑厂的股份，几户农户已经在石子厂看到了巨大的经济潜能，用早出晚归的辛劳才能产出几斗高粱米的薄田换来砖窑厂的股份，当然划算。终于，砖窑厂在人们的一片期盼中建成了，一个长十五米、宽八米的椭圆形砖窑上竖立着一个高大的烟囱，砖窑下是每隔几米一个拱形门，供工人们进进出出。砖窑旁边又打了眼机井，盖了储存煤炭的库房，还有供工人们休息的公棚，砖窑厂开始正式投入生产。每天工人们从拱形门推进一车车砖坯，再从另一拱形门推出一块块已经烧制好的红砖青砖，一排排码放在距柏油路不远的砖窑厂房内，从出窑的第一窑砖开始，村里规定，凡是周家庄人盖房子，买砖价格都要比市场价低三分之一，于是，周家庄那些住了几十年破破烂烂的老房子便开始陆陆续续，拆旧翻建中。

　　铁生每天奔波于石子厂和砖窑厂之间，用石子厂的利润和村民自愿入股的资金支撑起了砖窑厂的生产规模，他还打算等两个厂子再有了利润，准备在全村开挖一条自来水管线，地势高自来水上不去的人家，他打算每家配送一台小型发动机，彻底解决村民的吃水问题。然后，全村所有的道路就可以全部铺设柏油路。现在，铁生经常会被乡里推荐到外地去参观学习，为此，红云特为铁生装扮了一番，雪白的衬衣打上一条光鲜的领带，外边套上一身合身的毛料西装，配上铁生中等多少有点发福的身材，一头浓密的中偏发型。一张方正的脸配上周正的五官，让人一眼便觉得此人气度不凡，不能等闲视之。

年底时，铁蛋儿回家了，但这次他没有领回辛苦大半年的工资，铁蛋儿说，他们建筑队的工头由于没有领到上面拨下来的钱款，所以没有办法给民工们开工资，要想讨回工资，只能继续给包工头儿打工。这让铁蛋儿不想再外出打工，留在本村厂子里当一名拖拉机手的打算暂时泡汤。

守在小荷身边，住在宽敞明亮的新房里，一个来月的慵懒，已让铁蛋儿真的不愿再回到那个一天到晚臭汗淋漓的工地，还是父亲周广顺的一顿臭骂，让铁蛋儿有了觉醒。

周广顺早起用大扫帚一边扫着院子，一边对迟迟不肯起床的铁蛋儿大声嚷嚷着："都多大的人啦，还这样不争气，你不能什么都等着你哥吧，你看他一天到晚不着家，他容易吗？你现在是住上新房了，咱家现在还有多少饥荒没有还清，你知道不知道？你不出去把钱要回来，不就白白便宜了那些坑人的包工头儿啦。"

年后初春的早晨，小荷为铁蛋儿打点好铺盖，铁蛋儿极不情愿地坐进了拉石子的一辆卡车的副驾驶室内。"等我一要到钱，我就回来。"铁蛋儿对着小荷挥手告别。

小荷目送着拉着铁蛋的卡车离去，心头有一种从未有过的担心，这种担心在以前铁蛋儿每次出门时，还从来没有过。小荷一边低头往回走，一边思虑着，这难道是什么前兆？不，她马上给与了否决，可能现在因为在意他，才担心他吧？想到这儿，心里才稍稍轻松了些。

刚刚走到家门前，便听到院子里传来一阵叽叽喳喳女人们的聊天声，刚才还忧虑的心情一下子便被抛到了九霄云外，小荷迈步进了院门，一眼就瞥见了一张意想不到的脸：大眼睛、高颧骨、深眼窝，她的同乡姐妹王顺英。

此时顺英坐在一张小马扎上，正和小荷的公婆、嫂子红云几个人围坐在一起，旁边还有另外一个人，是莲子的堂嫂明芳，也是顺英丈夫长安的表姐。

几个人正在明快的阳光里谈笑风生。见小荷进门，顺英忙站起来，小荷奔过去,一把抱住了顺英:"顺英姐,怎么会是你?这一阵子你到底去了哪里?"

顺英拉过小荷,俩人挨着坐下,顺英看着小荷叹了一声:"哎,说来话长啊。"

事情追溯到两年前,顺英和小自己三岁的丈夫王守义、三岁的女儿囡囡还生活在云贵地区一个偏远的小山村里,丈夫守义虽然懒惰,但对顺英和女儿也知冷知热,顺英用自己的勤劳维持着贫穷但不缺温暖的家。丈夫守义之后总琢磨着能够发家致富的办法。他贩过鸽子,和人合伙在县城开过旅店,但不是因为管理不善,就是赚了又赔。几年折腾下来,钱一分也没有赚到手,反而背了一屁股外债,到最后心情烦闷的时候,丈夫守义开始酗酒,借着酒劲,跟人上了赌场,在刚开始轻松地赚取了几个小钱之后,陷在了赌场里不能自拔。

守义常常醉醺醺地回家,顺英心疼丈夫,知道他心里烦闷,他是用赌场和酒来麻痹神经,顺英用耐心和宽慰等着丈夫守义的回心转意,可是在一个夜晚,守义在一次主动温存之后,给顺英讲了一件事,让顺英顿时如遭晴天霹雳。

守义说他准备用两千元钱把顺英卖了,他拿到钱后就能洗心革面,就可以去干轰轰烈烈的大事,他的人生就可以重新开始。

"那我呢?我怎么办?"顺英问道。

"你,你可以逃啊,一个大活人,腿长在你的身上,怎么就不能跑回来呢?"守义告诉顺英,可以趁着嫁到的那户人家麻痹的时候,找机会逃回来,他们一家三口又可以过上其乐融融的日子。

"不,你想把我卖了换钱,休想。"不等守义的话讲完,顺英一口就回绝了丈夫。可是接下来的几天,守义并不甘心,仍是没完没了地对顺英进行劝说,但每一次都遭到顺英的严词拒绝。

守义一而再、再而三地规劝无果后,愤怒了,他给了顺英重重的一记耳光:"你不去我们也是离婚,去了我们还有复合的机会,你想想吧。"守义说完,重重地摔了房门走了。那晚,顺英搂着女儿囡囡哭了整整一宿。

第二天一早,丈夫守义带了一个人回来,又从木柜里翻出顺英的衣服,一件件都扔出来,摔在地上:"囡囡是我的女儿,我会带好她的,你放心,我在家等你,你走吧。"守义背对着顺英说道。没有再大声喊叫,也不再规劝,只是平平常常几句轻描淡写的话。

顺英从囡囡身边站起来，扭脸看了看被丈夫赌输得家徒四壁的屋子，对囡囡说道："囡囡，听爸爸的话，妈妈要出个远门，你在家要等着妈妈回来。"

顺英没办法，她平日里处处都顺着丈夫，惯着丈夫，哪怕他做了什么错事、坏事，她也从来不埋怨他。顺英对守义的忍让和宽容已经形成了习惯。在跟着人贩子离开的一路上，顺英夺眶的泪水一次次打湿衣襟，她实在不放心，从没有离开过自己的女儿囡囡，怎样来度过没有母亲陪伴的日子。

一路辗转来到刘家岭，顺英看到了长安，一个被生活摧残得憔悴不堪的中年男人，还有被阳光照耀不到的三间破瓦房里，那个缺失母爱、瘦弱的小男孩儿锁儿的时候，顺英骨子里天生的母性便开始发酵萌动。她要把对丈夫守义的关心体贴和对女儿囡囡的爱，毫无保留地转移到这对可怜的父子身上。她刚见到锁儿的时候，锁儿竟然连鞋子都不穿，光着小脚丫在冰凉的地面上跑来跑去，顺英把锁儿搂在自己怀里，放在腿上，给锁儿洗澡、擦脸，给他穿上干净衣服，给锁儿做他爱吃的饭菜。顺英母性的光辉，如一缕和煦的阳光，照耀在小院的每一个角落，温暖着长安父子。

白天忙忙碌碌的家务并不能驱散顺英心头的云团，丈夫守义留给她的那句话："得机会再逃回来，我们一家三口就可以再回到以前的日子。"这句话在顺英心头留下了祸根，随着日子一天天过去，这句话反复纠缠着她，对锁儿的爱又让她无时无刻不牵挂远在千里之外的囡囡。

黑夜中，顺英翻身坐起，她又梦到了女儿囡囡一个人迷失在十字路口，在哭着找她、喊她："妈妈，你在哪儿啊？你快回来呀。"顺英抹去了眼角的泪水，扭头看了看身旁的长安父子。长安在睡梦中，发出均匀的鼾声，身旁的锁儿侧着小脑袋，嘴角挂着甜甜的笑。顺英轻轻地把锁儿踢出被单的一只小脚丫放回去，望着窗外朦胧的月色，她知道这又是一个不眠的夜晚。她来刘家岭已经有一年多的时间了，她该下决心了，想女儿想得已经让她快发疯了，她一定要回去，女儿在等她盼她，而且家中，还有个男人让她记挂着。

顺英离开了刘家岭，又经过一路辗转颠簸、长途跋涉。她回到了她的家乡，那里有她亲手筑造，给她带来伤痛的蜗居。

此时，一把大铁锁把她拦在门外，顺英向邻居们打听丈夫和孩子都去了哪里，邻居用好奇的目光上下打量了她一番，说那个男人跟着一个女人走了，孩子被送到她奶奶那里。顺英又找到婆家，孩子的奶奶见到顺英，朝她吐了口唾沫："呸！你还回来做什么？你这个不要脸的婊子。"顺英急着解释："妈，事情不是你想象的样子。"

"你滚！我不是你妈。"孩子的奶奶根本不听顺英解释，拉起囡囡"咣当"一声，把大门关上，从里面插了门闩。顺英只好站在门外高声喊着："囡囡，囡囡，给妈妈开门啊。"里面没有囡囡的回音，只有孩子奶奶从门缝里甩过来的几句谩骂："滚开！臭不要脸的婊子。"

囡囡从门缝中看着泪眼蒙眬的顺英，从始至终一言不发，妈妈的印象在一年多的分离和奶奶无情的谩骂中已经变得模糊，失去了温暖。奶奶拉着囡囡关门的一瞬间，她回头努力在记忆中搜索，马上要和过去产生衔接时，奶奶无情的大门又变成了阻隔在母女之间的千山万水。

顺英蹲在门外一通大哭。无奈，她又回到之前那间已经四处透风，更加破败不堪的家里，她向邻居们打听守义究竟去了哪里，邻居支支吾吾，闪烁其词。最后一位邻居看着顺英实在可怜，就向她说出了守义的去向："听说他跟着一个寡妇做生意去了，去了县城方向，具体地址不知道，听说是跑客车运输。"

顺英来到县城，发现在长安那儿积攒的私房钱已经花完，不得已，顺英找了一个小饭铺暂时安顿下来，给人家刷盘子洗碗，没有任何报酬，换回的是供她免费吃住，她提的唯一条件是，一个星期要给她一天时间，去寻找那个负心的丈夫。同时她也不停地在吃饭的客人中间打听，认识不认识一个跑客车运输叫王守义的男人，她又向吃饭的客人描述那个男人的长相。也许是老天可怜她，也许是县城太小，跑运输的人根本就不多。终于，在一个午后，顺英走进了王守义现在住的地方。

推开虚掩的院门，一个偌大的院子内，一排白色瓷砖的房子在明亮的阳光中静静矗立着。院子的墙角位置停放了一辆中型面包车。门口拴着的一条大黄狗冷不丁地蹿出来，朝着顺英疯狂地"汪、汪"叫着，这时，白瓷青瓦的房子里走出一个胖胖的中年女人，披散着满头湿漉漉卷曲的长发，端着一盆水，上下打量着顺英，女人疑惑地问道："你要找谁？"

顺英回答："我找王守义。"

女人接着问："他是你什么人？"

"他是我丈夫。"顺英回答。

女人"啪"地朝着顺英泼出一盆刚刚洗过头的水，顺英连忙跳起来躲闪，只听胖女人对着屋里喊道："王守义，有个女人找你，你出来看看认识不认识？"

不一会儿，随着屋中传来一阵窸窸窣窣的声响，一个男人披着外衣趿拉着鞋出现在屋门口。他一看到顺英，先是一惊后，马上变为愤怒，他朝着顺英喊道："你来干什么？你不是去了北方吗？你还回来做什么？"

顺英快哭了，解释道："你不是让我找机会逃回来吗？我们一家三口就可以再过回以前的日子。"王守义无奈地挥着拳头打在墙上："哎！你怎么那么死心眼儿啊？我让你回来，你就回来。我让你跳河，你就真的去跳河啊？"王守义说完，不耐烦地朝顺英挥挥手，"你走吧，我们之间根本没有可能了。"

顺英终于大哭了："王守义，你这个大骗子，你把我卖了，你还对别人诬陷我，害得连囡囡也不认我，你妈还骂我不要脸，你让我以后还能去哪儿？"

王守义愤怒地向地上甩着胳膊："你爱去哪儿就去哪儿，我管不着。"说完拉起一直冷眼斜视着他们的胖女人，说道，"这是个神经病，不要理她。"两人回了屋，重重关上了屋门。

之后再没了动静，顺英蹲在地上哭了好久，她不知道自己是怎样回到的小饭铺。之后，便浑浑噩噩地躺在床上，一连几天不能起床，吓得饭铺的主人老王赶紧找来了大夫，大夫说顺英是心火太盛，气火攻心才引发的高烧不退。大夫给顺英开了几剂药，让她按时服下。饭铺的主人老王也是个好心人，又替顺英结了药费，让顺英安心养病。顺英病好后，老王便劝顺英拿起法律的武器，与负心的男人离婚，夺回自己应有的一切，夺回女儿囡囡的抚养权。

顺英回到了娘家，她伏在母亲怀里放声大哭，她为自己当年的幼稚付出了代价，当年她嫁给王守义，母亲坚决不同意，说："你要跟了王守义这种不着调的男人，迟早有你后悔的一天，你要跟他走，就不要认我这个娘了。"顺英背叛了母亲，偷偷拿了几件衣服跟着王守义跑了，如今她只能用眼泪诉说当年的鲁莽和对母亲的歉意。

母亲抚摸着她的头，原谅了她，哆里哆嗦地从一个铁皮罐头盒子里掏出一沓零钱："去，把你本该得的东西都夺回来。"顺英向王守义起诉离婚，并争夺女儿囡囡的抚养权，还提出让王守义赔付卖她的两千元钱。

法院的人说争夺女儿的抚养权应该问题不大，但是卖顺英的两千元钱，如果找不到证人的话，又没有有力的证据，可能不太好讨要，除非王守义自己承认。果然，王守义一口否认，反而诬陷顺英不守妇道。最后，经过对案件的分析审理，法官鉴于俩人的感情已经破裂，准予二人离婚，囡囡由顺英抚养，王守义付给囡囡到十八岁的抚养费，同时给与顺英象征性的经济补偿，等处理完这一事件，马上就要过春节了，顺英在与母亲过了一个团圆的春节后，跪下来给母亲磕了一个响头，她说她要带上囡囡去北方，那里有她欠下的一份情债。母亲垂着泪向她摆着手："你去吧，我不拦着你，路都是你自己走出的，好坏都是你自己受，记住，哪天你走不动了，娘永远会收留你。"

顺英哭着拜别了母亲，她又找到了饭铺的主人老王，向他感谢救命之恩。之后便带着囡囡，奔向了北方，那里有她洒满爱心的篱笆小院。

又是一路的辗转颠簸、风尘仆仆，她又攀上那条熟悉的崎岖山路，那个小院远远地出现在视线中，终于走到门口，轻轻推开篱笆院门，小院静悄悄的，院中一切照旧。她解下脖子上围着的鲜红鲜红的围巾，把它绑在院中的晾绳上，从窗台的一个缝隙中掏出了房门钥匙，这个地方是她和长安约好藏钥匙的地方。她拧开锁，轻轻推门进去，仿佛怕吵醒谁似的。她又看到了满屋的凌乱和灰尘，还夹杂着一股霉变的味道，此时她的心头却有一股暗喜。这是个充满了男人臭味儿的房间，没有任何女人的痕迹，又撩帘进到里屋，她一眼就看到了墙上一张一家三口的合影照，那三个人是如此的幸福。她和长安脸贴着脸，锁儿瞪着一双懵懂的双眼。顺英笑了，她从行李中拿出来一块饼干递给乖巧懂事的囡囡，让她到院中自己去玩，她开始收拾屋子，除去灰尘，整理床铺，又搜出一堆脏衣服，又向大锅里填满了水，然后，抱柴禾点火烧水。这时，她听到了院中篱笆院门"吱扭"的响声，之后便是熟悉的脚步声传来，那脚步开始是无节奏的，接着便停了下来，然后，开始急切地朝屋里大步走来，越来越急，终于，脚步声在屋门外戛然止住。

顺英和长安四目相对，互相打量着对方。长安蓬乱着头发，眼窝深陷，胡子应该好久没刮过了。顺英的眼角已经出现了细小的皱纹，头发中已夹杂着少许的白发，俩人静静地对望着。

长安问："你什么时候来的？"顺英答道："我刚来。"长安接着又问："你还走吗？"顺英答道："不走了。"

"院中那个女娃是谁的？"长安又问。顺英答道："是我的，我们的。"接下来不知是谁先开了头，俩人便莫名其妙地大笑起来，笑弯了腰，笑得脸上淌满了泪水。笑了一会儿，长安抹了把泪水扭头出去，顺英追出去问道："你去到哪儿？"长安头也不回，说："我去叫锁儿回家。"顺英在长安背后喊道："你们快些回来，我给你们烧了开水，等着你们把澡洗了。"

顺英把自己的故事讲完，大家都默不作声，沉默了一会儿，明芳骂道："王守义这样的混蛋，只认钱不认人，谁有钱谁就是他亲爹，能离开他也是你顺英的福气。"红云也接过话来说道："是啊，长安应该感谢王守义的薄情寡义，要是没有他，能成全得了长安和顺英吗？"

小荷一直听着别人说话，见别人都说完了，便用手搂着顺英，把头搭在顺英的肩头："顺英姐，不管怎样，你回来就好，等我有时间到你家去看看，去见见姐夫和那两个孩子。"小荷一说到这儿，大家都不约而同地想到了她们南方三姐妹，自然又联想到了莲子，明芳说："听说莲子和卫东走后，一直没有和他们家里联系，不过听人说，他们俩现在在广州，村里有人在广州见过他们。"

第十一章　摔伤致残

　　春天的阳光总是明艳艳的，一场淅淅沥沥的小雨之后，空气清新凉爽，鸟儿在树上叽叽喳喳。小荷一上午便坐在房檐下的台阶上给铁蛋儿纳一副鞋垫儿，她是跟红云学做的，先用红色面料制作好一双鞋垫儿模子，然后，用粉色的丝线在红色鞋垫儿上绣出了一朵绽开的大牡丹花，再用金黄色丝线绣出花蕊，用白色丝线绣出花瓣边缘和轮廓。层层叠叠大朵的牡丹花便绣制完成，牡丹花上下各有黄色婀娜的茎蔓延伸到两头，两侧又生出绿色巴掌似的叶子和细小弯曲的茎蔓，错落有致地布满整个版面，翠绿的巴掌叶上暗绿条纹经络分明。其余的空白处，小荷正用浅绿色丝线用小十字交叉法填满。整个画面色彩艳丽、精美。小荷已经连续绣了好几天，今天把最后一针绣完，她用牙扯断线头，拿起绣好的鞋垫儿反复欣赏。此时，明晃晃的太阳正照在头顶，时间不早了，她收拾起针线笸箩，起身到门口抱柴禾准备做饭。一大早红云便带着妞妞去了娘家，公公婆婆驾着牛车去集市上也快回来了。小荷打开院门，向外张望了一眼，路上只有几个小孩子，没有公婆的影子，她准备关上院门，这时忽然看见一辆黑色的小轿车出现在路上，小轿车在那个年代又是在山沟里出现，确实是件很新鲜的事情，而更让小荷疑惑不解的是，小轿车竟然朝着她一路开过来，一直开到她的跟前。

　　小轿车停下来，门开了，铁生陪着两名陌生男子下了车。"小荷。"此时铁生脸色凝重，把小荷叫住，小荷望着铁生，铁生的眼睛却望着远处，停顿了片刻后，铁生说道："小荷，铁蛋儿在工地受伤了，工地派人来接我们去看他。"

　　"你说什么？"小荷吃惊地问道。

　　"小荷，你也不要太紧张，情况并不严重。"铁生说道。小荷看着铁生还是不能一下子明白过来，眼睛直直地盯着铁生，愣愣地问："大哥，你在说什么？我不明白。"铁生盯着小荷的眼睛，重重深吸了一口气，说道："不要再问了，到时你就知道了，现在你就去收拾一下，我们现在就去看铁蛋儿。"

　　事情发生在两天前的一个午后，铁蛋儿在工棚里刚刚吃过午饭，胃里还充斥着三个大馒头和一大盒粉条熬白菜，他无精打采地被工头催促着赶紧开工，他登上脚手架，明晃晃的太阳直射过来，他睁不开眼，他想如果现在能睡一觉该多好啊，他不禁打了个长长的哈欠，昨晚又没睡好，他想起了小荷在他怀里时的情景，喉咙不禁滚动了一下，他咽了口唾沫，那种软玉温存的感觉，多么让人销魂啊。想到这儿，总算来了点精神，踩着一节节的脚手架不断攀高，他已经攀到最高处了，这是一个刚建到五层的工程，顶部到处都是竖立的钢筋，他从脚手架上准备登上一个用木板搭建的平台，他的一只脚已经踏到边上了，木板稍微动了一下，他没太在意，大脑由于困意而显得麻木，脚步也显得笨拙，第二只脚再踏出去，两手也习惯地松开了扶握的脚手架，这时，木板突然发生了轻微倾斜，他的身体一侧歪，他马上伸手想去再抓握什么东西，可是整个身体却突然向下栽去。

　　他的两只手什么也没抓住，他的两只脚一下子蹬空，身体瞬间从五层楼上跌了下去，瞬间失重的状态一下子让他感到了万分惊恐，在下落的过程中，风呼呼划过耳畔，他的大脑一下子清醒了，脑海中如快门般迅速闪动着亲人的画面，父母、小荷、大哥都是他至亲的人，他不舍得离他们而去，不，他不能死，他要活下来。

　　伴随着喉咙里不由自主发出绝望的嘶叫，他的四肢在空中不停地扭曲挣扎，忽然，他的后背重重地被一根细细的、硬硬的东西垫了一下，停顿数秒后，他的身子又从上面滚落下去，重重摔在地上，在意识的最后一刻，小荷的脸在他的脑海里闪动了一下，然后，变得模糊，他觉得自己完了。

　　铁生和小荷赶到医院的时候，铁蛋儿已经在医院抢救室经过了十几个小时的急救。小荷见到病床上的铁蛋儿时，铁蛋身上插满了大大小小的管子，人完全处于昏迷状态。医生告诉小荷，铁蛋儿在下坠的过程中被钢筋从后背上垫了一下，身体受到了缓冲，经过抢救，命算是暂时保住了，但医生诊断，胸椎的

第十一、十二节已经骨折脱位，有可能造成截瘫。小荷懵懵懂懂地听着，医生拿着 X 光片子，用职业惯用的口吻介绍着铁蛋儿的病况，小荷真的想大哭一场。铁生让小荷在医院守护着铁蛋儿，自己到事故现场查看了一下。他找到铁蛋儿的工友了解情况，铁蛋儿的工友说铁蛋儿这一段也没什么异常，只是想早点拿到工钱，至于为什么会跌落下来，就是不小心的缘故，而且工地的安全保护措施做得很不到位。铁生联系了工地负责人，向他们指出工地严重缺乏安全保护措施，提出要他们负责事故全部责任，之后，便匆匆赶回医院里。

此时，小荷正坐在铁蛋儿的病床前，两眼直勾勾地望着病床上一动不动的铁蛋儿。这突遭的晴天霹雳，还不能让小荷把活蹦乱跳的铁蛋儿和病床上毫无知觉、气息奄奄的病人联系起来，铁生连续叫了几声"小荷，小荷"。

小荷这才抬头，看到已经站在面前的铁生，满腹的痛楚正无处倾诉，小荷伏在铁生的怀里哭泣起来，铁生两手扶在小荷的肩头劝道："小荷，别担心，我相信铁蛋儿会好起来的。"听了铁生的话，小荷心里稍稍得到了一丝安慰。在医院里，她听到医生说的都是高位截瘫如何如何，看到的都是挂着拐杖、坐着轮椅或是昏迷不醒的病人。整个世界一下子全乱了，一切都变得残缺不全。她多么希望铁蛋儿能够从病床上站起来，和她一起去田间干活儿，手拉手一起走在有月亮的晚上。可是昏迷不醒的铁蛋儿还随时处于生命的边缘，让她揪心裂肺。她不知道以后会面临怎样艰难的日子，她这时多么希望听到几句祝福的话，有一个肩膀让她依靠。铁生用手抚摸着小荷的头，安慰她："小荷放心，我们只要坚持，奇迹总会出现。"

几天后，铁蛋儿从昏迷中清醒了过来，他环视着陌生的环境，雪白的病房里充斥着浓重的药水味儿，身穿白大褂的医生护士进进出出。小荷和铁生看见铁蛋儿睁开眼睛，惊喜地呼唤着铁蛋儿，铁蛋儿看到小荷，眼神中流露着一丝疑惑："咦，小荷，你怎么也来了？这是哪里？"小荷激动地回答道："我们这是在医院里，你受伤了，铁民。"铁蛋儿迷茫的大脑开始思索起什么事，说道："原来我没死啊，我还活着，是吗？""对，你活着，你好好地活着呢。"小荷又用手指着铁生，"你看，哥也来了。""哥，你来了？"铁蛋儿想起身坐起和铁生打个招呼，却发现自己的下半截身子竟然毫无知觉，他不禁喊道，

"我的腿，我的腿怎么回事？"

没等小荷继续高兴下去，铁蛋儿的一句话给小荷带来一种不祥的预感，似乎在印证医生的判断，小荷忙把挣扎着的铁蛋儿的头放回枕头上，忍住眼泪把脸扭到了一侧，铁生说道："你的腿这不好好的，你看。"说着铁生撩开了被子，铁蛋儿疑惑地从枕头上看着自己的腿。说道："好奇怪，我怎么感觉不到它？"铁生忙说道："可能是刚才打了麻药的原因吧？"这时一名护士过来提醒道："不要让病人说太多的话，也不要让他太激动，要让他多休息。"

铁蛋儿的病情平稳后，由重症病房转到了普通病房，吃喝拉撒由小荷服侍，小荷每天要给铁蛋儿洗脸、擦身，喂药、喂饭，接大小便，还要每隔一个小时给铁蛋儿翻身，这对瘦瘦小小的小荷来说，确实是件力气活儿。铁生除了和小荷一起服侍铁蛋儿外，还要跟工程负责人继续争论铁蛋儿摔伤致残的赔偿问题。最后，经过协商，工程建筑单位负责赔偿铁蛋儿的人身伤害致残费、后期治疗费、护理费、精神损失费以及父母养老费等，再刨去这一段治疗以及护理等各种开销，加上年前欠发的工资，一共付了六万多元。

一段时间的治疗后，铁蛋儿的病情逐渐平稳，工地租来救护车把铁蛋儿送到了家里。当铁蛋儿在医院里被抢救苏醒后，铁生马上给父亲捎了话回去，告诉父亲说铁蛋儿醒过来了，不过可能要留下后遗症，有可能要瘫痪了，要父亲做好这方面的思想准备。

老汉周广顺老泪纵横，他每天都在自责和懊悔中度过，如果不是他为了铁蛋儿几个月的工钱，非要赶着铁蛋儿回到工地，能有铁蛋儿摔残这回事吗？他每天睡不着觉、吃不下饭，不是一个人呆呆地发愣，就是想着想着便老泪纵横地呜咽起来。红云每天也不敢大声说话，只是劝慰公公不要太难过。至于过多的安慰话，她觉得说多了也是徒劳。婆婆现在还蒙在鼓里，更不能给她说得太多。事情已经出了，日子还要照常过下去，也只能走一步说一步，周广顺的小院里笼罩着一片死气沉沉的空气，仿佛一切都凝固了。

铁蛋儿在住院治疗期间便知道了自己可能不会再站起来了，虽然大哥和小荷对这事都守口如瓶，但铁蛋儿还是从小荷闪烁其词的话语中感觉到了事情的严重性。他又从临床的一个瘫痪病友口中知道了他们之间的共同性，知道了他以后会是个什么样子。从那时开始，一种无助的绝望便充斥了整个身体。他每天看着小荷把他像木桩一样搬来搬去，他想到了死，想到了逃离这个悲惨的世界，可是他发现他无能到连这个权利都没有，也做不到。铁蛋儿开始大喊大叫，想引起小荷对他的厌烦，他不忍心小荷为他这样辛劳，他要让小荷离开他，不要管他，任由老天让他去留。小荷一言不发、默默为他擦洗身体。暴躁之后，铁蛋儿开始变得木然，他的心已死，只是一具没有腐烂的尸体而已。

铁蛋儿由医院转到了家里，熟悉的环境和亲人们都围拢在身边，细心照看，让铁蛋儿的心稍稍平静了许多。他看到年迈的父母担忧的眼神，他不忍心让他们为自己又平添烦恼，他开始努力配合。年近六旬的父亲每天用一双长满老茧的双手为他按摩两条腿，精神恍惚的母亲，认真地给他喂饭，吹凉饭菜上的热气，精神出奇的平静，母亲的病反而不治而愈。于是，好好活下去，为了自己的亲人，他一定要好好活下去，便成了铁蛋儿的信念。

铁生把赔偿费的六万多元钱存入一个银行账户，交给父亲保管，作为铁蛋儿日常的医药费用和小荷与父母的日常开销。周家在经历了一场飞来横祸之后，用时间来平复内心的创伤和痛苦，大家已慢慢接受了这个事实。铁蛋儿已不可能再站起来，他顶多也就是两个上肢能够活动，腰部以下完全没有了知觉。小荷由之前被一家人呵护关心，现在转换为每天负责护理铁蛋儿，她在一天天的辛劳中忘记了自己的存在。

在一个秋天的午后，小荷收到了家里的来信，信中父母问她这一段过得好不好，家里人都想她了，如果可能的话，能不能带上她的丈夫一起回娘家看看。

小荷看了来信，人终于崩溃，她跑到一个避风的山坡上，号啕大哭。还是婆婆首先发现了小荷在家里长时间不见了人影，便通知了全家，全家一通寻找，铁生也被父亲从大队部里叫了回来。铁生对父亲说道："不要紧张，小荷不会跑的。"便四处寻找，终于在山坡上找到小荷，在两米开外，铁生站住，端详着小荷，以前嫩嫩的小脸儿，现在被折磨得满脸的倦容和憔悴，刚刚哭过的双眼，红肿着布满了血丝。哭过之后，小荷一个人静静地坐着。她不知道自己的人生该何去何从，以后该如何打发这无奈的寂寞和一天天的忙碌。

铁生唤着她："小荷。"小荷没有反应，生活已经把她折磨得近乎麻木。铁生又上前一步，把手轻轻搭在小荷的肩头，小荷抬起脸看着铁生，两人四目相对，一阵山风吹过，吹乱了小荷额前纷乱的头发，铁生用手帮小荷捋了捋头发，轻轻说道："走，回家去。"没有再多的言语，铁生转身下山，小荷起身跟着走下山去，两人一路没再说话，一直到了家里。

铁生来前院的次数多了起来，他只要有时间便会帮着小荷一起给铁蛋儿翻身，清理大小便。外出时会给红云和小荷每人买回一件衣物，至于母亲和妞妞，他会给她们买回一些吃食，而父亲喜欢烟和酒，所以父亲的柜子里总不缺这两样。至于铁蛋儿，他想着有时间给他买个轮椅，而轮椅这种东西必须要到城市里去买。生活又经历几个月手忙脚乱的磨炼之后，现在每个人都渐渐习惯了家里有个病人，也逐渐适应了这种生活。

北方的冬天是干冷干冷的，在凛冽的西北风裹挟下，树木、山川、植被一切都变成了光秃秃的黛黑色，土地都已闲置下来。放眼望去，高高低低的山冈土坡空空荡荡，恢复了它原来的面貌。一场纷纷扬扬的大雪，在一天夜里寂静地飘落下来。

小荷一早醒来，隔着罩着窗帘的玻璃，感觉窗外一片雾茫茫的，从被窝里爬到窗台下，撩开窗帘，只见树上、墙上，前院邻家的房顶上到处都被厚厚的雪覆盖着。铁蛋儿也醒了，问道："小荷，窗外怎么那么白啊？是下雪了吧？"小荷答道："嗯，外边下了好大好大的雪，我把窗帘拉开，给你看看外面的雪景。"说着小荷拉开窗帘，铁蛋儿躺在土炕上，隔着玻璃看到了院中树枝上托着厚厚的雪，白花花的。"嗯，真好看，小荷，你快躺下，别冻着了。"小荷顺从地钻回被窝，在铁蛋儿身旁重新躺下，此时小荷很想起来看看雪景，但她怕刺激到铁蛋儿，这时听到"哗啦、哗啦"扫雪的声音在寂静中由远而近传来，随着屋门"吱"被拉开的声响，是父亲起床了，小荷对铁蛋儿说道："大哥和父亲他们都起来扫雪，我也起床，帮着扫雪去。"说着小荷便穿衣起床，打开外屋的门，见到父亲和铁生正把院中厚厚的雪用铁锹往树坑中铲，小荷也找了把铁锹加入进来。

铁生哈着一嘴白气说道："小荷，你还不睡个懒觉，大冷天的这么早起来干什么？"小荷说道："我喜欢雪，我们家乡很少能看到雪。""噢，是这样啊，好吧，我现在就给你堆个雪人。"铁生不大工夫就在树底下堆出个雪人，他又找来一个红色塑料桶递给小荷，"来，你给它戴个帽子。"小荷就把红色的塑料桶扣在雪人头上，铁生又说道："你去找个煤球和红薯，给雪人按上眼睛、鼻子、嘴巴。"小荷转头跑回屋去，即刻拿着两个煤球和红薯跑出来，小荷兴奋地把煤球和红薯按在雪人脸上。

铁生看着小荷跑来跑去，少有的兴奋，站在一旁呆呆地看着，不禁若有所思，忽然感觉有一双眼睛正注视着自己，他一扭脸，红云不知什么时候已经过来，正直直地看着他。

铁生说道："红云，你也起来了？我们堆了个雪人，等妞妞起来，让妞妞来看，她肯定欢喜。"红云没有说话，扭脸回了屋。

农历的新年就要到了，周广顺的小院里传出了难得的笑声。一家人正站在院中看着铁蛋儿坐在轮椅上，两只手扳动着两侧的轮子，左右旋转，铁蛋儿便随着轮椅在院中前前后后，左左右右地飞驰着，铁蛋儿的脸上一扫往日的沉闷，快活得像个孩子。周广顺站在台阶上吧嗒着烟卷儿说道："除了不能站起来，这不跟有腿一样啊，想到哪儿就到哪儿。"站在旁边的老伴儿乐着说道："可不嘛，这下铁蛋儿可好了，不用老糗在炕上了。"

这几天，红云和小荷开始准备年货，她们在婆婆的指导下，摊黄子、蒸年糕。周广顺也找人把自己养的一头猪宰了，这一阵子，正忙着和老伴儿一起清洗猪的五脏下水。

除夕的一大早，铁生挑了一挂长长的鞭炮放在树梢上点燃，随着爆竹声长时间响彻在院子里，周广顺觉得，过去一年积压在心头的郁闷，随着鞭炮声终于被宣泄了出去。

第十二章　岳父

　　按照乡俗，正月初二是出嫁的姑娘回门的日子，红云早已备好了回门的礼物，她买好了一盒点心、两瓶酒，还有给父亲织的围巾、母亲的帽子，以及自己一岁小外甥的婴儿套装。红云雇了停在村口的一辆电动三轮车，给一家三口拉到娘家门口。如今父亲的中医诊所，经过妹妹、妹夫的改造扩建，已经改名叫"万祥医院"了，"万祥医院"的正门现在已被加高、加宽。墙面砌上了白色的瓷砖，中间黄色大木门随着来访病人、家属的进进出出，不停地开开关关，门后两侧由弹簧勾着，每次都能自动合拢，门框上挂着厚厚的棉布门帘，一进门二十几米平方的厅堂里，摆着几把黄色长条木椅，是病人挂号、排队、等候的地方。往里走是左右两间门诊，一间是红云父亲看中医的门诊，另一间归红玉丈夫李东海看西医，李东海擅长妇女儿童的头疼脑热、气血不调等病症，而老年人的腰酸腿软一些细碎的小病又适合中医治疗。所以，他会经常向老丈人探讨医术，而不同的是他开具的药方，都是成品药，西药，中成药。老丈人开的都是一些草药。红玉负责收费、挂号、抓药、打针输液等一系列事情。红云看到房后一个荒废的大土坑正在被填平，已填到一半位置，妹妹红玉告诉红云，这片土坑的位置已得到乡里批准，由他们买了下来，准备给"万祥医院"建个后院，盖两间住院的病房，然后，再招募一些卫校毕业的学生过来，现在，每天的门诊量已让他们应接不暇。由于今天是正月初二，"万祥医院"门口摆着"今天休息，不接待门诊"的牌子。

　　距"万祥医院"几十米远，便是红云娘家的宅院，门口是两扇黑漆大铁门，门上挂着大大的铁门环。走进院门，拾着五层台阶而上，迎面是一排五间白瓷砌墙的房子，房檐下是伸出房檐宽大的走廊，院子四周是由红砖砌成的高大院墙。

　　今天，陈中医叫老伴儿和二女儿红玉一早就准备酒菜。大姑娘、大女婿的到来自然让两位老人高兴不已。铁生穿着一件蓝黑色长款呢绒大衣，搭配着一条米色围巾。红云则盘起了头发，额头留着一撮卷曲刘海儿，穿了一件收腰深红色呢子大衣，脚下是矮筒抱腿靴子。他们出门时都刻意地打扮了一番，尤其是红云，现在随着铁生大会、小会的经常出门，自然，红云会为他置办几件出门像样的行头，而为了配得上铁生的派头，红云也开始留意起自己的穿戴打扮来了。

铁生、红云领着妞妞一进门，就被热情的老丈人、丈母娘和妹妹、妹夫包围了，卸下手中大小的礼品盒子，铁生摘掉围巾，脱掉外罩，露出里边红云给织的一件拧满了花纹图案的驼色毛衣，和李东海分坐在陈中医两侧，茶几上摆满了瓜子、糖果。妹妹红玉梳着一头短发，腿脚利索地沏好了茶水，嘴里还故意带着醋意说着："你看看，就是不一样吧，老爹就是偏心，一听大姑娘、大女婿今天要过来，乐得嘴巴都合不上了。"陈中医微笑着也不反驳，自任二姑娘去说，铁生本来就是他亲自挑选的女婿，当年铁生带着他娘到他这儿来看病，陈中医一眼就相上了这个五官端正、仪表堂堂、朴实孝道的小伙子。当他问起红云对这个小伙子印象如何时，红云更是低着头一脸的羞涩，说："挺好的。"又问红云把他招为上门女婿怎么样，红云却一脸的为难，说："上门女婿怕是委屈了人家，就算人家家里穷，但凡是有些志气，都不愿委身入赘到别人家。"陈中医问红云："那你愿意抛开家业，嫁到山沟里过穷日子？"红云说："嫁到山沟里怎么啦？穷又怎么啦？"陈中医道："好，我的女儿有志气，明天我就找人说媒去。"现在铁生和红云结婚一晃也七八年了，这个他亲自挑选的女婿也确实没让他走眼，在周家庄这个穷山庄，当村主任当得有声有色，周家庄这几年的发展，确实有目共睹。

陈家是祖传的中医世家，自打行医这么多年来，陈中医一直不喜欢与外界来往，更看不惯官场上的吹嘘拍马，也不屑混入外界去同流合污，一直潜心在他的医术当中，但是铁生的个人奋斗和发展却让他一直引以为豪。现在老爷子在铁生身上，看到了几十年前年轻时的自己，是何等的意气风发、踌躇满志。那时的他，还是一个不愁吃穿的富家子弟，准备在学业上考取功名，在仕途上也想有所作为，但事与愿违，一场轰轰烈烈的土地改革，让他一夜之间由一个富家公子哥变为一介贫民。祖上的深宅大院被充公，父亲的中医诊所只能被安置在一个做饭的厨房里，好在祖上的医术救治了不少的乡民，算是为自家积了德，一家人才算在那场运动中全身而退。正是基于这种原因，父亲才让他一定要把祖传的医术当作家族生存立命之本，劝他不要搅和到外界混沌的世界中去，时刻保持一颗悲天悯人、治病救人的善心。而陈中医这么多年来，也的确秉承着祖训，一直兢兢业业地治病救人。可是随着他的名气越来越大，到他这里来看病的也不乏一些县里、乡里有头有脸的人，他在给他们看病的过程中，便能得到不少的信息。现在的陈中医却有了不一样的想法。

陈中医又和铁生聊起了农村的发展问题，这在铁生来说，是他的强项，不管是当村主任以来他曾无数次地思考过的，还是他到外面学习参观过的，都从他练就的滔滔不绝的嘴皮子功夫中得到了充分的展示。说起农村的发展问题，自然条条是道，陈中医则不住地点头称赞。他亲自为铁生的茶杯里续了茶水，侧过头看着铁生，有些神秘地压低了嗓音说道："这一阵子，咱们乡上的王秘书经常到我这里来针灸、拔罐，他的腰不好，上次他说，张乡长有可能调到县里去，所以有一个副乡长就有可能升为乡长，这样就留下了一个副乡长的空缺，现在乡里正物色一个副乡长的人选，你想不想试试？"铁生心中晃过一丝激动，但马上镇静地说道："咱们乡里干部大多都出在本镇子上，很少有从下边村里提的，除非是上头有人或者是特别出众的。"陈中医道："你这么能干，还不算出众？"铁生接过话来："光能干还不行啊，主要是有人赏识你，上边有人替你说话才行。"陈中医用手在茶几上一边转动杯子，一边感叹道："看来这世道啊，就像唐代大文学家韩愈说过的，'世上先有伯乐而后有千里马，千里马常有而伯乐不常有'这话一点都没错啊，就是有千匹的千里马，如果没有伯乐也会老死在马厩里啊。"

陈中医和铁生说话时，二女婿东海一直没有插言，像个小孩子一样低着头自顾嗑着瓜子。东海的家是临乡的一个镇子，家里就一个姐姐，已经出嫁，家里父母务农，论家境在当地还算不错。在读中专卫校时，就和红玉谈起了朋友，红玉走路风风火火，和假小子一样。而东海生得文质彬彬，性格腼腆内向，不大爱说话。当年红玉为了能追到东海可没少下功夫，红云那种不达目的不罢休，穷追猛打的套路，终于把东海俘获，而东海和他的父母也不太介意东海在哪里落户，只要他们俩人高兴就行。现在东海和红玉结婚已经三年多了，孩子也有一岁，由红玉母亲一手照看。而"万祥医院"现在基本上都由红玉和东海负责经营与管理，陈中医平时就是坐堂、会诊，而他也乐得卸下负担享受清闲。

东海和红玉的结合，用陈中医的话说是阴阳互补、动静结合。这个道理他又延伸到了红云和铁生身上。大姑娘红云性格内向，偏柔，而大女婿铁生性格是刚中带柔，所以老大一对是刚柔相济。陈中医把他多年从医的阴阳理论很好地诠释在两对儿女的婚姻上。两个女婿虽说他都很满意，但二女婿天天守在身边却不大爱说话，即便是准备接替他的衣钵，但除了医术方面，二女婿跟这个岳父实在没有太多的话题，而大女婿就不同了，不管是谁都能聊得开。所以相对来说，他更喜欢铁生，这也难怪红玉说他偏心。

饭菜很快在红云和红玉姐妹两个的忙活中做好了，已在客厅摆好，陈中医便招呼全家人到饭桌上入座。红玉刚满一岁的孩子在饭桌上不停地哭闹，红云母亲囫囵吞了几口饭菜，便抱着外孙儿带着已经吃饱的妞妞到院子里玩去了。陈中医就和两个女儿女婿一起入桌吃饭，陈中医不吸烟，多少喝点儿酒，红玉为每个人都倒了一小盅酒。饭桌上，红玉就开始拿敬酒的机会嘴不饶人地向姐夫开着涮："姐夫，你可是咱老爹亲选的乘龙快婿，你可不能辜负老爹对你的期望，你今天怎么也得陪着老爹多喝点儿，也祝你在村主任的位子上步步高升。"铁生想：岳父随口的一句话，可能被红玉端菜时听到了一知半解，本没谱的事，要被这个大大咧咧快嘴的小姨子叨唠出去，事情可就麻烦了，得转移一下话题。于是就笑着说道："看你说的，东海就不是咱爹的乘龙快婿了？咱爹的期望应该寄托在东海身上才对，你看爹为你们下的这功夫，又是向乡里要地、填土、扩建医院，哪一样不是为了东海？"说完，拿起酒盅向东海敬去，"来，未来的李院长，我先敬你一杯。"东海微笑着也不反驳，举起酒回敬铁生。红云在一边插话道："你们这姐夫跟小姨子一见面就没大没小，闹个没完没了，铁生你就少说两句，让着点儿二妹，她说什么你就说是不就行了。"红玉就对父亲说道："爸，你看我姐多会偏袒我姐夫啊，听起来是向着我，实际上是在帮着姐夫说话，话里话外是说我这个做妹妹的蛮不讲理似的，看来啊，我这个妹妹总比不过姐夫亲啊。"陈中医就笑着向两个女婿举起酒盅，说："来，咱们喝酒，这红玉啊，哪儿都好，就是嘴太矫情了，让她们姐儿俩闹去。"一家人吃过饭，又喝过了茶，自然又聊起了铁生母亲的病情和铁蛋儿的身体状况，铁生说："自打铁蛋儿出事后，我母亲倒是一切都正常了，现在就是铁蛋儿不能离开人。"陈中医"哎"了一声，说道："你和红云的负担不轻啊，全家重担都落在你俩身上了。"铁生说道："我倒没什么，主要是红云这些年太辛苦了。"陈中医瞅瞅红云，很自豪地说道："这是一个女人份内的事，她应该做的。"大家又聊了会儿，铁生看了看墙上的钟表，说："时间不早了，家里还有一摊子事，爸、妈，我们这就回去了。"铁生和红云穿戴好，临出门，红云母亲收拾了一兜东西递给铁生，说："这些是给你父母的，向他们代个好。"说着给妞妞掩了掩外罩，又对妞妞说道，"妞妞，有时间还来看姥姥、姥爷。"红玉一直跟在红云旁边，趁铁生和父母打招呼的功夫，悄悄对红云说道："姐姐，你要长点儿心眼儿，别太傻，你要留意着我姐夫点儿，我上次到你家给你婆婆送药去，我觉着你家的那个小媳妇，有点挺勾男人的。"红云眼中立刻闪过一丝不安，忙问："你看出什么来了？"红玉忙答道："这倒没有，只是看那个小荷一脸可怜楚楚的样子，哪个男人见了不会动心？何况现在又是那样的情况。"见铁生的眼光投过来，红玉偷偷推了一把红云，抬头对铁生喊道，"姐夫，你要常来呀，不然咱爸咱妈要想你了，我可帮不上忙啊。"铁生随口应道："好的，常来，常来。"

　　一家三口又在家门口附近找了一辆拉客的三轮车坐上去，车子开动后，铁生问红云："二妹在你耳边，嘀嘀咕咕地说什么呢？"红云盯了铁生一会儿，说道："二妹说，咱家的那个小荷，长得太勾男人魂儿了。"铁生也盯住红云一会儿，说道："我就说不是什么好话。"两人便都不再说话。

第十三章　情愫与隔阂

开春后，冰雪消融，大地复苏，铁生带领着周家庄的乡亲们用了两天时间，刨好了所有的自来水管道，剩下来的工作就是安装水管。在大队部的院子里摆满了一排排塑料管，十几个小型发动机，靠墙是几十把刨土用的铁锨、铁镐。干完活儿收完工后，铁生便让其他的大队干部和村民回家，他说他要晚上留在大队部里过夜看货。大队部的会议室里有两张桌子、六把椅子，其中一张桌子上摆着一台十四寸黑白电视，另一张桌子上安放着一只广播用的扩音器，墙根儿还有一张单人床，铺着一床被褥。虽然说是开春了，屋子里还是寒气袭人，铁生在门口的小副食店里倒了杯热水，好暖暖身体。

两天前，铁生组织村民进行自来水管道开挖工作，主路由大队负责安排人力开挖，而分支出去延伸到各家的管道，便由各家各户自己负责。他把招来的本村劳力按区域分派出去后，便来到自家门前，此时父亲和红云、小荷三人每人一段距离，抢着铁镐正刨开门前的一段土路，铁蛋儿在阳光底下坐着轮椅看着大家干活儿，铁生跨过了父亲，又跨过了红云来到小荷跟前，说道："小荷，你身子那么单薄，去旁边先歇会儿，我来刨这块。"说着从小荷手中接过铁镐，向手心里吐了口唾沫，抢起铁镐就刨起来，地面长年累月早已被人踩得像铁板一样硬，每一镐下去，都震得手臂发麻，而地面也只能刨开一个浅浅的土坑，再往下刨，土层里包裹着的石头、瓦块、树根，硌愣愣地与镐头发生着剧烈碰撞摩擦，发出刺耳声响。铁生边刨边说道，"这么累的活儿哪里是女人干的，应该由我们这些大老爷们儿干才对，是不是？"小荷笑着也不答话，不大工夫，铁生身上开始冒汗了，他干脆脱掉外罩，随手扔给身边站立的小荷，露出里面的驼色毛衣。小荷像影子一样，抱着铁生的衣服一直站在铁生旁边，铁生干得正来劲儿，忽然见一只铁镐杵在自己脚前。"周铁生，我那儿有一个大石头刨不出来，你去看看，我也累了，我也得歇会儿。"铁生抬头见是红云，干活儿干得满脸通红，就说道："好，我这就去刨那边。"说着便抬腿走去，抬腿的瞬间，瞥见坐在轮椅上的铁蛋儿正愣愣地瞅着自己。红云这时从小荷怀里一把扯过铁生的衣服，一甩脸，"哼"了一声，使劲拿衣服朝地上甩了甩。

　　中午吃饭，大家都默不作声，铁生娘见气氛有些反常，就自顾自地一个人开始唠叨着："小荷，你就多吃点儿，你看这段时间你都瘦了，铁蛋儿，你也要多吃，吃得多，身体才结实。"母亲不说还好，这么一说，铁蛋儿反而放下碗筷，说道："我不想吃了。"说完扳动着轮子回了自己的屋子，小荷马上放下筷子随着也走进里屋，铁生娘扭着脖子喊道："小荷，来吃饭，铁蛋儿不吃了，你得吃啊。"这时只听红云唠叨道："吃个饭也让人求着，以为自己是谁呀？"铁生的眼睛马上向红云横过去，红云装作没看见，反而梗起了脖子，说道："你们都该多吃，都该让人这样哄着、疼着，就我不该，谁让我这命贱，没有人疼还长得这样结实，还不如我换了铁蛋儿，从哪个地方一下子摔了。"铁生一下子把碗扔在桌上："你胡说八道什么？"红云一下子哽咽了，说："我胡说？你心里咋想的？别以为别人都是傻子。"这时，周广顺坐不住了，一巴掌拍在桌子上："都给我闭嘴！还看家里不乱啊？非要闹出点儿动静来，你们才甘心，是不是？"妞妞从来没有见过大人们如此的阵势，吓得哭起来。红云撇下妞妞，哭着跑了出去，铁生忙过去哄妞妞："妞妞，不哭了，我和妈妈是开玩笑。"妞妞越哄越哭，撕心裂肺的哭声震得家里每个人都心神不宁。周广顺气得扔下碗筷，扭头回了西屋。只有铁生娘独自坐在桌边抹着眼泪。铁生领着妞妞回了后院，妞妞终于止住哭声，鼻腔里还在不停地抽泣。铁生撩帘进了里屋，见红云正趴在土炕上，身体正一抽一抽地哭泣。想要发脾气，见红云这样，马上心也软下来："红云，你怎么这样不懂事？家里是什么样的情况，还用我告诉你吗？父母年岁大了，铁蛋儿身体又那样，小荷远离父母亲人，成天伺候一个废人，"铁生说到这儿，声音有些哽咽，"你说她苦不苦？"红云一下子翻过身来："你们都苦，都不容易，就是我不苦。"红云越说哭声越大，"我的苦，谁了解？你的心里一天到晚都装着谁？别以为我看不出来，你吃着碗里的，还盯着锅里的。"铁生把妞妞领到屋外，又进屋对着红云大声吼道："陈红云，你从哪儿学来的这么多的小肚鸡肠？你有完没完？看你把孩子吓的，你到底想怎样？"红云大声说道："我想分家，各过各的！"铁生愤怒地嚷道："分家，你就甭想！"说完，扭头重重地摔了门出去。妞妞在院中听见父母又吵了起来，刚收回的哭声又爆发了。

铁生从那个午后出了家门已经有两天没有回家了。他白天不停地忙碌，给人们布置工作，亲自到集市上购买材料，检查地沟深度，他想用忙碌忘记家里的烦恼，一日三餐也不回家，饿了就到村口的小饭铺吃碗面条，晚上他提出要亲自守夜看货。他是想借此给红云一个警告，让她好好反省一下自己的过错，可是昨晚发生的事，却让事情变得更糟。

昨晚六七点钟的时候，他感到肚子里已经饿得"咕噜咕噜"的叫了，这才想起自己还没有吃晚饭，他看看门口的小副食店已经亮起了灯，便打算买些馒头、花卷儿，再卷些咸菜萝卜条之类就可以填饱肚皮。刚要抬腿出门，只见周胜和二牛手里拎着一兜东西和两瓶二锅头酒进来了。二牛进门便说道："铁生哥，我知道你还没吃饭，我和胜子俩人买了点儿下酒菜拎过来了，大冷天的不能让你一个人留在这里，我们俩一起陪陪你，怎么样？"二牛现在是石子厂的股东之一，依靠石子厂的发展，也成了周家庄有头有脸的人物，也算日子好过的家庭。这几年里跟着铁生东跑西颠，所以他也特别佩服铁生，当听说了铁生要守夜看货，便找到和他同龄的周胜。要他一起陪着铁生喝酒，虽然知道铁生的酒量不是很好，但是酒这东西可以暖身、驱寒。所以，他们买了一些猪肝、猪耳之类的熟食便赶了过来。

于是三个人一起动手，三下五除二，就摆好了吃饭的桌椅，从抽屉里搜出几个他们平时留在这里的喝水杯子，倒上了酒，三个人就边吃边聊上了，二牛说道："铁生哥，你干嘛要争着干这种守夜看货的活儿啊？这种活儿谁不能干啊？"铁生说道："既然谁都能干，干嘛我就不能干？"周胜抿了一口酒，说道："铁生哥，话不是这么个说法啊，是不是你跟嫂子闹了什么矛盾？"二牛听了连忙说道："铁生哥，要是这样，我们可不能陪你了，我们可不干这种'助纣为虐'的事儿啊。"铁生笑道："怎么会呢？你嫂子这个人你们还不知道吗？识大体、顾大局，对我在工作中的事一向是支持的，我守夜看货也是她同意的。"

二牛听了赞叹道："我就说嘛，嫂子那么好的人，你们俩怎么会闹矛盾呢？"于是三个人喝着酒就聊开了，渐渐地，二牛有点喝高了，说话没了把门儿的，一时兴起，开始指手画脚地说起了自己的老婆，说老婆如何怕他，叫她往东她不敢往西，叫她杀鱼她不敢杀鸡。而周胜则始终喝得文绉绉的，听着二牛吹着牛皮瞎白活，可能是发现了只有自己在不停地贬低自己的老婆，见周胜和铁生都不发言，二牛觉得自己吃了亏，就把目光对准了周胜，说道："胜子，村里人都说你特怕你媳妇，晚上要给媳妇打洗脚水，有这回事吗？"周胜的媳妇是邻村一名代课老师，长得文静清秀，铁生也是见过的。听说俩人感情特好，一直是相敬如宾，见二牛把矛头指向自己，周胜一时脸色窘迫起来，说道："哪有的事？都是外面瞎传的。"二牛见自己把周胜挤兑得一脸熊样，顿时开心起来，便端起酒杯，大声说道："没有就好，没有就好，要是一个大老爷们儿天天给老婆端洗脚水，那还配得上是一个大老爷们儿吗？来，胜子，就冲你这个大老爷们儿劲儿，咱们也得再干一个。"铁生看二牛确实喝高了，便劝二牛道："二牛，咱们喝得也差不多了，你老婆等你等得也着急了，要不咱们散了吧？"二牛听了却说道："噢，她着急，我就回去啊？她想让我回去我就偏不回去。"二牛说话时舌头开始发直，他打了一个饱嗝，接着说道，"铁生哥，我们是哥们儿，按古话说，这是金兰之交，不求同年同日生，但求同年同月死，哥儿们，要舍得为朋友两肋插刀。老婆，老婆算个啥？古人说女人是衣服，穿旧了还可以换。"说着二牛又把酒倒入自己和铁生的杯子里，然后举着满满的一杯酒摇摇晃晃地站起来，继续托着舌头说道，"铁生哥，你说是不是？女人就如同衣服，随时可以换。"铁生虽然一直控制着酒量，但也架不住二牛不停地往酒杯里续酒，他也被二牛的热情感染了，想起这几年来二牛风里雨里地跟随着自己，一直在维护自己，也不禁激动起来，铁生也有些醉意地站起来："来，二牛，胜子，我们再喝一杯，关键时候还是要靠兄弟，老婆是什么？就是衣服。"三个人端起酒杯就干了下去。

这时门开了，红云不知什么时候已经不声不响地站在三个人身边，还是头脑略清醒的周胜首先看到了，忙叫道："嫂子。"铁生一扭脸，看到了红云，但他此时脑中还激荡着二牛的一通"兄弟言论"。铁生看着红云一张红彤彤的脸，正一脸寒霜地盯着自己，一时想起这几日她跟小荷之间的争风吃醋、撒泼耍浑，给家里添得这么多的乱子，心中马上升腾起一股厌恶，不耐烦地说道："你来干什么？我和我的俩兄弟喝点儿酒，你也不高兴，你也太小肚鸡肠了吧？"说着朝红云挥挥手，"你赶紧回家吧，我不想再看见你。"红云看着铁生，眼圈一下子红了，说道："周铁生，有本事你永远不要回家！"红云扭头摔了门走了。周胜和二牛见红云哭着走了，在醉意中也感到了事情的严重性，也不知该怎样来收场，只好说道："铁生……哥，我……我……们也……也该撤了，你……你也……早点休息吧。"

想着昨晚的事，铁生更加懊恼，他扭开电视，一屁股坐到了床上，电视屏幕中滋滋啦啦"雪花"闪烁之后，又闪动出一条条黑色、白色横条纹，最后，显出了人的头像，电视里正播放《新闻联播》。铁生看了一会儿，心神却怎么也无法集中到上面去，索性把电视关了，脱了鞋上床，拉过一床脏糊糊的被子盖在身上，他把头枕在自己的胳膊肘里。

他想到了铁蛋儿的身体，想到小荷的难处，他又想到红云的种种好处，这个默默为家庭操持着一切的女人。刚结婚的前几年，他用冷漠回应红云的热情，因为娟娟在他心中一时无法抹去，可是红云仍然无怨无悔，用她的善良、隐忍，坚守着一个妻子的职责，终于他冰冷的心被焐热了。想到这儿，铁生不禁扪心自问，难道真的是自己错了？他又想起红云的话：'吃着碗里的，还占着锅里的。'自己真的是那样的人吗？想到这儿，小荷那略带忧伤的一双水灵灵眼睛就浮现在眼前，自己的内心真的就那么坦荡？想起几次小荷伏在自己怀里哭时的情景，脸上开始火辣辣地发起烧来。他忽然觉得自己是如此的卑鄙龌龊，他好像见到红云那双直视他的眼睛正一层层地剥去他虚伪的外装。昨晚二牛和周胜走后，父母也过来叫他回家，他对父母说，如果红云不承认她自己的错误，他就一直不回家。不过现在他想，如果现在有人喊他回家，他就不再坚持自己的观点了，因为他已经认识到自己也是有问题的。可是今晚，却没有一个人过来劝他。他想，得有个台阶给他下，不然他怎么面对红云？他又想起白天里，他在路上碰上了红云，红云也应该看到了他，他当时想走过去和红云打个招呼，可是没等自己走到跟前，红云却扭脸走开了，红云一定是生他的气了。红云的性格，他太了解了，很少会做对不起别人的事，事事都替别人着想，如果别人真的对不住她，让她伤透了心，她的犟劲一上来，是不会轻易原谅别人的，看来，红云是真的生自己的气了。

铁生思来想去，他的头皮发紧发胀，浑身也越发寒彻透骨，他从床头摸出半瓶二锅头，这还是头天晚上他们喝剩下的，他胡乱地用嘴去掉盖子，仰脸向嘴巴里一口口地灌着，酒虽说不是什么好东西，但它可以御寒，还可以借酒浇愁，他想用酒精来麻痹自己，一口气小半瓶酒便进了肚中，酒精刺激着喉咙让他猛烈地咳嗽起来，他的头开始发晕。

在酒精的作用下，胃里开始灼烧般的难受，接着翻江倒海般的一阵阵恶心，他试着想吐出来，喉咙里只是打了几个空嗝。铁生不禁痛苦地呻吟起来，脑袋更加昏沉，正迷迷糊糊之中，忽然，他听到了门打开的响声，是谁会来呢？他想睁开眼睛，可是眼睛却不听使唤，他感觉有个人轻轻走过来站在床头，是红云来了？还是父母来看自己来了？他觉得有只手抚摸着自己的额头，温暖而轻柔。他感觉沐浴在一股暖暖的风中，这风中还夹带着一股淡淡的幽香，让他的四肢五脉顿时温馨舒畅。忽然，胃里一团东西顶到了喉咙里，他忙把头探出床外，一堆酸了吧唧、黏了吧唧的东西一下子从嘴里喷出来，肠胃在肚子里不停地痉挛、搅动，引起的疼痛让他忍不住张大了嘴巴，胃里分泌出的黏稠液体从嘴里悬挂着垂下来。那人在给他捶背，帮他擦去分泌物，胃里的东西吐空了，他终于好受了些。那人帮他翻过身子，抱住了他的头，他应该是躺在那人的怀里，软软酥酥的感觉。他含糊不清地问："是红云吗？"对方没有回话，一只手抚摸过他的脸颊，温暖轻柔，还有一块带着幽香的东西擦拭着他的脸，应该是块手绢儿吧。然后，他听到了一个甜甜的声音："来，喝口水，张嘴。"一只水杯递到嘴边，他此时才觉得口干舌燥，张开嘴便喝了起来。终于，胃里轻松多了，嘴巴也不燥了。他反身一下抱住了那软软的身体，这好像不是红云的，红云的身体应该比这硬实，而这身体是纤细的柔弱无骨的感觉，是谁？这声音还这般地熟悉，难道？一下子他把怀里软软的身体翻身压在身下，柔弱无骨的身体一下子挣脱了他，他听到了脚步离开的声音，随后是折返回来窸窸窣窣打扫地面的声音，再后来他感觉那人帮他掩了掩被子，随后是离去关门的声音，一股浓浓的睡意袭上头来，他顾不了那么多了，如一摊烂泥般沉沉睡去。

　　一直到太阳从东方升起，阳光隔着玻璃窗晒在床头。铁生被窗外一阵嘈杂声吵醒，他揉了揉惺忪的双眼，翻身坐起，昨晚的酒精还在施展着它的后劲，太阳穴一蹦蹦地涨疼。他掐掐太阳穴，外边有人在喊他，是周胜的声音："铁生哥，你还没起啊？我们现在就要铺水管去了。"接着便听到周胜指派人员的声音。铁生向外边喊道："好，你分派好了，你们就去吧，昨晚冻着了，我有点儿感冒。"铁生一边收拾床铺，脑海中还回味着昨晚梦中的感觉，他感觉梦中似有仙女来过，柔柔弱弱，他似是与仙女有过拥抱，软玉温香，当他被撩拨得激情澎湃时，那仙女又一阵风似的飘走。铁生使劲拍了一下发涨的脑门，暗自嘲笑自己真会做美梦，忽然他的手在半空中停住了，他看到一方白底绣着大片翠绿荷叶，荷叶上静静挺立着两朵荷花骨朵的小手绢儿，静静地卧在枕头旁，铁生呆住了，这不是小荷的手绢儿吗？他见小荷绣过。铁生慌忙拿起手绢儿细看，他看到了上面黏着的、已经变干了的污迹，连忙看床头底下，因为他感觉昨夜他好像难受时吐了。只见地面是被清扫后留下的一圈湿乎乎的印迹。铁生不知为什么心脏有一种狂跳的感觉，看来，昨晚梦中的仙女真的来过。

　　铁生穿过街道，街道上满是挖好的地沟，两侧堆着两大排土，村民们正欢天喜地地在周胜的指挥下填埋水管，边上站着好多围观的人，铁生从围观的人群中看见了父母，便过去叫了声："爸，妈。"周广顺看见铁生，说道："你快回家吧，红云这两天一直在哭，她在家正等着你吃早饭呢。"母亲一把抓住铁生的胳膊，说道："你脸色这么差，是不是不舒服？"铁生忙说道："没什么，就是累点儿，有点儿感冒。"母亲忙说："快回家吃饭去，吃了饭好好睡一觉，病就好了，铁生，听娘的话，别跟红云怄气了。"铁生答道："哎，我这就回家。"

　　铁生推开院门，小院静悄悄的，几只老母鸡脖子一抻一探悠闲地在院中踱着方步，见有人进来，就停下来警觉地侧目观察，见是自家人，就放松警觉地又一溜小跑着追赶嬉戏去了。墙角的大黑牛，盘卧在牛栏里，歪过头目光直直地朝铁生眨了眨黑色的大眼珠，扭头沉思在自己的世界里。四间坐北朝南刷抹着彩色水刷石的大瓦房静静矗立在朝阳里，小荷此时坐在台阶上，额前一缕头发斜着垂下来遮住小半张脸。她两手飞快地织着毛衣，见铁生回来，忙放下手中的活儿站起来，说："哥，你回来了？还没吃饭吧？"

铁生笑笑没有回答，他一直走到小荷跟前，从口袋中拿出手绢儿，递给小荷："是你的吧？没来得及给你洗干净。"他想求证一下昨晚的事情。

小荷慌忙拿过来一把塞进自己裤子口袋里，慌乱地说道："我自己洗就行了。"声音小得只有自己能听到。

铁生两眼死死地盯着眼前的小荷，和梦中的仙女重合的一瞬间，就如同沐浴在暖暖的幽香之中，美妙的幻觉忽然让他感觉身体发热，血液运行加速。他抬手把小荷额前的头发塞到耳朵后边，露出小荷洁净的额头下一对明亮的眸子，如一潭清澈的池水静静地映着自己的影子，铁生的手忽然抖得厉害，他有点无法把持自己。这时屋里传来铁蛋儿的咳嗽声，他慌忙放下手，小荷看着铁生问："你晚上难受得厉害，现在好点儿了吗？"声音更小了，说完小荷低下头。"现在好多了。"铁生回答。屋里这时传来铁蛋儿的问话："小荷，你跟谁在说话？"小荷高声应道："是哥，是哥回来了。"

铁生抬腿进了铁蛋儿的屋子，铁蛋儿正慵懒地糗在被窝里，见铁生过来，不温不火地问："这两天你去哪儿啦？怎么没看到你？""这两天不正安装自来水管儿吗？我一直忙着大队的事情，晚上守夜看货来着。"铁生回答道，走过去准备给铁蛋儿穿衣裤，撩开被子，炕上铺着层层的褥单上又见到一片尿湿的痕迹。铁蛋儿难为情地说道："我又尿床了。"小荷把尿过的几层垫子泡在木盆里，再铺上干净的垫子，端来水盆，小荷先让铁蛋儿擦洗了手脸，开始为铁蛋儿清洗下身。铁生帮忙抱着铁蛋儿，小荷正认真地为铁蛋儿擦洗，忽然从余光中感觉铁生异样的目光，一抬头，见铁生正盯着自己，两人目光相对，都感觉很是尴尬，赶紧避开眼神。

给铁蛋儿穿好衣裤后，铁生把铁蛋儿抱到轮椅上，推到外屋的八仙桌旁。小荷盛好一碗粥，拿来两个煮熟的鸡蛋放在铁蛋儿手边，扭脸准备给铁生也准备一份，铁生把小荷拦住了，说："我到后院去看看你嫂子。"

铁生来到了后院，见妞妞蹲在一棵槐树底下正聚精会神地看着什么。就叫了声："妞妞。"妞妞抬头见爸爸回家了，兴奋地喊着："爸爸。"铁生快步来到妞妞身边，俯下身子抚摸着妞妞的头，问："妈妈呢？""妈妈在屋里呢。"妞妞起身兴奋地朝屋里跑去，边跑边喊道，"妈妈，爸爸回来了。"铁生走进屋子，撩开里间屋的门帘，红云正背对着他，坐在缝纫机上做着妞妞的一件花衣服，铁生在红云身后站住。红云已经听见了铁生和妞妞的说话声，拿着没有做完的衣服，头也不回地问："你回来了？"

"啊，我这两天不是忙吗？忙完了，我就回来了。"铁生答道。

红云接着问道："你吃饭了吗？"头依然没有转过来。"还没吃呢。"铁生依旧站着怯生生答道。红云这才转过身来，离开凳子，说："还给你留着饭呢，我给你端过来在咱家吃吧。"红云低着头从铁生旁边走过，铁生伸手一把攥住红云的胳膊："好，我在咱家吃。"铁生特意把"咱家"俩字说得口气很重。

第十四章 "狐仙洞"

周家庄的自来水管道全部铺设完成后，对那些地势高、水流不上去的农户，大队为每家又配备了一台小型发动机，这一切都完成后不久，铁生又指挥村民把全村所有主街道都铺设了柏油路。和之前由西向东从石子厂通向乡里的柏油路全部接壤贯通。现在的石子厂和砖窑厂的销售异常火爆。随着县市和周边百八十里的铁路交通、公路交通的蓬勃发展，由周家庄开出去装载着石子儿的一辆辆卡车排着队行驶在路上，拖拉机改成大卡车，吨位也越装越重。三中全会之后，人们的生活水平显著提高，街道上的大瓦房一座座拔地而起，而砖窑厂也迎来了人们始料未及的兴旺，拉砖的有开往农家的拖拉机，有开往县、乡上盖楼施工工地的大卡车，于是大卡车、汽车、拖拉机排着队浩浩荡荡地开出周家庄，周家庄村外这条由西向东的柏油路，在大货车、小货车的日夜碾压下已经不堪重负，不久就出现了路面开裂，一片片地蜕皮，一些路段更是坑坑洼洼。不得已，又开始分段维修铺设。满载着石子和红砖的车队不得不像蜗牛一样，一辆车一辆车绕过围挡蹭着边开过去。日子一长，有些农户便从中发现了商机。在这条路旁，一些卖油条、豆浆的早餐摊子，便陆陆续续地摆设了一路。再往后，就变成了一间间小商铺，里面摆着简单的几张桌子、几把椅子。早餐的花样不光有油条豆浆，还有小米粥、豆腐脑儿就着驴肉火烧，还有什么兰州拉面、煎饼果子。而这还不是主营，他们的主业是各式特色炒菜，再往后地发展，这条路旁边的一大片空地上，新建了一个集贸市场，有服装鞋帽、蔬菜水果、冷鲜生肉、化肥农药，还有牲畜买卖。当然，这些都是后话，是发展二十多年后的事情了。

铁生用石子厂和砖窑厂的分红还清了给铁蛋儿盖房时的欠款，又买来两台十四寸黑白电视机，前后院各摆放一台，铁生感觉工作到现在，终于可以暂时告一段落，整个人都觉得浑身轻松、腿脚轻便。他上午骑着自行车到砖窑厂和石子厂转了一圈，看到那里的工作正按部就班地进行着，就骑着车子回来了。一进家门，就见父亲穿着一件半旧的蓝色秋衣，正站在猪圈里挥着铁锨起圈，猪圈的围墙上搭着他脱掉的黑色薄棉袄。正值早春时节，猪圈的冻土也早已化开，闲置了一冬天的土地是该撒粪的时候了。铁生想，自己怎么没想到这点，还要让父亲干这么累的体力活儿，他把自行车放在墙根儿，走到猪圈跟前："爸，你快上来歇会儿，剩下的我来干。"周广顺朝铁生摆摆手："铁生，你别下来，这儿又臭又脏，这哪里是你该干的活儿？你快回去，喝杯茶水去。"见父亲丝毫不停下来，铁生干脆从猪圈门栏上直接跨过去，周广顺见拦不住铁生，只好说道："你先别过来呢，我把胶鞋换给你，你换了鞋再干，省得弄你一脚猪粪。"铁生换好了父亲的高帮大雨鞋，就挥起铁锨干开了，周广顺早已让小荷在院中摆放了小饭桌，摆了茶壶、茶碗，沏了茶水，自己就坐在桌边喝起了茶水，一边看着铁生起圈。铁生没干几下，头上就冒汗了，他脱掉了外面穿的一件外罩，正犹豫着是不是也像父亲一样把它搭在猪圈墙上，刚好看见小荷从屋里出来，就喊道："小荷，你过来一下。"小荷听见了，快步跑过来。"接着。"铁生隔着猪圈围墙把衣服扔给了小荷，可能感觉身上还是又黏又热，接着又把驼色毛衣也扒了下来，又投给了小荷，只剩下里面一件灰色衬衫，铁生把袖口往上挽了挽，朝手心里吐了口唾沫，就挥起了铁锨。这时，只听到院门"吱扭"一声，一个声音从门口传来："哟，我说这是谁站在猪圈里起粪呢？敢情是铁生大兄弟啊。"

此时邻家的翠芝扭着胯走过来，一直走到猪圈边上，翠芝今天穿了一件大红呢绒外罩，脸上一贯抹得如白灰墙似的，今天她出门时又捯饬了捯饬，两腮上涂了一圈腮红，还把眉毛画得又细又长，她见小荷抱着铁生的衣服，伸手就要取过去，小荷见她伸手过来，身子一扭，抱着衣服从一侧闪了过去。

翠芝对着小荷，鼻子一皱，"哼"了一声，马上又换了一副模样，转头对着铁生说道："我说铁生兄弟，你这么干净的人怎么能干这种活儿呢？"说着翠芝的两眼开始上下盯着铁生的身体看，铁生把一铁锨粪一下子扔了出去，"咕噜噜"差点滚到翠芝的脚下，翠芝吓得一跳老高，喊道："哟，我说铁生大兄弟，你倒是看好了再扔啊。"铁生笑着说道："这么嫌臭，你还往这儿凑？"

翠芝自讨没趣，只得用手掸了掸衣袖，一转脸扭着胯又来到周广顺旁边的桌边坐下，也不客气，倒了杯茶水自己便喝了起来，周广顺也不搭话给翠芝，只顾自己乐呵呵地看着铁生干活儿。

铁生干完了一盼活儿，从围栏上跨出来，小荷从屋里端出一盆温水放在台阶上，一只手捏着香皂盒，一只臂弯里搭着一条毛巾，铁生过去把手、脸、脖子一起洗了个遍。翠芝走过去站在铁生背后，见小荷手里拎条毛巾，伸手就要拿过去，小荷把毛巾一甩到了背后，用眼睛瞪着翠芝，翠芝伸出半空的手只得放回去，笑道："哎呀，小荷，你瞪我干啥呀？我只是把它给铁生用，你看看你，拿我跟敌人似的。"小荷见铁生洗完了脸，把毛巾递到铁生跟前，对翠芝气哼哼说道："不用你！"铁生从小荷手里接过毛巾，一边擦着脸，一边看着小荷气鼓鼓的一张小脸，再看着翠芝一副死皮赖脸的样子，觉得又好气又好笑："小荷，给你。"铁生把毛巾递给小荷，也不搭理翠芝，抬腿进了屋子。小荷收起毛巾，也学着翠芝刚才的样子，向翠芝"哼"了一声，果然，翠芝奔拉着眼皮，扭着胯走了，边走，还甩出一句："还真当自己是谁呀？"小荷顿时气得脸色发白。

正值盛夏时节，太阳毫无保留地把光芒洒满了山坡、土冈，到处明晃晃的。铁生抹了一把额上渗出的汗，稍稍停留了片刻，继续往上爬去。他在荆棘丛生的一棵歪脖子枣树底下停下来，站在树下不大的一片树荫里，把手搭在额前向山下眺望着。终于，远处山下一小团翠绿，向上移动着映入他的眼帘。他知道这是小荷，他是和小荷约好在这个山坡相聚的。

这一段时间对铁生来说，又兴奋又煎熬，小荷那一双清澈的眸子总在他眼前闪过，他能体会出那眼神里有渴望、有期待。而这种渴望和期待又总能让他心旌摇荡、浮想联翩。这种感觉太美妙了，仿佛回到了二十郎当岁时和娟娟在一起时少男少女的感觉，既朦胧又憧憬。总能激发起一股激情，随时就要熊熊燃烧起来，他也知道这股激情对他意味着什么，那将是一种道义、伦理的沦陷和良心的不安。可是，他明明知道这是火坑，还是无法控制住心底里和身体中激流澎湃的欲望。现在他希望这股激情能把他熊熊燃烧起来。晚饭后，趁别人不注意，他偷偷塞给了小荷一张小纸条，约好了他们见面的时间、地点和准备的东西。他知道，火焰与他就隔着一层窗户纸了，只需他轻轻一捅。现在，在道义的坚守和良心的沉沦之间他任由良心沦落了下去。

小荷提着一只扁形篮子从山下气喘吁吁地赶上来，出门口时，翠芝靠在门口问她："哎，小荷，你准备到哪儿去啊？铁生前脚刚出门，你后脚就要跟去啊？"小荷心里十分厌烦翠芝，但今天，小荷还是耐着性子说道："我去串个门儿，去刘家岭看看老乡顺英姐，我跟公婆讲好了，今天让他们照看着铁民。"翠芝撇着嘴说道："那你就快去吧，早去早回。"

小荷很是得意骗过了翠芝，之前只要铁生在家，翠芝便无处不在地出现在眼前。这一段日子，翠芝确实不爱在铁生跟前凑了，但她总是用一双夜猫子一样的眼睛时时刻刻侦察着小荷和铁生的一举一动。铁生已经提前出门去了砖窑厂的方向，小荷用老乡顺英这块挡箭牌也是合情合理的，翠芝也不会看出什么来。

终于到了铁生停留的山坡处，铁生接过篮子伸手替小荷擦了擦额头的汗，眼神里满是关切："累不累？要不要先歇会儿？"小荷呼哧着摆摆手："不用，我跟得上。"

这是村南最远处的一座山，叫凤凰山，小荷听村里人讲过，这座山有很多传奇故事。小荷想让铁生再给她讲一遍，抬头看见铁生正忙着用两手分开一片荆棘，也不便多问，这座山虽说坡度不陡，但满山坡却没一条山路，他俩需要自己寻觅一条上山的途径。一顿饭工夫后，铁生踩着一块大石头把小荷从一个陡峭处拉了上来，小荷上来后，才发现铁生带着她来到了一个洞口。这个洞口，我们前面提到过的，正是铁生寻找他娘时的"狐仙洞"。

如今的"狐仙洞"外的石头堆上，依然生长着茂密的山草。铁生问小荷："带手电来了吗？"小荷指了下篮子，说："带来了，在篮子底下。"铁生从篮子里拿出手电筒，打开按钮，扒开山草，一束亮光直射进黑漆漆、幽深的洞中，这个洞有一人多高，宽在一米左右，洞壁上经过人工开凿依旧裸露着突兀的岩石，表面抹着一层混凝土防止洞壁的土层脱落，铁生踩着石头钻了进去。进去了几分钟后，铁生折返回来向小荷招招手："来，小荷，跟我进来。"

小荷沿着铁生扒开的山草攀过石头，迈腿进了洞中。洞里一股阴凉的风让小荷不禁打了个寒战，铁生握住小荷的手，俩人借着手电筒的亮光，慢慢进入一个分岔口，这是一个分支出的宽阔空间，有三四平方米，小荷被里面一丝阴凉和神秘气息搞得有些紧张。她把身体贴近了铁生，铁生顺势把小荷揽进了怀里，也许都无数次期待过这一时刻，俩人在黑暗处静止了几秒后，两张滚烫的双唇即刻到了一起，一切都显得那么默契，一阵令人窒息的晕眩之后，趁着喘息的空隙，小荷从篮子中取出一条小薄被，铺展在地上，又把手电放在薄被边上，把光束对着洞壁，这一切都完成之后，她解开上衣扣子，翠绿的上衣便如蝉翼般从身上滑落，露出象牙玉雕般的脖颈和紧实洁白的双肩，衣服一件件脱去，最后只剩下两片遮羞布。铁生已无法控制住自己，像野兽般地扑了上去，两块遮羞布被他胡乱撕扯下来，就像天使的翅膀飞向了洞顶。

下午三四点钟的时候，两人一前一后回了家，而此时，红云正在院中用铁叉晾晒着麦秸。

这一阵子，铁蛋儿的脾气无缘无故地暴躁起来，不管别人说什么他都要戗着来。一早起来，小荷让铁蛋儿把身上穿的一件衣服换了，铁蛋儿装作没听见，小荷便催促了铁蛋儿几句。不料，铁蛋儿突然发起飙来，气急败坏地脱着自己的上衣，一着急，上衣脱了一半便卡在袖筒里，小荷走过去帮着铁蛋儿把衣服拔下来，铁蛋儿却拿起衣服，狠狠地甩出老远。小荷不急不慢地走过去把衣服捡回来，投进了木盆里，舀了水开始洗起来。

母亲看着铁蛋儿，责备道："铁蛋儿啊，你看小荷多好啊，你还跟她犯浑？"

"你甭管！"铁蛋儿对母亲吼道。父亲周广顺听到了动静，从屋里走出来，瞪着眼对着铁蛋儿凶着喊道："混账东西，一点都不知道好歹。"铁蛋儿便不再说话，两眼愤愤地盯着前方喘着粗气，一会儿后，眼神渐渐暗淡下去，目光也随之涣散了，如同一只蔫头耷脑的羔羊。

小荷瞥了一眼铁蛋儿，对公婆说道："爸、妈，铁民心里不好受，让他发发脾气吧，发完脾气就没事了。"

家里一切都风平浪静。红云和小荷每日在锅台碗灶上为全家准备一日三餐，红云在案板上和着面团、切菜、剁肉。小荷在灶膛里续着柴禾，火红的柴草燃起通红的火焰，映照着小荷的脸红彤彤的。也许是心里有愧，铁生现在对红云反而更懂得关切了，哪怕当着小荷的面，他也要和红云调调情，善意地取笑一下，把红云搞得云里雾里，脸也涨得通红。之后，铁生和小荷俩人又有几次趁人不备，偷偷约会在"狐仙洞"中，过一把鸳鸯美梦。这之后小荷再听到铁生和红云的打情骂俏时，便如同观看一场虚伪的表演，而她自己的魂魄便已翱翔在"狐仙洞"中。

铁生和小荷一直小心地保守着这个秘密。铁蛋儿每天坐在轮椅上，有时自己出去，有时让小荷推着围着村子转上两圈，剩下的时间便是看电视，夜晚收听广播电台来打发时光。对小荷的嘘寒问暖、关心体贴，铁蛋儿已经感受不到小荷的真诚，铁蛋儿的神经已过分敏感，家里丝毫的风吹草动都能吹起他心底里的波澜。一天到晚有大把空闲时间让他洞察一切、揣摩一切，一切都了然心中，可是他又有什么办法？除了让人觉得他不可理喻外，他只能选择无可奈何，自己的苦恼只能自己苦撑着。而嫂子红云这个可怜的女人，还被表面的假象遮蔽着双眼，还沉浸在虚幻之中。

如果日子就这样蔫不出溜地发展下去，可能是小荷最希望的，可是事情随后却发生了转机。

这天早晨，一家人吃过早饭，小荷给铁蛋儿收拾利索，铁蛋儿坐在轮椅上饶有兴趣地看着小荷在院中的菜畦里除草，为了避免遭受几只老母鸡的侵犯，菜畦周围用秸秆围起了一圈栅栏，虽然是三伏天，昨夜一场小雨让空气凉爽清透，蝉鸣和鸟儿还有各种虫子的叫声交织在空中。铁蛋儿的心情今天也难得这般好，他两手扳动着轮子在院中飞快地转动，潮湿的地面留下一条条车痕。老汉周广顺坐在院中的马扎上抽着自制卷烟，老伴儿坐在旁边摘着小荷从菜畦里刚割下来的韭菜。几只老母鸡围拢上来，时刻准备伺机啄食，老伴儿一边轰赶一边把摘下的碎菜叶投给鸡群，鸡群便向着碎菜叶蜂拥而上。

这时铁生从外面回来，笑容满面。他来到菜畦旁边看了看菜畦中的小荷，又来到父母跟前，对着父亲说道："我现在去镇上一趟。"父亲周广顺吧嗒着自制烟卷儿问道："又是去开会？"铁生答道："对，开会。"说着刚要转身，马上又转过身子说道，"爸，你知道吗？咱们乡上的人事有变动，张乡长已经升为县长，副乡长也要升为乡长，咱们镇上现在正缺一个副乡长呢。"铁生张嘴说话的重心一下子就落到了副乡长的空缺问题上，说明了那是他心心念着的事，他也觉得自己有点冒失，不过当着自己的家人，也不必事事都提防。父亲周广顺自然了解儿子，知道这小子的念想，就乐着说道："去吧，该走动的地方就走动一下，该破费就破费，没钱从家里拿。"铁生应了一声，就回后院去了。

铁生进了屋里，红云正在叠一家人晾干的衣服，铁生向红云这般、那般地交待了一番后，又回到前院从小库房里推出他新买的一辆摩托车，这是一辆铜牛牌子的摩托车，喷漆和电镀钢板铮明瓦亮，铁生骑着它在自己一手铺就的柏油路上风驰电掣的时候，心中总涌动着一股豪气，感觉自己就像一名将军。他应该去指挥千军万马，而这小小的周家庄也忒小了，小得容不得他施展拳脚，他想去更大的舞台施展自己，可是凭这么多年的经验，他也知道，只靠自己的努力恐怕不行，他需要一股扶植他的力量，他想到了自己的岳父。过年时，他想探寻一下岳父的口风，看看岳父有没有为他开路铺石的可能。没想到一向不问世事、不愿苟同于世俗的岳父，却主动拨开了话题。他心里一阵激动，还好他马上把那激动压了下去，又不露痕迹地把话岔开了。他想，现在还不是时候，只要知道了老爷子能有此心就行，到了关键时刻，万事俱备，只欠东风时，再让老爷子出马，让他的理想变为现实，而不是让老爷子的"千里马"理论只停留在口头上。

现在就是让老爷子的理论变为现实的时候了，而能够做说客工作的就是红云了，他要借助岳父的关系给自己疏通一下，趁现在这个千载难逢的时机，而刚刚升任县长的原乡长张春林还是挺看重自己的。天时、地利、人和都齐了，现在是只欠东风了。铁生把摩托车推到门口，上了坐骑，把手中的头盔戴在头上，一只脚踹了下脚蹬，便响起轰鸣的发动机声音，母亲跟过来嘱咐道："路上慢点儿。"铁生"哎"了一声，扫了一眼院中轮椅上的铁蛋儿，又看了一眼小荷，手一松闸，一溜烟不见了踪影。

此刻的铁生，已经心无旁念，心中激荡着满满的豪情，这风驰电掣的摩托，也好似赋予了他一对振翅高飞的翅膀。

小荷有点分神，愤愤地把刚拔掉的一把青草扔出了篱笆外，铁蛋儿在旁边看着小荷生气的样子，哼着跑调的曲子，又开始满院子转动起轮椅。

第十五章 走马上任

　　铁生这段时间频繁地出门，而红云也是一趟趟地往娘家跑，带着一脸神秘和掩饰不住的喜悦，两口子一副夫唱妇随的样子。父亲周广顺也是整日里满面春风，只有小荷一副闷闷不乐的样子，她开始抱怨铁蛋儿又尿湿了褥子，吃饭时也不知道小心，把菜汤又流到了身上。嫌铁蛋儿老霸占她喜欢的电视节目，铁蛋儿也不跟她争执，任由小荷一个人自顾自地发着牢骚。只有铁生在家时，小荷立马就像换了个人似的，格外兴奋勤快。这样的日子过了没一个月，有一天，铁生回家后兴奋地告诉家里人，他明天就要到乡政府走马上任，正式荣升为副乡长。周广顺买来了一挂鞭炮点燃，在鞭炮齐鸣中，周家庄的父老乡亲们都知道了此事，便三五成群地簇拥到周广顺的小院中，都来沾沾周家的喜气。

　　一个没出五服的本家七爷，今年高寿九十三岁，也是全村最年长的老者，拄着拐杖来到小院，铁生忙上前搀住老人，说："七爷，要知道您过来我去接您啊。"说着把七爷扶进了屋，搀扶到八仙桌旁的椅子上，周广顺坐在桌对面陪着，铁生站在一边，七爷将着下巴上一缕稀疏的花白胡须，精神格外矍铄，说道："我早就知道咱们家要出个当官的，前几年有个风水师来过，说咱家的祖坟风水好，这几年内就要出一个武魁星，我早就看好了铁生，果不其然。"七爷说着伸出瘦骨嶙峋的一只手拍在桌子上，由于情绪激动，止不住一阵咳嗽，小荷把沏好的茶水端上来，铁生从小荷手里接过茶水毕恭毕敬地放到七爷手边，没忘了把茶杯把儿转到七爷的手心里。七爷扭过脸将着胡子得意地说道："铁生啊。"铁生忙答应着："哎，七爷，我听着呢。"七爷接着又嗖了嗖嗓子，说道："不管你当多大的官儿，都要讲究孝道，永远不要忘了周家庄才是你的家、你的根，不要忘了周家庄的父老乡亲。"铁生连说几个"是、是、是"。送走了七爷，周大春的母亲紧跟着也来了，自打民警去过周大春家后，周大春这两年确实老实本分了许多，没有再跟谁打过架。俗话说：穷山恶水出刁民。现在周家庄的发展已经超过了周边的几个村子，村里打架斗殴的事情也少多了，民风得到了改善。邻村的大姑娘们便纷纷嫁到周家庄来，那些娶不到媳妇的大小光棍儿也纷纷娶上了媳妇。周大春和周二春也跟着波儿地成了家，周大春娶了邻村一个死了丈夫的小寡妇。小寡妇嫁过来的时候，已经是怀孕五个月的大肚子孕妇，长得白白嫩嫩、水水灵灵的，小周大春八岁，大春把媳妇宠得捧在手里怕摔了，含在嘴里怕化了。结婚刚半年，媳妇就给他生了一个八斤半重的大胖小子，有人就逗周大春，说那块头分明就是他周大春的籽儿，"是不是在人家前夫还在世时你们提前就上演了一出西门庆与潘金莲啊？这籽儿其实早就种好了呀？"周大春挠着有点发秃的头顶，嘿嘿地乐着："哪有那等的好事啊？"周大春待这个刚出生的孩子视若己出，满月里大宴宾朋，给孩子取名传喜，现在传喜已经五个来月了，长得比一岁的孩子个头还高、分量还重。传喜活泼好动，累得大春媳妇和大春母亲满屋子院子地转，今天趁小传喜睡下了，大春母亲跟媳妇小翠说了声，便到周广顺家来祝贺一下。周广顺也不再计较以前发生的不愉快，便邀请大春母亲到屋里坐，说："他婶儿，你进屋里坐会儿吧。"大春母亲说："大兄弟，我就不进去了，等传喜醒了，大春媳妇一个人带不了孩子，我还得赶紧回去照应一把。今天特意来向大兄弟祝贺来了，我就说呀，铁生这孩子错不了，以后还指不定当多大的大官儿呢。"周广顺说道："谢谢他婶子的吉言。"周广顺要送她出门，被大春母亲拦回去，说："大兄弟，你忙着。"大春母亲说着便腿脚利索地走了。还要再说明的是，周二春也是刚刚结婚，媳妇是邻村的一个三十多岁的老姑娘，做得一手的好活儿，别管是男士的西装制服，还是小孩子的猫头小鞋、小枕头，那面料拿在手里一比划，不用尺子，全凭眼睛一量，拿起剪刀一裁，那尺寸把握得丝毫不差。不足的就是小时候得了一场小儿麻痹症，走起路来一条腿有点跛，本不打算结婚，准备当个养老的家姑，也不知辞退了多少门婚，可是现在架不住自己的弟弟要结婚，被弟弟逼着腾退房子，就这样被人介绍给了二春。二春结婚时穿的一身制服就是出自人家姑娘之手，村里人都说："二春，你可捡漏儿了，想当年一个带着孩子的寡妇都没跟你，现在居然还娶到一个黄花大姑娘，还带过来一门手艺。"

把二春乐得那叫上学不拿工具——找不到北（笔）了。现在二春的媳妇听说也怀了孕，把大春母亲美得，用乡亲们的话说整天是屁颠儿、屁颠儿的。现在周家庄的富裕也是远近出了名，在十里八乡只要一报上"周家庄"三个字，那是从里到外透着自豪劲儿。当然，吃水不忘挖井人，他们感念的是他们村的领头人——周铁生。是周铁生让他们村有了自来水，街上铺了柏油路，有了满山的果园。

　　铁生走进了乡政府的大院，这是一个宽阔的院落，院子中央有棵大槐树伸展着浓密的枝叶，树干足有一两个人才能合抱过来的粗细，院落四周有几棵垂柳，垂挂着有些缺水的叶子。几只麻雀正"叽叽喳喳"嬉闹着在柳枝上飞来飞去，迎面的乡政府大楼是一个四层的长方形板楼，墙外层粘贴着一层白色瓷砖，楼下是一个花池，里面几种颜色的大小花朵在阳光中静静开放，开花最多的是红色、黄色的月季花。

　　铁生迈步上了二楼，走进了乡长的办公室里，他今天头一天上班，要到自己的顶头上司这里报个到，乡长李炯正埋头在办公桌上，在一张纸上勾画着什么，见铁生进来，从纸上抬起眼睛，向着铁生打着招呼："铁生，你来了？"说完继续在那片纸上勾画。

　　铁生看见旁边一张办公桌旁有把椅子，也没好意思坐上去，第一天以副乡长的身份走进乡长的办公室，还是谦逊些好。铁生提着一个提兜在旁边恭恭敬敬地站着，乡长李炯三十多岁，面容清瘦、鼻梁高挺，眼睛就像名字一样炯炯有神，是刚由副乡长补空缺上来的，铁生跟他有过工作上的接触，也不是很熟。此时乡长李炯终于忙完了勾画，放下笔，抬头瞥见铁生，就像是一时忘记了铁生的存在，刚回过神来才想起了面前还有这样一个大活人，忙搓着两只手站起身来，嘴里哈哈两声说道："抱歉，差点把你给忘了，你看我忙得。"说着指着旁边的椅子，"坐。"然后踱着步走到铁生跟前，铁生刚刚坐下忙又从椅子上站起来，乡长李炯把铁生又按回到座位："别客气，咱们都是同志，一个战壕里的阶级弟兄，而且咱们县长还特意嘱咐过我，要我关照你噢。"

　　说着刘炯抱着两只臂膀在屋中开始踱步，一边对铁生布置工作："铁生，你的家呢也不在镇子上，来来回回的每天让你上班也不是很方便，不如这样吧，你现在把咱们全乡各村都走一走，摸排一遍，再根据各村的地形地貌做一份发展致富的规划设计，你看怎么样？"铁生早已从椅子上站起来毕恭毕敬地听着乡长讲话，乡长布置完，铁生忙说道："没问题，乡长，我一定认真完成任务。"

刘炯布置完工作重新回到椅子上，铁生忙上前从口袋里摸出一盒万宝路香烟，又从里面抽出一支递给乡长，乡长伸手拦住，说："铁生，我这人是不喜欢抽烟的。"铁生用眼瞥了瞥乡长桌上的烟灰缸，里边有几个烟头正睡卧在一层烟灰上。两人不约而同地看了一眼烟灰缸，都有几分尴尬。铁生把那根抽出的香烟又放回烟盒里，弯腰说道："乡长，哪天您有时间我请您到神农庄聚一聚，这也是我岳父的意思。"

神农庄是由一个南方人出资在镇上刚开业不久，集休闲、餐饮为一体的娱乐场所。李炯莞尔一笑道："铁生啊，你这就是框外了，咱们谁跟谁了，你还用得着这么客气？不过你的老岳父呢，那可是德高望重、医术高超、妙手回春的华佗再世啊，我的老母亲，腰腿疼了好多年，一直到大医院去看，什么吃的、抹的都用上了，就是不管用，可是上次去了你岳父那儿，抹了你岳父自制的膏药，几贴下去，症状就减轻了不少啊。我呢，平时可能活动少，肩胛骨也老疼，经过你老岳父的针灸点穴功夫，几针扎下去，一阵麻酥酥之后，果然，松快了，不再那么僵硬了，既然呢，你的老岳父都出山了，那我一定得陪老爷子好好喝上几盅。"一提到陈中医，一下就打开了乡长李炯的话匣子，说得滔滔不绝、两眼放光、五体投地。铁生知道这一段老岳父没少给他帮忙使劲，靠关系里外疏通，但不知老岳父为了他，把自己的看家本事都拿出来了。

铁生从乡长的办公室里走出来，站在院中的大槐树下，点燃了一支万宝路香烟，这是进口的美国烟，他特意托人从南方买来的，他刚才把两条用报纸包好的万宝路香烟，偷偷放在李炯的办公桌上，这是另外单独的一盒，特意准备随时递烟时用的，尽管他平时是不喜欢抽烟的，但现在他还是发狠似的大抽几口，抬头把烟雾使劲喷向树枝。不知为什么，心里有一种莫名的失落和堵心，这个副乡长当的，好像他以前的努力都是无用功，都被弹了棉絮，远不及岳父的几副膏药和针灸管用。几只在柳枝上嬉闹的麻雀，又转战到了地上，旁若无人地在铁生跟前追逐着，还歪过头来斜视着铁生，仿佛是铁生进驻了它们的领地，有点不怀好意地要挑逗一番。铁生把吸剩的烟头扔到地上，狠狠地用脚捻灭，径直向着麻雀走去，麻雀终于惊恐地飞走了。

铁生每天骑着他的"铜牛"牌子摩托车飞驰在周家庄周边的几个村子，刘家岭、张家庄、宋家村、王家店、大庙村、小庙村、刘各庄。走街串巷，钻庄稼地，上山梁，越沟壑，所到之处，尘土飞扬，他找来村干部向他们了解情况，根据土质特征、地理构造、村情风貌，很快他草拟了一份以周家庄为中心，周边村子的发展规划。

铁生带着一脸的兴奋，把自己几天几夜挑灯夜战的成果，手写的一份村镇规划稿纸递到乡长李炯面前。几十页的稿纸上除了密密麻麻的文字外，还附带一份全乡村貌布局草图，并注有各村子人口数、男女比率、青壮年多少、年收入多少、家庭收入平均值以及收入来源情况，结合自己的调查，最后他详细写了他对各村发展建议规划。

比如：针对刘家岭山高地少，他建议以养殖牲畜、鸡禽为主；针对与周家庄相邻，村貌相似的张家庄、宋家庄、王家店。他建议除了进一步开垦绿化，加大果树栽培外，要联营进行水果深加工；对下游的大庙村、小庙村、刘各庄，铁生建议发展蔬菜大棚种植。

见铁生把稿纸放在自己面前的桌子上，李炯随手翻了翻，又随手合上，扔到桌子角的一摞文件上，起身拿起暖水瓶给自己喝了一半的茶杯中续满了水，端起来抿了一口，说道："你想过吗？你所规划的这些，谁都能想到，真要实施起来，可不是像你书写的这么简单，它们要靠什么来支撑？钱从哪儿来？"李炯端着茶杯重新回到座位上。

铁生向外扭着胳膊，两手攥住桌子边缘，头向前抻着说："我们可以向农业银行贷款，还可以用集资入股分红的办法。我们周家庄的石子厂和砖窑厂就是用这个办法办起来的。"李炯的头向着身后的椅背使劲儿靠了靠，头仰在椅背儿上，双手十指交叉放在胸前，一条腿习惯性地抖动着，说："你们村才多大的规模，就那些石渣和砖坯而言，那都是无本生意，除了工人的工资，那些原料都是天然的，取之不尽，用之不完。"铁生想说那些开挖石子的机械和烧砖窑的煤炭不都是钱吗，怎么就是无本买卖了？但看到李炯已经不耐烦听他解释，已经从规划稿纸下面抽出一份报纸，又把报纸摊开，"哗啦哗啦"开始低头翻看，铁生硬是把话咽了回去，他扭头看到窗户外的柳枝上，几只麻雀正站在上面翘着尾巴叽叽喳喳地鸣叫，那叫声都含着一股嘲讽。

铁生对李炯说道："乡长，我这一段的工作已经结束，下一步我该干什么？"李炯这才从报纸里抬起头来，略微沉思一下说道："这样吧，现在每个村都有果林，你就联系一下农技站的技术员，向各村果农传授一些果树栽培和预防病虫害的知识吧。"铁生站起来说："好。"说完准备拿走自己的那份稿纸，李炯瞥过去："先搁在这儿吧。"铁生伸出的手停在半空愣了一下，想了想，还是收了回来。

铁生又马不停蹄地去联系农技站的技术员，逐村逐户给果农们传授预防病虫害知识。

这天中午，铁生回到家里，下了他的铜牛"坐骑"，摘掉头盔，直奔院中的自来水，扭开水阀，扎着头就要喝水。这大热天里，口干舌燥，嗓子像要冒火。红云过来，一把拽住他的衣领，说道："谁让你又变成了水牛？回屋喝茶去，闹了肚子怎么办？"铁生抬起头，说道："我当牛当了这么多年都没事儿，哪有那么娇气？"

不过也难怪红云数落他，在他升为副乡长之前的一段日子，每日午觉起来，红云都会给他沏一壶浓茶，让他坐在小炕桌旁，品一品茶香，提一提精神，和她拉一拉家常。

铁生现在刚一上任，就遭到了来自乡长李炯的冷落，自信心受了挫，加上这一段时间到各村各户去了解情况，钻了无数庄稼地，吃了不少飞扬的尘土。当然，在燥热难耐时也喝了不少农户家里的自来水，皮肤晒得黝黑，嘴巴干得翘了皮。刚上任时的雄心激荡已经被灭掉了一半，感觉还没有当村主任时，被村里人前呼后拥，"村主任、村主任"地称呼着，过得体面。现在早已不把自己看作什么副乡长了，他感觉自己又回到了从前甩着膀子干农活儿的日子。红云可不知道铁生的心思，看红云一脸的兴奋，铁生还是乐呵呵地进屋里喝了红云早已备好的茶水。红云又打来洗脸水，待铁生洗好了手脸，红云用手把铁生一身的尘土整个拍打了一遍，一边说道："你看看，累得又黑又瘦，这哪里还像个什么乡长？"

午饭早已做出来，就等着铁生回家开饭，小荷盛出饭菜摆好，一家人围在八仙桌旁吃开了午饭。父亲周广顺就问铁生现在的工作怎样，又去了哪个村子，铁生并没有因为这一段工作辛苦，就影响到对工作的热情，一提到工作他又来了劲，就把自己这一段的工作情况兴致勃勃地讲给了父亲听，父亲很认真的听完后，点点头，嘱咐他一定要好好干，戒骄戒躁。午饭就在父子二人的一通探讨中吃完。

铁生准备到后院休息，临出门，瞥见小荷闷声不响地在收拾着锅灶，铁生便停下脚步问道："小荷，铁蛋儿又气你了？"小荷洗着碗说道："他没有气我。""那怎么不见你说话？"铁生笑着问道。小荷反复搓着一只碗却不作回答。铁生看了小荷一会儿，忽然摸摸自己的头，他这才想到，这一段他只顾忙着自己的事情，确实把小荷忽略了，想要再说些什么，这时红云过来推了把铁生，说："抓紧回后院睡个午觉，下午还有重要事情要做，我收拾清了，一会儿就过去。"红云像老师布置小学生作业一样。

红云这段时间，走路都带着风，脸上、眼睛里掩饰不住的兴奋，她的兴奋是有来由的，铁生现在开始浪子回头，像个调皮逃课的学生在老师和家长的感召下，乖乖地坐回了课堂里。红云能感觉到铁生对她的感激，对她的话也是言听计从。现在铁生全身心投入到工作中，眼睛里再也没有了以往"偷鸡摸狗"干"坏事"时闪烁其词的波动，代之的是一种认真和执着，红云被这执着和认真感动了。

第十六章　外出"负情"

　　三年后，铁生坐在办公室里，随手翻阅着一份文件，小荷轻轻敲了下房门，走了进来。铁生从文件堆里，抬头见是小荷，便笑着从办公桌里起身，问："你怎么来啦？小荷。"此时的小荷，已是一个二十岁出头的少妇，脸色红润，皮肤细腻，身材比之前稍稍丰满了些，一头梳起的马尾辫在胸前脑后飘来荡去。小荷微笑着径直走到窗前，欣赏着窗台上一盆葱绿的兰花，说道："嫂子能来，我就不能来呀？"铁生尴尬地笑笑，用手抓抓头发，问："有事啊？小荷。"小荷扭过脸来，说："我还真有事儿，不然我就不会上这儿找你来啦。""说吧，什么事儿？"铁生抱着胳膊盯着小荷微笑着说道。小荷眨眨眼睛迟疑了一下："我想走一走你的后门儿，想让你帮忙安排个工作。""哦？"铁生挠挠额头，"你想让我帮谁安排工作？"

　　"嗯——，是——周卫东。"小荷答道。

　　"周卫东？他不是和莲子私奔了？怎么，他回来了？"铁生问道。

　　小荷叹了口气："嗨，你还不知道吧？卫东他现在回来了，只是，他和莲子又分开了，而且还带回来一个孩子。"

　　"哦——"铁生点点头，"是他让你来找我的？"

　　"不是，是我看卫东太可怜了，就想让你帮帮他。"小荷答道。

　　"那他想做什么？"

　　小荷迟疑了一下，答道："他想继续做他的代课老师。"

　　"代课老师？"铁生沉吟了片刻，在屋里踱着步，一边自言自语道，"当年的周卫东啊，可是做了一件大逆不道的事，撇下喜爱他的老校长、他钟爱的学生，和莲子一夜蒸发，闹得整个教育局、整个乡镇都沸沸扬扬。如今，他回来了，想再回到学校去教课，这哪里是他想来就来，想走就走的地方噢？"

小荷跟在铁生身后，哀求道："哥，你就帮个忙吧，他已经够可怜了。"

铁生皱着眉头，踱步来到窗前，看着外面，院内几棵垂柳和大槐树依然枝繁叶茂，只是距离上比乡长李炯那间屋稍稍远了些，但鸟叫声还是一声接一声地从枝头传来，不过这些对于铁生来说，它们不再是恼人的噪声，而是悦耳的音乐声。他时常会站在窗前，望着乡政府大院，眺望着上空的蓝天白云，这时候的周铁生是雄心满怀的。他正在自己的目标中前进，三年的忍辱负重、任劳任怨的付出，终于得到了乡长李炯的信任和器重，成了李炯工作中得力的左膀右臂，他的工作才能在实践中得到了充分的验证和发挥，在他们的共同打造下，刘家庄的家禽、家畜养殖；张家庄、宋家庄、王家店的果树栽培、水果深加工；大王庙、小王庙、刘各庄的蔬菜大棚都已办得有模有样。当然，周家庄的砖窑厂、石子厂依然保持着强劲的销路，而且现在又开办起了更加红火的预制板厂。全乡的人均收入都超出了临近的几个乡镇。李炯作为全乡的领头人，自然被镀上了无上荣光，受到了县里、省里领导的重视。李炯为答谢铁生的大力辅佐，也给予了铁生更大的权力，在李炯出差学习、考察期间，铁生便从几名副乡长中脱颖而出，被李炯委以重任，全权代理乡长职务，铁生也就成了李炯一旦升迁调任后，乡长位子的不二人选。现在的铁生，已不是当初那个新来乍到、唯唯诺诺、见人脸色行事的周铁生。俨然成了一人之下、万人之上、权力核心中的人物。

铁生回过头来："好吧，小荷，既然你来替他说情，我就看在你的面子上，帮他过问一下，不过——"铁生的脸色一下严肃起来，"以后，不许你再做这种帮人走后门儿的事情。"

"我知道啦。"小荷兴奋地答道。

卫东带着孩子回家的消息就像疯长的野草，一夜之间便传遍了周家庄的街街巷巷。人们三三两两私下里谈论着卫东的家事。而周大春家，除了大春媳妇小翠在院中依旧大声训斥着淘气、不听话的儿子传喜；二春媳妇依旧踩着缝纫机的脚蹬，在"哒、哒"的声音伴奏下，手脚利索地为别人赶制衣服外，周大春兄弟和他们的母亲保持了沉默。他们来到卫东的家里，看到卫东把五年没人打扫、落满了灰尘、爬满了蜘蛛网的房间，经过简单打扫后，和孩子就蜷缩在炕的角落里。

当年年轻俊朗的卫东如今寒酸落魄，一脸的倦容，每人都积攒了多年的怨恨、数落的话，都变成了眼圈泛红、喉头发紧，大春母子几人赶紧抱来了几床被褥，留下一些吃的米面、锅灶之类的生活物品和用具，好让卫东和孩子能够简单地生活下去。临走时，都留下一句："卫东，你需要什么？尽管开口。"

三春和卫东最有芥蒂的，这几年三春一直未婚，时间是抚平心灵创伤的最好良药。就在伤口已经结痂愈合的时候，老四卫东突然出现了，三春心头刚刚平静的湖水再次波涛翻涌。从母亲口中得知卫东的遭遇后，三春怀着复杂的心情来到了卫东的家里，一进门就看到了一个两岁半的男孩儿，从脸型、眉眼中，他看到了莲子的影子。三春从口袋里拿出一袋果冻，招呼着孩子："哎，小家伙，你叫什么？你告诉我你叫什么？这包果冻就送给你。"男孩儿把食指放到了嘴里吸吮，用后背来回蹭着父亲卫东的裤腿，盯着眼前一包花花绿绿的果冻，他把头仰向父亲。

"你喊三大大，说你叫周宏宇。"卫东指点着男孩儿，男孩儿盯着果冻怯生生地说道："我叫周宏宇。"三春高兴地一把拉过宏宇的小手，把果冻塞到他的小手里。卫东说道："他可淘了，现在他还跟你不熟，等他熟了，就跟小猴子一样成天黏着你。"三春用手摸着宏宇的小脸，说："男孩儿还是淘气的好。"然后蹲下身子对着宏宇说道，"宏宇，跟着三大大玩儿去吧？"宏宇又把脸转向了卫东，卫东对着三春说道："你不嫌他闹腾吗？他太淘了。"三春拉住宏宇的小手，说："三大大呀，就喜欢淘气的孩子，走，三大大带你去玩儿。"说着，三春带着宏宇走出了院门。

卫东看着镶在落日余晖中，一大一小两个背影很快消失在路口，不禁心有触动。这样的背影三春本该拥有的，只是因为自己，致使三春现在仍然独身一人，而此时三春的不计前嫌更加重了卫东内心的负疚感，对三春，自己怎样偿还欠下的孽债呢？如果时光可以倒流，自己还能做出当年那个违背伦理、大逆不道、震惊整个周家庄的事情来吗？他不能给出答案，岁月可以催老容颜，生活可以磨损情感，激情燃烧过后，对于莲子，他还有当年那份执着的爱吗？每到夜深人静时刻，卫东无数次这样拷问自己，拷问之后，他发现在灵魂的最深处，那份情感还在一丝丝地纠缠着他、撕裂着他，里面含着太多的苦味和酸涩。

在铁生的帮助下，卫东在邻村又开始了小学代课老师的工作，每当学生们放学后，校园就像被掏去了内脏，喧嚣过后，空空荡荡显出死一样的寂静。这时候，卫东时常陷在回忆中，一幕幕，挥之不去。

五年前，卫东和莲子在半夜里从家中仓皇中逃走，在火车站，两人经过一通商量，买了两张开往广州的火车票，列车经过两昼夜的旅途颠簸，随着熙熙攘攘的人流，两人走出了广州火车站，站在出站口，两人傻眼了。在车来人往的城市街头，大的商场超市，小的路边卖水果的地头摊子，都是一片热闹繁忙的景象，一片叽里呱啦的广州方言，如置身于陌生的国度里。他们茫然得如一头雾水，凭着一瓶矿泉水和一块面包在广州街头游荡了几个小时后，找到了城郊的一个七平方米的半地下室，他们算是暂时租住下来，卫东用身上仅有的积蓄安置了一个简陋的新家，算是他们新生活的开始。

在地下室的通廊里，莲子用一把捡来的碎木屑放在蜂窝煤炉里点燃，一股浓烟很快弥漫了半地下室的通廊。旁边的门打开了一道缝隙，探出一个男人的半个头："炉子点着了吗？"卫东问。莲子用一把煤夹子夹着一块蜂窝煤小心放入燃烧的木屑上，回答道："马上就好。"炉中的火苗从蜂窝煤的孔中窜出。莲子将盖子盖在炉口上，炉中的火焰顿时被掩盖在盖子里，只有丝丝烟雾从缝隙中冒出，大量浓烟都被烟筒抽走。

莲子进了屋，狭小的屋中，靠墙是一张单人床略微加宽的木床，木床下塞着大大小小的塑料袋子，边上摆着拖鞋、脸盆。屋中其余有限的空间里，一张小得不能再小的吃饭桌，两把小凳子，靠墙角一个三层塑料架子上，摆着锅碗瓢盆的生活用品。整个小屋虽然狭小，但每样物件都合理地占用着空间，拥挤但不凌乱。莲子把剩菜、剩饭在屋外炉中热透了，盛好摆在饭桌上，卫东和莲子坐在小板凳上吃开了晚饭。

莲子是在一个小副食店买东西时碰上了一个叫阿梅的姑娘，两人一攀谈还是老乡，阿梅又把莲子引荐给了一家建筑单位给民工做饭的李师傅。于是，莲子便有了第一份工作，在工地给民工做饭，一个月的工钱虽然不多，但管三顿饭。这样，莲子就把晚饭和锅中的一些剩饭剩菜都打包带回来，就可以够她和卫东吃上一两顿，卫东开始也去了这家建筑单位，不过工地里除了推车、搬砖、和泥也没有其它的活儿。但一个星期下来，身材单薄的卫东已经吃不消，看着曾经文质彬彬的卫东整日混在一群蓬头垢面的民工之中，回到家累得腰酸腿疼爬不起床，莲子便让卫东把建筑工地的活儿辞了。

卫东又到了一家商场做保安。保安的工作比较体面，但工钱很少，不管吃住，不过好在有莲子一份做饭的工作，为他们省去了不少饭费，两个人的工资刨去房租，仅能维持日常开销。莲子把剩菜中的一块肉片夹到卫东碗里，卫东说道："你吃吧，别给我夹了。"莲子歪着头便笑道："我中午吃过肉了，我一边做饭一边从锅中捞着吃了。"说完，两个人哈哈大笑起来。

这时候的莲子和卫东是最幸福的，家里没有电视，他们吃过晚饭后，时常手挽着手走在附近一条马路上。这是市郊的一个小镇，街上行人不多，间或有小轿车从身旁一闪而过，带起一圈尘土，虽说是冬季了，但广州的街头，风是柔和的，并不像北方冬天的寒风凛冽，这也省去了俩人再置办厚的棉衣。他们只需多套两件从地摊上买来的衣服。莲子的身高刚好把头搭在卫东的肩头，卫东揽着莲子的腰，两个人已完全融为一个整体。在昏黄的路灯中，走了很远，望着稀稀疏疏星光暗淡的天幕下，高高低低的楼房，像一个个巨大的装满光束的镂空盒子，光束便从每个窗户里满溢出来，像一颗颗星星，照耀着黑暗中的夜空，给每个夜行者带去一片温暖，莲子时常被这种温暖的光束陶醉，嘴里喃喃说道："要是我们也有这么一套房子就好了。"卫东循着莲子的目光望向那些窗户，说道："这里是好，但毕竟不是我们的家，我们的家在北方，我们终究还是要回去的。"莲子把头从卫东的肩上抬起来，看着卫东，慢悠悠说道："你们家哪里好？黑魆魆的大山，连鸟儿都飞不出，还有你的……"卫东把手指放到莲子的嘴上："好了，不说这个行吗？"一丝惆怅浮上了卫东的脸庞。莲子也察觉到了卫东在这几个月以来内心深处一丝隐隐的不安，她能体谅卫东对家人的愧疚，这也使莲子更加心疼卫东。如果卫东只是为了自己，而置含辛茹苦的母亲和三个哥哥的亲情于不顾，那这样薄情的男人也不是她能接受的。莲子拉起卫东的手："走，我们到河边走走。"莲子忙打断了卫东的思路。这是贯穿小镇的一条小河，淙淙的河水在寂静的冬夜中更加重了寒冷感。他们漫步在河堤上，风吹过脸颊，莲子打了个寒战，卫东解开外衣扣子，敞开衣服把莲子紧紧地搂在怀里。

这一段日子，也是卫东在痛定思痛之后最柔肠百转、最难以忘怀的时光。那时的他们都全身心地深爱着对方，虽然有一些分歧，但在强大的爱情面前，这些分歧不算什么，爱已经把它们都融化了。

莲子时常去开副食店的老乡阿梅家里串门儿，俩人自然成了无话不谈的好姐妹。阿梅早几年来广州，一来便投奔了在广州做生意的表哥。之后表哥又把她介绍了朋友阿成，阿成大阿梅十岁，人老实本分，家境还算可以，就这样阿梅与阿成结婚了。婚后，阿成的父母把他们经营的一个小副食店交给了儿子媳妇打理，便洒脱地全国各地游山玩水去了。阿梅也就成了副食店的女老板。阿梅还告诉莲子，她的表哥之前在广州当过几年兵，和丈夫阿成是最要好的战友，退伍后留在广州做起了生意，积攒了一些本钱后，又回到老家开了一家服装店，阿梅说表哥的生意现在做得很是红火。现在还经常来广州进货，每次来都会到阿梅家来坐一坐，和老战友阿成、表妹阿梅叙叙旧。阿梅非常喜欢谈论她的表哥，好像有这么个表哥，她自己的身份地位都拔高了一样。莲子每次都像很认真在听着，其实听多了，耳朵都木了，以后再听阿梅谈起她表哥的时候，莲子每次都是有一句没一句地和阿梅搭讪。莲子问："你表哥结婚了吗？"阿梅回答道："从部队上一复员回家，表哥的家人就给表哥定好了亲事，只是表哥和表嫂的婚姻不是很和睦。"莲子问道："你怎么知道？""我还在老家的时候就听家里老人说过。"阿梅答道。

一天下班后，卫东对莲子说，有一个经常给商场送货的工厂老板，找了他几次，邀请卫东去厂子做电子产品推销员。莲子问卫东："他怎么会选上你呢？"卫东想了一下，说道："他们可能觉得我这人比较靠谱，有点文化，形象也比较适合吧。"莲子笑着说道："你还挺有自信的啊，那待遇怎么样？""待遇当然比保安强多了，有保底工资，而且还有提成。""那你还犹豫什么？"卫东低头沉默了一会儿，说道："我怕我做不了。"莲子一边收拾着家务一边说道："不就是说服商场的柜台老板来出售你推销的货物，有那么难吗？"卫东像是下了下狠心，说："好吧，你既然这么说，那明天我就把现在的工作辞了。"

20世纪80年代末期，在全国改革开放的大气候下，广州这座沿海城市，已经率先完成了经济转型的蜕变。各种类型的博览会、广交会、展销会像雨后春笋般吸引了全国各大厂商，销售商趋之若鹜。服装界引领着时尚界的潮流，各种名目繁多的新型产品都在这里率先登场，大到进口冰箱、彩电、录像机等家电产品，小到电子手表、打火机等时下流行的小玩意儿，都源源不断地空运、海运到广州的机场、码头。广州也成了吸引着无数年轻人背井离乡去打拼、去实现自我，寻找梦的地方。

卫东把商场的保安工作辞了，到了他就职的那家公司。这是一家专门生产儿童电子玩具的工厂，在两间十几平方米乌烟瘴气的厂房里有几台缝纫机，十几名工人正把一堆棉絮类的填充物填入毛绒玩具的肚子里。适合婴幼儿的毛绒玩具，被制成各种小动物形状，内装有电池，打开开关，这些小动物就惟妙惟肖、摇头摆尾地发出各种声音，前后左右移动。工厂还生产各种玩具仿声枪，会模仿出各种武器在战场上的声音，有飞机大炮的轰鸣声、机枪坦克的扫射声，还有手榴弹的爆炸声，老板是从零件批发地采购半成品的零部件后再进行组装加工成成品。卫东被这些新鲜玩具吸引了，他带着第一单任务走进老板给他指引的商场柜台里，等他走进柜台的时候，卫东有点却步了。柜台中摆着各式各样、琳琅满目的玩具，各种款式、类型、适合各个年龄段，简单的、复杂的、智能型的，在这里应有尽有。

卫东硬着头皮和柜台服务员说起给她们供货的事。服务员没等卫东结结巴巴地把话说完，不耐烦地说道："哎呀，你不要讲了，我们每天都要遇到几个像你这样啰哩啰嗦推销产品的人，我们不会进你的货，因为我们有固定的供货商。"卫东头遭生意便撞了一个大钉子，快快地从商场里走出来，中午明晃晃的太阳刺得眼睛有点不适。他站在门口，定了定神。大街上，行人来来往往，每一个人都匆匆忙忙地赶路，都仿佛身负重大的使命，只有自己是沮丧的，不知道自己的工作能不能进行下去？卫东心里想着。眼前一个身材干瘦、五六十岁的老妇人挑着一筐橘子从商场门前经过，嘴里不停地吆喝着："橘子，买橘子来。"这时不知从哪里冒出一个十来岁的小男孩儿，从老妇人的筐中突然拿了橘子就跑，老妇人挑着担子就在后边追赶，一边喊道："你还我橘子，你还我橘子。"路上的行人都扭头观望，看明白是怎样一回事后，又各自赶路去了。老妇人追了那个男孩儿一段，男孩儿早已没了影子，老妇人停下来，伤心地摆弄着筐中的橘子。卫东想过去买几个，安慰一下老妇人，但摸摸口袋里的钱刚好够回家的车费，便无奈地摇摇头，回头再看看身后气派的大楼，内心涌起一股凄凉。这里再好，终究不是自己的家。顷刻间，感觉自己与那老妇人便是同路人了。

　　转眼几个月过去了，卫东在莲子的不断鼓励声中，终于有了几笔小小的订单，虽然数目很小，但总算让卫东看到了希望。上次他和一个租赁柜台的女老板见面后，这次要和她进行第二次约谈，进行价格方面的商议，他们相约在一个餐馆里见面，卫东赶到的时候，女老板已经坐到了餐馆内的一个角落里。女老板穿着一件淡雅的连衣裙，一头很时尚的大波浪披肩长发，皮肤白皙细腻，三十五六岁的样子。卫东歉意地向女老板打着招呼："对不起，我来晚了，让你久等了。"女老板两根嫩白细长的手指夹着一支燃着的绿摩尔香烟说道："你没有来晚，是我之前有点别的事情，正好就在附近，办完事就直接赶过来了。"

　　卫东落了座，服务员拿过来一本精美的菜单，卫东翻开菜单，却被里面的价格着实吓到了，一个菜就要好几百，青菜也要几十元的价格，卫东翻来翻去，一时竟不知如何点餐。女老板见卫东犹豫的样子，很体谅地接过菜单，一手翻着，一只手夹着燃烧的绿摩尔香烟，对服务员说道："我们随便吃点儿就行，服务员，我们点一个红烧海参，砂锅鱼翅，再来两个青菜。"又望着卫东，"你喝什么酒？""我……我……不会喝酒。"卫东身上有点冒汗，海参、鱼翅他虽然没吃过，但也听说过价格不菲，不是他这样收入的人能承受的。女老板很狡黠地笑了笑，露出两排很整齐、很好看的牙齿。"那我们来几瓶冰镇啤酒吧，啤酒你总不能不会喝吧？"卫东的神态有点尴尬："啤酒，能喝点儿。"

　　服务员把菜一盘一盘摆上桌，把啤酒盖子开启，然后在一旁垂手侍立。卫东看着桌上那些花花绿绿浇着汤汁的美丽菜肴，酒还没喝，他的头就开始变大……

　　卫东醉眼蒙眬地回家，他想起女老板，不，是蔡姐，蔡晓红让他这样称呼她的。蔡姐人真的很好，不但爽快地给他签了采购玩具的一宗合同，还没有压价。卫东下了出租车后一边往家走一边打着饱嗝。脑海里回想着刚才饭桌上的一幕，蔡姐用她那双保养得细皮嫩肉的手给他夹菜、斟酒。在这个人生地不熟的地方，第一次有人对他这样好，之前他初来乍到受到的都是轻视、鄙视的目光。可蔡姐和他们不同，蔡姐热情大方。卫东在饭桌上着实招架不住蔡姐的热情，有点儿喝高了，醉眼蒙眬中，他看到了蔡姐珠圆玉润白皙的胳膊，还看到蔡姐脸上飞起的红晕，也可能是敷的腮红。

酒足饭饱，卫东有点踉跄地抢着去柜台结账，他早已忘了自己囊中羞涩，根本就付不起饭费，蔡姐一把拉住他，说："我已经买单了。"卫东没有印象是如何走出的餐馆大门，好像是蔡姐为他拦了一辆出租车。

卫东回家倒头便睡，他做了一个梦，梦境中，他在一片田野里奔跑，田野的上空，是一道绚丽的彩虹。彩虹桥上，一个仙女舞动着七彩绸带向他招手，他张开双臂，双臂竟像鸟儿的翅膀一样把他带到了空中，他舞动着翅膀……

"哎，卫东，你醒醒，该吃晚饭了。"此时莲子解开围裙，把热好的一盘剩菜摆在桌子上，从电饭锅里盛了两碗米饭。卫东从床上坐起来，摇了摇有点眩晕的头，眼神愣愣地看着眼前的一盘剩菜，嘴里此时泛起了中午跟蔡姐吃的海参的滋味，梦境中的美好一下子跌进了现实中。"我不吃了。"卫东有点气恼得像个孩子，他一头又埋进了枕头里。

卫东的工作有了点起色，他们的家也由发霉、低矮的半地下室搬到了地面，租住了郊区农户的一间十几平方米的民房。卫东现在很忙，有时回家要很晚，莲子每天去建筑工地上班，今天吃过了晚饭，在家等着卫东回来。卫东早晨出门的时候说晚饭不要等他了，他晚上有个应酬，莲子独坐在房东留下的一台黑白电视机旁边，电视里正播着电视剧《红楼梦》。莲子的眼睛虽然看着电视，心思却不在这儿，她和卫东出来已经一年多了，经过一年多风里雨里辛苦打拼，生活终于出现了一丝曙光。当搬进这户小院的第一个早晨，第一道阳光透过窗户射进屋的时候，莲子的心情如同院外晴朗的天空一样明快。她现在等着卫东回来，还要告诉他一件重要的事，她怀孕了，她还抽空去医院查了一下，得到了证实。莲子回想起上次他们的那点房事，脸还有点发烫，她推算了一下，距现在已经有两个月了。这个小生命好顽强啊，在他们采取的措施稍有疏忽的时候，他就偷偷地住进了她的身体里，成了她身体中的一部分。

卫东回来了，有点儿醉意，不过还好，神智是清醒的。卫东把外罩脱了挂在门后的挂钩上，又从院中的水龙头处就着自来水洗了把脸，进了屋边用毛巾擦着脸说道："这个老王，真是个滑头，明明上次谈好了价钱，这次又变卦了，说毛绒玩具的填充物质量不合格，非要砍价，砍得我利润都没了。"莲子问道："那最后怎么样了？"卫东脱掉皮鞋上了床，说："还不是随了他的意，最低价三块八的价格给他了。"莲子也随着上了床，说："不管怎样，货出去了就行了，当初才开始干的时候，不是想不管自己赚不赚钱，只要有人订货就行了吗？"莲子边说着随手把毯子搭在两个人身上。卫东扭过头去有点困意地说道："当初是当初，现在是现在。"莲子扳过卫东的肩膀："哎，卫东，我跟你说件事。""你说吧，我听得见。"卫东含含糊糊地说道。莲子把嘴对着卫东的耳朵："卫东，我怀孕了。"卫东蒙眬的睡意一下没了，翻身坐起："你说什么？"莲子重复道："我怀孕了。""什么时候的事？"卫东惊着一样。"就是上上个月的事。"莲子回答。"我不是戴了那玩意儿了吗？""你忘了？它不是滑落了吗？"莲子笑着说道。卫东有点懊恼地拍拍脑袋，莲子把头搭在卫东的胸口上："看来这是命里注定的事，是老天送给我们的这个孩子。"卫东却有些犹豫，说道："可是我们现在，居无定所，我们连个结婚证到现在都没办法去领。"莲子却答道："我们工地的民工小刘和他老婆，已经生了两个女儿了，上个月，又生了一个大胖儿子，我们怎么就不行呢？你又不是有正式单位的人，谁能管得了咱们？"卫东还是有些担心："可是这样要偷偷摸摸，毕竟不能光明正大地生啊。"

　　莲子把问题还是想得太简单了，自从怀孕之后，才发现总有当地街道人员过来调查外来人口，好在房东孙叔、孙婶儿一直帮他们打着掩护。不过不管孙叔、孙婶儿做这种乐善助人的事情是对是错，首先肯定的是，住在三间面南背北的正房，出租给他们一间西厢房的房东夫妇，确实是对热心肠。在莲子十月怀胎期间，帮助莲子一次次躲过当地街道、计生办人员的摸排。并在莲子临盆分娩之际，及时找来当地的接生婆，在那间西厢房内，帮助莲子完成了由女人到母亲的转变。并在孩子降生、呱呱学语、蹒跚走路之后，担起了照看孩子的任务，不过照看孩子是有偿的。可是不管怎样，孙叔、孙婶儿对莲子和卫东都是有恩的。陪着他们风里雨里，一次次渡过难关，见证了他们花开并蒂的美好，又见证了一对有情人曲终人散的凄凉，不过这都是后话。

第十七章 各自"婚外情"

这是一个花园式洋房小区，小区内的柏油路两旁，两排香樟树把正午刺眼的阳光，错落有致地筛成斑斑点点的树影，投射到地面，飘飘悠悠地晃动、跳跃着。知了匍匐在树梢上，奋力地吹响了夏天交响曲。一进入小区门口，是一片高高低低的草坪，由于刚刚灌溉了水，在阳光中更显得清新、娇绿，草坪中心种植着几棵高大的椰子树和香蕉树。香蕉树伸展着巨大的叶子，几大串没有长熟的青香蕉盘卧在巨大的枝叶之间。小区内都统一建成了六层的白色洋灰建筑，最顶部是四角飞檐的黑色石瓦，层层叠叠，整齐码成一行行条柱状，颇像某个地域的建筑特色。卫东跟着蔡姐走进了小区内的一个单元的二楼。

房间内的客厅，正面靠墙是一台日立电视机，旁边是一台组合音箱，对面靠墙位置，摆放着一排木制长条春秋椅，屋子正中，上面挂着一台吊扇。蔡姐拉开暗黄色条纹的落地窗帘，一束刺眼的阳光射进来，照射在阳台上的一个高脚圆凳上，一盆繁茂的吊兰正垂挂着几枝翠绿的枝蔓。

蔡姐让卫东落了座，打开吊扇开关，房间内顿时清凉了许多。蔡姐又从冰箱里拿了一瓶汽水，拿启子启开盖子递给卫东，蔡姐自己点了一支烟坐在卫东旁边，问道："你看，卫东，我的家也很一般，不是你想象中的那样豪华吧？"卫东环视了一下房间，羡慕地说道："哪里？这些对我来说，已经很好了。"蔡姐脸上闪过一丝稍纵即逝的得意，吸了一口烟，吐出一口大大的烟圈儿，说道："这也不是我的家，这是我租来的房子。"卫东看着蔡姐："那，蔡姐，你的家是哪里？这几个月你又去了哪里？"蔡姐又深吸了一口烟，用中指向烟灰缸里优雅地弹了弹燃尽的烟灰："我的家在……"

蔡姐在和卫东失去联系的几个月里，回到老家和自己的丈夫办理了离婚手续。丈夫是个精明的商人，由于双方的性格都过于强势，谁也无法容忍对方的意愿凌驾于自己意愿之上，在天天争吵中，也把婚姻吵到了尽头，双方和平分手，八岁的女儿随了男方继续跟着爷爷奶奶在老家生活。蔡姐和丈夫把家中所有买卖折合成人民币对半平分，在平静的气氛中吃完最后一顿晚餐。蔡姐看着曾经的丈夫，说道："分手了，我们还可以是朋友。"男人端详着她，说："我今天才发现你也有温柔的时候，看来我们只有朋友的情分，没有夫妻的情缘。"蔡姐点点头，说："我们只要不是夫妻了，什么都好说。"

　　蔡姐打理完这一切，回到广州继续扩充了店面，重新租住了一套距离店面较近的房子，把家装修布置完之后，她通知卫东来她的新家看看，不知不觉，俩人已经聊了许久，蔡姐起身要下厨为卫东做饭，准备做几道拿手菜招待一下卫东，卫东把蔡姐拦住了，推说出门时没有告诉莲子不回家吃饭，并说自己的妻子已经怀孕八个月了，他今天中午一定得回去吃饭。蔡姐见卫东执意要回去，也不好强留，出门时把卫东送到门口，说道："卫东，你也不要多心啊，我没别的意思，就是看你人老实本分，愿结交你这个弟弟，希望你以后常来啊。"

　　在宏宇出生八个月的时候，莲子抱着孩子见到了老乡阿梅的表哥，一个面目黝黑、体型高大、身形健硕的中年男人，这个男人叫高庆武，人如其名，高大英武。见到了阿梅的表哥，也终于明白了为什么表哥在阿梅心目中会是如此重要的地位。

　　高庆武坐在阿梅家的沙发里，上身一件小暗格子 T 恤很随意地别在下身一条古铜色纯棉休闲裤中，一双一尘不染的驼色老板皮鞋，做工精细，皮革柔韧结实。高庆武头发梳理得很有型，厚实的嘴唇，挺直的鼻梁架着一副金丝眼镜，两腮稍稍有点络腮胡，更平添了一股成熟男人的沧桑阅历感。莲子不知为什么，忽然有点紧张，反而是高庆武很随和也很健谈，和莲子打完招呼后，便与阿梅兴致勃勃地聊起了老家的事。莲子觉着自己插不上话，便在旁边逗着宏宇，高庆武与阿梅聊了一会儿，可能觉得莲子有点被冷落了，转过头问莲子道："你丈夫是做什么的？"莲子把额前散落的一绺头发别在耳后，说："他给一个玩具厂做推销。"说着用纸擦了擦宏宇鼻子中流出的鼻涕。"搞推销现在不太好做了，如今这么多的厂子，竞争也太激烈了。"高庆武说道。莲子抱起了孩子："可不嘛？为了推销一批货出去，腿都要跑细了，现在哪儿都要靠熟人、靠关系才行。"阿梅这时插话道："我表哥这里朋友多，让我表哥以后给你老公多引荐几个。"莲子看了一眼高庆武，高庆武扶了扶金丝眼镜，说道："朋友倒是有几个，不过……让我再想想有没有能帮上忙的？"说话中高庆武用手捋了捋有型的头发，抬眼间，忽然看着莲子说道，"我说怎么老觉得你眼熟呢？原来你长得很像电视剧《红楼梦》中的史湘云啊。"阿梅听了走过来细细盯着莲子看，莲子忙用手捋捋头发帘儿。莲子有点后悔出门时太随意了，一件半短袖黄色上衣洗得已经褪了色，下身一条七分牛仔短裤，脚下一双半旧人造革白色凉鞋。由于生孩子时剪的齐耳短发，现在已经长到脖颈处，就随意地用辫绳一绑，直矗矗、愣愣的，整个装束，半土不洋，莲子有点不好意思。阿梅咂摸了一下嘴巴："啧、啧，这小娘们儿别说有点儿小模样，可惜，就是有点土得掉渣了。"高庆武却说道："土得好，土得自然，这才是天然去雕饰的本来模样。"

莲子开始以为是他们一唱一和地在讽刺挖苦自己，刚有点不悦，后来慢慢听出来是在夸自己，心里还是蛮甜的。阿梅转移了话题："表哥，我也想跟你跑一跑，学着做服装生意，就我们这个小副食店，就这点儿油盐酱醋，块八毛的能挣几个子儿，还是服装来钱快。"高庆武看着阿梅，用眼又扫了一下莲子，说："你要愿意干的话，我可以带带你。"

那天莲子回家后，趁宏宇睡下了，对着挂在墙上的小圆镜子细细端详着自己，饱满的额头，一双不算大的凤眼，一笑起来两个浅浅的酒窝，稍微有点发圆的鼻头，不大不小的嘴巴，配在一张白皙光洁的椭圆形脸庞上。《红楼梦》这一段正播着，莲子看过的，史湘云那可是红楼梦十二金钗之一，把她比作史湘云，那可是把她大大地夸赞了。莲子的兴致莫名地高起来，嘴里不自觉地哼哼起《红楼梦》中《枉凝眉》的曲调，捡了一盆脏衣服到院中水龙头处去洗。孙婶儿从她的正房里走出，看到莲子，问道："莲子，什么事那么开心啊？是不是卫东又推销出一批货呀？"莲子答道："孙婶儿，不是的。"

卫东这一段确实不顺，他推销出的一批货，先后遭到顾客投诉，因为连续引起了几家孩子的哮喘、咳嗽、发烧。被媒体曝光后，引起了有关部门的重视。质监部门过来一经检验，检查出质量不合格，玩具内填充棉卫生不达标。这件事又被几家报纸连续转载，记者们顺藤摸瓜，一路跟踪报道，又追查到了填充棉的不良生产厂家。最后，卫东所推销的玩具厂除了赔付顾客损失外，和填充棉厂家一起被质监部门勒令停业、整顿。这对于一个小私营企业来说意味着破产。

　　卫东失业了，还有半年的工资外加提成都付诸东流。受到牵连的还有蔡晓红的儿童服饰用品专卖店，蔡晓红忙把那些牌子的问题玩具统统下架了。联系卫东能不能退货，卫东这时正在家闲着，无不抱歉地说，玩具厂老板已经关张走人了，自己也联系不到他。听完结果后，蔡晓红不但没有指责卫东，反而大方地约卫东在自家小区门前见面，在一个小饭铺里，蔡晓红很有风度地褪去敞开的米黄色风衣，解下脖子上的小丝巾放在身后的椅子背上。两人点了两个热菜、一个凉菜、几瓶啤酒。蔡晓红还是很优雅地把一只胳膊支在桌上，两根手指轻轻夹住细长的绿摩尔香烟，嘴里吐出烟圈，另一只手为卫东的杯子里续着酒。卫东本来是带着负荆请罪的心情来见蔡姐的，见蔡姐没有丝毫的埋怨，心里稍稍平静了些。他不清楚这次损失对于蔡姐会造成什么程度的影响。不过看蔡姐平静的神情，心想这点损失对于蔡姐来说应该不算什么。蔡姐在饭桌上根本没提这件事，只是说孩子不在身边，一个人回到家中很是孤独、寂寞。说着说着，不知怎的就触动了蔡姐的伤心，蔡姐的话越说越多，渐渐地，卫东也被蔡姐的伤感给感染了，饭桌上俩人一度陷入沉默。蔡姐这次确实喝多了，好在卫东的头脑还算清醒，他扶着蔡姐回到她租住的家中，把蔡姐扶到沙发上，从暖壶里倒了杯热水放在茶几上，蔡姐的头仰在沙发靠背上，向着卫东招着手带着醉意说道："卫东，来，坐这儿，坐姐这边来。"卫东坐过去，蔡姐一只手搂住卫东："卫东，你知道吗？姐想你，你为什么总是躲着我？你这样姐很是伤心。"然后又说道，"卫东，你能把姐抱到床上去吗？"卫东紧张得一动不敢动，蔡姐一把推开卫东，笑着说道："我就知道你不敢，你怕姐把你缠上，你放心，我这里你想来就来，想走就走，姐不会纠缠你的。"蔡姐说着说着困意便上来了，身子歪倒在沙发里发出均匀的呼吸声，一头披肩的波浪长发已经凌乱，遮住了大半张脸，一缕头发在嘴里塞着，卫东今天才知道蔡姐也是脆弱的、悲伤的。而他平时看到的蔡姐都是张扬的，对人指手画脚、颐指气使的。卫东把头发从蔡姐的嘴里拨出去。由于斜卧着，蔡姐的脸有点儿走形，卫东把蔡姐扶正帮她褪去了风衣，解开丝巾，把胳膊上的小挎包放在茶几上，蔡姐上半个身子一下扑倒在卫东的怀里，还有蔡姐软软酥酥的胸脯。

卫东的心"扑通、扑通"跳起来，整个人僵住了。蔡姐嘴里含糊着说道："我要你，你不要扔下我。"卫东与蔡姐保持着搂抱的姿势，一分钟、两分钟过去了，"咚——咚——"墙上的撞钟这时响了起来。

卫东吓了一跳，抬头看了一下窗外，天已经很黑了，窗户玻璃上映出了他和蔡姐的影子。卫东心中打了个激灵，他忙放下蔡姐，走到窗前拉上了窗帘，抬头看了下墙上的撞钟，已经是夜里十一点钟了，莲子等他一定要着急了，他看了一下蔡姐，蔡姐穿着一件薄薄的羊绒衣，胸部随着呼吸上下起伏着，腰部一圈白白的皮肤从羊绒衣下面挤出，他想蔡姐这样睡下去一定会冻着了，他弯腰吃力地抱起蔡姐走进了卧室，摸黑放到床上，然后摸到电灯的开关打开。帮蔡姐脱掉鞋子，拿了床上的毯子盖在蔡姐身上，然后，又黑了灯，退出了蔡姐的房间。

卫东走在街上，一丝凉风吹过午夜的街头，卫东觉得燥热的身体终于有了丝凉意。他，周卫东，一个来自北方山沟里的汉子，绝不会做男盗女娼的勾当，尽管他和自己的嫂子敢于私奔，但是他觉得这是两种不同性质的事情，他和莲子是纯洁的爱情。

卫东一时找不到合适的工作，便留在家中带孩子。没有了生活来源，莲子便说要和阿梅随着高庆武去搞服装生意，开始卫东不同意，但招架不住莲子的软磨硬泡，勉强同意了，莲子便随着高庆武到了服装批发市场。在这里，莲子算开了眼界，偌大的一个服装批发市场，各式服装密密麻麻在各小摊位上成排地挂着，采购服装的人摩肩接踵，高庆武带着她俩不断地停在某一件衣服前，给她们讲解现在服装流行的款式与色彩。最后，莲子和阿梅帮着高庆武把几大包批发来的衣服塞满了一辆出租车，高庆武要把他的这批服装运回老家 C 城，高庆武临走时说："虽说你们住的这里也是广州，但你们家附近却没有一家像样的服装店，下次我打算就在附近开一家，就雇你们来帮我照看好不好？"

几个月后，高庆武的服装店真的开起来了，他在阿梅家附近一条人口密集区的主街上，把一个濒临破产的陶瓷店盘过来，重新装修布置，服装店就算开张了，阿梅和莲子帮着打理。刚开始的俩月，顾客寥寥无几，账面扣去房租一直亏欠着，之后的俩月，慢慢有了盈余，莲子每天早出晚归去照看服装店。卫东也在这一段日子里，在一个劳务市场谋了一份为某个品牌牛奶做推销的工作，在小区门口，摆张小桌子，为小区的客户签订购买牛奶的单子，订单签完后，由公司派人把牛奶每天送到客户家里。他们把孩子宏宇托给了热心的房东孙叔、孙婶儿照料，每月付给他们房租加孩子的保姆费共八百元。日子就这样有条不紊、按部就班地过着，简单，无忧无虑。

转眼，卫东又大半年没见过蔡姐了，他借推销牛奶的机会，在蔡姐家的小区门口摆开了他推销牛奶的小桌子。一连几天，小区里的人来来往往、进进出出，除了卖牛奶，他还在行人中寻找，希望能在门口和总是匆匆忙忙、披着一头波浪披肩长发、挎着小巧精致坤包的蔡姐，在哪个不经意间一抬头，撞个满怀，然后俩人相视大笑。功夫不负有心人，又等待了蔡姐几天后，他的蔡姐终于在他的视线里出现了，只是蔡姐身边多了一个光头男子，男子二十多岁，西装革履，皮鞋铮亮，挽着蔡姐的胳膊。蔡姐春风满面，一路旁若无人地与光头男子说说笑笑，完全没有看见卫东正愣愣地看着她。那天，卫东早早地收摊，郁闷地回到家里，莲子在服装店里还没回来，他打算去服装店去看看。莲子这一段时间格外兴奋，她每天都把服装店的事情挂在嘴边，连对宏宇都比以前照顾少了，反而是卫东照顾家里更多。

卫东走进了莲子所在的那家服装店，这还是卫东第一次过来，门口招牌上写着"顺风服装店"，卫东迈步走了进去，这是一间二十多平方米的店面，四周的墙上、中间隔板上挂着各式衣服，卫东看了一眼，大概以年轻女士服装为主，由于没到下班时间，店里顾客并不多，这时一个熟悉的声音从中间隔板的衣服架中传来："表哥，你看，这种款式的衣服很有销路，下次进货的时候，我们多进几件吧。"这时只听一个男人浑厚而又带着磁感的声音："小莲，你的眼光不错，看来你天生就是干这行的，干服装这一行，就得懂服装流行趋势怎样，流行色是什么，看来，你的观察力不错。"卫东忙绕过隔板，他看见在墙上挂着的一件女士连衣裙前，莲子正对着一个身材高大的男人，此时他看不到莲子的脸，只看到莲子扬起的头，中年男人的目光对着莲子，眼神里满含着柔情。卫东感觉自己的头一下子大了，他顾不了太多了，快步走过去，叫道："莲子。"卫东的突然出现把莲子吓了一跳。莲子不解地问道："卫东，你怎么来这里了？""今天下班早，就过来看看。"卫东答道。莲子拉着卫东引荐给高庆武："这是我的丈夫周卫东。"又指着高庆武对着卫东介绍，"这是我们的老板，阿梅的表哥。"高庆武看着卫东，笑着说道："你们的事我听说了，年轻人，敢于冲破旧的观念束缚，不简单啊。"卫东忙说道："哪里？哪里？"嘴里说着，不知道为什么，心里涌出一股自卑感。

　　卫东自从去过"顺风服装店"之后，莫名的郁闷，他总是找理由让莲子离开"顺风服装店"去找别的工作。但莲子只把卫东的话当作耳旁风，说多了甚至充耳不闻。莲子走路风风火火，她在每天与顾客讨价还价的较量中，总能猜准顾客的心理，说服顾客心甘情愿地买走衣服。莲子在工作中尝到了快乐，她觉得生活从此也有了意义。

　　莲子还对卫东说，有可能的话，打算自己也开一家服装店。卫东没有办法，他现在每月的收入顶不住莲子的一半。这天，他签了几份牛奶单子后，吃过了午饭，便坐车来到蔡姐的小区门口，卫东开始想念起蔡姐来了，他没办法去敲蔡姐的家门，因为他不知道家里的情况怎样，就在门口周围徘徊。这时一辆搬家公司的厢式货车正停在路边，工人们正往车里搬运家具，卫东随便瞥了一下，他看见一个工人正抱着一台音响，卫东忽然觉得有点眼熟，这台音响怎么和蔡姐家的一模一样？正想着，只听一个女人对着工人们喊道："你们要小心啊，把东西碰坏了，我可要你们赔偿。"这个声音是如此的熟悉，卫东扭过头去，只见一个女人穿着一身很朴素的运动服，脚下穿着一双白色旅游鞋，头发低低地扎成一个马尾。"蔡姐。"卫东喊道。

　　令卫东没有想到的是，几个月不见，蔡姐发生了巨大的变化，只是不是向着好的方面发展，蔡姐被卫东先前看见的那个二十来岁的光头男人骗了，他谎称和蔡姐合伙做生意，从蔡姐那里骗走了十多万元后，踪影全无，蔡姐的生意已经做不下去了，她把几个小型的店面都盘出去，这套豪华地带的房子也要腾退出去，只留下一个闹市区的儿童用品专卖店。此时的蔡姐一脸的茫然和憔悴，工人们一趟趟往货车上搬运家具，蔡姐便把自己的遭遇说给了卫东。"卫东，你可能要嘲笑我的弱智，怎么就那么随便相信别人，可是你想过吗？我是一个女人，我需要一个男人的肩膀。"蔡姐喉咙里一阵哽咽，一串眼泪从眼眶里奔涌而出。卫东已经不忍心看蔡姐，他把脸扭到一边去，抹了下眼睛，说道："蔡姐，你的家具要搬到哪儿去？我跟着你搬过去。"

蔡姐的家搬到了离市区偏远的一间小平房里，卫东指挥着工人们把家具拥挤地排列在一起，电视和床只有两步之隔，冰箱和衣柜紧挨着床，音响被堆到了墙角里束之高阁，沙发紧贴着门口，所有这一切都摆好之后，他们才发现没有了走路的地方，蔡姐反而破涕为笑了，她躺在床上大笑起来，由于笑得过于剧烈，开始剧烈地咳嗽，卫东有点慌了，他担心蔡姐的精神出了问题，他扒开蔡姐的手，问："蔡姐，你没事吧？"蔡姐笑着说道："卫东，你当初要是这样对我，我怎能被那小子骗呢？"说完又呜呜咽咽地哭了，卫东沉默了一会儿，忽然他把嘴唇放到了蔡姐的额头上，轻轻吻了一下，这个可怜的女人太需要男人安慰了。那天晚上，卫东一宿未归，他自己也搞不清楚，是对莲子的一种报复，还是出自对蔡姐的同情，或许两种情况兼而有之吧。卫东感觉莲子这一段以来对这个家、对孩子、对他都是淡漠的，她心里只有那个服装店。卫东那夜睡在蔡姐的房间里，他和蔡姐分床而睡，他睡沙发，蔡姐睡床。蔡姐并没有像上次喝多了那样要求卫东和她睡在一起，蔡姐说她现在状态很不好，怕破坏了她在卫东心目中美好的形象。那天晚上，他们像姐弟一样唠着嗑，一宿相安无事。

第二天早起，莲子破天荒的第一次没有去服装店上班，她把孩子交给了孙叔孙婶儿，孙叔孙婶儿此时带着宏宇出了门。莲子一个人静静地坐在床头，昨夜她守了一宿空房，整个小院此时陷入一片寂静，静得让人喘不过气来，几只飞虫不知好歹地在屋里转来转去，莲子愤怒地抄起苍蝇拍儿朝着墙壁胡乱地挥打着。

太阳升起老高了，卫东终于回来了，他进了屋子，看到莲子坐在床边，看着莲子阴沉的脸色，卫东说道："哎，莲子，今天你怎么没去你的服装店啊？"

"等你呀，我这样拼命地挣钱养家，指不定哪天把人都养丢了，我还不知道呢。"莲子努力把火气使劲压了压说道。"哼，"卫东轻笑了一下，转过身去说道，"究竟是谁丢了？是把你自己不知道丢到哪里去了吧？"

"你混蛋！"莲子愤怒了，抄起手边的苍蝇拍儿冲着卫东挥过去，卫东一把撸过去，伸手把苍蝇拍儿掰折了，莲子扭脸趴在床上哭了。卫东看着莲子，走到莲子身边叹了口气，说道："莲子，是我错了，我不该整宿不回来，可是我确实没做对不起你的事，我也不希望你再去服装店上班。"莲子哭了一会儿坐起来，拉住卫东的手臂，和卫东并排坐在床沿上，说："卫东，你挣的那点钱哪儿够我们过日子啊？再过一段，等我们有钱了，我想自己开一家服装店，然后在这里买套房子安个家，你说好不好？"

一场家庭风波过去之后，莲子每天尽可能早点回家，和卫东一起做做晚饭，陪陪孩子，卫东也不再提不让莲子去服装店的要求。对于蔡姐，卫东觉得他们之间是清白的，没必要刻意回避，而他心里也确实不放心蔡姐，这天有空儿便来到蔡姐的店里，这也是蔡姐现在仅有的门店，坐落在一条商业街上，挤在一排经营服装服饰，家装布艺和各式琳琅满目的手工艺品的店面之间，蔡姐的店面在其中并不算突出，经营的是儿童服装用品、玩具。展柜里琳琅满目，花花绿绿的。蔡姐坐在柜台里，两个女服务员正为选购的顾客介绍着商品。蔡姐果然是蔡姐，她又恢复了之前举止优雅、性格开朗、打扮时尚的形象。

蔡姐见到卫东很是高兴，说本来正打算有事去找他呢。卫东问什么事，蔡姐迟疑了一下，说想让卫东假扮自己的恋人去会会自己的前夫，他们离婚时分给蔡姐的一笔钱，还差一部分没转过来，她要跟前夫去要这笔钱，因为她急需这笔钱周转一下，她想让卫东陪着。蔡姐说，她不能让前夫看她的笑话。她蔡晓红，还是有男人喜欢的，卫东犹豫了一会儿，最后还是答应了蔡姐的请求。

那天，蔡姐经过一番精心打扮，涂抹了口红，喷了进口香水，照例披散开一头浓密的大波浪卷长发，一身淡雅的真丝绸缎旗袍衬托出蔡姐风韵有型的身段，她的一只手臂挎着小巧的金色链挂坤包，另一只手臂上挎着西服革履的卫东。

蔡姐与前夫约好，在一家有名的中高档餐馆里见面，蔡姐和卫东挽着手臂进了门厅，门厅服务员向他们礼貌地点头打着招呼，蔡姐和卫东如约上到二楼，在一个叫"聚客来"的包间门前停下，服务员帮着推开包间的门，里面一男一女两个人已经就座，里面的中年男人此时正和身边的女子热情交谈，女子打扮得很是普通，穿着一件满大街都能找到同款的米黄色连衣裙，头发随意用一只大卡子卡在头上，头发帘儿随意披散在脸颊上。中年男子抬起头，看着进门的蔡姐和与她挽着手臂进来的男子，座位上的女子也随着转过脸来，双方互相打量着，蔡姐不得不承认，这是一张比她年轻好看的脸，洁净的椭圆形脸上，一双眼睛明澈。此时年轻女子的眼睛却忽然竖起来。

世上真有这么巧的事，蔡姐的前夫不是别人，正是莲子的老板——高庆武。蔡晓红，高庆武，两个性格相似、个性极强的人撞到了一起，虽然生活中没有谁对谁错，但两人总是要比出谁高谁低，和蔡晓红想法一样，他带来了莲子压阵。

四个人相遇，面面相觑，除了蔡晓红与莲子不认识，卫东当然是认识高庆武的，卫东把目光扫到高庆武身边的莲子身上，莲子看着与蔡小红挽着手臂的卫东，俩人来不及躲闪，没想到俩人竟然在这种场合，又都是以如此不堪的身份彼此见面。

"卫东，卫东，你跑什么？我们还没开始谈呢。"蔡姐对着突然跑开的卫东喊道。蔡姐的头还没转过来，又一个身影从她身边擦身而过，莲子也随后跑了出去。

包间里，独留下高庆武和一头雾水的蔡晓红，高庆武突然仰头大笑起来。

第十八章　寿宴

　　在一个周末，卫东带着孩子从学校回到了家里，房间早已被哥哥嫂子们帮忙打扫得干干净净，扫去了地上厚厚的灰尘，除去了房梁上蜘蛛五年时光里辛辛苦苦织成的盘丝洞网。早前，卫东并没有在自己的瓦房里住过，家里连个锅台炉灶都没有，兄弟几个又一起出力，盘锅台、支炉灶，总算帮他张罗着把新家支起来了。

　　这天，卫东正把儿子宏宇和他的一堆脏衣服拿到院中涮洗，门"吱吱呀"一声被推开了，卫东抬头，只见小荷从门外进来。卫东放下手中的湿衣服站起来，按辈分，卫东和铁蛋儿是平辈儿，按年龄，卫东稍稍大铁蛋儿一些，卫东从屋里搬出把小凳子，客气地让小荷坐了。小荷并没有坐下，直接走过来拿起卫东涮洗了一半的衣服，卫东急忙拦住，说："小荷，别这样，上次你帮我的忙我还没谢你呢，要是没有你帮我去求铁生哥，我哪能再去学校教书？"

　　小荷推开卫东，道："你不要跟我这样客气，宏宇喊我小姨，我这个做小姨的给孩子洗把衣服算了啥？我今天过来就是想听听你跟莲子的事，上次见面你也没跟我说清楚，怎么就你一个人回来？莲子她现在怎么样了？"

　　提起莲子，卫东沉默着，他仰头看了一下天空，几朵白云在天空中游走，是啊，他回家已经两个月了，莲子她还好吗？此刻她正在做什么？

　　自从卫东和蔡姐，莲子和高庆武四个人彼此见面后，可以说，卫东和莲子都是互不信任的，家里的空气仿佛都结了冰块，他们之间没有对话，没有夫妻生活，只有两岁的宏宇还能引起两个人的交流。卫东觉得自己是委屈的、清白的。对莲子，他是无愧的。而莲子呢，也同样处于巨大的委屈中，想想她赵爱莲，哪一样不是为了这个家？为了卖出一件衣服，每天起早贪黑，磨破了嘴皮子，莲子知道高庆武是喜欢自己的，她对高庆武绅士般的谈吐也非常欣赏，她经常不自觉地拿他和卫东比较，总觉得卫东缺少高庆武的自信和情趣。如果没有她和卫东的感情在前，她不可否认，她不排除有和高庆武在一起的可能性，可是，她仍然努力与高庆武保持适当的距离，维护着她和卫东的感情，她无论如何不能对不住把她从火坑中救出来的卫东。她要为卫东拼死拼活地创造出一个家，为了孩子，为了自己。可卫东怎么就不理解自己呢？高庆武让她假扮成未婚妻去会见一个老朋友，而事情怎么就不偏不倚，偏偏就遇上了正为高庆武吃醋的卫东？命运啊！真会捉弄人！给一对处于情感危机的恋人向反方向助推了一把力。莲子思来想去，都觉得自己是清白的，她反而开始怨恨卫东，她弄不明白，卫东为什么喜欢和比他大的女人在一起，他想去傍女富婆吗？她又想起了卫东那次一夜未归的事，周卫东啊周卫东，你的单纯、善良都上哪里去了？你说你是清白的，谁会相信？

莲子把更多的时间和精力都用在服装店里，每次高庆武进货，她都要跟着去批发市场。莲子想：你周卫东不是喜欢傍女富婆吗？好，那我就把自己尽快打造成一个富婆给你小子瞧瞧。高庆武也确实在真心帮助莲子，对莲子，他觉得只要有足够的耐心和真诚，迟早会有一天打动到莲子，而且，他觉得在争取一样东西的时候，最开心的时候也许不是在得到的那一刻，而是在得到之前，在争取的过程中所付出的努力，他现在就在享受这过程。几个月后，高庆武又借钱给莲子，帮助莲子在他的门店旁边开了另一家服装店，对于给自己设了一个竞争对手，高庆武有自己的理论，他用辩证的眼光看待问题，虽说多了对手就多了竞争，但反之，一个市场规模的扩大，也会带来更多的顾客。而且，他高庆武，还"醉翁之意不在酒"。

莲子为能经商致富而不顾一切的执拗，确实极大地刺激到了卫东，他无法忍受一个男人明目张胆地来帮助莲子，而莲子还大言不惭，口口声声为这个家着想，她能想象得到他周卫东是怎样的心情吗？一股无边的羞辱让卫东的郁闷忍到了极点。有一天他终于忍无可忍，朝着莲子挥起了手掌，莲子流着泪静静等着他挥起手掌落下的一刻。突然，卫东的手在空中停住了，他此时想起了三哥，他曾经如此憎恨那个施展家暴、欺负女人的三哥，怎么，自己什么时候竟然也随了他的路子？卫东重重地把手捆向了自己的脸，眼泪簌簌流淌："赵爱莲，你走你的阳关道，我走我的独木桥，我们俩本来就没有领结婚证，正好现在一拍两散，以后我们各不相干。"莲子大声哭喊，发疯似的喊道："卫东，我是为了你好啊，我想给你一个像样的家，一个温暖的家，你怎么就不明白呢？"卫东嚷道："这种用羞辱筑造的家我不需要。"

那天夜里，卫东做了一个梦，梦中他看到了白发苍苍的母亲拄着拐杖在村口张望，梦到了家乡上空的白云一朵朵、一朵朵地朝他飘过来。第二天早起，他给莲子留了一张字条：

　　莲子，我走了，祝你早日住进大房子，圆你发财致富的梦。孩子宏宇，我带走了，他要回到家乡的土地上去，那里，才是他的家，我们的根。

周卫东

小荷从卫东家里出来，心中泛起一股酸涩的滋味，对莲子，她真不知道该怎样去评判，也许，陷在事件中的当事人，永远都不清楚自己在做什么。就如同现在的自己一样。每天忙忙碌碌地过日子，总感觉自己像一片浮云，飘来飘去，又毫无着落，不知道下一个落脚点又在哪里。小荷心头晃过一声叹息："哎，这日子过的——"低头想着心事，忽然听到墙角传来两个女人的说话声，一个说道："哎，我就说呀，这外地媳妇就和我们本地人不一样，你看，莲子跟了三春，结果又拐着小叔子卫东跑了。最后啊，见了外边花花绿绿更好的，又把卫东给甩了，心眼儿真是灵活啊，想跟谁过就跟谁过，啧啧，卫东好可怜噢。"小荷循着声音扭头一看，见是翠芝正撇着嘴说着，另一个妇女咳嗽一声瞟了一眼走过来的小荷，说："别说了，你看小荷过来了。"那个妇女说完连忙扭过头去，翠芝却故意抬起了脸，眼睛斜视着上方"哼"了一声。小荷狠狠瞪了她们一眼。

拐过墙角，小荷来到自家门前，一推开院门，便听到屋里传出一阵嘈杂声，只听婆婆喊道："铁蛋儿，你要干什么？"接着便是公公周广顺的咆哮声："铁蛋儿，你不想活了，可是你就不想想，为你操碎心的爹妈还能活吗？"接着屋里又传出一阵哭声。

小荷三步并作两步，快速冲进屋里，只见公公婆婆俩人正努力掰开铁蛋儿的两只手，铁蛋儿坐在轮椅上，手中拿着一把筷子，筷子的一头狠狠戳在自己的大腿上。铁蛋儿母亲哭着说道："铁蛋儿，妈求你了，你再这样，你还让我活不活呀？"见小荷进来，周广顺严厉说道："小荷，你又去哪儿啦？你不照看着铁蛋儿，乱跑什么？"

小荷过去掰开铁蛋儿握住筷子的手，铁蛋儿的手马上松开了，小荷把铁蛋儿手中的筷子放到一边，对铁蛋儿说道："铁民，你怎么又要这样？我不是跟你说好了吗？我串个门儿一会儿就回来。"铁蛋儿哭着说道："我是个废人了，你们还管我做什么？还不如让我死了好。"周广顺气得一拍桌子指着铁蛋儿喊道："以后不许你张口闭口就说死啊死啊的，你死了，我和你妈怎么办？你以为你死了我们还能活吗？"铁蛋儿不敢再说话了，坐在轮椅上小声抽泣起来。小荷从抽屉里拿出了药膏，为铁蛋儿腿上的一块淤青敷上，怕公公再发脾气嚷嚷，忙推着铁蛋儿出了院门。一路上，俩人谁也不说话，各自想着心事。

铁蛋的情绪时好时坏，尤其在这两年里，脾气变得越来越怪癖，开始不声不响，动不动就用自残来折磨自己，用绳子捆绑、拿筷子戳、用手掐，故意伤害两条毫无知觉的腿，两条腿上旧伤没好又添新伤，他自己是不能感觉到疼的，但那疼是疼在家人心里。这招真的很灵验，他又重新吸引了全家人的注意力，谁都知道，铁蛋儿的身体抵抗力本来就差，弄不好感染了就要出人命的，这是全家最担心的事，也成了最折磨小荷的心病。小荷对铁蛋儿照顾得更加小心，生怕引起铁蛋儿的情绪发作。这次如果不是因为卫东的事，她是不会轻易离开铁蛋儿身边的。

小荷推着铁蛋儿到了街上，两个人开始都不说话，只有轮子滚动的声音，沉默了一会儿，铁蛋儿说道："对不起，小荷，我也不是故意的，可是有时我又控制不住自己。"小荷叹了口气，说道："哎，事情已经出了，再说这种话又有什么用？"小荷推着轮椅继续默默地走着。

"小荷，"铁蛋儿忽然又说道，"你还记得吗？嫂子前阵子说的那事？"

"什么事？"

"就是想让我们抱养个孩子的事儿，你还记得吗？"铁蛋儿说道。

"就那事啊？以后再说吧。"小荷目光依旧盯着前方，

老汉周广顺六十岁生日到了，红云提前把一锅炖肘子、一锅红烧排骨做出来，又从集市上准了几样新鲜蔬菜，准备热热闹闹地为公公办个六十大寿。一大早，大姐俊英和大姐夫耀辉就过来了，耀辉陪着老丈人和铁蛋儿在里屋唠着嗑。俊英、红云和小荷在外屋灶台上忙活开了，铁生母亲过来要帮忙，被红云推到了公公和姐夫身边，说道："妈，你今天什么也不要做，好好陪着我爸唠唠嗑就行了，让我爸高高兴兴地过他的六十大寿。"

临近中午，门口一阵摩托车响，红云说道："铁生回来了。"于是大家纷纷停下手中的活儿，耀辉和铁生母亲也从炕头儿上溜下来，除了周广顺和铁蛋儿，全家人都站在屋门口台阶上迎着铁生。铁生进了院子，支好了摩托，摘了头盔，看着大家都站在门口，乐呵呵地说道："哈，都到齐了，大姐、大姐夫你们也到了？"大姐俊英过来接过铁生手里的头盔笑眯眯地说道："我们早就到了，就等你了。"

铁生进了屋，看见案台锅灶上满是切好准备上锅炒的青菜，挽了挽袖口说道："你们说，我该做什么？"大姐俊英笑着把铁生推到屋里，说："哎呀，我的大领导同志，你只管陪着老爸就行，我们可不敢用你。"铁生到了里屋在父亲和姐夫身边坐下，和父亲、母亲打了招呼，就和姐夫耀辉天南海北地聊开了。

晌午时候，妞妞从学校放学回来了，妞妞现在已经九岁，长着长长的眼睫毛，一对黑多白少忽闪忽闪的大眼睛，脸庞稍圆，肤色黑红。她继承了父亲的五官和母亲的脸型，俨然一个虎虎实实的大姑娘了。妞妞学名叫周倩，现在是小学三年级的小学生，而她的班主任现在就是周卫东。为了爷爷的六十大寿，红云特意让中午留校吃饭的妞妞从学校里赶了回来。妞妞进屋和爷爷、奶奶，又和几个月没见面的姑姑、姑父打过招呼。俊英揽着妞妞的肩膀说道："你们说我们能不老吗？你瞧这孩子长得这个快噢。"边说着，边用手摸了一把自己皱巴巴的脸。俊英不爱捯饬，一头齐齐的短发，脑门处的头发一根儿不留，全

都向后梳理，然后用一个大卡子把头顶的头发固定，头发里间或露出几根儿白发，使俊英看起来又老成又朴素。耀辉呢？本来年轻时还算禁看的一个汉子，现在也被岁月摧残得满脸沧桑，和小他们三岁的铁生夫妇相比，如同相差一代人似的，谁都知道，俊英和丈夫耀辉都是过日子的好手，一天到晚不图吃穿，只想怎样干活儿攒钱，现在家里盖起了宽敞明亮、最新式样的大房子。又靠耀辉的木工手艺打工挣钱，在储蓄所里攒下了不少积蓄，独生儿子也念上了高中，是全村出了名富裕的五好家庭，按理说，气也顺、心也闲，日子幸福美满，可是他们发现，这么多年下来，他们却比身边的同龄人显得老多了。

　　而铁生这几年除了腰围长了一圈肚腩外，整个人变化不大。红云呢？一年四季烫着时兴的卷发，穿着总是那么合身，人反而比年轻时候还耐看了，有一种人就是这样子，年轻时候不显年轻，多少年过后，等别人由粉嫩润白变得容颜衰老，而他（她）还是之前的样子，而红云就是这样。不过也和她为了配得上乡长夫人的身份，多年来一直刻意打扮有关。红云喊铁生把库房内一张特大号的圆桌搬出来，也是红云为公公的六十大寿特意置办的，没等铁生起身抬屁股，耀辉先起身把圆桌搬出来摆好。于是，各种的肉食——炖肘子、糖醋排骨、灌肉肠……还有几样凉拌熟食，凉拌青菜，大锅熬菜，炒菜，便从三位女主厨手中如变戏法儿似的一盘盘摆上，满满地摆了一大桌子，一家人挨挨挤挤地都落了座，铁生从酒厨里拿出珍藏的一瓶西凤酒，摆了几个小酒杯，然后一一给斟上，递到父亲和姐夫跟前，又为女眷们都递上一杯，最后为铁蛋儿和自己又各准备一杯。作为长子，铁生站起来带头给父亲敬酒，祝愿父亲福如东海，寿比南山，又祝愿母亲身体健健康康、硬硬朗朗的。在铁生的带动下，大家就挨着顺序为老寿星敬酒，说些祝福的话。铁生母亲的话不多，只顾高兴地往孙女碗里夹菜，劝妞妞多吃肉、多吃菜。

　　大姐夫耀辉非常能说，在外边又见过世面，今天是特意要拿铁生这个小舅子，也是全家唯一有头有脸的政府官员说事。当然，铁生的口才毋庸置疑，绝对接得住，二人便你来我往，针锋相对地耍开了嘴皮子，耀辉用夸张的语气，模仿他所见过的政府官员说话的表情、语气。问铁生："你出门到各村检查工作时，是不是也是这样啊？"铁生就假装悲催地说他一次到一个村子去，正走在大街时，突然从胡同里猛然蹿出一条大黄狗，大黄狗冲着他"汪汪"叫着就扑了过来，他撒丫子就跑，大黄狗一路紧追不舍，把他从街东头撵到街西头。最后，没处躲了就躲到了路边的茅厕里猫着，大黄狗还是不甘心，堵在茅厕外边不停地叫唤，村里人还以为里边躲进去了盗贼，最后还是那个村子的村主任出来为他解了围，铁生的说笑把一桌人逗得前仰后合，于是饭桌上一时杯盘交错，气氛热烈。这时，没有谁太在意，小荷的话一直很少，只吃了几口饭，便自己溜出去了，她对红云说她要去厕所，人却一时半会儿不见回来。

酒过三巡，铁生涨着有点发红的脸对姐夫小声说尿急，也在哄乱中出去了。铁生从前院来到后院。在厕所外的一棵枣树下，小荷正一个人靠在树干上，铁生走过去，虽然喝了些酒，但头脑还算清醒，铁生盯着小荷的眼睛，此时小荷的眼神是木然的，甚至眼珠儿都不动一下。"小荷，你怎么了？"铁生上前一步问道，"你不开心？"小荷的眼神从远处被唤回来，说道："没有什么开心不开心的。"铁生又问："那你这个样子，这是为什么？""哎，日子总是这样稀里糊涂地过，就是不知道哪年哪月才算到头儿。"小荷叹了口气说道。

铁生沉默了一会儿，苦笑着说："我知道，我知道你很难。"

"知道有什么用？关起门来，谁都过自己的日子，自己有多苦多难只能自己苦撑着。"

铁生一时无语。小荷的眼睛又盯着远处，说道："刚才看见两位老人开心的样子，我想起了我的父母，这么多年了，我也该回趟老家去看看他们了。"

"是啊，是该回去看看老人啦，不过，你可不要一去不回呀。"铁生忽然半开玩笑地说道。

小荷收回目光盯住铁生："你还知道担心我一去不回呀？"

"看你说的这是什么话？我什么时候不惦记你来着？"铁生答道。

小荷鼻子"哼"了一声："你惦记？你惦记只是你怎样做官儿，惦记的是怎样让我踏踏实实地去伺候铁民，让你没有后顾之忧。"

听到这里，铁生有点气恼，脸一下绷紧，随后又马上放松下来，笑道："如果你想回家的话，打算回去多久？"

小荷苦笑了一下："谁知道呢？也许一个月、两个月、半年？到时再说吧。"

"怎么，你还想离开半年？这太长了吧？"铁生说道。

"你准备要拴死我呀？真把我当成了保姆？一个不分白天晚上，二十四小时全天的保姆？"小荷声音忽然哽咽起来，眼圈泛红，"嫌我回家时间长是吧？你们守着铁民去试试，他想闹就闹，天天还要担心他，他一不开心就寻死觅活的，他一有事就是我的错，这谁受得了？"小荷情绪突然激动起来，语速也开始加快。

"那你想怎样？你要我怎么样？"铁生的情绪也有些激动。

"你真的不明白？你要装糊涂？"小荷说道。

铁生张了张嘴，想要再说什么，忽然身后传来脚步声，铁生忙大声说道："小荷，你还没吃饱吧？回去再吃点儿吧？"说完从小荷身边走过去，去了厕所方向。

红云这时走过来拍拍小荷的肩膀，问道："你吃饱了吗？大姐让我问你还吃不吃？"小荷抬腿往回走，回答："饱了，不吃了。"

第十九章　心事

　　小荷想回家的想法，让全家陷入不安的气氛中，他们担心小荷这一走，便再也回不来了。铁生这一段日子，回家的次数开始多了起来，乡政府大楼里有一间临时宿舍，以前他一忙起来就留宿在那里，赶上周日值班时，红云有时带着妞妞到乡政府宿舍里和铁生团聚。

　　这些天里，铁蛋儿每天乖乖地守在家里看电视，只要小荷一出门口，铁蛋儿就紧张地转动着轮椅尾随着小荷。红云劝慰铁蛋儿道："你不用那么紧张，你放一百个心吧，小荷跑不了。"

　　老汉周广顺默不作声地蹲在台阶上一个劲儿地吧嗒着旱烟，老伴儿连喊他几遍，他都没动窝儿，今天他一见到铁生推门进来，就忙不迭地从台阶上下来，说："铁生啊，你可回来了。"

　　"怎么啦？爸。"铁生把摩托车摆好。

　　"哎，你能不能说说小荷呀？不让她回家呀，这要是回去了，不回来咋整啊？"

　　铁生说道："哪能不让人回去？腿长在别人身上，要回去还能拦得住吗？爸，我已经给小荷买好了回家的火车票。"

　　"什么？"周广顺从嘴里拔出烟卷儿。"我给小荷买好了回家的火车票。"铁生又重述一遍。

　　"你呀你呀，你让我说你什么好呢？哎！"周广顺跺了跺脚，摇着头回了屋子。

　　这时在屋里的铁蛋儿转动着轮椅到了屋门口，问道："哥，你刚才说啥事来着？"

　　"我说，我给小荷买好了回家的火车票。"铁生又重复了一遍。

小荷也听到了院子里的对话声，趿拉着两只拖鞋从屋里奔出来，身上粘着一层棉花绒绒，她正在给铁蛋儿做拆洗的被子，她把穿着线头的缝衣针别在衣袖上，跑到铁生跟前，急切地问："哥，你说啥来着？"铁生从口袋里取出一张长方形小卡片，举在手中晃了晃，说："我给你买好了回家的火车票，你瞧，还是一张卧铺。"

"哎呀，快点给我看看。"小荷兴奋地一把夺过去，细细端详着，"呀，还真是张卧铺，我还没睡过卧铺，还不知道睡卧铺是啥滋味。"小荷高兴地说道。

"哐当。"屋里忽然传出声音，一个舀饭的勺子被铁蛋儿摔在了地上，小荷慌忙止住了说话。

晚上吃过饭，趁小荷出去的功夫，铁生给全家开了一个短暂会议，铁生说道："小荷想回家的话，你们能拦得住吗？当年的莲子还不是很好的例子，大春、三春的功夫都没能拦得住，你铁蛋儿能拦得住？这样的话，我们还不如痛痛快快地让小荷回去。"

铁蛋儿插话道："那要是她不回来咋办呢？"

铁生答道："她肯定能回来，我敢保证。"

老汉周广顺和老伴儿也一时没了主意，对铁生挥着手说道："已经这样了，你就看着办吧，全家都听你的。"

这几日，小荷翻箱倒柜，找出几件回家替换的衣服，找个包裹包上。红云张罗着给小荷装了两小袋子家里产的红枣和花生，铁生又跑了趟储蓄所，支出了五千块钱交给小荷，让她回家孝敬父母。铁生对家里人说，他要亲自送小荷上火车，头两天就得动身，带着小荷先在省城里转转，红云瞥眼望过去，想说点什么，嘴巴张了张，终究什么也没说。

终于动身了，一早，小荷换了一身衣裤，红云和父亲周广顺帮着提着大包小包走出了家门，到了村口，小荷和全家打着招呼："爸、妈、嫂子，我走了。"再回头看看铁蛋儿，铁蛋儿始终把头扎在胸前，两只手插进头发里。小荷走到铁蛋儿跟前，用手捋着铁蛋儿的头发："铁民，我回去了，你在家一定要注意身体，别让爸妈再着急了。"铁蛋儿还是不肯抬头，母亲过来拍着铁蛋儿的肩膀："铁蛋儿呀，你快跟小荷道个别，她马上要走了。"铁蛋儿不耐烦地对母亲嚷道："你甭管。"见铁蛋儿又要发脾气，母亲赶紧闭了口。大家看着铁蛋儿一脸愤懑的样子，都有点无奈。铁生走过来，拍拍铁蛋儿的肩膀，说道："铁蛋儿，你在家踏踏实实等着小荷，她会回来的，你要听爸妈的话，不许再胡闹了，听见了没？"见铁蛋儿还是执拗地不肯抬头，铁生干脆走到一边提起包裹，转头对小荷说道，"不用管他了，咱们走吧。"小荷提起包裹回头又看看铁蛋儿。

"走吧，车子来了。"铁生喊道。

他们在村口上了一辆面包车，行驶了近一个小时后又换乘大巴车，在傍晚时赶到了省城，在火车站附近找了一家小旅店，二人住下来。

这是一间十来平方米的房间，靠墙是一张双人床，床头摆着两个小床头柜，屋里摆设虽然简单，但床单、被褥还算干净。铁生放下了手中提的大包小包，一屁股坐在了床上，随后人向后一躺，张开双臂把自己弄成了一个"大"字，闭起眼睛嚷道："来吧，管晓荷同志，我让你憋屈了这么长时间，现在该是你报仇的时候了，现在你要有仇报仇，有冤报冤，过了这个村，就没了这个店儿，你说你要我怎样，我就怎样，我这两天便是你的奴仆，一切全听你调遣。"

小荷刚把自己随身带的一个包裹放到床头柜上，回头看见铁生的样子，忙到屋门口把房门关了，把门销插上，走到窗口再把窗帘拉上，屋里一下暗下来。小荷这才走到铁生身边，看他四仰八叉的样子，一伸手便捅到了他的胳肢窝，铁生控制不住，笑着一下子翻过身去把小荷压到了身下，回手也捅到了小荷的痒痒处，小荷"咯咯"乐着在床上疯狂地打着滚儿，见小荷痒痒得受不住了，铁生的手才停下来，小荷也静下来，两人在昏暗的光线中互相对视着，铁生问道："小荷，这些年让你受苦了，我这么长时间冷落你，你怨恨我吗？""哥，我知道你有你的难处，我不怪你。"说完小荷闭起眼睛。

这次他们心有灵犀般的，在完全放松的状态中慢慢抚慰，这次终于不再顾及外面的世界，在没有纷扰中让激情宣泄出来。

俩人累了，静静躺着，过了一会儿，铁生轻轻叹了口气。小荷听到铁生的叹息声，便问道："哥，你在想什么？""我在想，你嫂子红云和铁蛋儿，我一想到他们，就感到自己罪孽深重。"铁生低沉着声音说道。

"嫂子和铁民，他们都是好人，哥，你也是好人。"小荷说道。

"好人？我这样的人，还能是好人？虽说还谈不上什么大奸大恶，但也算不上是什么好人喽。"铁生无奈地自嘲道。

俩人又开始沉默，又过了一会儿，小荷又问道："哥，你是不是心里有包袱？"铁生在昏暗里并没有回话。

"哥，其实你心里也不要压着那么重的包袱，这件事如果有坏人，那个人就是我，是我勾引的你，罪过不在你，在我。"小荷此时忽然转过脸来，在昏暗里笑着说道，"怎么样？现在是不是感觉心里好受了些？"

铁生用手抚摸着小荷的脸颊，说道："哎，你真是个傻孩子。"

第二天早起，窗外下起了蒙蒙细雨，铁生从包里取了一把雨伞，带着小荷走出旅馆。铁生撑着伞要拉过小荷的手，小荷却立马挣脱掉铁生，笑道："这么多的人，让人看见了多不好。"铁生笑了笑，也不勉强。俩人从一个小街巷里，七扭八拐上了一条马路，正走着，忽然，一阵"丁零零"的自行车车铃声从身后传来，俩人连忙闪躲一旁，此时见一个蹬着自行车的年轻男子，后座上驮着一个女孩儿，飞快地从他们身旁驶过。后座上的女孩儿穿着一身天蓝色连衣裙，高高束起的马尾辫垂在细白的脖颈上，一张净白的脸被细雨打湿后，更显得粉嫩，女孩儿把脸贴在男孩儿的后背上，两手环抱着男孩儿的腰部，一路旁若无人地"咯咯"大笑，男孩儿迎着细细的雨丝，在女孩儿的笑声中，匍匐着身体，奋力蹬着脚蹬，自行车的轮子在亮白的柏油路上溅起一圈圈水花。

小荷的脚步开始放慢，铁生歪过头去，见小荷还在盯着远去飞驰中的年轻男女，铁生把胳膊伸出，说道："这里没人会认识我们。"小荷这才把手臂伸进了铁生的臂弯里。

小荷还是第一次走在这样现代化繁华的大街上，路两旁的高楼大厦，路边小商铺内琳琅满目的商品，让小荷目不暇接，在一家大型商场里，铁生为小荷挑了一身西服套装，又为小荷的父母和两个妹妹、一个弟弟各自买了礼物。出了商场，雨停了，看看时间还早，俩人继续往前走。

前面有一家店面招牌上写着"青青照相馆"。经过照相馆门前时，小荷放慢了脚步，铁生看出了小荷的心思，便带着小荷走了进去，照相馆里除了照相师傅之外，空无一人，见来了生意，照相师傅忙站起来。

铁生问："照片能马上取走吗？"照相师傅答道："可以拍快照，照完几分钟就可以取。""那好，那就为我们拍几张快照吧。"铁生扭头对小荷说道，"给你照几张相，给你的家人看看，省得你回家去诉苦，说把你窝在山沟里就没出来过。"小荷吐了下舌头做了个鬼脸，说："就是嘛，这么多年都没离开过你们山窝窝，没进过城，没照过相。"铁生说道："好了，好了，我一次就让你全享受一遍。"

照相师傅抱来了一堆衣服，都是照相用的服饰，小荷从里边挑选了两件，抱着衣服便进了更衣室里。一会儿工夫，从更衣室里走出一个美丽的少女，身穿一身蓝色连衣裙，梳着高高的马尾辫，肩上挎着一个精致挎包，美丽的少女在照相师傅的摆布下，下巴上扬，跷起清瘦的小腿，如同正在行走中。照相师傅打开一旁的电风扇，一股风吹过，少女的马尾辫在风中飘起，照相师傅按下了快门儿。一会儿，小荷又被打扮成满头插着珍珠玛瑙、翡翠玉簪，身穿宽大华服的古代皇妃，她容貌清秀脱俗。铁生瞪大眼睛，目不转睛地看着小荷。

照完了，小荷拉过铁生说："你也照一张吧。"铁生笑着摆手说道："我就不用照了吧。"照相师傅说道："照吧，你的气质很好，很上相的，照出来包你满意。"铁生就被小荷硬拉到背景布前面，铁生很自然地在胸前环抱起双臂，照相师傅说道："看这里。"

"咔"的一声，"好了，你可以下来了。"几分钟之后，照相师傅打印完照片，一边递给小荷一边道，"你俩郎才女貌的，很般配的。"小荷的脸上顿时飞起一片红晕，忙低头把自己的两张照片和铁生的那张，一起收入包中。

两人在路边摊子上吃了午饭，回旅馆睡了午觉，一觉醒来，又出门踱步到另一条街上，前面有家电影院，铁生买好了电影票，俩人进了影院，今天电影放映的是《被爱情遗忘的角落》。由于不是周末，观众并不多，但看电影的观众都是出双入对的，看来都是热恋中的情侣。灯光熄灭了，屏幕亮起来，小荷学着前边的人，把自己的头很自然地向铁生身上靠去。

电影开演了，里面讲述了一对恋人，被人"捉奸在床"。姐姐不堪凌辱，饮恨自杀，由此引出来妹妹对爱情逃避的故事。影片中被压抑的人性和对爱情的无助，使得影片基调沉闷、悲观。

小荷流着泪看完了影片，从影院里走出来，便被忧伤情绪一直笼罩着，始终低着头看着脚下，俩人默默走了一段路，小荷忽然自言自语道："我也不知道我是电影中的姐姐还是妹妹，是姐姐，就会下场很悲，是妹妹，我就要追求我想要的东西。"铁生拉过小荷的手，用手指点着她的额头笑道："你当然是妹妹了，这还用说。"小荷摇摇头，说道："不是。"

见小荷还是不能从悲伤的情绪里走出来，铁生便劝道："小荷，你也不要太认真了，电影里的故事都是编出来的，不要拿自己和电影里的人相比。"

小荷苦笑着："可是，明天我就要坐车回去，这样的时候不可能再有第二回，我们再见面时候，你又成了铁民的大哥，我又成了你的弟媳。"

铁生拉过小荷，把她搂在怀里，拥紧。

"真不想这么快就过去。"小荷在铁生怀里呢喃地说道。

"我也是。"

火车是第二天一大早的车次，一列绿色列车停靠在站台上，铁生满头大汗地提着大包小包的行李，帮小荷找好车厢铺位，在行李架上码放好行李，车厢里来来回回陆续上车的旅客不住地冲撞着他们两个，距离开车还有一段时间，但车厢里太拥挤，铁生只好下了车到了站台上，小荷跟随着铁生走到车门口，铁生向小荷挥挥手，示意她回到铺位上去，小荷执意站在车门口，要目送铁生离开，见小荷眼眶里布满了泪水，铁生不忍离去，站在站台上把脸扭向一侧。

"等着我回来。"小荷忽然喊道。

"多久？"铁生大声问道。

这时，火车铃声响起，列车员站在白线上准备上车，小荷把手拢在嘴边，喊道："一个月，等我一个月，我就回来！"

"笛"一声火车长笛响过，"咣当、咣当"，沉重的车轮碾过铁轨，火车徐徐驶出了站台。车门前，小荷含着泪注视着被甩在站台上渐渐消失的身影，她抹了抹眼睛，准备回到自己的铺位上，手自然地插进了衣服兜里。这时手触碰到了一样东西，她拿出来，是个小纸包，小荷忽然笑了。

　　这是铁生从一家医药店买来的避孕药，每次在一起时，铁生都要她服下一粒，可是这次，小荷却骗过了铁生。当时铁生还问她服了没有，她回答说，服过了。铁生便没再问她，相信了她。

　　小荷把几粒药片在掌心中用力捻了捻，一粒、两粒……十粒，一粒都没有少。小荷的嘴角忽然显出了一丝狡黠的笑，顺手把它们从车窗扔了出去。

第二十章　骗孕

　　阔别了八年，小荷回到了家乡，这次回来，她明显感受到家乡变了，一条盘山公路曲曲折折一直延伸进了村子，村外的一条山涧里还架起了一座木桥，家里那间破木屋也被重新翻建，而不争气的哥哥三年前终于娶到了嫂子，哥哥已经金盆洗手、洗心革面，给父母丢下了一个两岁的孙子，夫妻二人便双双外出打工。大妹小娜已经结婚，只有最小的妹妹小丽和弟弟小刚守在父母身边，小丽作为家中最小的女孩儿，自然受到父母的宠爱，加上小丽平时就爱和父母据理力争，又拿当年离家出走的四姐小荷做例子，说当初你们要让四姐继续上学，她也不会愤然出走，这些都是她听姐姐们数落父母偏心时说的，不过确实说动了父亲。父亲便让小丽享受到了与儿子同等的待遇，一直供她上学到了高三，去年高考只差三分没到大学的录取线，今年小丽又回到学校里继续复读。小弟刚刚念书显然没有小丽的勤奋，初中毕业没考上高中，便每天糗在家里玩着大姐夫送给他的一台游戏机。大姐夫当初送他游戏机的原因是怕他随了几年前不务正业的哥哥，没想到，他便一头扎进了游戏的王国里，他在里面像个将军每天指挥着"千军万马"，"冲啊……杀呀……"他盯着游戏机，专注地喊着，喊得父母心惊肉跳。

　　小荷受到了全家贵宾般的礼遇，除了哥嫂，姐妹们全都聚齐在了家里。谈论起小时候姐妹们在一起吵架怄气的事情，也都风轻云淡地当成笑话说了。只有在问起小荷"四姐（妹）夫"的情况时，小荷总是搪塞过去，就在姐妹们努力地想求得一些情况时，大妹小娜从小荷的包里翻出了几张照片，姐妹们便齐齐地把头凑过去。一张照片上是小荷穿戴着古代服饰，满头的珍珠翡翠，是一个容貌俏丽、雍容华贵的皇妃形象。另一张是在一条繁华的大街上，小荷身穿一条天蓝色连衣裙，一个时尚的城市女郎造型。第三张则是一个三十来岁的男人照片，他抱着双臂，很自信地望着前方。

大妹小娜举着照片，喊道："快来看四姐夫呀。"姐妹们便一哄而上，撇下小荷的照片，争着去看四姐（妹）夫。母亲也在外屋听见了，她有些步履迟缓地走过来，说道："让我也看看四姑爷是个啥样子。"母亲这些年确实老多了，由于生孩子时落下的腰腿疼加上这么多年的操劳，病情更加重了。小荷知道母亲很早就有这个毛病，还特意为她买了护膝，母亲说等到天气一转凉她就穿上。母亲拿着照片端详着，点着头说道："嗯，不错，一脸官儿相，就是年龄看着大一点儿，不过年龄大点儿肯定会照顾人的。"姐妹们便齐齐地夸赞起四姐（妹）夫其实长得很不错，虽然看着大点儿，但一脸的官儿相。小荷的脸涨得通红，在姐妹们每人都浏览一遍，品头论足一番后，忙收起来塞进了包里。

父亲很是低调，他有些不敢过多地亲近小荷，第二天一早起来，便在墙角杀了自家养的一只母鸡，然后在一个放了开水的木盆里衔着鸡毛，小荷母亲喊着老伴儿："你着什么急啊？先陪着四丫头聊聊天，等她再回去了，你想找她聊都聊不成。"父亲嘴里哼唧着："不用你多嘴。"小荷在屋里听见了父母的对话，便从屋里出来，来到父亲身旁蹲下，父亲正一手血淋淋地掏出鸡的内脏。"爸。"小荷叫了一声。父亲的眼圈红了："哎，闺女。"父亲用手背擦了把鼻子，"小荷呀，你小时候爸爸对你不好，都是我的不对。"小荷的眼圈也红了，她用舀子舀了水，帮父亲冲洗着双手："爸，是我小时候太犟了，是我老惹你生气。"

大姐站在屋门口听到了他们俩的对话，笑着说道："怎么？是你们父女俩的自我检讨大会吗？开会上屋里来开，让我们来评判一下。"一番话说得大家都笑了，待小荷进了屋，母亲说道："你爸这些年，年岁越来越大，他的脾气也变得好多了，这两年里很少喝酒，就是喝点酒也没喝醉过。"小荷说道："那今天就让我爸喝一次吧，我特意为他买了瓶好酒，好酒是不爱醉人的。"

小弟刚刚在八年前小荷出走时，是和四姐小荷最要好的，那时他还是个七八岁的孩子，现在再次见到四姐小荷时，显然已有了些生疏。小荷把他从游戏机旁叫了出来，拍着他的肩膀，小刚长得显然比其他同龄男孩子的个子要矮一些，也仅仅超过个子不算高的小荷小半个头，但姐弟俩长得非常像，这也是姐弟兄妹中长得最像的一对。小刚的脸色黄白，头发也稍稍有些发黄并自带些卷曲，使小刚看起来更显得文弱。小荷说道："刚刚，你怎么跟我这么生分？是不是把四姐忘了？"小刚用脚搓着地面，说："我没忘，就是觉得你和以前不太一样了。"小荷笑着答道："是不一样了，尤其是你，我快不敢认你了。"父亲这时拎着洗净的鸡走过来，插话道："小刚现在也没有小时候听话了，一天到晚玩游戏，什么也不肯做，我也发愁啊。"接着又说道，"你说让他出去打个工，岁数又小，家里也不放心他。"这时大姐说道："不如让小刚跟着四妹走吧，四妹自幼最疼刚刚了，跟着四妹走，你总放心了吧？"小荷接过话道："好啊，我巴不得身边有个亲人呢，你们要同意，我就带走啦。"于是小荷就征求小刚的意见，小刚显然没有什么人生目标，见一家人都撺掇他跟着四姐走，便说："怎么都行，随便。"

最后反而是母亲犹豫了，见最小的宝贝疙瘩要出远门，便在一边啪嗒、啪嗒地落起了泪。父亲说道："哎呀，真是老娘们儿家头发长见识短，你看你的大儿子，小时候你倒天天守着他，什么上房揭瓦、溜门撬锁、偷鸡摸狗、歪毛淘气儿无恶不作，现在离开你，不也知道养家糊口、干人事啦。"母亲抹了把眼泪，说："这些我都知道，你们让小刚出门，我不拦着。"

在这一个多月里，小荷找回了童年里缺失的亲情，父母永远是爱他们的，血永远浓于水，可一家人的相聚是短暂的，总有分别的时候。

小荷和小刚被父母和姐妹们簇拥着一直来到村口，村子如今已经通了汽车，去哪儿都方便了。现在一家人反而嫌弃这出门到路口的距离太近了，不能远送就已经到了路口，小荷和小刚坐上了在路口停着的一辆公交车上，小荷隔着车窗玻璃看着父母，父母都已经老泪纵横，父亲一边抹着眼泪，一边向他们挥手："路上当心啊，小荷，小刚！"

尽管父母一再挽留，小荷又何尝不想和家人多待一段日子，但一想起她许下的承诺，在推迟了几天后，终于动身了。

一块块高高低低的山坡地里的高粱涨红了脸、大豆鼓起了眼睛、芝麻裂开嘴，山坡上果林里的苹果、柿子、梨压弯了枝头，整个北方大地呈现一片火热的收获场面时，小荷回来了，像一只小鸟，轻盈地走在田垄上，她又回到了周家庄这块土地上，而且，还带来了她的弟弟小刚。

小刚跟着小荷出现在铁生一家人面前的时候，全家无不为他们姐弟俩长得相似程度而惊讶，小刚宛如八年前的小荷一样清瘦俊秀。铁生下班回来，用手抚摸着小刚一头略带卷曲的头发，问："多大了？""十五。"小刚用略带家乡方言的普通话回答，不过这种方言，对铁生这一家人来说，再熟悉不过。铁生略微沉思说道："哎呀……你姐让我给你找个活儿干，让我想想给你找个什么活儿干好呢？"沉思了一下，铁生对小荷说道，"要不，先让他去砖窑厂，去干个跑跑腿、打杂的活儿，你看怎么样？"小荷笑道："行啊，大哥，你说让干啥就干啥吧。"

小荷抱了一床被子放到公婆屋里，对身后的小刚说道："小刚，以后你就跟着大伯大娘一个屋睡觉。"小刚跟着进了屋子，压低声音神秘地问道："哎，四姐，你刚才让我管那个……给我找活儿干的人，叫大哥是吗？"小荷收拾着被褥回答："是啊。""哦，那我叫……"小刚又指着指另一间屋子，铁蛋儿正在屋里看电视。"那我叫那个人什么？"

"四姐夫。"小荷回答。

"哦，知道了。"小刚皱巴着眉毛点头说道。

安排好了小刚的活儿，小荷心里还是很开心的，小刚在砖窑厂的活儿也不累，每天下班回来她再多做俩菜，有了小弟刚刚在身边，小荷的话也多了，脸上的笑容也多了。这天小荷坐在院子剥着玉米皮，嗓子里一团口水涌上来，她忙用手捂住嘴巴，凭眼角余光，她看到红云正在院子一角和婆婆说着话，她用手拍拍胸口，使劲忍了回去。她已经有五十多天不来那个了，凭上一次的经验，她知道应该是那回事。

一想到怀孕，她便想起在回娘家出门前的头天晚上，和铁蛋儿在土炕上的对话。

她和铁蛋儿在炕上并排躺着，各自想着心事。过了一会儿，铁蛋儿开口说道："小荷。""嗯。"小荷应道。铁蛋儿从黑夜中伸出一只手，摸索着拉住了她的手攥了攥："小荷，这么多年，让你受苦了。"小荷不吭声，继续听铁蛋儿讲话，"这次出门，就算你有了自己的孩子，我也不会介意。"

"你在说什么？"小荷一时气愤起来。

"是真的，小荷，我知道你喜欢孩子，可是，我什么也给不了你，还让你这样天天跟着我遭罪。"

小荷刚要生气，此时却听到铁蛋儿这样讲，只觉心里一热，这是她听到铁蛋儿说得最暖心的话。铁蛋儿叹了口气继续说道："小荷，这次你们出门就算你怀上了孩子，我也不会怪你。"

"铁民，你怎么又胡说了。"小荷马上推开铁蛋儿的手，气得调转身过去。

"小荷，是真的，没骗你。"铁蛋儿拉住小荷的手，死死攥在掌心里。小荷调转一半的身体不动了，又听铁蛋讲道：

"是真的，小荷，我真的不怪你，真的不怪你……"说到这里，铁蛋忽然呜呜咽咽地哭泣起来，那是再也无法忍受的悲伤，从喉咙里源源不断地被排泄出去，一个男人的自尊和使命，让他就这样硬生生地出卖了。小荷稍愣一下，片刻后，调转回身体，把脸贴到了铁蛋儿的胸口上，泪水如同断线的珍珠一滴滴滚落在铁蛋儿的胸口上："铁民，都怪我，都怪我，当年没保住我们的孩子。"

小荷推算一下，这个小生命快有三个月了，她告诫自己要冷静，不到关键时刻，先不透露出去。可是当她再进一步想，对于自己怀孕的事，全家迟早要知道的，他们会如何看待她？一想到这里，她又愁得不行，再说这件事传扬出去，会对铁生造成什么样的影响，虽说她没有文化，但也知道后果是什么，红云生了妞妞后，连个二胎都不敢要，这要是庄户人家，第一胎是女孩儿，还可以生个二胎。可铁生是吃官饭儿的，要端公家的饭碗，就要按公家的规矩办事，更何况还是这种违背伦理的事，会毁了铁生前程的。每想到这里，小荷都感到脊梁沟发凉，她思来想去，终于想好了一个计策。

红云一早起来就把自行车钥匙交给了小荷，说："小荷，这是仓库里的自行车钥匙，现在你哥也用不着，我也很少骑，放着也是放着，现在小刚天天上班跑来跑去，没个自行车也不方便，就让小刚每天上班时骑着它吧。"

小荷接过钥匙，说："嫂子，你真好。"

红云嗔怪地望着小荷："小荷，你怎么还跟我这么客气？这是谁跟谁呀？你弟弟不也是我弟弟吗？"接着红云又说道，"哎，小荷，这一段我觉得你脸色不好，我还看见你几次想吐，不是胃不舒服吧？"

小荷忙说道："吃饭时着了凉，胃里消化不好。"

"哦，要是肠胃消化不好，下次吃饭时多注意点儿，多吃点儿热的软的，好消化。"

"哎，我记住了。"小荷答应着。

周末，小荷把从集市上买来的一件三四岁小男孩儿穿的衣服送到卫东家里，卫东正在屋里给学生们批改作业，见小荷进来，忙客气地起身。小荷问卫东道："怎么，宏宇不在家呀？"卫东答道："宏宇被我三哥领到我妈那里去了，你有事啊？"小荷从腋下取出一件仿军人的迷彩儿童套装，说道："这是我给宏宇买的，你上次不是说十月初六是宏宇的生日吗？莲子也不在，这孩子也怪可怜的，我上次来，见他身上穿的那件衣服袖口都磨烂啦，也没人知道给他添件衣服，我昨儿特意从集市上买来一件，算是给宏宇的生日礼物吧，也不知合适不？"

"小荷，真不知怎么感谢你，一直让你为我们惦记着。"小荷的一番话说得卫东眼圈儿泛红。小荷说道："哎呀，你也不要这么客气，你不知道我有多喜欢小孩子。"小荷说完便在卫东的屋子里走来走去，卫东知道屋里很乱，生怕被小荷看见什么，就一直站在小荷前面堵住小荷的视线。小荷偏偏哪儿乱她上哪儿，成心要参观一下，并用手指着柜子道："你看看这层土。"说着从边上取来一块抹布，顺势擦起了柜子。再一扭脸，见到锅里还泡着吃早饭时的几只碗筷，小荷放下抹布撸起袖口就把碗从锅中捞起来，卫东脸窘得通红，忙要上前拦住小荷："小荷，你，怎么能让你帮我们做这个？"

"没事，你忙你的去。"小荷摆着手，话还没有说完，忽然脸扭到一侧，一手捂住胸口要呕吐的样子，卫东有点慌了，他不知如何是好，只好站在一边急切问道："小荷，你怎么啦？"小荷使劲往下咽了几口唾沫，笑着向卫东摆摆手，说："我没事，我怕你不让我干，给我急得。"

卫东站在旁边哭笑不得。"那你洗吧。"卫东实在拿小荷没有办法，小荷爱看什么就看什么，爱干什么就干什么吧，撇下小荷，索性进到里屋继续去批改作业，小荷最后又把地面打扫一遍，这才拍拍手："好啦，这下干净多啦。"

　　小荷从卫东家里走出来，卫东看着小荷离去的背影，他此刻想起了蔡姐，哎，这可怎么办呢？被女人盯上，有时也不见得就是什么好事。这样想着，无奈地摇了摇头。

第二十一章　生子

入冬的时候，小荷已经显怀了，她穿着肥大的棉服，身体显得臃肿笨拙，她的饭量也开始大增，吃什么都爱放醋。一家人看她的眼神渐渐变了，这个问题太大了，大到红云都不敢直接去问她，就跟铁生叨唠："哎，铁生，你发现了没？小荷越来越不对劲，越看越觉得她像是怀了孕。"铁生闻听心头一惊，"你说什么？"红云又重复一遍："你没觉得小荷的身形，越来越像有了身孕。"

铁生忽然愤怒起来，说道："你瞎说八道什么？这种事是能随便说的？嗯！"红云吓得赶紧闭了嘴巴。她想铁生生这么大的气，可能是担心他们家的门风问题吧。

晚上吃过饭，小荷在院子里正溜达，铁生走过来扯了扯小荷的衣角，小荷随着铁生来到一处院墙拐角。"小荷，你的身体到底是怎么回事？是生病了，还是怎么回事？"铁生问道。

小荷低下头不吱声，铁生扯住小荷的胳膊："你说话呀，你到底是怎么一回事？如果没有生病，就是怀了孕，是不是？"见小荷仍是不作声，铁生把语速放缓了缓，"小荷，就是怀孕也不要紧，咱们可以做掉他，好不好？"铁生几乎带着哀求的口吻说道。

小荷仍是目光低垂，不管铁生怎么急就是不吱声，铁生两只手搭着小荷的肩膀来回摇晃着："小荷，你倒是说句话呀，你非要急死我，是吗？"铁生使劲压低声音说道。小荷忽然哭了，他还没见过铁生在她面前这么着急过，说："你弄疼我啦。"

铁生连忙松开手："小荷，你放心，如果真是怀了孕，咱们就把孩子做掉，你自己不愿去，我陪你去。"小荷压低声音抽泣起来，把头摇得像个拨浪鼓："不，我不去，我要把他生下来，我想要个孩子。"

"你！"铁生一脸的焦急愁苦，"那你非逼得我走投无路，你就高兴了，是吗？"

"不是，不是的，我已经想好了，如果有人问起来，我就说这孩子是铁民的。"小荷一边摇头，一边哭泣道。

"铁民的？哼，谁会相信？傻子才会信你的话。"铁生一时气急败坏。

小荷继续解释："他们不相信也没关系，反正，我让他们去怀疑别人，也不会让人怀疑到你的头上去，你放心。"见一时半会儿也说服不了小荷，又怕有人过来，铁生无奈，痛苦地扭过脸去，一只手拍打着自己的额头，长长地"哎"了一声，一只手指着身后的小荷，狠狠地说道："以后，你离我远点儿，越远越好。"

小荷的肚子一天天大起来，周广顺一家再也无法坐稳了。红云找小荷谈完，大姐俊英又找小荷谈，小荷一律不做任何回答。她已经很少走出院门，没事儿时就围着院子转上一转，铁蛋儿对小荷则是不闻不问，全家谁也不清楚铁蛋儿的心里是什么想法，也不敢问，怕刺激到铁蛋儿。见谁也问不出结果，老汉周广顺急了，把铁蛋儿支出了门后，让红云把在院中溜达的小荷叫回屋。

周广顺坐在八仙桌旁的椅子上，问走进门来的小荷道："小荷，你到底是咋回事？谁问你都问不出你的一句话来，我这个做公公的，本来也不应过问这些不该问的话，可是没办法，这关系到这个家庭的声誉，这好端端的一个家不能因为你给毁了，你今天就踏踏实实地对爹说句实话，你是不是怀孕了？"

小荷仍是闭口不答，周广顺接着说道："我可以不追问那个人是谁，对你犯的事儿我也可以原谅，但我就问你一句，你是不是怀了孕？如果没有怀孕，就当我什么话也没说，如果是怀了孕也没关系，我们想办法把孩子拿掉，这事就算解决了。我周广顺虽说没有孙子，但我也不要这个不清不白的孽种，来我家冒充我的孙子。"周广顺一口气说完，从烟盘里取出一溜纸，又撕下一条，抓了一撮烟丝放在纸上，手微微颤抖着，烟丝撒在外边一大半。

小荷扶着门框低着头说道："爸，我是怀上了孩子，但这个孩子不能打掉啊。"

"为什么？"周广顺扭过头来瞠目问道。

"爸，我想要个孩子，铁蛋儿他也想要个孩子，没有孩子我们俩在一起都很苦。"小荷哭泣着解释。

周广顺扔掉卷了半截的纸烟，"啪"的一巴掌拍在桌上，说："想要孩子还不容易，你可以去抱养一个啊。"周广顺瞪着小荷，眨了眨干涩浑浊的眼睛，缓了缓口气，说道，"我说闺女啊，我知道你不容易，日子过得苦，爹明白，但再怎么着，你也不能干这种辱没祖宗的事啊！再说，你给咱家弄出这么一个不清不白的孽种出来，今后你让爹这张老脸往哪儿搁？"周广顺用食指戳着自己的脸，"今后，全家老小在村里村外还能再抬得起头来吗？"

撇下哭泣中的小荷，周广顺朝红云一招手，瞪着眼睛喊道："红云，你带小荷去医院，去把孩子拿掉。"

"爸，不能啊，这个孩子不能做呀！他是我的命根子，没有这个孩子我也活不成啊，爸！求你啊！"小荷哭诉着瘫坐在门槛上。

周广顺见红云还愣在一边，大叫道："红云，你还愣着什么？还不快点儿，带小荷去医院，把孩子拿掉，我周广顺一家历来清白做人，再怎样着，也不能留着不清不白的孽种。"

"爸，爸，不能啊，千万不能啊！这个孩子不能做掉啊。"小荷哭得上气不接下气。

"为什么？为什么不能做掉？你难道留着他，让全家上下都遭外人戳脊梁骨吗？"周广顺高声呵斥道。

"这个孩子，这个孩子，他……他是咱家的骨血啊。"小荷掩着脸哭泣道。

周广顺腾地站起来："你说什么？"

"他，他是你的……亲孙子。"小荷从门槛上哭坐在地上。

"什么？我的亲孙子？"周广顺一时愣住。

"是，这个孩子，他是……铁生哥的孩子，我说的都是实话，没有骗您，爸……"小荷双手扒住门框，脸掩在臂弯里，哭得泣不成声。

刚又卷起的纸烟从手中掉落到地上，周广顺一下瘫在椅子里："什么时候的事儿？"

"就是上次我回娘家，他送我的时候。"

"咳咳咳！咳咳咳！"周广顺两只手扒住椅子扶手，剧烈地咳嗽着。

"这个小王八羔子，罪孽，罪孽呀。"周广顺呼呼喘着粗气，"他这是要气死我，要气死我呀！这小王八羔子，我说这一段怎么不见他回家来了？嗯……"周广顺闭上眼睛出口长气，用手拍打着椅子扶手。

过了一会儿，周广顺稍稍缓过了神儿："红云、红云，快把小荷扶起来。"再找红云时，才发现早已经没了人影。小荷这时笨拙地从地上爬起来，来到公公跟前："爸，你先消消气，我这就给你沏杯水去。"

周广顺朝小荷摆摆手说："不用了，你先歇着去吧。"

第二天早起，一直不见红云来前院，周广顺抽着自制的卷烟对小荷说道："去看看你嫂子去，怎么还没过来？"小荷到了后院，来到屋中，见红云正往一个包袱里塞着衣服，小荷怯生生地喊了声："嫂子。"

"我不是你嫂子，你别喊我。"红云头也不抬，劈头盖脸地呵斥道。小荷扶着门框慢慢跪下去，哭道："嫂子，都是我的错，你打我骂我吧，是我招惹的铁生哥，你别怪他，是我招惹的他。"

红云放下手中的衣服指着小荷道："我就知道是你这个小狐狸精勾引的，我早就看出来了，你本来就不是什么好东西，你站起来，你给我站着说话，我不爱看你装出一副可怜巴巴的哭丧样。"红云气愤地喘了口粗气，"你给我说，你们是什么时候好上的？"小荷扶着门框慢慢站起来，答道："是几年前，铁民出事儿的第二年，铁生哥还是村主任的时候。"

红云一下子控制不住掩面哭起来："其实，我早就猜到了，早就看出来了，只是我自己不愿承认。"红云忽然伏在柜子上"呜呜"哭起来，"我陈红云怎么这么命苦啊……"

"嫂子。"

"滚，你给我滚出去，你别叫我嫂子，我讨厌你！"红云哭了一会儿，用手指着小荷喊道。小荷吓得连忙退了出去。

小荷抹着眼泪回来，周广顺坐在八仙桌旁的椅子上，见到小荷忙问："你嫂子怎么样？"小荷低着头，说道："我过去的时候，她正在收拾衣服，现在正哭着呢。"

周广顺仰着脸长长地叹口气："哎……作孽呀作孽。"又对着小荷说道，"你做饭吧，做完了，你先吃吧。"

过了一会儿，红云拎着一个大包袱来前院，没有进屋，直接朝院门方向走去。周广顺见了，把抽了半截的烟卷儿扔到地上从屋里奔出来，到红云跟前，忙问："红云啊，你这是去哪儿啊？"

"我回娘家去。"红云低着头说道。

周广顺叹口气道："哎，红云啊，我知道这么多年，你一直受委屈，我这个做爹的心里什么都明白，心里跟明镜儿似的。这个小王八羔子他不知好歹，有福不会享，偏偏胡来，红云啊，你就看在爹这把老骨头上，原谅了他吧，别和他一般见识。"

"爸，你甭管，这日子算是过到头儿啦。"红云说着抬腿就要走。

周广顺一把拉住红云拎着的包袱，哀求着说道："红云啊，你也知道，这个家离了谁都行，就是不能离了你，里里外外，这一大家子的事都指靠着你呢，你走了，家里就全乱套啦。"红云的眼泪一下子流淌下来："爸，你让我清静清静，我心里好乱。"

"好，红云，你要去你娘家清静一段时间，爹也不拦着你，爹现在就是想求你一件事，如今事情已经这样了，你看小荷的肚子也老大了，咱们，咱们就让她把孩子生下来吧，行吗？红云，爹现在就求你了。"

红云的眼泪簌簌往下流淌。

周广顺抹了一把老泪，又说道："红云，爹还要厚着脸皮，再求你一件事，对小荷这事，咱们全家都要守口如瓶啊，这个孩子他就是铁蛋儿的孩子，谁爱怎么说就怎么说去。"

红云从公公手里一把夺过包袱，转身离去。

"闺女，你先消消气，愿意回娘家散散心就回去吧，千万记住我说的话呀，红云，爹求你了。"周广顺哀求道。

一直看着红云消失了背影，周广顺才回到屋中，坐在八仙桌旁的椅子上，一边用手指胡乱地敲击着桌面，一边自言自语愤愤说道："我有两个儿子，生两个孙子怎么啦？一点儿也不多呀，完全符合国家的计划生育政策，谁爱怎么说，就怎么说去，谁也管不着！"

小荷又来到卫东家里，腆着肚子收拾完了屋子，又翻出一堆宏宇的衣服，然后坐在了炕沿上，把磨破的袖口、膝盖处用针线都给缝补好。卫东坐在土炕上的小饭桌旁，一贯地低头批改着学生作业，这时抬起头皱着眉头看着小荷道："小荷，你这样一个大肚子的婆娘，经常到我这个光棍儿家里帮忙干活儿，是诚心要栽赃我吧？"卫东终于忍不住了，质问小荷道。

小荷把线头扯断，低头笑了起来："卫东，你是清白的，有什么害怕的？"

卫东苦笑了下："再清白的人，也招架不住那么多的闲言碎语，你知道村里人都怎么说我吗？他们说我是专门勾引女人的二流子、臭流氓。甚至有学生家长开始找学校领导，不让他们的孩子在我的班上，怕被我带坏。"卫东说完，两只手插进蓬乱的头发里，一脸的无奈。

小荷看了一会儿卫东，像在思索什么，过了一会儿，说道："卫东，这么长时间你忍着我，没有撵我，真是应该谢你才对，事情你应该猜到了一部分，可是你还是没有撵我走，却在配合着我，卫东，你是个好人，可惜，莲子她却不懂得珍惜你。"

卫东无奈地用两手搓着脸说道："哎，小荷，咱们先不提莲子，行吗？要提她的话，欠你的债就更多了，小荷，我今天就问你，你是不是实在没辙了，就故意用了这招'偷梁换柱'的招数来掩人耳目？"

小荷"扑哧"一下笑了，说："到底是个文化人，说话还这么讲究。"卫东站起来，搓着有点发凉的双手："那好吧，你既然已经给我透露了实底儿，我周卫东无论如何，也要和你把这出双簧戏演下去，你和他，都是我和莲子的恩人，这个恩情，我无论如何也要报答。"

已经有一段日子没有回家的铁生，这次回家了，用摩托车载回了好多的东西，除了一大堆生熟肉食和新鲜的蔬菜、鸡蛋外，父亲的烟、酒，母亲的奶粉、葡萄糖是一概不能缺的，趁着空儿，他把小荷叫到一个没人的角落里。"小荷，"铁生拉过小荷的一只手，另一只手从口袋里掏出几张百元票子，拍在小荷掌心里，"小荷，这是五百块钱，你先拿着补补身子，想吃什么就自己买去。""我不要你的钱。"小荷执拗地把钱塞回铁生的口袋里。"小荷，你这是做什么？

是在生我的气？"铁生把钱又掏出来，往小荷手里塞去。"没有，怀这个孩子是我自己的事儿，跟你没关系，我也不要你的钱。"小荷阴沉着脸继续挣脱着铁生的手。"小荷，你怎么这么犟？怎么跟我没关系？这个孩子是我周铁生的，没有我，你自己能生出孩子来吗？"铁生笑着说到这里，小荷"扑哧"一声，也忍不住乐了。"听话，拿着。"铁生命令般说道，铁生把钱又塞到小荷手里，故作严肃说道，"管小荷，你给我听好了，你要好好地给我生养这个孩子，如果给我生出个猪八戒、孙悟空一样的丑八怪，我可饶不了你噢。"小荷笑过后，看着铁生认真起来："嫂子她现在还不肯回家吗？"铁生的脸色立刻阴下来，皱着眉头看着远处："现在的情况，他们家并不知情，她这一段正给红玉打下手，我今天下午再去一趟，劝一劝她，但愿能把你嫂子劝回来。"

小荷低着头，小声嘀咕道："嫂子她是个好人，但愿她能原谅我们。"

来年的五月，周广顺赶着牛车，拉着捂住一床大红被子，头上包裹着毛巾的小荷，还有她怀里的男婴，从医院里接到了家里。阳光洒在小院里，周广顺家传出男婴响亮的哭声。红云这几日又去了娘家，俊英就过来帮忙伺候小荷的月子来了。

一大早起来，小院里便热闹开了，铁生母亲在一个大木盆里放了一堆婴儿尿布，舀了水蹲下身子便涮开了，一会儿喊道："老头子，再给我舀瓢水过来。"周广顺答应着："哎，这就来。"说着弯腰弓背，腿脚利索地舀了水过来。屋里这时又传出了婴儿震耳欲聋的哭声，周广顺忙喊道："俊英，你快去看看孩子哭什么呢？"俊英忙放下用开水烫过的奶瓶，进了屋里喊道："孩子又拉屎粑粑了。"一会儿俊英提溜着一块粘着婴儿屎粑粑的尿布扔给了母亲，周广顺喊道："老婆子，先别洗手呢，又来活儿啦。"终于，一家人手忙脚乱地把婴儿照顾得舒舒服服，吃过了早饭。

小荷的弟弟小刚推上自行车准备去砖窑厂上班，周广顺拦住小刚，说："小刚，你先别去上班呢，先到集市上买两个猪蹄子回来，给你姐炖汤喝，你姐的奶水不够，你把这些钱带上。"小刚答应着揣上周广顺递过来的钱，推着自行车出了院门，捏着车铃"丁零零"转眼不见了踪影。

这时邻居翠芝像个幽灵似的蹑手蹑脚地进了院子，看见铁蛋儿正在晒太阳，翠芝走到铁蛋儿身旁，捅了捅铁蛋儿："哎，铁蛋儿，祝贺你，你也做爹了。"铁蛋儿也不搭理翠芝，从篱笆上掰下一段小树枝，在地上自顾自地敲打着，一边嘴里"咕咕"地叫着，翠芝见铁蛋儿不理她，又说道："哎，铁蛋儿，你说说你这做爹的感受咋样？"铁蛋儿白了一眼翠芝，嘴里继续"咕咕"地叫着。院里几只老母鸡以为有人给它们喂食，就探头探脑地朝着铁蛋儿手里敲打着的小树枝走过来，翠芝还是不识趣，盯着铁蛋儿继续"嗤嗤"地笑着问道："哎，铁蛋儿，你说说，你和小荷到底是怎样怀上的这个孩子啊？"铁蛋儿一下子愤怒起来，忽然挥手把小树枝朝着几只老母鸡扔过去，几只老母鸡惊慌失措地飞起翅膀"咯咯、哒哒"叫着四散开来。翠芝见铁蛋儿甩了臭脸，也不好意思地耷拉下脸来，连忙转身往外走去，一边扭着胯一边嘴里嘟嘟着："哼，到底是怎么回事？谁还不清楚！"

小荷生了个大胖小子的事，在周家庄一下子就像炸开了锅。人们议论纷纷，一个大半个身子都瘫痪的男人能生个孩子出来，周家庄人听了都把头摇得像个拨浪鼓。人们都在私下里议论，说这个孩子不可能是铁蛋儿的，那是谁的呢？

有人说亲眼见到小荷去了卫东家，还有人说见到小荷在卫东家里做过饭，还洗过衣服来着。又想到卫东曾经和自己的嫂子一夜私奔的事，想想如今的周卫东周老师别看一本正经、道貌岸然的样子，可当初也不是什么好鸟儿，而且到现在还一直独居单身着，这种男盗女娼的勾当绝对能做得出来。于是，这个孩子是周卫东的说法，一直传播在周家庄的大街小巷，一时成了街头巷尾的趣谈。

可也有人提出不同的见解，说道："你看看周广顺那老头子眉开眼笑的开心样，完全是喜得孙子的模样，要不是他家的种儿，他能有那么开心吗？"旁边的人便挤一挤眼睛，说道："哼，铁蛋儿生孩子是够呛，可是他家里有人能生啊。"然后狡黠地冲着对方笑笑。另一个忙小声说道："这个可不能乱讲啊，传到人家耳朵里，那还得了？"

周广顺家的小院里，被打扫得干干净净，院墙角的一圈菜畦篱笆上，豆角、丝瓜藤蔓慢慢爬满了篱笆，顶着细小黄色、蓝色花瓣的豆角、丝瓜刚刚冒芽儿。

上午的阳光明晃晃地洒在小院内，把小院内的院墙、树木折射成黑亮对比的图案，小荷把刚过百日的婴儿放在一个用竹子做的婴儿车里，这是俊英从外面集市上给买回来的，小荷一边用手来回摇着竹车，一边逗着竹车内的婴儿："啊，你是小智呀，我可爱的小宝宝，娘的小乖乖呀，你要快点长大噢，娘等着你长大后，穿新衣、戴红花，骑着大马娶个媳妇带回家。"

这时在一边的铁蛋儿摇动着轮椅过来，用眼斜视着竹车内的婴儿，小荷见铁蛋儿过来，又对着孩子说道："小智，你看看是谁来看你了？是爸爸，爸爸看小智来啦，你叫爸爸，叫爸爸呀。"竹车内的婴儿听了母亲的话，兴奋得踹着如白萝卜似的两条小胖腿，两只小胳膊不停地上下挥动，咧着嘴"哼哼哈哈"地乐着。方才还一脸严肃的铁蛋儿显然被婴儿感染了，伸手抚摸着婴儿娇嫩的脸蛋儿，小荷见状继续说道："小智，爸爸看你来啦，你叫爸爸，叫爸爸。"

竹车内的婴儿朝铁蛋儿扭过脸来，盯了一会儿后，又欢快地手脚挥动起来，铁蛋儿用手摸摸婴儿的小手、小胳膊、小脚丫。小荷见状把婴儿车扶手递到铁蛋儿手旁："你看会儿小智，我去把那堆尿布洗喽。"

铁蛋儿抬头看着小荷，小荷朝铁蛋儿眨眨眼睛："嗯，你看会儿他。"小荷命令道。

小荷来到大木盆旁，大木盆里放了一堆婴儿尿布，小荷用舀子舀了水放入盆中。铁蛋儿看小荷在一边专注地洗着尿布，忙收回了目光，一手来回摇着车子，一边把头扎进车里，嘴里小声叨叨着："小智，我是爸爸，爸爸可喜欢小智啦。"小荷侧耳听到了铁蛋儿的叨唠声，偷偷地笑了。

铁蛋儿对小荷从怀孕到生孩子的态度，开始是不闻不问，到婴儿过了满月后，小荷经常把孩子抱到院子里，铁蛋儿用眼斜视着娘儿俩，时不时冷冷地扔过来一两句噎人的话，小荷听了并不生气，继续和婴儿说着话："哦，我的小宝贝，娘的小乖乖……"

孩子一天天长大，一对忽忽闪闪如黑葡萄似的大眼睛，配在一张粉嘟嘟的嫩白脸上，谁看了都不禁夸赞一番。铁蛋儿终于抵挡不住孩子的诱惑，开始和孩子"咿咿呀呀"地逗开了。后来，他感觉到，这个孩子是他全部快乐的源泉，是他生活的全部。这个孩子就是他周铁民的，谁也别想把孩子从他身边带走，是的，谁也别想，包括所有人。

　　铁蛋儿的担心是多余的，没有人来跟他争这个孩子，铁生现在很少回家，时常留宿在乡政府办公楼里。红云在农闲时便去乡政府宿舍里与铁生团聚，一去就是个来月。孩子出生一年后，铁生只过来陪过孩子三次，一次是孩子满月，一次是孩子百日，再一次便是孩子生日。每次来也不跟孩子过分亲昵，只放一些钱物，铁蛋儿的心总算放下来。

　　小智的出生给周广顺这一家人带来了意想不到的快乐和幸福，周广顺老两口出出进进，一脸遮不住的兴奋。自打孙子出生后，周广顺觉得身子骨都年轻了十岁，走路都感觉脚下生了风一样。

第二十二章　举报信

小智长到两岁多时，周家庄的大队部被翻建成二层小楼，外墙上贴上了一层白色瓷砖。每层房间布置得都各具特色和功能，二楼有农民文化阅览室、农民俱乐部、农民管乐队，还有一间是仓库，专门放置过节上庙会时唱戏搭台用的布景道具。

一楼正中宽敞的大厅，是村民委员会会议室，中间摆放着一张椭圆形红色会议桌，正面墙上的玻璃相框里贴着党组成员和村民委员会成员的照片。

在会议桌正中位置，周家庄村支书周定奎稳坐在一把椅子上。此时，一巴掌猛地拍在桌子上，吓得旁边的村委会副主任李刚打了一个冷战，另一名村委会副主任周胜看了一眼舅舅周定奎，张了张嘴本要说什么，被舅舅一巴掌又拍了回去，连忙闭住了嘴巴。

会计周瑾和另一名新晋提起来的中年村委会副主任则始终耷拉着眼皮。整个会议室内，只听周定奎一个人大声咆哮着："他周铁生有什么了不起，当年还不是仗着他老丈人在背后给他使劲套关系才进了乡里，如今当了副乡长有权有势，眼皮抬高了，不会往下看了，就不认咱们周家庄的人啦。"说到这里，周定奎咽了口唾沫，眼睛扫视了一圈，在心里梳理了一下思路，试图给大家解释明白他发脾气的原因，于是语速缓了缓，语调往下压了压，"上个月我到乡里开会，李乡长说咱们县里的一个造纸厂打算搬到咱们乡里来，问哪个村愿意接收这个造纸厂，还说呀，这个造纸厂安到哪村，就要征哪村农户的地，征地就会补钱，每亩征地的钱绝不少于一个民工三年的收入，而且造纸厂安在哪村，就首先招本村的人进造纸厂，这样农闲时那些大姑娘、小媳妇都可以进造纸厂当工人挣工钱。结果李乡长一说完，所有的村子都争着要造纸厂，乡长一看都争着要，一时没办法选厂址，最后说只能由乡里按各村的实际情况而定。"

周定奎说到这儿，故意卖个关子看着大家。周胜忍不住了，问："那最后怎样了？咱们村有戏吗？"周定奎无奈地叹了口气："哎，我气就气在这儿啦，按说咱们村各方面都比较突出，不管县里、乡里都比较看重咱周家庄，咱要争也比较有把握，我心想何况咱村还有人在乡里吃官饭的，怎么也得替咱周家庄说句话吧？没想到我去找他说这件事，你猜他说啥？"大家都瞪着眼睛，问："说啥呀？""他说，造纸厂已经定在山后的刘家岭啦，还说刘家岭山高人稀，大部分是山坡地，不适合耕种，而且那村整体落后，所以乡里各方面考量后决定把造纸厂选在刘家岭，也作为扶植它的一项产业。"周定奎把手一摊，"你们看看，明明到嘴的肥肉就这样飞了，我就不知道他周铁生的胳膊肘往哪儿拧。"

一边的李刚接口道："可惜啊，可以给咱们村再造一个福祉的事就这样丢了。"

"可不嘛？要不我干嘛生这么大的气？"周定奎气愤地提高嗓门，"上次选致富典范先进村，咱们村就落选了，我问他周铁生，凭什么咱们村样样都突出，当了这么多年的致富模范今年就落选了，你猜他说什么？他说虽然咱们村人均收入第一，但人均收入涨幅并不高，还没有大王庙的收入涨幅高，所以大王庙就成了致富典范了，什么典范不典范我也不争这个，可这次是货真价实的福祉啊，就这样被他的几句话给打发没了，这明明是他周铁生在成心跟咱们村作对，让人觉得咱们村离开了他周铁生就玩儿不转了，要一直走下坡路了。"

周定奎越说嗓门越高，震得窗台外几只栖身的鸟儿"扑愣愣"惊慌地飞走了。旁边的几个人都不敢发声，只有周胜抬了抬头，嘴里嘀咕道："他处在一个副乡长的位子上，从全乡整体利益出发，有这种想法也是公道的，只是作为本村人，没有偏袒咱们村而已，但也没什么不对的地方。"

一直不发言的会计周瑾搭腔道："确实，他作为副乡长，肯定考虑的问题要多一些。我想他如果能照顾到咱们村的地方，肯定会考虑的，前几天我见到他，他就说上头打算修一条从山里直接去省城的柏油路，他正打算说服各方面要这条路从咱们村拐个弯儿过去呢。"

周定奎从鼻孔里"哼"了一声："他争取？他不用争取，凭咱村的人气和条件足可以让这条路从咱们村通过，现在啊，别指望别人替你说句好话，只要不给你使绊子就行啦。"周定奎的话越说越刺耳，吓得几个人目瞪口呆。以前，还从来没有人这样评价过周铁生，周铁生别说现在是乡里的副乡长，受着全乡人的尊重，就是当年当村主任的时候，也是受到全村人敬重的。如今在周定奎眼里，周铁生简直就是个卑鄙下作的小人，周胜恐怕舅舅周定奎再说出什么出格的话，忙替舅舅打圆场说道："其实周乡长这几年在乡里还是帮了我们不少忙的，咱们村外砖窑厂旁边的那片空地，不就成了一片集贸市场了吗？不就是周乡长特意给批示的？"李刚也附和道："那是，那是。"周定奎又从鼻孔中"哼"了一声，"那只是签个字盖个章的事儿，用得着给他歌功颂德吗？你们这样唯唯诺诺不就是怕他吗？我周定奎处处行得正，我可不怕他。"周定奎转脸扫视了一圈，"我今天召集大家来呢，就是给大家透露一个决定，不过在说之前，先说点儿框外的话。周铁蛋儿和管小荷生的那个孩子，你们发现了什么蹊跷没有？"屋里其他几个人相互对视了一下，周定奎看看大家，继续说道："你们想过这个问题没有？他长得像谁？"

李刚额上的汗都冒出来了，周定奎见大家都不吭声，就接着说道："你们可能没发现，也可能发现了不敢说。"周定奎接着又冷笑一声，"居然有人说这个孩子是周卫东的，可你们再看看这个孩子，他哪里有周卫东身上的一点点影子？周卫东是单眼皮细长眼，而这个孩子是双眼皮大眼睛，那眉眼分明就和周铁生的女儿妞妞是一个模子里刻出来的！"几个人此刻都把目光聚焦在周定奎脸上，不知他今天究竟要说什么。

周定奎继续说道："你们可能又会找理由说了，堂姐弟俩长得像，不挺正常的吗？因为他们的父亲是亲兄弟，他们之间有血缘关系。"说到这儿，周定奎挠挠额头，嘴角闪过笑意，"这件事听了好笑，铁蛋儿一个几乎全瘫的人，能生出孩子来？真是天大的笑话，现在的医学发达到什么程度我不清楚，反正在咱们这里还没听说过他这种情况能造个孩子出来。"说到这里，周定奎不禁高声笑起来，"笑话啊，笑话，居然这样掩耳盗铃的事情你们也相信？"

周胜实在听不下去了，站起来大声说道："舅舅，你今天怎么啦？话说得过分了吧？"

周定奎并不理会外甥周胜的大声提醒，不慌不忙继续说道："我周定奎坐不更名、站不改姓，前几天已经给县里写了实名举报信，让县纪委去查阅铁蛋儿当年在外地就医的病例，还找到了几个和铁蛋儿当年一起外出打工的人作为人证和线索。周铁蛋儿能不能生出孩子？很快就能查得清清楚楚，如果管小荷生的孩子果真是铁蛋儿的，也堵一堵那些流言蜚语，还咱们周家庄一片晴朗的天空。我今天给你们说这些，就是顺便通告你们一声，我的意见代表的就是周家庄村委会的意见，代表了你们在座的每一个人的意见。"

旁边的几个人听到这里，终于听明白了什么意思，周定奎是把他们几个人都绑到了他的战车上，让他们抱团去冲撞另一辆强大的战车。几个人面面相觑，谁也没做好这方面的准备。他们不知是支持还是反对，他们本不想支持，但反对又没有足够的胆量，这么大的事情，周定奎都已经开诚布公地袒露给他们了，也就是说，已经没有了他们再回旋的余地，他们已经被逼进了一条死胡同，不进就退，不支持就是反对他周定奎。

几个人包括李刚在内，站起来没说一句话，仓皇逃出会议室的大门，走出大门的一刻，几个人心情沉重得如同进入一场生死较量的战场。

空空的会议室里，顷刻间只留下了身为村委会副主任的周胜和支书周定奎，周胜痛苦地把额头搭在两只胳膊上，周定奎显然还陷在刚才的情绪之中。他怒目而视，对着空空荡荡敞开的大门，喊道："十年了，我被他压了十年了，所有的荣耀、尊严都被他剥夺了。十年啊，我委曲求全、忍辱负重，我以为我周定奎这辈子都要栽到他的手心里，再没有出头的一天。没想到他周铁生不知天高地厚，还色胆包天，硬要往我的枪口上撞，这可不能怪我心狠啊。"

这时周胜站起来，指着舅舅周定奎的鼻子说道："你以为你这么做，就会有人说你做的对？会说你坚持原则？不会的，村里人只会说你心胸狭窄、公报私仇，你知道周铁生在咱们村里、乡里得有多少人敬重他吗？"

周定奎怒目盯着周胜："你也就是我的外甥，你要是我的儿子，我一巴掌给你拍死，你信不信？你这个吃里扒外扶不起的孬种！"

周胜的情绪也激动起来，眼眶里闪着泪花："你要觉得我扶不起就干脆给我撤了职，这个村委会副主任我还不稀罕。"说完，周胜气愤地走出大门，随手把一扇大门猛地关上，只听"砰"的一声撞击门框的声音，把周定奎吓得心里一激灵，看着外甥周胜走了出去，他目光呆愣了一会儿，之后疲惫地倒在椅子上。

在周家庄村外的柏油路上，小荷背着已经两岁的小智，旁边跟着自个转动着轮椅的铁蛋儿，一家人有说有笑地往家赶，他们刚从村外的集市上回来，小智手里攥着一把花花绿绿的气球在母子俩头上飘扬着，铁蛋儿扭脸对小智说道："小智，赶集好玩儿吗？"小智用手托住嘴边含的糖果，咂摸着满嘴的口水，奶声奶气地回答："好玩儿。"说完用手把糖块又捅入嘴里。"好玩儿，下次爸爸妈妈还带着小智去赶集，你说好不好？"小智显然兴奋了，在母亲小荷的背上一个"鲤鱼打挺"："好"。小荷的身子一侧歪，用手拍着小智的屁股，说："给我老实点儿。"铁蛋儿扭脸对小智做了一个鬼脸："你妈妈背着你走累了，你看她要不高兴，你坐爸爸的车上来，来，小智。"小荷背着小智往上送了送："没事，我不累，还是我背着吧。"

到了家门，随手推门进去，这时只见院里有两个陌生的女人，正坐在院中和父亲周广顺聊着什么，见铁蛋儿一家人进来，两名陌生女人站起来，上下打量着铁蛋儿一家三口，周广顺对进门的铁蛋儿和小荷说道："这是咱们县里来的同志，来咱们村查访一下计划生育落实情况的，顺便过来看看。"

"查计划生育的？哦。"小荷眼睛盯着地上，脸上闪过一丝疑惑，把背上的小智往上送了送，随后说道，"请领导们放心，我们只要一个孩子，不会多生的。"说完径直背着小智进了屋子。两名女干部互相对视了一下，忙说道："你不要误会，我们就是关心一下周铁民的身体情况，他平时都是在哪家医院就诊？"周广顺怕惹两名女干部不高兴，忙接过话来回道："铁民平时也不怎么去医院，就是去也是在乡里的卫生院抓点药。"一名女干部点点头，又问道："那周铁民平时也不做什么康复训练吗？"这时进了屋的小荷，对着还愣在院中的铁蛋儿喊道："你在外面还发什么愣呀？还不进屋？"铁蛋儿"哎"了一声，一边回头看了一眼两名女干部，一边转动着轮椅到了屋门口，小荷出来帮着铁蛋儿搬着轮椅进了屋子。周广顺忙接过话来说道："我们农村人哪有那么多讲究，什么训练不训练的，有时间就在家里帮着他捏捏腿，促进一下血液循环，不让他肌肉萎缩就行了。"那名女干部又点了点头，说道："谢谢您老人家，打扰你们了，你们先忙着，我们这就回去了。"送走两名女人，周广顺狐疑地进了屋子。小荷埋怨道："爸，你跟她们说那么多干吗？也不知道她们是干什么的，你就跟她们瞎叨叨。"周广顺皱了下眉头："哎，她们既然客客气气地问了，我怎好不回答呢？应该没有什么事，能有什么事呢？"

第二十三章　被调查

铁生翻过刘家岭的一座山梁，山梁这边就是周家庄的地界了，铁生顺着斜坡往山下赶路，心里想着，造纸厂的厂址已经选好，等到了县里联系了建筑队，他们的铲土车、大吊车一开上来，活儿就好干多了，用不了多长时间造纸厂就建成了。造纸厂建成之后，也算扶植一把这个只有三十来户的小山庄吧。刘家岭与周家庄只有一山之隔，刘家岭的情况，铁生当然明白，村子四周都是黑魆魆的山梁，人均耕地面积少之又少，种一块地要走出好几里山路。前些年，这个村是这一带出了名的贫困村，尽管这几年里乡里重点扶植它，在畜牧养殖、果树栽培方面下了大力气，但因产业单一、交通不便，人均收入始终排在全乡最后一名。这次把造纸厂选在刘家岭，起码能让刘家岭人一下子得到实实在在的好处，征地要补贴钱，闲着的剩余劳力进厂子还能挣工资，何况刘家岭这块只长荒草的山坡，闲着也是闲着，现在也算挖掘它的最大价值了。想到这里，铁生俯瞰着周家庄，周家庄的乡亲们不会因此怪自己吧？

其实，他作为周家庄人又何尝不考虑周家庄人的感受呢？但是，他正因为是周家庄走出来的，从心里才竭力不让造纸厂留在周家庄。县里的造纸厂，他去过，别看它生产出来白花花的卫生纸，是如何把屁股打理得干净卫生，使屁股享受柔软舒适的感觉。可是当走到造纸厂的后身，看看从它的地沟里流出来刺鼻恶臭的黑色排泄物时，就知道为什么一个好端端的造纸厂非要搬到山沟里的原因了。那刺鼻的黑水渗进农田，农田里的庄稼就会枯死，灌进鱼塘，整池的鱼苗就会翻白肚皮。造纸厂周围的民愤很大，不得已县里让他们这片山区接手造纸厂，也就是把污染降到最低，没想到几个村子的村主任只看到眼前利益，争着要这家造纸厂，周家庄村支书周定奎更是一马当先，在乡长李炯跟前，表现得积极踊跃。如今，造纸厂选在了刘家岭，周定奎不会觉得是自己在成心阻挠吧？

铁生想到这儿，又想到他跟乡长李炯的一番辩论，铁生态度鲜明地说造纸厂厂址应该选在刘家岭时，李炯耸耸肩，说道："你也看到了，你们的村支书可是一定要争到手啊，而你为什么要把造纸厂选在刘家岭呢？难道你就不为你们周家庄考虑一下吗？究竟你是怎么想的，说说你的理由，看是不是能够说服我。"铁生就说道："其一，刘家岭到处是荒山秃岭，随便开垦就是一块空地，可以不占良田。第二，整个刘家岭在全乡处于下等生活水平，理应被扶植一把。第三，刘家岭山脚沟槽多，利于排放污水，不会污染农田。"李炯摊开手乐着说道："好一个不污染农田，论点明确，论证充分，和我的想法不谋而合啊。不过这样就是有点驳了你们老支书的面子。"铁生说道："等有时间我跟他解释一下。"

李炯说完，就开始翻阅起桌上的一份文件来，铁生走过去瞄了一眼，只见李炯手中的文件题目《关于义联乡政府修建公路的研究决定》，铁生问道："怎么，咱们乡要修建公路？"李炯答道："对呀，要修建一条贯穿全乡的公路直通省城，上级当然要参考一下咱们乡里的意见。"铁生道："哦，是这样啊，那我就建议这条公路走周家庄那条线路吧。"

李炯问道："哦？为什么？这个线路就要途经周家庄呢？说说理由。"

铁生答道："因为周家庄的厂子最多，多了一条线路更有利于把货物运到各处去，还有就是村外有一条现成的柏油路，略加以扩建就行。另外呢，周家庄还有一个已具一定规模的集市，已聚集了一定的人气。综合以上三条，我觉得这条公路途经周家庄比较合适。"

听完铁生的陈述，李炯走过来拍拍铁生的肩膀，笑着说道："我现在明白了，你为何那么坚定地要把造纸厂选在刘家岭了，原来你是要把这条公路的项目留在此处，看来你小子早就知道这个项目了吧？"

铁生笑笑说道："哪儿有的事？"李炯用手指着铁生笑着说道："你小子还在骗我，你这一套儿套儿的，早就给我准备好了，是吧？你不要不承认，你的眼睛已经全告诉我了，你是不是又上了张县长那儿了？"

铁生见李炯已识破了自己，只好说道："啊，是到张县长那儿转了一个圈儿。"

李炯用手指点着铁生："周铁生，真有你的。"刚才还笑逐颜开的李炯，脸上立刻显出一丝不悦之色，铁生察觉出了李炯脸上微妙的变化，忽然懊恼自己的话说的有点儿多了，心里便暗自提醒自己，以后说话要注意点儿。

说起去张县长那里，那还是上个月的事情，铁生去县里开会，会议结束后，顺便去拜访了自己的老上级——张春林张县长，也是铁生时任周家庄村主任时的老乡长。铁生见了自己的老上级自然倍感亲切，中间叙了会儿家常，自然又谈到了周家庄，谈到了周家庄的发展，张县长问铁生还有什么建议和要求。铁生说道："有一句格言，是要想富、先修路。现在整个乡去省城的路，都要绕了又绕，倒了又倒，全乡就没有一条直接去省城的公路。如果有一条直接贯穿全乡连接省城的公路就好了，势必会带动起一系列的产业来。"没想到听到这儿，张县长乐了，说道："现在上边的国土局正规划着这一项目，已经得到上级的审批，不久就会付诸行动了，虽然是贯通全乡，但从节约成本上考虑，具体的路线怎样走，还要实地考察一番啊。"

铁生笑着说道："能不能走您老人家一个后门儿？让这条公路一定途经周家庄的地界啊？"张县长笑着说道："这我可做不了主，不过以周家庄发展的现状，以我对周家庄的了解情况，我可以提一下建议。"铁生一下笑了，说道："有您老人家这句话，就行了。"

现在，从铁生的私心里讲，他知道造纸厂和修公路这两个项目，因为利益分配公平原则，二者只能选一项，所以他早早地提出把造纸厂留在刘家岭。没想到，他的一番心机却被敏感的李炯识破了，还招来他的一通反感。而且，自己的一片苦心还有可能被不了解情况的周定奎误解。想到这里，铁生不禁有些郁闷，不过马上他又想开了，等通了公路后，周家庄人得到了实实在在的实惠，自己的一片苦心就不会白费，他们到时自然就会明白了，现在事情还没有定下来，自己也没必要给他们解释的过多。

铁生一路想着心事，骑上摩托车不知不觉已到了山下，在山坡田垄里一路飞驰着，两旁的庄稼地里，高粱、谷子正是果粒灌浆的时候，棉花、豆秧也刚开过花儿，整个山坡地头一片葱绿，把他的摩托车夹在田垄里，绿油油的如同钻进了青纱帐一般。此时毒辣辣的阳光斜射在田地里，铁生浑身一片潮热。时间不早了，先回家吃饭，联系建筑队的事下午再说，心想着，铁生骑着摩托车便朝家里奔去。

铁蛋儿和小智在院中正在玩投皮球的游戏，小智拿着皮球朝着铁蛋儿的方向一拍，皮球在地上一个弹跳，铁蛋儿坐着轮椅奔过去，准备随手接住，结果皮球在铁蛋儿身后落下，又一个高空飞跃，越过了铁蛋儿的头顶，铁蛋儿掉转方向，伸手一个金钩探月，皮球擦着铁蛋儿的手边又再次飞落，弹跳了几跳后滚到了墙角，铁蛋儿一时手忙脚乱，狼狈不堪，小智在边上欢呼雀跃着。铁生推着摩托车进来，看着两个人一副兴致勃勃的样子，便站在摩托车旁看着俩人玩耍。铁蛋儿抬头见铁生进来，叫了声："哥，你回来了？"便招呼着小智，"小智，过来，你伯伯回来了，喊伯伯。"

小智跑到墙角捡起皮球，也不理会，继续朝着铁蛋儿的方向把皮球在地上拍过去，皮球弹跳起来刚好朝着铁蛋儿的脑袋飞过来，铁蛋儿吓得连忙一低头，小智哈哈大笑起来，小脑袋使劲向后仰着。

周广顺听到了外边的动静，嘴里叼着烟卷儿出来，站在台阶上眯起眼睛，乐呵呵地看着自己的宝贝孙子。

铁生看着眼前的情景，一时情绪激动起来，拍着手对小智说道："来，小智，把球扔到这边来。"小智抱起皮球看着铁生，一副无动于衷的陌生表情。这时铁蛋儿对小智喊道："小智，到爸爸这里来。"小智瞅瞅铁蛋儿，又瞅了瞅铁生，然后一溜小跑着扑到铁蛋儿的怀里。铁蛋儿爱抚地摸着小智的头："你看我们小智乖的。"铁生站在一旁，苦笑了一下，抬腿往屋里走去。

铁生进了屋，周广顺坐在八仙桌旁的椅子上，吧嗒着嘴里的纸烟问着铁生："为什么不帮着把造纸厂给周家庄争过来？"铁生答道："你们都只看到了造纸厂的好处，你们谁看到了造纸厂流出的污水？那污水可是毒水啊，流到哪里，哪里就不能再种庄稼了，把好好的地都给毁了。"接着铁生又说到乡里要修一条直通省城的公路。铁生说道："这公路就是一条致富路，我当然要竭力促成这条公路途经咱们周家庄了。"周广顺吸了口烟，说道："我就说嘛，我儿子哪有胳膊肘往外拧的道理，现在村上人都风言风语地说你把造纸厂交给刘家岭，看来这一条确实不假，他们只是不知道你是把更好的项目留在咱们村子上，很多人还在误会你哩。"铁生说道："误会就误会去吧，反正他们迟早会明白的。"周广顺又嘬了一口烟："这样我就放心啦。"又一沉吟，忽然想起了上午的事，"哎？铁生，我问你，上午咱村来了县里计生委的人，还到了咱家里，这事你知道不？"铁生忙问："不知道，怎么回事？"

周广顺皱皱眉头道："上午家里来了两个女人，说是县计生委的，顺便来家里看看，问问有什么困难没有。"铁生也皱了眉头："县计生委？这事我怎么一点儿都不知道？回去我问问到底怎么回事。"

铁生下午回到了乡里，他迈步来到李炯的办公室里，准备给李炯汇报一下造纸厂的进展情况，一会儿再去联系建筑队。李炯坐在办公桌后，伸了一个懒腰，起身给自己沏了一杯很浓的茶，坐下来用嘴吹了吹浮在水面的茶叶梗，抬头看看铁生，铁生刚张嘴说道："李乡长，我把造纸……"

"铁生啊，"李炯打断了铁生，"铁生啊，工作的事先不忙，不忙，你先坐下，我有事要跟你说。"铁生找了一把椅子坐下，李炯起身来到一个文件柜前，拧开柜子，从里面取出一沓文件，说道："铁生，我记得你正在上一个党校的大专培训班吧？我如果没有记错的话，这个月你该考试了吧？"

铁生不解地"嗯"了一声。"为了你能顺利拿下考试，从明天开始，我特批你一个月时间，带薪休假，去省城复习一下，为你的几门功课好好准备一下，怎么样？够意思吧？"

铁生站起来："这个，恐怕不合适吧？"李炯过来拍着铁生的肩膀："哎呀，咱们俩谁跟谁呀？还说什么合适不合适的，你就踏踏实实给我备考就行了。"铁生一时语塞："可是，现在咱们手里还有好多的活儿正等着干呢。"李炯说道："这个，你放心，你留下的活儿呢，我找其他人来干，保证让你满意。"见铁生还在迟疑，李炯又说道，"铁生，你就放一百个心吧，你留下的活儿，我保证按你的想法开展，那条公路呢？我也按你的建议向上级汇报，这样，你总能放心了吧？"

李炯终于说服了铁生，铁生站起身来有些迟疑地往外走去，李炯拍打着铁生的后背说道："好了，就这样了，你什么都不用管了，踏踏实实地回去备考。"

　　铁生走出办公室后，李炯隔着窗户看着铁生穿过院子，在树荫中推着摩托车离开了乡政府的大门，李炯这才调转过头，急急地从柜子里拿出一份密函，密函他已经打开，内容早已知晓，不过他还是激动地又把文件取出来，文件标题——《关于配合调查周铁生作风问题的要求》分外醒目。李炯拿着文件的手竟有些发抖，他把文件投到桌上，转身离开办公桌，双臂环抱在胸前，在屋里来回踱着方步，双眼再次扫过文件时，一丝冷笑爬上了嘴角："周铁生啊周铁生，你的定数到了。"

第二十四章　撤职

　　周广顺老汉这一段总感到心神不宁，晚上开始失眠起来，总觉得要发生什么事儿，要发生什么事儿呢？在黑夜里，他扭脸瞅了瞅老伴儿，老伴儿听到他窸窸窣窣的声音，在睡梦中不自觉发出轻微的"哼"声，转过身子又发出均匀的呼吸声。老伴儿这些年里，除了脑子、说话反应迟钝些，精神上一直是正常的，身体上，应该也没什么大碍。他又看看土炕的另一头儿，小荷的弟弟小刚，四仰八叉地仰面躺着，一条薄被子只搭在肚皮上，整个大小伙子像是浑身赤裸着一样，周广顺怕小刚着了凉，便伸手把被子给他往上拽了拽。这大小伙子可是蹿了个儿了，刚来时才一米六，如今这两年里已经追上铁生的身高了。现在小刚在砖窑厂干些打杂的零活儿，因为人长得精神，嘴巴也甜，很得管事的喜欢，又看在铁生的面子上，他的工资并不比那些干苦力的劳工少。自从有了弟弟小刚留在身边，又生了小智后，小荷比以前踏实多了，不像之前动不动就发个小性子、闹个小女孩儿脾气了，每天围着小智和铁蛋儿踏踏实实地过起了日子，这也是让周广顺最宽心的地方。周广顺思来想去，觉得没有让他不放心的地方。他的大女儿俊英一家，铁生和红云，根本不用他操心。不过现在铁生去了省城，听说要参加什么大专课程考试，去了也快一个月了，也快回来了吧？

　　迷迷糊糊也不知过了多久，忽然从街上传来一阵狗叫声，一下子把刚入睡的周广顺吵醒了，他一阵心悸，狗叫声还是一阵接一阵地传来，好像还不止一只狗的叫声，就在自家的院墙外边，他侧耳倾听了一阵儿，除了狗叫，还传来一阵"沙、沙"的风声。"这该死的狗，搅得人心都不安定。"想起身披衣起来出门看看，一阵困意上来，人却怎么都不想动。这时，外屋墙上的大挂钟"咚、咚"地敲了两下，时间不早了，抓紧睡吧。

　　天还在似亮不亮时，周广顺就披衣起床了，外面还是一片灰蒙蒙的。秋天的早晨，天亮的早，其实当时也就四点多钟。周广顺一宿睡得也不踏实，他想出来看看昨晚街上到底发生了什么事，让几条狗狂叫了好久。到了院中，才发觉天气还是很凉的，拧了把清鼻涕，周广顺打开院门，大街上空空荡荡的，一个人影都没有，他正准备返身回来，忽然一转脸，看到了自家的院墙外边，一辆摩托车靠墙停放着，后座上捆绑着一捆铺盖卷，周广顺此刻眼睛已经不会转弯儿了，他认出了这是铁生的摩托车，后座上的铺盖卷也应该是铁生的，那床绿花褥子是铁生和红云结婚时铺的。铺盖卷上还绑着一双皮鞋，挂着一个刷牙缸子。

周广顺一个大趔趄差点摔倒，用超过了他年龄的速度跌跌撞撞跑回去，向屋里喊道："快起来，快起来，小荷、铁蛋儿你们快起来。"然后，脚步不停地又向后院跑去，"红云——红云——"

等一家人在周广顺的喊叫中来到院门的时候，都呆住了，红云看到了摩托车和那卷铺盖，顿时蹲在地上呜呜地哭起来。周广顺忙走到红云身边问："红云，到底发生了什么事？你快说呀。"红云抹了把眼泪，说道："铁生在去省城前，说可能有什么人想整他，他说让我做好心理准备，看来他说的话成真事儿了。"周广顺急了，喊道："那他人现在在哪里？人在哪儿呢？快给我去找！"

一家人一时都慌了手脚，各自忙着分头寻找，小荷手里拿了把手电，一路跌跌撞撞地向外跑去。铁蛋儿喊她，她已经顾不了那么多了，小智此时还在睡梦中，有铁蛋儿照看着，她是放心的，她跑出村子，村里的几只大狗疯狂地朝她狂叫着，她此刻什么也不怕了，她要尽快找到铁生。铁生是这个家的顶梁柱，这个顶天立地的汉子，绝对不能倒下，半夜里的狗叫把她和铁蛋儿都吵醒了，铁蛋儿和她还叨唠着不知是什么人，大半夜里徘徊在街上，惹得几只狗一通狂叫，到现在才知道那是铁生回家了，他一个人大晚上在街上干什么？怎会连家都不进了？遇到了什么样过不去的事？想到这里，小荷禁不住眼泪流淌下来。

她从一个山脚开始向上爬去，没有沿着山路，山路要从另一个山头，绕老大一个弯儿才能过去，她要抄近路一直往上爬，脚下没有路，她也要攀上去，爬上裸露的岩石，抓住刺手的荆棘，脚下的山草着了一层露水，又湿又滑，她一个趔趄栽倒在地。顾不上腿上胳膊上的疼痛，她起身继续向上爬，这条路她是走过的，以前都是铁生为她前边引路，拉着她一起攀上去的，今天，她自己也会攀上去。泥水和着汗水把额前的头发贴在脸上，汗水和着露水打湿了衣服。她是多么的狼狈，她已顾不了那么多了，一个小时后，小荷气喘吁吁地到达了半山腰，她和铁生曾经约会过的地方——凤凰山的"狐仙洞"。

望着黑魆魆的洞口，她稍稍喘了口粗气，又观察了一下洞口处横七竖八杂乱的荒草。她确信铁生在里面，小荷打开手电筒，随着光亮轻轻走了进去。

铁生在党校大专班完成最后一门功课的考试时，距自己一个月的假期还差五天，同室的寝友邀请他留在省城里再玩上几天，铁生说："不了，单位里还有一摊事儿呢。"当天下午，便收拾停当，坐上了回县城的中转大巴车。当他在黄昏时赶到乡政府大院的时候，已经是下班时间，乡政府院内空荡荡的，打扫卫生的大伯正把满院的垃圾、落叶装进一个竹条大筐里，大伯看见铁生进来，站起来说道："周乡长，你怎么才来呀？今天县里来人了，他们刚走。"铁生说道："哦，我没别的事儿，只把一些东西放在办公室里。"大伯又抬头看看二楼的窗户："好像咱们乡长还没出来，他还在楼上。"铁生抬头看了一下，果然，李炯那间办公室的窗户是半敞开的。

铁生进了二楼，打开自己办公室的门，把一堆学习材料放在办公桌上，便朝李炯的办公室方向走去，穿过一条通廊，他来到李炯的门前，房门是虚掩的，他敲了两下，轻轻一推门，便开了，此时，李炯正坐在办公桌后，像是在沉思着什么，忽然看见铁生进来，李炯脸上现出一脸的错愕，忙从椅子上站起来："铁生，你怎么回来了？"

忽然想起了什么，李炯忙把手伸向办公桌，桌上放着一沓文件，他慌忙抓起来扣放在自己手下。李炯的表情过于惊慌，在李炯收起文件的一瞬，铁生迅速朝桌上扫去，他一眼就瞥见了文件题目的几个大字，《关于配合调查周铁生作风问题的……》。

铁生一时脑子里全空了，他愣住了，李炯一时也不知如何是好，隔着一张桌子和铁生对站着。沉默了两分钟，还是李炯首先打破了尴尬，他从办公桌后走出来，来到铁生的身旁，拍了拍铁生的肩膀，示意他坐下。

李炯沏了杯茶水放在铁生的手边，然后开始在屋里踱着方步："既然你已经看到了，就不妨直说了吧，上个月，哦，对了，是上上个月，你被人举报了，说你有生活作风问题，对象就是你的……哦，证据呢？是你弟弟的孩子……小智。"

铁生端起茶杯的手不自觉地颤动了一下，忙端到嘴边吸了口茶水，掩饰了一下情绪，接口说道："于是你们就把我支到了省城，好让人调查我。"

"是的，这也是上边纪委的意思。"李炯接着说道，"你走后，县纪委就调查了你们家、你们村，你的弟弟、弟妹，还有你弟弟孩子的出生档案，查了你的体检档案，还有你弟弟出事时的病例，当然啦，"李炯双臂抱在胸前，走到窗户前，"现在的医学发达，比方说人工授精等，也可以让你的弟妹怀孕，所以，并没有十足的证据证明小智就是你的孩子，而不是你弟弟的孩子，不过上边调查了你弟弟所有看过病的大小医院，都没有这方面的记载。"

李炯转过身子，来到铁生的身边，俯下身子把手搭在铁生的肩上："除非，你能拿出证据，证明你弟弟、弟妹采取过人工授孕的方式怀孕，这样才能证明你的清白，否则，"李炯站起身来，"县纪委将按照疑案从有的原则，来审查你的问题了。"

"够了！"铁生把水杯一下子蹾在桌上，大声说道。

李炯不慌不忙地收起文件放到铁生手边："如果举不出证据，县纪委就会以你的生活作风问题和违反国家计划生育政策问题来追查你的责任。"

铁生扫视了一眼桌上的文件："处理结果是不是已经出来了？"

"是啊。"李炯长叹了一声，"哎，可惜啊，开除党籍，撤销一切职务，现在通报只下发到乡一级的干部手中，为了不影响乡政府的声誉，下边村一级暂不通报。不过你现在如果能提出有利于自己的证据，那又另说，我可以替你上报。"

铁生沙哑着嗓子说道："不用了，我一会儿就收拾行李走人，不过我想在那间办公室里多待会儿，可以吗？"

"当然，我还可以找人送送你。"

"不用。"铁生起身离去。

在乡里工作了五年，收拾起来也有一大堆，铁生在寂静的乡政府办公楼里，把它们都攒在一块儿，该扔的扔，该烧的烧。最后只剩下一包行李，他把它们捆在一起，收拾完物品，铁生一个人在自己曾经的办公室里独坐了好久，又在窗前久久地凝望着，整个空空荡荡的大院正被傍晚的雾霭笼罩着，既熟悉又陌生。"别了，所有这里的一切，自己五年的努力与付出。"铁生闭起眼睛，长长地吸了口气，调整了一下弥漫胸口的一股悲怆情绪，走出这座长方形的乡政府办公楼，又从一侧的库房里把摩托车推出来，把一抱行李绑在后座上。

推着摩托车借着月光慢慢走在回家的路上，他的脑子里是乱乱的，像挤满了乱七八糟的东西，一会儿又像是被掏空了，空空荡荡的。他觉得自己像个幽灵，漫无目的地在荒野上游荡，深秋的月夜中，眼前飞来几只萤火虫，像是小时候召唤迷路的孩子回家一样，田野里传过无数的虫鸣声，多么熟悉的声音啊。夜风里吹来秧苗和着露水的味道，使他想起了小时候收割庄稼的情景。不知走了多久，前面终于出现了村庄灰蒙蒙的轮廓，在一带大山的遮挡下，它显得那样的静谧，这是养育了自己的家乡，它还是那般的安详、那般的亲切。

从乡里到家里这五里地的距离，铁生不知自己走了多久，在进村口时，便被几条狗盯上了，几只狗朝他一路狂叫着尾随着他。他把摩托车停靠在门口，从口袋里摸出一盒火柴和一包很劣质的香烟，这是他离开乡政府大院时向打扫卫生的大伯要的，大伯一直等着他走出乡政府大院后才下班回家，他很抱歉让大伯等了他这么久，他蹲在墙根儿下点燃了烟，劣质的烟呛得喉咙里像燃烧的干柴，他想起大伯把烟和火柴递给他时奇怪的眼神。这个善良的老人，他哪里会想到曾经高高在上的副乡长，马上就会沦落到和他一样的地步。几只狗还在不停地围着他狂叫，他把嘴里的烟头向它们扔过去，几只狗吓得四散逃走，他起身向村外走去，面对近在咫尺的家，他不想走进去，他怕看见父母伤心的样子，更不敢正视红云的眼睛，他现在只想找个没人的地方，让他安安静静地歇会儿，他真的太疲惫了。

小荷借着手电筒的亮光一点点向洞里慢慢移动，嘴里轻轻唤着："铁生哥，你在里边吗？"手电筒的光束一寸寸向里推移。忽然，在光束中，她隐约看到了一个人影，小荷跌跌撞撞奔过去，她看到了他。此时的铁生，双目低垂、头发凌乱，斜倚在洞壁内，小荷扔下手电一下子扑在铁生身上："铁生哥，我总算找到你了，你怎么在这里啊？咱们回家吧。"铁生木然地如同一尊石像，小荷搂住铁生的肩膀来回摇晃："铁生哥，我是小荷，你看看我呀。"好久，铁生才把眼慢慢地扫视到小荷脸上，稍一定神后，一把推开了她："你给我滚，滚到一边去，滚得越远越好，最好永远不要让我再看见你。"铁生悲愤地用手指着小荷，"都说红颜祸水，红颜祸水啊，你害得我身败名裂，一败涂地啊。"两行泪水顺着脸颊簌簌流淌下来，铁生低声呜咽着。那呜咽是喉咙里再也无法忍受的伤悲，在幽深的洞里"嗡嗡"传播着。小荷在地上跪爬着，爬到铁生的身边，大哭道："我知道，我知道，都是我，都是我害的，铁生哥，你打我吧，你打吧。"小荷双手搬起铁生的手，朝自己的脸揎去，铁生收紧了胳膊，小荷根本搬不动他的手臂，索性趴在铁生身上哭起来："一切都是我的错，都是我害的，铁生哥，你打我吧，你打我，我心里会好受些。"一时间，铁生的呜咽声和小荷震耳的哭声交织在一起，久久回荡在洞中。也不知哭了多久，呜咽声停止了，铁生把小荷揽在怀里，抚摸着小荷的头发："我怎么能打你呢？你是我最心爱的女人，你是我孩子他妈，你给我生育了孩子，我还没谢你呢，用我半生的功名换来一个儿子，值得。"小荷抹去腮帮的泪水，破涕为笑："那你跟我回家吧，家里人都要急死了。"铁生静了静心思说道："你先回去吧，告诉家里我没事，我想在这儿再静一会儿。"

铁生回到家后，便再也爬不起床了，一连几天，他浑浑噩噩、迷迷糊糊，红云为他吊了盐水，输了葡萄糖，打了消炎针，总算身上有了点儿力气，他挣扎着起身，努力吃完红云为他煮的一碗荷包蛋，在院子里晒了晒太阳。一天天身体渐渐康复，他的脑子开始思考，他在思考他的人生，他的路下一步该怎么走？因为他还不老，他才三十五岁。

终于有一天，铁生对着全家人隆重宣布，他要外出打工，像个民工一样，去大城市去闯一闯，他自信他的人生会闯出另一片光明。他在说这话时，全家人都看着他，他们发现，铁生经过了这场变故，人像脱了胎，变了一个人似的。铁生以前浑圆的脸庞现在变得消瘦，脸部突出的轮廓和深陷的眼睛使他看起来更加的刚毅、果敢。多日没刮过的胡子和蓬乱的头发，看上去和农民工没什么两样。家里人都知道，这个男人做出的决定没人能够改变它，父亲周广顺说道："去吧，我的儿子。"

在铁生悄然无声外出打工的几个月后，周家庄村外的那条公路又开始繁忙起来，公路的一侧竖起了围栏，工人们在那里浇上沥青，铺上石渣，用机器石碌碡碾压过路面，村里人听说了这条扩建的公路要一直通往省城，于是周家庄人立刻想到这一定是他们的周铁生周乡长给他们联系好的。只不过他们好久没见过他了。而山后刘家岭的造纸厂也已经开业了，当刘家岭人拿到占用地皮分得的钱，吃过饭成群结队地去纸厂上班的时候，他们也在说，这个纸厂是周铁生周乡长为他们争得的，等他们再见到他，一定好好地谢谢他。

而此时，在某个繁华大城市的一个建筑工地里，一个头戴安全帽的中年男人，正吃力地推着一车砖，脚下的军绿色球鞋在一片沙土里一歪，中年男人身子一个侧歪，车子一下子扣翻在地，车上的砖"哗啦啦"地扣了一地。这时，一个工地负责人愤怒地走过来，指着中年男人喊道："你到底会干不会干？不会干赶紧走人，我们工地可不要你这种占着茅坑不会拉屎的人！"中年男人赔起笑脸，说道："下不为例，下不为例。"中年男人蹲在地上，拔掉手中破烂的手套，用手背抹了把额上的汗，又戴上手套开始把砖一块块往车上搬去。这时，工地负责人走过来，一把抓住中年男人的手，把他的手套一把拔下来，中年男人不由咧了下嘴。工地负责人翻开他的手掌，只见手掌里两个拇指大的血泡，正向外淌血。工地负责人问中年男人道："以前没干过苦力活儿吧？"中年男人笑笑，答道："最早以前干过。""那你以前是干什么的？是拿笔杆子的？"负责人问。中年男人又笑笑，说："就算是吧。""叫什么？"负责人问。"周铁生。"中年男人回答。

工地负责人叫王友亮，是这个工地的项目经理。王友亮问铁生道："为什么扔下笔杆子来干这个？"铁生回答："因为我想和你一样。"王友亮大笑道："有种，既然这样，那好吧，谁让我是英雄惜英雄呢？工地里你可以随便走动，图纸、材料你可以随便查看，有什么不明白的尽管来问我，只不过苦力活儿一点儿不能少干，毁坏东西也要按价赔偿。"

第二十五章　重聚

　　在由周家庄通往省城的柏油路上，如今又新增了一个客运站点：周家庄站。途经这里的 1 号巴士车，可直接通往省城。

　　这时，一辆从省城开来的大巴士车慢慢停靠在周家庄站，从车上走下来一个女人，看起来也就三十来岁，穿着虽并不是很时髦，但一身黑白条纹的西式套装却凸显出女人的气质，她皮肤白皙，一头打理得有型短发显得女人精明干练。臂弯里夹着一个黑色提包，周家庄的小孩子不认识她，但大人们还是一眼就把她认出来了，周三春当年娶来的媳妇——后来跟着老四卫东私奔的莲子。

　　莲子下了车，捋了捋额前的头发，她四处眺望着周家庄，一时竟心绪难平。十年了，她离开周家庄整整十年了，这个曾经承载着她痛苦、羞辱、仇恨，曾经发誓再不踏进一步的周家庄，时隔十年后，她又踏上了它的土地，只是周家庄已不是十年前的样子，宽阔的柏油马路，漂亮的大瓦房，以及村外一片片整齐的厂房，还有喜笑颜开、穿着入时的大姑娘、小伙子们，她一颗忐忑不安的心才稍稍安定下来。站在路口，思忖了一会儿，终于迈步朝着村里走去。

　　小荷一大早就听到了喜鹊在枝头上叽叽喳喳地叫声，她一边用手快速地缠着毛线团，一边笑着对双手架着毛线的铁蛋儿说道："你看，这一大早就有花喜鹊来报喜了，也不知有什么好事要临门了？"铁蛋儿抬头看看，说："它们天天都过来，你还真信它们啊？"小荷用眼瞟了铁蛋儿一眼："你就不能心情喜庆点儿，只有你心情喜了，好事才会临门呢。"一边说着，一边朝着在院中玩耍的小智望去，只见小智蹲在地上，手里一边拿着一把小土铲在抠土，一边从露出开裆裤的小屁股里，拉了几小堆屎粑粑出来。看见一只老母鸡探着头过来，小智起身便朝着老母鸡追过去，老母鸡吓得惊慌失措地"咯咯哒"叫着逃走了。小荷连忙起身，笑着拿了一团手纸过去，替小智擦净小屁股。这时，院门开了，小荷抬眼望去，只见一个打扮时髦的女人走进院来。

小荷抬头看着走进来的女人，稍愣了片刻后，顿时惊呼起来："莲子！""小荷。"小荷和莲子对望着，互相打量了对方，小荷相比十年前，气色显得更健康、丰满了，而莲子变得更洋气、漂亮了。

铁蛋儿拉着小智的小手过来和莲子打着招呼。莲子看到铁蛋儿坐在轮椅上，惊奇地问："这是怎么回事？"小荷和铁蛋儿这才想起莲子离开的时候，铁蛋儿还在外出打工，相隔十年了，这中间经历了这么多的事情，一时竟不知从什么地方说起。小荷只能简短地把这些年发生的一些事情给莲子讲述了一遍。姐妹俩免不了一通唏嘘感叹。相互安慰一番后，小荷说道："莲子，你现在结婚了？还是单身着？"莲子答道："还在单着身。""那就走吧，别光顾聊了，我带你去见卫东。"小荷拉着莲子说道。莲子犹豫着，问道："卫东他现在还是一个人吗？"小荷笑道："可不咋的，要不你给他介绍一个中意的。"

小荷领着莲子出现在卫东眼前的时候，卫东正坐在办公室里备课，见莲子进来，卫东呆呆地看着她，竟然忘记从椅子上站起来，莲子也说不出一句话，小荷见状悄悄离开，轻轻带上屋门。

莲子走过去捧起卫东的脸，一颗泪珠滴到卫东脸上，莲子用手想把滴到卫东脸上的泪珠抹掉，没想到泪珠竟然越抹越多，那泪珠还有卫东眼睛里流出的，莲子把卫东一把搂在怀里，俩人强忍着哭声，因为屋外正传来学生们课间做游戏的嬉笑打闹声。

情绪稍稍平复了一会儿，莲子问卫东："宏宇去哪儿啦？"卫东擦擦眼睛笑着说道："他正在这个村子的幼儿园，一会儿放学后我们一起去接他。"莲子又环视着屋子，看着墙上贴着的"优秀教师"的奖状，问道："你评上'优秀教师'了？"卫东端来自己的茶水缸子递给莲子笑着答道："我不光是优秀教师，还是一名县教育局的正式教师，我大前年考取了函授的师范专科，现在已经结业了，教育局又给我发文转正了，莲子，这些年，你怎么样？"说到这儿，卫东忽然感觉自己的问话有些唐突。没想到莲子大大方方地说道："你走后，我便搬到了服装店，吃住都在那里，没有工作和休息的区别，很是辛苦。"卫东迟疑了一下又问道："我是说你和他怎样了？"莲子笑了，说道："我就知道你要问，我们之间没有你想的那么复杂，我们只是生意中的伙伴和朋友。你走了以后，我和高庆武都觉得对方不是适合自己的，就像高庆武说的那样，他说我变得越来越像蔡晓红，精明、强势、霸道。他不喜欢事业心太强的女人，因为他不喜欢被人管制。"莲子说到这里，低下头，"其实你走了后，我才明白什么才是我最需要的，我需要的是一个温暖踏实的后盾，没有你在我身边，我就像一棵空心的树，表面看枝繁叶茂，其实只是强撑着花架子。"

卫东低头看看手表，拿起桌上的教材说："我先去上课，你在屋里等会儿我，下课后我们一起去接宏宇。"

其实，事情确实如同莲子所说的那样，她和高庆武在卫东走后，反而没有了以前的互相欣赏，而是以互相审视的目光来看待对方，各自思考着自己的婚姻，自己到底需要的是什么样的生活伴侣。谁都清楚，他们俩之间已没有了任何羁绊，现在结合是如此的轻而易举。何况，高庆武为了莲子也付出了一定的心思和财力，可是他们经过一通审视后，高庆武发现莲子越来越霸道、强势、追求虚荣，和他的前妻蔡晓红属于一个模子里的人。莲子认为高庆武高调、张扬、任性、不靠谱，追求虚无缥缈的东西。其实，实际生活中，大家都会遇到类似的事，事情越是复杂，越是得不到，就越是拼命想得到。如果事情变得简单容易，达到伸手可及的时候，大家反而觉得没有意思了。尽管这样，莲子和高庆武还是在一起共同打理着他们的服装生意，他们的服装生意反而红火了起来。后来，高庆武反而劝莲子回来找卫东，莲子就对高庆武说道："卫东的愤然出走，是因为我借用了你的服装店，这个服装店使我失去了卫东，现在我如果干了一半就离开服装店，我不是人财两空，得不偿失了？等到哪天我能够真正拥有一个属于自己的服装店，我就回去找他。"高庆武就调侃着说道："你果然是个不达目的不罢休的女人，比起蔡晓红来，是有过之而无不及，你不怕你哪天回去了，卫东已经不再属于你了？"莲子答道："我了解他，如果他心里有我，他会等着我，如果没有我，我现在就去找他，他也不会接受我了。"莲子又问高庆武，"怎么？你还打算和蔡晓红复婚吗？"高庆武沉吟了一会儿答道："我再考虑考虑吧，通过你，让我又上了一课，我们都转了一大圈后，才发现，其实最初的那个，也许才是最适合自己的。"于是莲子便笑着说道："你由原来追求虚无缥缈改为追求真实的东西了。"高庆武沉默了一会儿又说道："其实我们每个人刚开始的时候，都是一堆泥土，给了一个婚姻的模具把它装进去，也许这堆泥土疙疙瘩瘩，和模具没有完全吻合，有棱角、有缝隙，但是，模具终究把它已经印出了轮廓，和这个模具装不严实，可再装进别的模具里，就更难了。"莲子说道："看来你真的悟出了真谛，开始追求实际的东西了。"

　　莲子还清了高庆武的全部借款，之后，她又把店面和货物都折价盘给了高庆武，把自己全部家当都装入随身的背包里，一路辗转又来到了这片寄托着她爱恨情仇的土地。

　　卫东推着自行车，和莲子边走边聊，学生们看到周老师身边跟着一个漂亮女人，投过来一脸神秘兮兮的笑容。卫东也不理会他们搞怪的表情，问莲子道："你这次回来，是来看孩子？还是打算长住这里？"莲子说道："你如果收留我，还在意我，我就留下来，如果你另有意中人了我就一个人离开，权力掌握在你手里。"卫东停住脚步，说："你以为我心里还会装得下别人吗？每天夜里，我睡不着的时候，我们在一起的日子就会像过电影一样不停地在我眼前晃过。"莲子跟着停住脚步，扭过身来问道："我给你写了那么多封信，你为什么一封也不给我回呢？"卫东的情绪一下子低落下来，低沉着嗓子道："我以为你会和他在一起，一想起来我心里就窝火，我认为你来信只不过问问孩子，当时就想着让你着着急。"莲子伸手搭着卫东的后背："你还是不了解我，其实不管你信不信，我一直是属于你一个人的。"卫东低头沉默了会儿，扭过头看着莲子，问道："你不是一直很欣赏他的吗？"莲子看着远处："高庆武，他是一个玩家，洒脱、随意、自由自在，就像一片浮云，来去无影，看着很惬意，却不实用。你在的时候，我觉得他很风趣幽默，你走了，我觉得他什么都不是了。"

　　不知不觉中，俩人已走到了村口，莲子忽然想起小荷的事，便问："铁蛋儿好好的一个大小伙子，怎么一下子就变成了那个样子？这么多年，也真难为了小荷。"卫东皱着眉看着前边的路，说道："小荷这么多年，她所承受的，远不是你能想象的。"莲子转过头来，问道："还有什么是我想象不到的？"卫东看看莲子，欲言又止："以后我再慢慢跟你说，反正我们有的是时间，你既然来了，我们这次就把结婚证领了吧？"莲子笑着说道："好啊，我就等着这句话呢，我的全部家当这次都带过来了，包括我的户籍关系，我不会再让人戳你的后脊梁骨了，我的周老师。"

儿子宏宇今年已经六岁了，离开母亲莲子的时候才两岁半，母亲在他的脑海里已经没有了丁点儿印象，他的世界里除了爸爸、奶奶外，最重要的人就是他的三大大。

宏宇是在邻村上的幼儿园，因为周家庄没有建幼儿园，这个村子也是卫东教书的村子，两个村子相隔很近。本来卫东想的是自己接送方便，但三春却每天都来接送宏宇，宏宇要什么就给他买什么。卫东和莲子一起过来接宏宇的时候，三春正在幼儿园门外等着宏宇。卫东走过去拍拍三春的肩膀，歪了歪脑袋，三春没有反应过来，看到卫东问道："你怎么也过来了？"卫东扭脸再次示意三春朝后看，三春在几个家长中间看到了莲子，莲子连忙低下头，三春眨眨眼睛，使劲忍回眼睛里一股潮湿的东西。"她回来了？"三春咽了口唾沫问道。卫东点点头。"那好吧。"三春揉了把眼睛，拍拍卫东的肩膀，"那我就回去了。"刚走两步，马上停下来，"哎，卫东，别忘了，你们这次一定得把证领了。""我知道。"三春从莲子身边走过去，莲子始终低着头。

隔了三年多，莲子终于见到了宏宇，宏宇长大了、长高了，他从屋里跑出来，莲子激动地叫着宏宇的名字，伸手把跑到卫东身边的宏宇一把抱起来，没想到六岁的宏宇一下子挣脱开莲子的怀抱，站到父亲身边。

卫东对宏宇说道："你不想你妈了？这是妈妈，快点，叫妈妈。"宏宇立刻把脸扭到了一边，莲子忙从包里掏出一堆花花绿绿的小食品，递到宏宇面前，说道："宏宇，这些，你喜欢吃吗？"宏宇抬头看看，脸又扭到了一边。莲子最后又从包里掏出一个变形金刚，宏宇的眼睛立刻有了光芒，他一把从莲子手中夺过去，撒腿跑远了，卫东摇摇头说："哎，宏宇让三哥宠坏了。"莲子站起身无奈地笑笑："这个，不能怪别人，是我这个母亲不合格。"

卫东朝着宏宇喊道："宏宇，走，咱们回家去喽。"卫东把宏宇放到自行车后座上，对宏宇又像是对莲子说道："走喽，咱们这就回家喽。"宏宇继续低头摆弄着手里的变形金刚，莲子看着宏宇一副认真的样子，不禁用手抚摸着宏宇的头，边走边问卫东道："三春怎么办？他还不打算结婚？"卫东摇摇头："不知道，给他介绍过好几个，他连面儿都不见。"莲子低着头："有合适的，我们还是帮着他张罗一个吧？"

　　莲子的回归又引起了周家庄的一片轰动，人们想看看三春、四春和莲子如何把这出二龙戏珠的戏接着演下去，没想到一切都风平浪静。没过两个月，莲子就在周家庄的公路旁紧挨着集市进出口位置租了一个门店房，做起了服装生意。

第二十六章 东山再起

　　周家庄历来是个不缺少新闻的地方，人们骨子里与生俱来的坚韧和顽强、粗犷和狂野，如同他们背后的大山一样奔放而富有激情。但人们无论如何也不会想到，他们的铁生乡长会离开他的乡长宝座，带头儿干起了包工头。隔了一年多的光景，人们没见过铁生了，这次见到他时，他正在村里"招兵买马"，人明显黑了、瘦了，穿着一件古铜色马甲，以前乌黑的大背头变成了一头干涩的短偏分，有人叨唠着："有什么样的吸引力还能超过乡长的宝座诱惑大？"另一个人便回答："你真是个土老帽儿，没听说过'下海'这个词吗？有本事的人都下海去了，谁还看重这芝麻粒儿大的一点官儿，也就你我这没本事的人才拿它当回事。"那个人马上说道："也是啊，电台里老说下海、下海的，敢情我们这大山里的人啊，也要下海去游游喽。"

　　铁生这次回来，首先把外出打工的姐夫耀辉叫了回来，他让耀辉去把一些有技术的泥瓦匠、木工、电工能够找到的都给他拉过来，他要自己组建一支建筑工程队去承揽工程。耀辉没有半点儿含糊，拍拍屁股就去找人了，他了解铁生，没有一点底儿他不敢说大话。铁生又来到大队部找到周定奎，周定奎见是铁生，便低着头吸烟一言不发，铁生说道："周书记，我要出去找活儿干，可是我手里没钱，所以我向你借钱来了。"周定奎向后挪挪椅子道："铁生，你这不是说笑话儿吗？你没钱，我哪来的钱？"铁生又搬了搬自己座下的椅子挪到周定奎对面，说："周书记，你忘了吧？我在石子厂和砖窑厂的股份分红，这几年我还没领过吧？我只把我的那一份提出来就行。"周定奎眼巴巴地说道："铁生啊，你知道，厂子里的钱现在都压着呢，卖出去的货老结不了账，钱一时半会儿凑不齐。"铁生说道："厂子里有没有钱？那就不是该我操心的事了，要不然要你这个大队支书做什么？半月之后，我的建筑队就要外出，你把我的钱全部提出，厂子里的股份我也全部撤出。"
周定奎看着铁生，说道："铁生，你这是何必呢？钱我可以给你想办法凑齐，
股份你还可以保留。"

铁生站起来，一抬屁股坐到了周定奎对面的会议桌上，一只胳膊支住周
定奎的椅子靠背，盯着周定奎的脸说道："哎呀，谢谢书记您的好意，看来呀，
我周铁生还真应谢谢您老人家才对。"说着铁生从桌子上跳下来，绕到周定奎
身后，低下头贴着周定奎耳朵突然大声喊道："但我周铁生就是这样一个不知
好歹的人，这碗饭我就不要了，就是饿死，我也不会向你来讨饭吃的！"

铁生转身推门出来，差点和迎面进来的周胜和周瑾撞个满怀，见是铁生，
周胜张嘴刚要喊出"周乡长"三个字，忽然觉得有点不妥，就结结巴巴地说道：
"您……您过来啦？"铁生面无表情地答道："我来提钱，把我在咱们村的股
份都撤出来。"又扫视着周瑾，周瑾连忙低下头，随即说道："好，好，我这
就抓紧给您办。"铁生抬腿走远了，周胜和周瑾还站在原处，望着铁生远去的
背影，俩人相互看看，周瑾"哎"了一声，拍了一下周胜的肩膀，叹了口气，
说："走吧，进去吧。"

铁生从大队部回来，父亲周广顺便问铁生道："铁生啊，这建房盖楼的活
儿可不好干啊，你各方面都掂量好了？"铁生答道："爸，你就放心吧，我这
么大的人，您就不用老操心我啦。"周广顺还是皱着眉头，说道："铁生啊，
你说你又没干过这个，而且又拉着这么东一个、西一个临时凑起来的人，你得
协调好了再干啊。还有，这人命关天啊，千万得注意安全啊，要有一点闪失，
咱们可担待不起啊。"铁生答道："我知道了，我先从小活儿开始干起，慢慢
积累经验。"周广顺这才舒展开眉头："你这样说我心里就踏实多了。"

铁生出了屋子，见小荷正在院中洗衣服，一边迈步往下走一边说道："小
荷，小刚回家后你就不要让他再去砖窑厂上班了。"小荷不解地抬头看着铁生，
铁生来到小荷跟前："小荷，你让小刚跟着我干吧，砖窑厂就别去了。"铁生
说话时感觉身后有点异样，一回头，见在篱笆后边，铁蛋儿皱着眉头正盯着自
己。铁生扭过来继续说道，"如今我不在乡里了，我又把在窑厂和石子厂的股
份都撤了出来，小刚在窑厂就不好混了，再让别人说他点什么，他人小接受不

了。"小荷点点头，说："我知道，明天我就让他把活儿辞了。"铁生又说道："你放心，小刚在我身边，我会照看好他的。"

铁生扭脸见到小智正在树下拿着小铲子玩土，便笑呵呵地走过去，弯着腰对小智说道："小智，你在玩什么啊？能和我一起玩吗？"小智抬头看看铁生，低头继续用小铲子把土铲进树坑。小荷听到铁生和小智说话，便站起来把手在衣服上擦了擦，走过去抱起小智。见小智两只小手上全是土，便从口袋里抽出手绢儿，帮小智抹了把鼻涕，又把手绢儿折了一把擦了擦小智的小手，边擦边叨唠着："你看这脏啊，哪个会喜欢你这只土猴子啊？"又对小智说道，"小智，伯伯喜欢你，你叫伯伯。"小智低头不说话。铁生也不介意，仍旧笑着伸出手，说："来，小智，让伯伯抱抱小智好不好？"

"嗯……啊……嚏。"一边传过来铁蛋儿的大声喷嚏声，铁生把手缩了回去。铁蛋儿喊道："小智，到爸爸这儿来。"小智挣扎着从小荷怀里下来，一溜小跑着扑到铁蛋儿身上。铁生无奈地笑了笑，小荷愧疚地瞅瞅铁生，然后扭脸嗔怒地瞪着铁蛋儿和小智。铁生见状忙说道："你们玩儿你们的，我这就回后院去。"

铁生来到后院，抬头瞥见院墙角的枣树上已经是一片葱绿，在枝叶间，不知不觉中，已缀满了拇指大小青涩的枣子。一时兴起，铁生走到树下伸手拉过头上的一个枝子，随手摘了颗青枣塞入嘴里，嚼了几口，一股生涩的味道，顿时让他感觉自己又回到了孩童时代，那是多么久远的记忆了！时光不知不觉中，已经把他带到了中年男人的行列中。铁生心头一时涌现出时光飞逝的感觉。

红云在屋里一通翻箱倒柜，正给铁生整理出门的衣服，铁生进来站在红云身后说："行了，不用带那么多衣服，给谁看呀？够穿的就行啦。"红云抿着嘴说道："不行，冷了、热了得有个倒替的，在外边又没人管你，你自己得会照顾自己。"一番话说得铁生眼圈儿竟有些泛红。红云从一个小木匣子里拿出一沓百元的钱，找了张报纸包好，塞进给铁生整理的背包里，说道，"这是四万块钱，我前天跟红玉借了三万，还有咱们家里的钱也都支了出来，我给你数好了，放到背包的夹层里，你也想着点儿，到时别忘了。"铁生坐在一把椅子上，听到这儿，不自觉地站起来，过去伸手从后边把红云抱住，脸贴着红云的肩头，红云感觉肩头一片潮湿，忙活的双手愣了一刻，伸手向后拍拍铁生，"行了，行了，这么大的人，让人看见不好。"铁生抱着红云的腰还是不撒手，说道："红云，你为什么要对我这么好？你越这样，我心里就越不好受。"红云低沉着声音说道："谁让我是你的老婆，这辈子我嫁给你，你好我就好，你高兴我就高兴。"铁生说道："红云，你不知道，有时候我多想让你骂我一通，我心里就会好受些。可你总是对我这么好，这辈子，我是还不清你的情了。"红云转过身子看着铁生，用手背擦了一把眼泪说道："我就让你欠着我，永远欠着我，让你这一辈子都还不清我，下辈子接着还。"铁生抹着泪笑着说道："好，我生生世世还你的债。"

铁生又想起了什么，问道："妞妞不是说想要辆自行车吗？我已经答应她了，钱留出来了吗？"红云答道："买自行车的钱我给她留好了，后天赶集是个星期天，我们一起去给她买自行车去。"

第二十七章　工程开工

　　时间已是 2001 年的冬天，中国经历了改革开放二十几年的发展，从城市到乡村，整个大地呈现出一片欣欣向荣的景象。城市街道车水马龙，立交桥纵横如织，另一头连通着农村无数条阡陌小道。

　　在一条高速公路上，一个年轻人一打方向盘，车子从一个分岔口驶出了高速，开车的年轻人歪过头去，问坐在副驾驶座上的中年男人道："哥，我们先回家里，还是先去乡上？"中年男人看着车窗外飞驰而过的风景，答道："先去乡上办完事再回家吧。"这个中年男人正是周铁生，经过五年在建筑工地泥里砖里的辛苦打拼，如今的铁生已经拉起了家乡的一帮农民兄弟，自己组建了一支建筑队，成了一名地地道道的包工头儿，在他手下干活的工人多则几百号人，少时也有三十多人。谁都知道，在中国改革开放的几十年里，在中国城市化的建设和发展中，民工这支庞大的队伍所起到的作用不可估量。他们把破旧的街巷瓦舍变为现代化城区，一片片荒芜的土地耸立起一座座高楼大厦。

　　年轻人一踩油门，车子加快了速度，路两旁疾驰而过的是冀中平原一马平川的土地。此时，正是入冬时节，地里早已收割完了庄稼，黑褐色的土地也被农民们翻耕松软。上面间或有一片片搭着白色薄膜的蔬菜大棚一晃而过，一片片盖着新型式样大瓦房的村落，不时展现在车窗外的土地上。车子沿着一条河岸，驶过一座石拱桥后，穿行过县城，县城的道路也被建设得四通八达，大街两旁是一个个林立的小商铺，门楣上张贴着花花绿绿的店面名称。商铺的主人们不时出现在门口，打理着自己的店面，悠闲而不慵懒。车子又驶出半个小时后，前方渐渐出现了连绵起伏的山脉，不久，车子开进了乡镇的一条主街道上，在一个门口停了下来，只见门口竖立的牌匾上写着：义联乡政府。此时门口挡着一个铁栏杆，铁生摇下车窗向政府大院里望了望，还是那个熟悉的院落，那棵大槐树、那个白色板楼，一切都没有改变。铁生对着看守栏杆的看门老人说道："给你们乡长通报一声，就说周铁生来了。"铁生想：唯一变化的是这个门口安了栏杆，看门的老人也换了。

栏杆自动搬起，看门老人从小屋里探出头来，说道："乡长有话，客人提到周铁生时，一定要请进。"车子刚驶进大院没多久，从政府办公楼里走出一队人，为首的正是乡长李炯。

李炯远远地伸出手："哎呀呀，热烈欢迎我们的劳模代表周铁生同志大驾光临啊。"铁生下了车，握住李炯老远伸出来的手说道："李乡长，几年不见，你倒是发福了，气色不错呀。"李炯说道："惭愧，惭愧，几年无所作为，泛泛之辈徒长了二两肉而已，不像你啊，翻天覆地又是一派人生啊。"铁生乐着答道："这一切还不是都仰仗你的恩赐。"李炯脸色变得有些尴尬，道："我那时也是形势所迫，也只是转达了一下上级的决定，不过什么叫'塞翁失马，焉知非福'啊？就是这个道理，你现在这个名利双收的企业家，让我们这些板楼里的人眼羡得很啊。"铁生客气道："哪里？哪里？我也是小打小闹徒有虚名而已。"

李炯揽过铁生的肩膀道："不要再给我卖酸关子了，我们还等着您的施舍呢，我的大企业家同志，走，聚义堂我们为您设宴接风。"这时给铁生开车的年轻人，把车停好后，来到铁生跟前，问道："哥，我姐打过电话，说家里做好了午饭就等着我们回去开饭呢。"铁生挥了下手说道："我一会儿给你姐打个电话，告诉你姐说我们在外边吃了饭再回去。"李炯问铁生道："这个年轻人是谁？"铁生回头看着年轻人："噢，我的小跟班，我弟妹的弟弟小刚，也是我的专职司机。"说着拉过小刚，"走，你陪我一起去。"铁生被一拨人簇拥着来到乡政府斜对面的"聚义堂"，走进一个门楼装潢得富丽堂皇的餐厅，在一个雅间里，铁生坐在主位，被以李炯为首的一拨人如同众星捧月般簇拥着，李炯举起酒杯，说道："铁生，你前年刚为你们村投资建了幼儿园，现在又捎信说，再为咱乡新建的重点中学出资二十万，令人敬佩呀，我代表全乡的民众，对您给予全乡教育事业的大力支持，向您敬上一杯，来。"铁生举起手："稍等、稍等，我还有话说。"大家都屏住气息，望着铁生，"我这次为建新教学楼赞助的二十万元可是有先决条件的噢。"李炯"哦"了一声望着铁生，说道："你倒说来看看，我能否满足你的先决条件。"

铁生说道："你不用那么紧张，我的条件其实非常简单，我打算在我们村周家庄空闲的山坡上凿出一片空地，办一家庄园式餐厅，李乡长，这个项目，马上我就要报到乡里了，还要等着你审批呢。"

李炯听完哈哈笑着说道："吓了我一跳，我还以为多艰巨的事呢，好说好说。"接着说道，"这么多年来，我们都主张在不占耕地、节约成本上广开财路，你这个主意正好符合我的思路，对你这个项目，我定会大力支持，另外在政策税收问题上，对于刚刚兴建的企业，我们都会给予相应的政策优惠，这个你放一百个心。"

"那好，有李乡长这句话，二十万兴建教学楼的赞助资金到时自会妥妥地转账到教育局。"

李炯举起酒杯说："来，大企业家，我代表全乡父老乡亲感谢您为我乡教育事业所做的贡献，来，干杯。"

二人举起酒杯各自饮了一小口酒，话题继续，李炯说道："前几年，我们乡镇红红火火地发展了几年，现在啊，确实进入瓶颈区，发展有些滞后啊，铁生，这次，你又为我们开阔了眼界啊。"

对于铁生开山建餐厅的项目，李炯也是刚刚从铁生口中得知，虽然知道建造有难度，但他相信铁生的能力，在前几年，赶上了国家政策的支持，正是在铁生的辅佐下，才使他们义联乡风风火火地发展了几年，对铁生的能力他是不用怀疑的。

李炯继续讲道："铁生，对于这个项目的审批，我们将尽力做到一切从简，有用到我的地方我定当全力配合。不过，铁生，这个项目建造起来，难度确实有点大，你可真的是想好了？"

铁生答道："我已经做好了充足的准备，图纸我都已经找人画出来了。"

"那好，那好，我就等你的好消息了，希望你的工程早日上马。"李炯说道。

其实，对于铁生的这个项目，李炯的心情可以用迫不及待来形容。在几年前义联乡最辉煌时期，李炯并没有得到人们想象中的升迁机会，而他在乡长位置上也已经坐了整整八年，八年的时光，心里没了锐气，便滋生出平庸混世的惰性，以"不求有功，但求无过"的心态处理着日常事务，可是在随后的几年间，相邻的几个乡镇却仰仗着土地肥沃、平原辽阔的地理条件快马加鞭，奋起直追。以前经济总量一直领先的义联乡反而被反超，现在再也不是什么模范先进乡了，而乡长李炯在去年也被摘掉了明星乡长的帽子，可不巧的是，明年正好赶上义联乡政府领导班子的换届选举年，要在之前，李炯对于三年一届的换届选举，对自己还是相当有自信的，可是现在，李炯忽然感到了前所未有的压力。他环顾全乡，试图挖掘新人寻找新的开发项目以求突破，打破僵局。环顾一周，他发现竟然都是一群浑浑噩噩、酒囊饭袋之辈。正在这时，铁生捎回话说，他有意为新建的乡教学楼出资，铁生又重新走进了李炯的视野，李炯突然像抓到了救命的稻草，他期待着铁生能给他带来什么新的创意项目，果不其然。对于铁生，他是又爱又嫉妒，又离不开他。

李炯再次举起酒杯说道："来，铁生，为我们的第二次合作，干杯。"两个酒杯撞到了一起。

铁生和小刚下午回到家里时，一家人已经吃过了午饭，都在前院等着铁生。铁生便把要在山上建餐厅的计划说给了父亲，周广顺听了便坐在八仙桌旁，一根接一根地吸烟，沉默了好一会儿才说道："铁生，按你的想法，要把山头炸平，挖出个水塘，把水输送到山上，做个垂钓的鱼池，再把土运上去，种上花花草草，再盖上房子，这个摊子铺得可够大的，我怕你吃不消啊。"

铁生笑着说道："爸，我一切都安排好了，你就放心吧。"为了说服父亲，铁生又说道，"这几年搞工程东跑西颠，见了外面不少生意上的场面，现在的生意洽谈都要靠场面来撑面子，场面办得越大，就说明人家越有实力，谈判的成功率越高。就是说，你的店面越气派，越标新立异，就越能把客人招来，显得在这里消费的人越有实力。再说了，家乡这两三年的变化确实不大，我也想再带动一把。"

周广顺听了吧嗒了一口烟，眯起眼睛说道："你要这么想，那就踏踏实实地干一场吧。"

父子二人说话间，铁生母亲弯着腰，手脚不闲着地收拾着屋子。红云一直坐在铁生旁边的小板凳上，一边听着父子二人谈话，一边飞针走线，织着铁生的一件刚拆洗的毛衣。小刚则钻进了姐姐小荷的屋里，坐在炕沿上一边玩儿着铁生的大哥大手机，一边听着姐姐小荷的絮叨。铁蛋儿坐着轮椅正看着电视，小荷坐在炕上把晾干的衣服一件件展平叠好，问小刚道："怎么样？小刚，跟着铁生哥在外边干得顺心不？"小刚低着头回道："当然啦，跟着哥能吃香喝辣的，还能跟着长世面。"小荷瞥了一眼打扮入时、干净利索、眉清目秀的小刚，脸上露出一丝笑容，扭脸再看了一眼聚精会神看电视的铁蛋儿，把叠好的一摞衣服放到炕的一侧，出溜到炕下取来一把暖壶，倒了一杯水放到铁蛋儿手边："来，把这杯蜜水喝了，润肠的。"又随手拿了抹布利落地抹着柜子上的浮尘，"小刚啊，跟着铁生哥要好好干，铁生哥不会亏待了你。"小刚继续玩儿着"大哥大"："我知道，我现在不要求铁生哥多关照我，我现在就是想跟着多学点东西。"小荷提溜着抹布笑着看着小刚，说道："这才像个男子汉说的话。"说话中，小荷捶了捶有点发酸的后背，随手拿了扫炕笤帚扫了炕单，又从柜子里翻出一张棉絮，推着小刚道，"小刚别玩儿了，推你姐夫到街上转个圈儿，顺脚把小智接回来，我给你姐夫再做个小褥子。"

小刚推着铁蛋儿出了门，小荷一边做着针线活儿，心里一边想着：小刚被铁生哥打理得有模有样，她对娘家总算有了交代。

现在的小荷，日子过得坦荡踏实，她下地干农活儿，洗全家人的衣服，做全家人可口的饭菜……和面、烙饼、包饺子，她用她全力的付出，要赢得全家人对她的尊重。每天忙忙碌碌的日子中，她告诫自己，该有的她都已经有了，该放下的也该放下了，自己一门心思都要扑在铁蛋儿和小智身上，要孝敬公婆、敬重红云，她也绝不容许任何人对铁蛋儿——她的丈夫有丝毫的不尊重。

院外不一会儿就传来了一阵喧闹声，七岁的小智通红着一张小脸，手里拎着一根小木棍儿，一手扒在门框上，气喘吁吁地站在屋子门口，拿棍子往上捅了捅头上的小黄帽檐，露出一脑门的汗，瞪着一双大眼睛叽里咕噜地扫视着爷爷周广顺和伯伯铁生。小荷从屋里奔出来，卸掉小智背上的小书包，弯下腰给小智摘掉帽子，用手替他抹了抹额头上的汗，说道："哎呀，你瞅瞅，一放学就撒了欢儿，弄得满院子鸡飞狗跳的。"又用手在小智的脖领处摸了摸，"你看这汗出的，大冬天像是水里捞出的一样。"说着把小智脖领的纽扣解开，往外撇了撇。周广顺笑道："小智饿了不？快点给他找点儿吃的。"铁生这时走过来蹲下身子，抓起小智的一只小手，不自觉地亲了一口。小荷对小智说道："小智，叫伯伯。"小智木然地瞪着一双大眼睛不吭声。铁生就笑道："不叫就不叫吧，别难为我们小智了。"说着捻开小智的小手掌，"小手好热乎。"接着又问道，"小智，你今天在课上学什么来着？"小智眼睛盯着手中的小棍子，答道："学 5+5=10 来着。""噢，学 5+5=10 来着，哎，小智，你会写你的名字周智吗？这可是伯伯给你取的名字啊。"小荷这时接过话来道："他这两天刚学会写自己的名字。"说着从手臂上挎着的小书包里翻出一个小学生方格本，递给铁生，"你看，这是他自己写的名字。"铁生接过来，看了看上面歪歪扭扭的"周智"两个字，嘴里叨唠着："哦，我们的小智长大了，会写自己的名字了。"又翻开了小本子，问道，"周智，你长大了想干什么？""当解放军。"小智张口便答道。说着又抬起手中的棍子，两只胳膊摆成拿枪瞄准的姿势。铁生笑道："噢，想当解放军，好啊，我小时候也想当解放军来着，就是没当成。"说着用手轻轻拍了拍小智的小脑袋，"嗯，不错，有志气。"

这时，红云走过来，手里拿了一块点心递给小智，说道："小智，饿了吧？吃块点心先垫巴垫巴。"铁生扭头对红云说道："你从我带回来的那个大皮包里，拿出玩具枪来，是我这次给小智买来的。"一会儿，红云拿着一个花花绿绿的长方形大纸盒出来，铁生三下五除二把包装盒卸掉，从里面取出一把黑色塑料冲锋枪，小智抬着小脸儿眼巴巴地看着，铁生端着枪比划着，一边嘴里"嘟嘟嘟"模仿出机关枪的扫射声，然后笑着问小智道："小智，你喜欢吗？"

"喜欢。"小智兴奋得蹦跶起来。铁生这才把枪递到小智手上，从铁生手中把枪接过来，小智一下子狂奔了出去，一家人乐呵呵的目光随着小智的身影都出了屋外。

好久没有这么多人在一起吃饭了，周广顺把大圆桌摆在了屋子中央，又是周末，妞妞骑着自行车放学回来。妞妞现在是一名初三学生，平时上学是留校住宿，现在的身高已超过了红云，为了便于打理，妞妞剪了一头短发，一回到家，便拉住小智，姐弟二人便钻进了爷爷奶奶的屋里，妞妞打开铁生带回来的大皮包，把一堆吃的都翻了出来。趴在炕沿，姐弟两个边吃边窃窃私语，一会儿又偷偷地小声"哧哧"乐起来。吃饭时，妞妞拉住小智的手："小智，到姐姐这边坐。"小智从小荷旁边来到妞妞身边，红云随手找了把凳子让小智坐了上去，妞妞把菜盘中小智爱吃的鸡腿肉夹在小智碗里，一家人都笑着看着姐弟俩亲密的样子。

红云说道："这妞妞啊，一进家门就到处找小智，只要妞妞在家里，小智就是妞妞的小尾巴。"妞妞也不理会别人，随手又夹了一筷子煎鸡蛋放到小智碗里，小智继续低头狼吞虎咽地嚼着妞妞给他夹在碗里的菜。铁生母亲看看妞妞，又看看小智，眼睛眯成一条缝，笑着说道："你看看这姐弟俩这亲近的。"周广顺便接过话来说道："本来嘛，就是一家人，哪能不亲啊？"周广顺说完这句话，几个大人都不由自主地望向铁蛋儿，铁蛋儿低头吃着一块肉装作什么也没听见，大口嚼着，大家连忙收回了目光。红云忙转移了话题，问小刚道："小刚，听你哥说，你在外边交了一个女朋友，挺漂亮的，还是你们老乡，是吗？"

小刚窘着脸低着头说道："刚认识没多久，正处着呢。"铁生抬头看了看小刚，笑道："那女孩儿我见过了，在我们以前建筑单位旁边的小饭店里当服务员，有一次我和小刚到那儿去吃饭，一攀谈他俩还是老乡，人家女孩儿就要了小刚的地址，俩人就联系上了。"

红云笑着捅了一把小刚说："这么大的好事，你怎么还瞒着我们？"小荷看着小刚，问："是吗？小刚。"小刚红着脸低头表示默认，小荷见状说道："你这个对象要是处成了，我也算大功一件，可以跟咱爸咱妈表功了。"

吃过饭，红云让小刚到后院的小楼去休息。两年前，铁生在自家拆掉的房基上建了这座别致的小楼，上下共两层，每一层有五间，小楼整体呈圆弧状，外墙贴着黄白相间的瓷砖。二楼伸出一个平台，用钢筋焊接了一圈护栏，这个平台也是铁生和红云在天气晴好时，两人经常聊天休息的场所。铁生也常常伏在栏杆上瞭望着周家庄。本身他们家地势就比较高，这下更有了一种居高临下的视觉，这也增加了铁生内心深处一种雄心澎湃的感觉：他，周铁生，绝不做一个平凡之辈，他的人生要做一件轰轰烈烈的事，为家乡人们造福。

前年，小智到了入幼儿园的年纪，可是村里却没有幼儿园，铁生就投资五万元，给村里建了一所漂亮的幼儿园，还捐了器材设备，在竣工剪彩那天，周定奎羞得无地自容，低着头握住铁生的手说道："铁生大侄子，当年我对不住你啊。"那一刻，铁生原想把他积蓄了无数年的愤懑，统统地向着周定奎好好发泄一通。可是，他发现他此时的心境里竟然找不到一点愤懑的影子，他笑着拍拍周定奎的肩膀说道："没有什么对不住的，定奎书记，那是你份内的事，没有你的那封举报信，哪能有现在的我？哪能有这个幼儿园？是吧？"一番话，把周定奎感动得一把鼻涕一把泪。

铁生觉得：他的努力、他的奋斗，是在实现人生的价值。而他经过努力取得成功的同时，也在其中品尝着自信和快乐，体验着人生的意义。现在他要做的，就是要充分施展自己的才能，朝着自己的目标一步步迈进。

二楼平台下方正好是一层的外围通廊。屋里的门厅、卧室、厨房、卫生间一应俱全。在红云生日那天，铁生把装修完毕、再摆上配套家具的房屋钥匙全部交给红云。铁生说这是他送给红云的生日礼物，并尊称红云为管家，让她掌管全家的财政大权。红云便邀请公婆都搬过来住，但老两口说他们住惯了前院的平房，不习惯住楼房。其实，他们是不想离开铁蛋儿和小荷，前院事多，他们可以帮着小荷一起照看。

红云在二楼整理出一间屋，让小刚到楼上休息，妞妞只有周末时才回家，平时整个二楼都是空着的。吃过晚饭，妞妞上了自己的闺楼，小刚便和铁生在茶几上下起了象棋。红云为他们沏了茶水，坐在沙发里一边看着电视一边打着毛衣，边用眼睛瞄着二人。铁生这几年太操劳了，整日里奔波在外，吃饭休息没有规律，在灯光的暗影下，红云看到铁生脸上开始呈现出中年男人的浮肿，而头上这两年里也开始长出了些许白发，红云只要有时间就帮着铁生拔掉它们。铁生总是笑着说："老了就老了吧。"红云便拍着铁生的肩膀心疼地说道："哎，我也不在你身边，你要好好照顾好自己。"可是铁生一忙起来还是对自己的身体毫不在乎。有一次，在一个偏远的市郊工地上，铁生晚饭吃得不对付了，大半夜里，肚子疼得满床打滚儿，多亏了小刚和当时在场的两个民工，三个人轮流背着铁生，在深一脚、浅一脚的崎岖山路上走了五里地，把铁生背到了附近的一家医院紧急做了阑尾手术，小刚衣服不脱，床上床下地伺候了铁生几天，铁生和小刚的情分由此更深了。红云后来知道了此事后，便时常嘱咐小刚要多照看着铁生，有小刚在铁生身边，红云也觉得心里踏实多了。而且她也乐见两个人好，小刚不但人长得干净秀气，嘴巴确实也很讨人喜欢，他称呼红云不叫嫂子而是叫"姐"。而称呼小荷还是按老家的叫法，"四姐"。红云自己没有弟弟，她也确实把小刚当作了自己的亲弟弟。红云起身为二人身上各搭了一条毯子，催促二人道："时间不早了，早点休息吧。"

第二十八章　壮志未酬

　　转眼又是一年的开春，铁生的工程开工了，从没被开凿过的凤凰山山坡上，便时不时传来爆炸声和机器的隆隆声，铲土机、大吊车、卡车、拖拉机，还有村里召集的建筑队民工背着铁钳、铁镐、铁锤……一队队穿过村子爬上山去，村里一些上了岁数的人望着远处的凤凰山山头，咂摸着嘴说道："这座山可不得了哎，还没人敢动它，它以前可是狐仙看守的地方，那山坡上还有个狐仙洞呢。"

　　一个多月的开凿，山南面的一面山坡已经被夷为平地，大吊车、铲土车在山坡上继续开挖。而另一头，汽车、拖拉机又把山下的土壤一车车运到山上，从山坡上由上而下已经驶出了一条尘土飞扬的山路。

　　铁生每天都到山坡上转一转，小刚则形影不离地跟着铁生，把汽车停在山脚下，二人便徒步上山去。现在，随着坡度向里推进，开凿的速度也渐渐慢下来，开凿出的大石头被堆到了一起。铁生说这些大小青石都要留起来，到时他要用它们砌墙，搭建一座别具一格的田园式山庄餐厅，要用石头垒砌外墙，碎石要铺就台阶、小径。墙外，也要铺撒上一层覆土，撒上田野上遍布的蒲公英籽、牵牛花籽。

　　其实，对于在家乡建餐厅的想法，铁生的姐夫耀辉一开始是反对的。对于有着一门儿木匠手艺的耀辉来说，到哪儿都会有他的饭吃。就如他以前的生活一样，有人请他做木匠的活计，要他打些衣橱、碗橱、电视柜、茶几之类的木工活儿，他就不用外出，只需在家里，在一堆木料上用卷尺量好尺寸，拉直墨线，"刺啦、刺啦"地拉着大锯，然后，把锯好的木材再进一步精加工，搓平、打眼、钻孔、削尖后，把它们组装一起，再用锤子叮叮当当地楔进一些铁钉，然后，刷漆、上色，一件木工活儿就完成了。而如今，农村年轻人结婚，也不要大土炕了，也都像城里人一样实行铺着席梦思垫子的木床。所以，耀辉手里接的木匠活儿越来越多，这也是当年铁蛋儿外出在建筑队出事时，耀辉不在工地的原因，他也为此自责了好长一段时间，他觉得当年如果不是他把铁蛋儿带到了建筑队，铁蛋儿也不会出事。俊英总是安慰他："哎，人的命，天注定，那么多人不都好好的，就铁蛋儿出事了，这是他命里的劫难。你不用为这个长吁短叹的，我们家里人也没有一个埋怨你的。"再之后，便是大家都知道的事，耀辉外出在一个盖房班干木匠活儿的时候，铁生被周定奎告到了县纪委，从副乡长的位子上被一撸到底，那时的铁生，内心遭受着前所未有的打击，在外出当了两年多农民工后，带着一脸的踌躇满志，找到耀辉，让耀辉和他一起组建一支民工建筑队。耀辉二话没说，卷起一床铺盖就回来了，并拉来了他所认识的一帮有手艺的土哥儿们。几年里，他们由一个小小的盖房班开始干起，在慢慢积累了一些经验后，便和铁生一起走南闯北，建楼房、挖隧道、铺路、架桥……吃住在工地。耀辉是个聪明人，虽然没有什么文化，可是不管是什么，一看就明白，一学就会。拿过来图纸，也能看出里面的条条框框来，又有多年在盖房班里积累的丰富经验。正是在耀辉的帮衬下，铁生的建筑队才一路过关斩将，顺顺利利地拿下过几项漂亮的工程。但耀辉天生不是帅才，他只喜欢在他技术领域里把守他的关口，而在整体规划，引领他们的走向方面，他更愿意听铁生的，尽管在很多方面铁生都要向他讨教。而铁生也一直敬重这个姐夫，也听从他的建议。

但这次，铁生铁了心要在家乡建餐厅的事，耀辉是反对的。耀辉说这个工程对于一个民营企业来说，是耗费巨大的，要独立地办成这样一件可以说为家乡建功立业的大事，没有各方面实际政策导向、精准技术、地理测绘方面的数据支持，就匆匆上马，未免太过于草率了。但铁生说他干什么就知道瞻前顾后，缩手缩脚，照他这样子，永远也干不成什么大事。为此，他们第一次闹翻了脸，俩人不欢而散。耀辉自打上次的工程交工后，就一直憋在家里两个多月了，周家庄已开工的消息，俊英从娘家回来后告诉了他，哎，没办法呀，他得去山上看看去，既然已经开工了，说什么也得去盯一盯，照看一下，谁让他这个小舅子是他的领导——董事长呢，而自己充其量是个经理，经理还是要听从董事长的。

凤凰山开凿的进度越来越慢，山体里掩埋着大大小小的岩石，而眼前连成一体的断崖挡住了去路，工人们凿出空隙，放入雷管、炸药，岩石就被炸成大大小小的石块，向四周飞溅出去，可对于巨大的岩层来说，还只是它的一个小小的犄角，工人们又继续在断崖上开凿，放入雷管、炸药，然后继续引燃，又是一溜火星四射，工人们奔跑下去，随着巨大的爆炸声，又一个犄角被炸掉。

耀辉站在一侧，皱着眉头，看着眼前的一切。可以说，工程的难度已经超出了他的想象。他看见铁生在岩石的断层前，正沙哑着嗓子指挥着工人们要从一个位置下手，耀辉走过去，铁生看见了耀辉，说道："姐夫，你来啦？"耀辉答道："我不过来，就你一个人盯着，还不把你累得吐了血。"耀辉看到铁生一脸的疲倦，眼睛里布满了血丝，铁生向耀辉投来感激的目光，走过去伸手拍了拍姐夫的肩膀。

这片断崖在工人们连炸带凿、锲而不舍十几天的努力下，最后只剩下一根石柱，宛如一个木桩插在山坡上。铁生说把这块石头留下来吧，不要炸碎了，工人们就用钢钻从底部钻下去，试图把它从山体缝隙中撬出，可是任凭工人们怎么摇摆、晃动，这根石柱就像长了根一样牢牢地插在山上，最后，只能把它从根部戳碎，总算将这一片岩石层给开凿平了，铁生长长地舒了口气。

工人们继续地向前推进，开凿出的面积越来越大，已经有两个篮球场大小了。铁生和耀辉都觉得场地够用了，只需再把外围的边缘开凿整齐就行了，而天气也越来越热，夏天就要来临了。

铁生在山坡上建山庄餐厅的计划，乡里报给了县里，县里便时常下来几个搞宣传的同志。在烈日炎炎下，爬上山坡拿着调着焦距的相机拍拍这儿、照照那儿，时刻汇报着工程进度。现在的县长已经换了人，张春林张县长已经退居二线，现在的县长打算把铁生打造成一名热爱家乡的企业家的形象代表。而乡长李炯对工程进度的关心更是不必多言，经常亲自爬到山上去视察。

夏天到了，雨水也多了起来，一场大雨一下就是好几天。刚开始还是疾风暴雨，后来便是淅淅沥沥的毛毛细雨，由于开凿的工作已经完成，只剩下往山上拉土的活儿。山路泥泞湿滑，工程不得已暂停下来，铁生却在家里坐不住，吃过了早饭，顶着毛毛细雨，他要小刚陪他一起去工地看一看，和父母、红云打了声招呼，小刚开着车，俩人便向村南凤凰山方向驶去。把车子停在山下，俩人便踩着泥泞的山路往山上走去。此时，整个凤凰山，南面已经是一片平台，和后面的山体形成了一把巨大的椅子状。毛毛细雨犹如细细的针刺一样斜着打在脸上，刺疼疼的，铁生拿着把雨伞来到一个低洼处，这个地方正是十几天前最后撬掉的那块岩层处。如今，还留着一片石头茬子，那块被敲掉的石柱被搁置在旁边，而石柱的根部由于被工人来回撬动，便形成了一个低洼的石坑，如今这个石坑，铁生却看着非常蹊跷。

它的四周形成了一道缝隙，缝隙内的地面明显地整体下陷，宛如一个石槽，而雨水竟然顺着石槽周围的缝隙往下渗透。铁生奇怪地蹲下身去，用手指沿着缝隙抠下去，他发现，缝隙竟然远比他眼睛里看到的要宽些。他想，难道下面是空的？他想起了小时候发现的田间地头的老鼠窝，小时候，口粮不够，孩子们往往会到处寻找老鼠窝，从老鼠窝里能掏出大堆的粮食。这些粮食，即便人不吃，就是喂鸡、喂猪也是一个大丰收，老鼠非常狡猾，会把洞外布置得非常隐蔽，外边要么是一层浮草，要么是一层硬硬的土层。铁生想，难道这下面也会是空的。他抠着缝隙中的淤泥，想搞明白下面究竟会是什么情况，小刚见铁生蹲在地上不知什么情况，也过来看个究竟。"哥，什么情况？"小刚问道。铁生两个手指搓着泥，答道："不知道，好像下边是空的。"说着铁生站起来，正准备离开，忽然脚下传出"咔咔"的声音，随即，脚下开始颤动起来。

"快……"此时，还没等铁生惊恐地把"跑"字喊完，就听到身下传来了巨大的轰鸣——"轰！轰！"一下子如同万千狮子呐吼山林，又如同海啸袭来时席卷大地般的摄人心魄。二人来不及多想，拔腿想挣脱这块恐怖的地域，用尽全身力气向外奔跑，可是脚下还在晃动，忽然又是一声摧枯拉朽般的巨响，"哐！"眼前的世界坍塌了。

一股巨大的旋涡裹着泥浆、岩石、气流都被吸到一个无底的洞里，而四周也随着洞口的崩塌向外延展着塌陷下去，铁生和小刚感觉一股强大的气流向他们袭来，他们拼命地向外奔跑，可是两只脚不知什么情况，却不能完全发挥它的作用，身后塌陷的地面仿佛孩童般在追逐着他们。铁生一个趔趄，身体一下子跌倒，在一瞬间，他看到了眼前同样与他一起跌倒的小刚。

"不，小刚。"在一刹那，他用尽了全身力气一把推开了小刚。小刚终于在跌跌撞撞中爬到了岸上。

铁生的身体随着耳边传来的巨大轰鸣声，在万千狂魔乱舞中，被蜂拥而来的泥石拥挤着、践踏着、冲撞着，渐渐地……他觉得自己远去了。

一通山崩地陷之后，地面恢复了平静。停止了，一切都寂静了下来，只有雨丝还在如斜刺般地细细地吹来，四周的群山连绵起伏，如同一群静卧的绵羊，闭目养神般地舔舐着大地的伤口。山脚下，一片片果林里，翠绿的枝头上缀满了青涩的小果子，在细雨中，更加诱人。地里的庄稼，极其贪婪地吸吮着雨水。远处，绿树掩映下的村庄农舍，在朦胧细雨中，飘着袅袅炊烟。忽然，一声凄厉的嘶吼声从凤凰山上传来，像是一把利剑，要刺破头上灰蒙蒙的天空。

小荷抱了一抱发潮的柴草，准备要点火做饭，天气总不放晴，这绵绵阴雨，让人总觉得心头像压了块石头。铁蛋儿窝在炕上好几天了，老这样下去，连好人都要憋出毛病来。公婆正在里屋唠着嗑，现在他们的年岁越来越大，家里、地里的活儿，红云和小荷能忙过来的，就不让两位老人再插手。小荷舀了一勺米过了水淘净，放入锅里，她先把米饭做上。一会儿，红云就会从后院赶过来，儿子小智快要放学回家了，小智一回家就会掀开锅盖儿看看妈妈给他做了什么饭，吃起他爱吃的饭菜，狼吞虎咽跟小老虎一样。想到小智，小荷心头总是甜甜的。她拿了根火柴准备点着火，忽然，一声巨大的轰鸣声从远处传来，小荷心头禁不住一颤，和普通的放炮崩山声音不同，这种轰鸣声，是连片的，是巨大而沉闷的，让人听了心头有种发慌的感觉。小荷熄灭了火星，对屋里说了声："这是什么声音啊？我出去看看。"没等公婆和铁蛋儿说什么，小荷便跑了出去，街上已经聚集了很多人，人们都在打探到底是哪里发出的声音，也不知是谁打探出来了，是村南的凤凰山塌了。于是人们纷纷朝凤凰山跑去。小荷一下子靠在了墙上，脸色苍白，嘴里呢喃着："凤凰山？凤凰山？铁生和小刚今天早上说他们要去那里的。"

在后院的红云听到轰鸣声，也跑到了街上，她在墙根儿看到了小荷，小荷叫了声："嫂子，是凤凰山……凤凰山……"便哭泣着说不下去了，红云喘息着，忽然，一转头，开始奔跑起来。小荷跟在红云身后也一起向着凤凰山方向奔去。

第一个到达事故现场的是耀辉，他早上起来吃过了饭，拿了把伞，也是朝着凤凰山赶过来，只是因为步行，又是邻村，所以，在他到达凤凰山山脚下时，铁生的汽车已经停在了那里，他从汽车旁边经过，顺着泥泞的山路往山上走去。这条山路，现在早已被车子碾压得失去了往日的狰狞，成了一条倾斜的坡道，沟沟道道地留下两排深深的沟槽。耀辉抬脚找些平坦处的路面，由于山路泥泞湿滑，再往上走就更加艰难，这么难走的路，铁生他们也不知走了多久？心里正想着，突然，耳边传来巨大的轰轰声，像是无数炸弹被投进一个密闭的空间里，瞬间被点燃炸响，而脚下的路面也开始颤动起来。耀辉吓得一下子趴在泥地上，不知过了多久，轰鸣声停了下来。耀辉抬眼看看周围，一切照旧，什么事都像没有发生，缓了缓神儿，心里稍稍安定了片刻，便站起身来。忽然，耀辉心里想起了什么事，便起身奋力朝山上奔去。

呈现在耀辉眼前的是一片惊恐的场面，在几天前还是一片热火朝天的施工现场中央，如今出现了一个直径七八米的大坑，深度也有十几米深。他此时正看见坑里有两个"泥人"，一个被埋在了坑的半坡上，只有头和两个胳膊露在外边。另一个正在他的周围一边大声呼喊着，一边疯狂地往外扒掉碎石，要把陷在淤泥碎石里的人刨出来，坑里的人正是铁生和小刚。

耀辉一个箭步冲下去，陆陆续续又赶过来很多的村民，都跳入了大坑内，有的和耀辉、小刚一起，扒掉埋压在铁生周围的泥石。其他的人则不停地刨掉上层的碎石，以防止它们继续滑落，耀辉不停地呼唤着铁生："铁生，你要撑住了，我们马上就把你救出来了。"铁生头上的血水和泥污一起混合着挂在嘴里、脸上，他闭着眼睛轻轻地点了点头。

一个小时后，大家合力喊着"一二三"把铁生从碎石中抬了出来，早已有人从家中卸掉了门板，他们把铁生放在了门板上，用绳子系牢从坑里拉了上来。红云和小荷此时已经赶到了山上，她们趴在坑边，眼睁睁地看着铁生在死亡边界线上挣扎，自己却无能为力，那种心碎的痛苦使她们禁不住大声哭喊。

　　120急救车此时已从县医院开了过来，开到了山下，司机说山路太滑，车子上不去。于是，早已等候在山下的村民不容分说，扛起担架一路飞奔着赶到了山上。铁生此时已处于半昏迷状态，嘴巴不停地往外渗血，红云和小荷跪在铁生的身旁，不停地呼喊道："铁生、铁生。""哥、哥，你睁开眼看看呀，看看我们啊。"铁生微弱地动了动眼皮表示自己还活着。医生过来量了铁生的心跳和脉搏，便让人抓紧时间把铁生抬到急救车上，村民们又小心地把铁生搬到担架上，下山后连忙搬到了救护车内，小荷、红云像疯了一样跟随着上了车。

　　雨还在淅淅沥沥地下着，救护车一路发着刺耳的警报声，沿着泥泞的山路渐渐远去。小刚一下子跪在了地上，雨水冲刷着他全身的淤泥、血水。他的脸上、手上全是一条条的伤口，但他已感觉不到疼，也不能说话。他感觉自己还在梦中，这个梦他只希望快点醒来，不要让他再在痛苦中煎熬下去。他脑中此刻不停地闪动着那惊恐的一幕：身后瞬间崩塌的地面，在滚落的碎石中，铁生不停地挣扎、攀爬，他想伸手拉住他，可是那些淤泥碎石却冲击着铁生继续向下滑去。如果不是铁生哥在背后推了他一把，那么他也同样会遭受劫难。

　　县医院的急救室里，医生护士们正在紧张地为铁生做着全身检查，病房门外，小荷和红云靠在一起，在长条椅上两个人相互依偎着。她们从来没有像今天这般的亲密过，感到是如此的同病相怜，觉得她们彼此离开谁都将会孤苦无依。耀辉、俊英、小刚、父亲周广顺都赶了过来，因为担心铁生的母亲和铁蛋儿的身体，暂时没有告诉他们，只说外边有事，让他们在家照看好小智。红云的妹妹、妹夫——红玉、东海也在随后赶了过来，他们木然地站在医院的通廊里，没有人能够有勇气走到红云旁边去安慰她，只是面对着墙壁闭起眼睛，祈求上苍能够保佑门里面的伤者平安。乡长李炯也随后赶来，看着急救室的大门，不住地摇头叹息，每个人脸上都是阴云密布。医院的院子里已经陆陆续续地赶来了很多周家庄的乡民，每个人都在心里默默地祷告，让奇迹出现在他们的村主任身上吧，让铁生转危为安吧，周家庄离不开他呀。铁生就是当年当副乡长时，还是有很多村民称呼他为村主任。铁生听了反而乐呵呵地表示愿意接受，说乡亲们这样称呼他，显得亲切。

时间一分、十分、一个小时、两个小时过去了，急救室的大门依然紧紧关闭着。忽然，门开了，一名医生从里面出来，大家一下子围拢上去，医生摘掉口罩，面色阴沉地看着大家："很抱歉，"医生停顿了一下，试图努力找些缓和的语气，"由于病人的伤情过于严重，五脏器官都有严重的破损，我们已经尽了最大努力，恐怕也……现在只能给他输氧、输血这样维持着，你们还是趁他现在清醒时，做个交代吧。"

红云和小荷一下子扒开众人，跌跌撞撞地冲进了急救室里，几名抢救的医生、护士见家属进来，忙推着一车器械走出去。病房里一下子站满了人。红云来到铁生身边，轻声叫道："铁生。"弯腰握住铁生一只没插针管的手，铁生吃力地睁开眼，微弱地答应了声："唉，红云。"

父亲周广顺走过来，大家忙闪开了一条通道，周广顺来到床边，低头唤着："铁生，铁生，你看看我，我是你爹呀。"铁生看到了父亲，眼圈儿泛红了："爸，儿子……不孝，恐怕不能……给您尽孝了。"

周广顺一下子情绪激动起来："铁生，不许你乱说！不许你乱说！爹还没有死呢，你怎么能有事儿呢？你不能有事儿啊，铁生，你要尽孝，你要给我尽孝啊，知道吗？铁生，我的后半辈子，就指望着你呢。"周广顺声音哽咽着。俊英和耀辉担心父亲的身体扛不住，抹着眼泪忙把泣不成声的父亲架到一旁。小荷趴在铁生的脚边，眼睛肿得像个桃子，铁生看到了小荷，轻声说道："红云，小荷，这一大家子……都指靠……你们俩了，爹、妈、铁蛋儿，还有妞妞、小智。"说到这里，铁生咳嗽起来，一口血顺着嘴角流淌下来，小荷拿着手绢儿轻轻擦掉铁生嘴角的血迹，红云一手扶住铁生的头，一手抓起他的手，说道："铁生，你放心，这一大家子，我和小荷会照顾好的。"红云眼泪簌簌流淌下来。铁生喘了口气，看了眼小荷："小荷，你告诉……铁蛋儿一声，说我……对不住他，让他不要……再记恨我了。"

"铁蛋儿他其实早就不怨你了。"小荷哭着摇摇头。

"小刚。"铁生又看见了边上站立的小刚。

"哎，铁生哥。"小刚答应着走到铁生跟前，铁生看着小刚轻轻地笑了，说道："你们姐弟俩……长得太像了，其实……有时候，我会有……错觉，小刚在我身边时……我总感觉……就是当年的小荷……"由于话说得过长，铁生闭起眼睛喘了口气，小刚这时抹着泪对大家说道："其实，你们还不知道，要没有铁生哥，恐怕我也逃不出那个大坑，是铁生哥救了我。"小刚说完，大家的目光一起投向他，小荷止住眼泪，盯住小刚问道："刚刚，到底怎么回事？"小刚抹了把眼泪说道："我马上跌倒时，是铁生哥在后面推了我一把，我才逃出去的，不然……"小刚低下头。

"小刚，是不是铁生哥因为救你才掉下去的？"小荷盯着小刚问道。

"小荷。"铁生这时轻轻地叫了声。

小荷转过头来看着铁生。"小荷，不怪小刚，我就是……不救……小刚我也跑不出去的……再说……你把小刚……托付给我……"铁生喘息着，"我一定……要保护好他……我出事……也不能让小刚……出事，不然，你就没办法……给你父母交差了。"铁生断断续续说到这里，小荷抓起铁生的一只手贴到自己脸上，哭着说道："铁生哥，你以为，你为了我舍弃了你自己，来保护小刚，我会心安吗？你这样做我会更痛苦的。"小荷一时泣不成声。小刚扭头蹲到了墙角，忍不住内心的悲痛，呜呜咽咽地哭起来，屋里的人全都抹起了眼泪。

耀辉走到铁生跟前，问："铁生，有什么跟我交代的吗？"铁生看了看耀辉，又喘了口气儿，向耀辉轻轻摆了下手："是我……太急于求成了，可惜……没有听你的话。"耀辉说道："不，有我的错，我的意志总不坚定，没有主见。"

"不，错不在你，在我，我总是……自以为是。"停顿了一下又说道，"以后，我不在了，你要帮着红云……把我们的建筑队……再担起来，我们的……山庄餐厅，不管……多难一定要建起来，我死了后……就把我……葬在凤凰山的……山坡上，我要看着它……建成。"铁生越说声音越小，说完一大口鲜血喷了出来，众人"哇"的一声哭起来，大家都齐声唤着：

"铁生！铁生！"

"哥！哥！"

"你睁开眼看看啊！"

又像是经过极其痛苦的挣扎，铁生微微睁开眼，唤道："红云，红云。"红云拉住铁生的手，哭泣着答道："哎，铁生，我在这里，我在这里呢。"

铁生的目光还在继续寻找红云，红云把头探到铁生的眼前，轻轻说道："铁生，我在这里。"铁生轻轻闭了下眼睛，微弱地说道："红云，以后……我不在了，家里家外……一切都……指靠你了，你还要……把担子……替我……担起来，父母……铁蛋儿……小荷……妞妞……小智……他们都指靠你了，我这一辈子……欠了你太多太多的……债，我是……永远也……还不清你了，下辈子……我们再做……夫妻，我再……接着偿还你。"铁生断断续续地说完，轻轻闭上了眼睛，红云一下子昏死过去。

第二十九章　葬礼　重大发现

墓地按照铁生临终的遗愿选在了凤凰山的半山坡上，出殡那天，周家庄的父老乡亲能走出大门的全都出来了，自动跟在送殡的队伍后面，来送铁生最后一程，浩浩荡荡，排了二里地长的队伍。县里来人了，带来了县委领导对这位英年早逝的企业家的敬意。在抢救当天，县长便派来宣传部的干事到医院里，时时为他打探铁生的伤情，在从电话里得知了抢救无效已经去世时，新任县长放下电话，沉痛说道："天妒英才，天妒英才啊！"乡长李炯来了，在灵柩前，他深深三鞠躬，这个当年和他在一起打拼，为义联乡的经济发展做出过突出贡献、让他又爱又嫉妒着的铁生，如今已经跟他是阴阳两隔了。他又想起半年前两个人在酒桌上的一通推杯换盏、称兄道弟，心中一通悲伤，又想起当年往事，如果不是那封举报信，铁生又会是怎样的命运？周家庄以及义联乡又会是怎样的发展？没有人再能给出答案了。

送葬的队伍中，周大春四兄弟来了，他们两家曾有几十年的恩怨情仇。如今，他们是那样的沉痛，是那样的感念铁生，感念他为周家庄的发展所做的一切，使他们的生活有了很大的改善，老四卫东现在已升为中学校长，带着莲子一同出席了葬礼，并亲自为灵堂书写了挽联。

上联是：**披肝沥胆为国为家方显英雄本色**

下联是：**励精图治出资出力男儿志在四方**

横批是：**沉痛悼念周铁生同志**

邻村刘家岭的刘长安带着媳妇顺英来了，刘长安如今已是刘家岭的村主任，带领着全村十几户的村民，如今正沿着山坡开辟一条新的公路出来，和周家庄的道路马上就要融会贯通，而几年前的造纸厂又扩大了规模，增加了处理污水的装置。刘家岭的人均收入也一跃升为排名前几位的村子，而刘长安正是仿效着当年的铁生。

出殡的整个街巷两旁站满了人，十里八乡的民众听说了铁生的事迹后，都来为他送行。红云从头到脚，全身白素，粗布麻绳，走在灵车前面，灵车其实是辆马车，把马卸掉，全部改由人拉着。拉着灵车的也都是一些小辈儿的青壮年，但车辕的位置必须是儿子的位置，打幡、摔盆也是由儿子来完成。红云一手打着白幡，一手领着小智，习俗里这个位置女儿妞妞是不能被列选的。虽然小智是铁生的儿子，已是全村人不公开的秘密，可毕竟铁生在世时，并没有父子相认。何况，铁蛋儿这里也通不过，于是就有本家的长辈人提议，由红云领着小智完成一系列儿子该做的出殡发葬的事项。按照习俗，就算是以亲侄子的身份打幡、摔盆也是合情合理的。于是，谁也说不清，小智究竟是以儿子身份还是以侄子身份，由红云领着，小智抱着铁生的遗像走在灵车的正前方，听着娘娘红云已经哭哑的喉咙里发出的嘶吼声（小智称呼红云为娘娘），他有些木然地呆呆低头走路，旁边的人示意他停下来，小智便随着娘娘停下，让他们朝着街边摆着祭品的供桌磕头，他也随着红云跪下磕头。实际上，他对伯伯的印象并不深刻，虽然伯伯没少给他买玩具、礼物。可是，他们在一起处的时间非常少，他也从来不记得伯伯抱过他、亲过他。

跟在灵车后边的小荷，脸色惨白、两眼发直，由莲子和顺英架着。小荷几天都没怎么吃饭，如果不是被人架着，整个人都不能站立。她脑子里一切都是恍惚的，此时，她只感到一股巨大的悲痛压着自己，但是，那悲痛到底来自哪里？她好像自己也迷糊了。在医院里，眼睁睁看着铁生离去，小荷喉咙里发出一声撕心裂肺的哭声，一下子从屋里冲了出去。此刻，她的心是如此的痛，仿佛有无数刀子在一刀一刀剜割她的心脏，她原以为她这些年里，已经把她的铁生哥放下了，放下了那份不该有的孽情，因为她一直在努力地忘掉他，她在时刻提醒自己是铁蛋儿的老婆，是小智的妈妈，可是，铁生在一瞬间，就做出了挽救小刚的举动，让小荷震撼了，难道铁生哥这么做只是为了自己和家人有个交代？不，这一切都证明，她的铁生哥是在意她的，心里时刻记挂着她，只不过弟弟小刚已成了她的替身，被铁生爱护着。之前，她一直以为铁生在怪她，怪她毁了他的前途，因为在小荷骗过铁生，生了小智后，铁生总是有意无意地在疏远她。这几年里，更是把所有的精力都放在了建筑工程上，每次回家都是来去匆匆，有时和小荷连说句话的功夫都没有。现在看来，他是不得已在压抑着情感。一切都明白了，小荷内心的情感在一瞬间便被唤醒，她想起了先前的铁生哥是那么温柔的，如同哥哥般、更像父亲般抚摸着她的头，撩起她额前的头发，把她搂在怀里，她在心里呼唤着："铁生哥，你在哪里？你在哪里啊？我在叫你，你回答我呀！"

小荷用手掌猛击冰冷的墙面，她好恨自己啊，恨自己这些年里一直在误解铁生，恨自己对铁生的冷漠。可是，铁生哥他再也不可能知道了，她其实也是把那份情感压在心底深处轻易不表露出来。如今，她再没有机会向他解释这一切了，这个一直默默爱自己的男人，如今已经不在了，只剩下一具冰冷的肉体横躺在医院的病床上，任她怎样呼唤他都不会再站立起来，他与她已经是阴阳阻隔了。

一家人手忙脚乱地料理着铁生的后事，小刚却发现姐姐小荷好久不见了踪影，便和耀辉四处寻找。终于，在医院的一个墙角里找到了她，此时的小荷两眼木木的，一言不发。

由铁生捐资修建的幼儿园和学校，在铁生出殡的当天，师生们全都列队在操场上，降半旗致哀。

铁生的葬礼场面，对周家庄来说，是从未有过的壮观隆重的场面，满山坡都是人，灵车上面，摆着一个由鲜花编制的大大花环，这是县长特意派人送来的。灵柩两边，是一排排举着花圈的队伍，花团锦簇地拥着拉着灵柩的车子。灵柩后边，是打着长杆的黑白帷帐队伍，一列列，映照着一抹残阳，在山风的刮动下，猎猎生风，好不壮观激烈。乡民们把铁生当英雄、当壮志未酬的壮士来为他送行。在一片哀乐声中，棺材缓缓下葬，红云捧得一捧土，轻轻地覆盖在棺材上，整个浩浩荡荡送葬的队伍全都集体下跪，哭声响彻山谷。

在铁生的葬礼一个月后，耀辉指挥着建筑队的一帮兄弟，在塌陷的大坑里清理石头淤泥，县里对这个塌陷的大坑非常重视，已经派来了有关地质专家过来查看，专家查看一番，得出的结论是：

这座山形成在大约两亿年前，远古时代这里本是一片汪洋大海，经过上亿年地壳运动、火山喷发，便形成一段绵延的山脉，这个大坑是由于地壳的叠挤而形成了中空，可能，再往里还有更大的空隙，也备不住会有什么重大的发现。

凤凰山本就有各种的传说版本，一时间，有关凤凰山的传说又被人们重新说起，而且越传越邪乎。

传说，山里有无数金银珠宝，只是这座山不能轻易打开，打开后，便是一片汪洋大海，海水一旦冲出来，就会淹没附近好几个县。所以，从没有人敢动它的一块石头，要打开它，唯一的办法，便是从山上找到一颗千年生成的人参果长成的钥匙，再找到山门，才能打开这座山，取出宝藏。上一个千年，有伙盗贼听说了这个消息后，没能等到千年的最后一夜，就摘得了人参果，强行要把山门打开。由于钥匙没有长熟，门不但没能被打开，钥匙也被损毁，要想再次打开山门，还要再等到下一个千年。而看守山中人参果的，便是山中的千年狐仙，在得知了钥匙被盗贼盗取、损毁后，无法取出宝藏，满山上都能听到狐仙们的哭声。又传说，在军阀混战期间，有大军阀头子想强行放炮崩山，山上的狐仙听说后，便连夜离开了凤凰山，搬到了南方，从此，只留下了一个"狐仙洞"。

这么多的迷信传说，再加上铁生死得过于悲壮离奇，于是，村民们便把铁生的死和这些传说联系了起来，说铁生就是因为放炮崩山冒犯了山神，才遭此劫难。现在山已经打开了，所有的罪过都让铁生一人扛了，别人就可以不用再介意什么山神来报复了。

石头淤泥清理干净，整个洞便呈现在眼前，人们发现，洞壁深处居然还通着一个小洞口，地质专家查看一番，说这个小洞口可能延伸到更远更深的地方。于是，建筑队就在地质专家和建筑安全专家的指导下，继续深挖，结果，一个震惊地质界的重大发现就此掀开了幕布：

一个长达两千多米、深度近五百米的大溶洞呈现在了世人面前。大溶洞里，上亿年的钟乳石造型各异、姿态万千，有的像奔驰的骏马，有的像抬头觅食的麋鹿，有的像金鸡独立，有的像猴子揽月，人们又根据想象，又找出了八仙过海：有倒骑毛驴的铁拐李，头戴官翅的曹国舅，手捧竹篮、飞月的何仙姑……大溶洞内，流水潺潺，岩石、钟乳石层层叠叠，曲径蜿蜒，有时如回廊通幽，有时如大厅般宽敞。石柱、石花、石笋遍布其间，里面回音袅袅，水滴的滴答声清脆悦耳。而在大溶洞的尽头，开凿的工人们发现，洞壁敲打起来，声音清脆而不沉闷，于是找来测量队进一步测量，发现居然和"狐仙洞"连成一线，耀辉带着工人们又从"狐仙洞"入手，进行开凿。果然，塌陷的大坑和"狐仙洞"首尾相连，"狐仙洞"其实是它的一个开口，只是隔了一道山墙，才一直没有被人们发现。

大溶洞在随后几年里，不断地被清理、加固，又经地质专家和建筑安全专家的进一步检验，工程部门修建，2005 年，取名"石狐洞"，对游人开放。

第三十章 失忆 殉情

此时已是 2010 年夏天,一辆汽车沿着周家庄村外这条主街道,一路西行。车窗外,街道两旁是繁华的商业区,道路两旁,商铺门市林立,经营着服装百货、五金汽配、家具装修、餐饮娱乐。各式的小商品、小百货、小吃店在这里应有尽有。一侧门市部后边是一个大型集贸市场,那里的人流熙熙攘攘、络绎不绝。汽车穿过街道,又向左打弯,沿着一侧山道开过去,到了凤凰山山脚下。车子停下来,车门打开,从司机座位上走下一个三十多岁的男子,穿着白衬衫,打着领带,他快步绕到车子一侧,打开车门。此时,从车里走出一个妇人,只见她四五十岁年纪,乌黑的发丝里闪着些许银丝,齐耳的头发别在耳后,中等身材,穿着朴素,妇人步履矫健,眉眼间透露出一股刚毅果敢,此时妇人抬头看着眼前一片葱绿的山头,说道:"小刚,你看,这山上的草也绿了,花也开了,多美呀!"男子仰头看了看,说:"是啊,姐,你听,还有鸟叫声呢,多好听啊!"妇人一脸欣慰地将着脸颊两侧的头发,说道:"走,我们上山去。"说着从车中取出一个竹篮,竹篮上有一大圈用鲜花编制的花环,男子锁好了车子,随着妇人沿着石阶而上,步行十几分钟后,他们来到一块平坦处,眼前,有三座坟墓。其中,一座坟墓前竖着一座两米高的大青石墓碑,坟墓周围种植着几棵松柏,一束葱绿枝丫像手臂一样弯曲伸展着,好像为这座坟墓遮风挡雨。妇人来到坟墓前面,神情肃穆、脸色凝重,她把竹篮里的花环摆在坟墓顶上,一边嘴里叨念着:"铁生,我知道,你自幼就爱干净整洁,打扮出来一直漂漂亮亮的,你在世时,我打扮你,你在那边,我也不会忘了打扮你的。"说完,拿了竹篮绕到坟前,准备把贡品摆在大青石供桌上,却见那供桌上面,已经摆好了贡品,供桌下面,是一片刚燃尽不久的纸灰,妇人奇怪地问道,"小刚,你说这是谁来过啊?"男子过来挠了挠头发，说道："会是谁呢？难道是……"

　　这位妇人便是红云，男子便是小荷的弟弟小刚。在铁生去世后，红云全面接手了铁生留下的建筑队，在耀辉的帮衬下，正好赶上近几年大规模城镇化建设的飞速发展，借助新兴房地产建筑业红火的市场。她的建筑队不断地做大做强。现在的红云已是一家建工集团的董事长，而小刚不仅是红云的专职司机，也帮着红云打理一些业务。今天，是铁生去世八周年忌日，红云除了像每年的忌日一样给他诉诉苦、报报工作情况外，今天她还要向铁生诉说一件重大事项，女儿周倩大学已经毕业，学的是建筑学专业，跟自己已经实习了几年，而自己也老了，她该解甲归田了，这份担子该由周倩担起来了。

　　时间又转回到八年前那个多雨的夏天，铁生刚刚去世后的一个月，红云独自坐在窗前，她不知这样独坐了多少天，头不梳，脸不洗。母亲和妹妹红玉放心不下她，便轮流来陪她，她便劝她们都回去，毕竟心中那份悲伤和空落不是别人能够填补的。妞妞已经去学校上课了，孩子上学是最要紧的事，绝对不能耽误学习。整个二层小楼空空荡荡，这座小楼是铁生生前为她留下来的纪念，她就楼上、楼下来回地走来走去，想着铁生在里面的音容笑貌，想着铁生最后留给她的话。有一天，她找来了一把剪刀，拿起一把蓬乱的长发，一剪子剪下去，然后洗了把脸，找了一身干净的衣裤换上，她来到工地找到了耀辉。

　　凤凰山已经被封起来了，四周都被圈起来，包括山上铁生的坟墓在内。从要了铁生命的那个坍塌的大坑为入口，发现了凤凰山下的大溶洞开始，整个村子、乡里、县里都已经沸腾了。而铁生作为大溶洞的发现者和殉难者，现在更被当作英雄一样被树立起来，村里为铁生竖立了纪念碑，而做纪念碑的石料，竟然是被铁生敲掉凤凰山断崖层的最后一块岩石。因为那块石头大小尺寸，以及它的硬度刚好适合。铁生的命运难道冥冥之中就已经注定？还是一种巧合？真的是一件匪夷所思的事情。已经是中学校长的卫东又为纪念碑撰写了碑文。

　　碑文正面刻着：**周家庄村村主任——周铁生之墓**，背面则刻着他的生平：

周铁生（1960—2002）生于燕赵大地，曾历任村主任、乡长，在任期间，带领乡民开山铺路、植树造林、深挖机井、引水入户、凿山办厂，为乡民谋福祉而鞠躬尽瘁，死而后已，并为石狐洞的首位发现者，并为此而献身，可谓慷慨悲壮，永烈千秋之士，应为后世之传颂，为周家庄之子孙永世怀念。

义联乡政府周家庄村委会　二〇〇二年八月

乡民们把纪念碑竖在坟墓前，竟然发现在北纬上和铁生当年竖在村口，书写着"周家庄"三个大字的石碑，呈45度角遥遥相对。

凤凰山上建餐馆的工程计划暂时被搁置下来，已不可能再进行下去，借助铁生留下的半摊子工程，县里要求建筑队在塌陷的大坑四周进行填土绿化工作，不过费用和前期开凿的经费都由上级旅游部门划拨。

红云来到山上，耀辉正指挥着工人们进行填土工作。耀辉对红云说道："红云，铁生让你把这副担子挑起来，你肯定能行，我一切都听你的，一切都会配合和支持你。"

工人们在满山坡都撒了一层土，红云就按照铁生生前的遗愿，沿着山脚铺就了一条曲曲折折的石阶小径，两旁栽了耐旱的松柏、枣树、柿子树……石阶旁，又依次建了几座尖顶的红漆柱凉亭，供行人休息。山上又种上了野菊花、兰花，撒了牵牛花和蒲公英草籽。红云便想，到了春天，有着满山的花草树木陪伴，鸟儿鸣叫山林，铁生也不会感到孤单寂寞了，也算对得住他了。

铁生去世的第二年，铁生母亲终于抵挡不住失去儿子的巨大悲痛，在一个早晨，再也没有醒来。她被家人们葬在铁生坟墓的上方，儿子的坟墓一定在父母坟墓的怀里，这是习俗的讲究，绝对不能打乱。

小荷的弟弟小刚已经结婚，妻子便是小刚跟铁生在建筑队干活时，在饭店吃饭时遇到的服务员亚慧。小刚把亚慧留在了老家父母的身边，在一次小刚回老家探望完父母后，亚慧便跟着小刚来到了河北。红云便把小刚和亚慧都安排在自己的二层小楼里，亚慧手脚麻利，人又勤快，又在社会上闯荡过。所以，很讨得红云的喜欢，便让她一直留在家中，一来为自己和小荷做个伴儿；二来可以帮着做做家务，干些洗洗涮涮的活儿。小刚既当红云的司机，又是她的业务主管。

铁蛋儿的身体越来越弱，在铁生去世后的五年后，在一个料峭的冬天，因为心脑血管病突发，也离开了人世，被葬在铁生和母亲的身旁。在入葬时，小荷把她十几年前亲自为铁蛋儿绣制的一副色彩艳丽的鞋垫儿，塞进了铁蛋儿的鞋子里。从此，小荷变得更加沉默寡言，自从铁生去世后，小荷已经变成了一个失忆的人，她只记得娘家父母一家子的人。但是她是如何走出云贵高原的大山？如何来到的周家庄？她都不记得了。连顺英和莲子，她对她们的印象也是模糊的，记忆的纽带出现了一段空白，她不记得周家庄的任何人和事，她也从来不问，除了照顾一家的吃喝外，便是每天坐在台阶上发呆。红云曾经提议过，要为小荷翻建一下这座老房子，算来，这所房子距离铁生为他们翻建已经二十余年了，可是却遭到了小荷的强烈反对，这所水刷石墙面的老房子，在村里来说，真的已显得破旧了，相对比的，是小院内的一片菜园。

每年春天来了，小荷都会在小院的菜畦里把冻了一冬天的硬土刨开，然后耧土、松软，用铁锨认真铲出畦埂，浇水，撒上一把韭菜籽、莴笋籽、丝瓜籽……再把高粱秆插在四周，做成篱笆防止鸡、鸭的侵扰。她为它们除草、捉虫。

小小的菜园，一年又一年，年年葱绿，开花结果。

小荷彻底失忆了，有一次，莲子和顺英来看望小荷时，不小心说漏了嘴，说到"铁生"这个名字时，小荷也一脸的无辜和茫然，便问她们，"铁生"是谁，顺英只得"哎"了一声，说道："看来，她受的刺激真的太大了，她真的已经全忘了。"

老汉周广顺身子骨还算硬朗，时常蹲在街角和一群老人聊聊天。给这个小院带来希望和生机的是一对儿女，周倩和周智。周倩身高一米七左右，红红的脸膛，大大的眼睛，走在人群中，一眼就能被找到，绝对有一种鹤立鸡群的感觉。周倩从一所建筑大学毕业后，来到母亲身边帮着打理公司的业务已经有一段时间了，已经开始接手公司的事务。周智也升到了县重点高中学习，长得清秀文静，皮肤如女孩儿一样白净，只是个子不是很高，一米七多点儿，但眉眼间却透露出一股英气，大大的眼睛，炯炯有神。人们都说，这孩子长得真没的挑了，随了他父母所有的优点。

2010年夏天，一则喜讯再次降临到周广顺的小院内，周智考取了河北保定的一所军官学校。录取通知书到达的那一天，红云让小刚买了一挂鞭炮，挂在院中点燃，一时间，鞭炮声久久回响在小院的上空。

小荷被儿子的喜讯激励着，这段时间，精神出奇的好，她开始翻箱倒柜，为儿子小智准备入学的衣物，心里默念着：衣服要带几件正穿着的，再买几身新衣服有个倒替的，被褥要做全新的。借着找衣服的空儿，她把柜子里好长时间不曾搬动的衣服都搬出来，借着天气好，要把压柜底儿的衣物都晾晒一遍。

打开一个红布包袱，里面全是她几年前的衣服，已经被压了好久了，衣服被压得瓷瓷实实、板板正正，泛着一股要发霉的气味儿。她拿出来想试穿了一下，可惜现在都不能穿了，这还是她身形瘦时候的衣服，小荷逐一抖开，晾在院中的长绳上，现在她手中正拿着一件翠绿的衣服，感觉口袋里硬邦邦的，小荷伸手摸进口袋里，从里面竟然摸出三张照片，虽然已经搁了好久，但一直压在柜底，所以色彩依然艳丽。第一张照片，是一个头戴凤冠的皇妃，满头的珍珠翡翠，容貌端庄秀丽。第二张照片是一个活泼的少女，走在高楼林立的城市街头，一头飞扬的马尾辫被甩得高高的，天蓝色的连衣裙下，跷起一条清瘦的小腿，肩上搭着一个挎包。小荷比较了两张照片里的人，发现竟然是同一个人，再细看下去，竟然有些眼熟，这不是年轻时的自己吗？只是自己一时想不起是什么时候照的了，真没想到自己年轻的时候，也曾留下了那么光鲜美丽的瞬间，再想想现在的自己，真的没法儿比了，脸皮松了，眼角下垂了。然后又摸出第三张照片，竟然是一个男人，三十来岁，在同样的背景——高楼大厦的街头，男人在胸前环抱着双手，中等体型，大眼睛炯炯有神，微笑着望着前方。小荷一时愣住了，似曾相识又是那般的亲切，在哪里见过面的，一定是的，那眼睛，那嘴巴，在哪里呢？……

记忆的纽带在一瞬间迅速倒卷着，记忆的闸门在一瞬间轰然打开了，这不是……

小荷再也无法抑制住自己的悲伤，她拿着三张照片恸哭起来，她想起来了，她是如何跟着四叔赵庆来到了周家庄，又是如何娇羞地与铁蛋儿拜堂成亲。结婚后，她本来是想和铁蛋儿在一起过一个乡下妇女平静的生活，可是一夜之间，平静的生活被打乱了，铁蛋儿摔成了残疾，她为铁蛋儿接屎端尿。小荷想起来了，在她茫然无助时，是铁生哥给了她无微不至的关照，像对小妹妹一样处处护着她、疼着她。然后，她就悄悄地喜欢上了他，她知道这是违背伦理的，但她还是控制不住自己。她还想起来了，在那个寒风彻骨的大队部，她来到了刚和红云吵完架的铁生身边，铁生正借酒浇愁，她不忍心看铁生痛苦的样子，便把醉酒的铁生揽进了自己怀里，想给他点儿温暖和安慰。从此，她和铁生跟红云之间，便在一种不正常的关系中被纠葛着。

她还想起来了，她和铁生在凤凰山的"狐仙洞"里如何偷情，跟铁蛋儿商量后和铁生在小旅馆里留宿，是如何骗过铁生怀上了小智，如果不是自己，哪有铁生在乡长的位子上被一撸到底？哪会有现在好端端地丢了性命？铁生哥，一切都是我造的孽，一切都是我造成的。

铁生去世时是个夏天，小荷想到，铁生的忌日应该到了，现在，她想做件事情，她没有通知红云，她知道红云太忙了，红云管着建筑队一大摊子事，她不想让她分心，她也不想让红云知道自己已经恢复了记忆，她只想清清静静地完成这件事情。

铁生忌日的一大早，小荷便带着儿子小智来到了凤凰山山坡上，满山的花草正葱绿地生长着，野菊花、牵牛花和一些叫不出名字的小野花开遍了山坡土冈，蜜蜂、蝴蝶在花草上翩翩起舞，飞起飞落。碎石铺就的山间小径两侧，松树、柏树、酸枣树、柿子树正枝叶茂盛，如今这里已是一片旅游风景区。再往上走不远处，便是大名鼎鼎的"石狐洞"洞口，洞口顶部由彩色棱形的钢化玻璃罩拼接成大大的圆弧状，玻璃罩下方由无数钢筋支架支撑着，洞口上方，由钢筋焊造出三个大字，"石狐洞"，刷着红色油漆。这里每天的游人络绎不绝。游人从这里走进去，从山的另一侧洞口走出，大溶洞的出口，便是"狐仙洞"。

小荷带着小智拐进了一条僻静的小径，穿过一片花区，来到铁生的坟墓前，用嘴吹了吹青石供桌上的泥土，从手边的竹篮里拿出糕点、水果之类的供品逐一摆在供桌上，然后又从竹篮里取出纸钱，从身上摸出一盒火柴划了，点燃了纸钱，借着风势，纸钱熊熊燃烧起来。

"铁生哥，小荷看你来了。"小荷的眼泪瞬间滑落到地上，"铁生哥，这么多年，你为什么不给我托个梦？八年啦，我们分别了八年了，我让你一个人在这里孤苦伶仃，铁生哥，我对不住你。"小荷哭得气息幽噎，声音哽塞。

小智一直低头默默地流泪，他的眼泪多半是看到母亲的伤悲而流的，见母亲实在伤悲，便劝母亲："妈，别哭了，注意你的身子骨，我伯伯已经离开我们八年了，你是刚恢复的记忆，其实，那已经是好久之前的事情。"说着，小智便去挽母亲小荷的胳膊，小荷奋力把小智的手推开："不，小智，你不许这样说话。"然后挂着一脸的泪水死死地盯住小智，"不，小智，谁忘了你都不能忘。"小荷低头像是下了下决心，"小智，娘今天就来告诉你一个秘密。"

小智抬头看着母亲小荷："秘密？什么秘密？"

"是啊，小智，娘今天就来告诉你一个秘密。"小荷低着头呢喃着，擦着眼角的泪，"周铁民其实不是你的父亲，他是你的叔叔，你的亲生父亲是周铁生。"

"不，娘，你今天是怎么啦？怎么能这么说话呢？你糊涂了吧？我的父亲是周铁民。"小智喊道。

"不，小智，娘没有糊涂，更没有骗你，你的父亲是周铁生，周铁民是你叔叔。"小荷拉过小智的手，"儿子，过来，认你爸。"

"不，不，你不要骗我，我的父亲是周铁民！"小智大喊大叫起来。

"小智，娘真的没有骗你，是真的。"

"不！"小智一下子趴到旁边铁蛋儿的坟上，哭道，"爸，爸啊，我是小智，我娘说我是我伯伯的孩子，你告诉我，我究竟是谁，我究竟是谁的孩子？"小智用两只手捶打着坟上的土。

小荷走过来，揽住小智的肩膀："小智，是真的，娘不会骗你，更没有糊涂。"说着小荷从衣兜里掏出一个纸袋，小智不解地望着母亲，小荷从纸袋里取出来三张照片："你看，他们都是谁，你再看看下边的日子，那个日子正好比你的生日大十个月，就是那天，我和你伯伯有了你。"

小智看了看照片，再次扑到坟头上："爸呀，我的爸呀，我可怜的爸啊。"小智扑在铁蛋儿的坟上痛哭起来。铁生去世时，小智已经十岁，他已经记得伯伯的模样，伯伯长得相貌堂堂正正，而照片上，比印象中更显得年轻英武，而母亲小荷年轻靓丽的照片，也已经不能和现在四十来岁的母亲画等线。

哭过之后，小智站立起来，用手抹掉泪水，指着母亲小荷喊道："我知道了，你和我伯伯欺负我爸是个残疾人，就做出了见不得人的勾当，是不是？"小智突然变成一副怒气冲冲的样子。

小荷低着头来回摸搓着照片，说道："你铁民叔叔身体残疾，我们俩不可能会有孩子，而你，是你铁民叔叔同意后，才有了你的。"

"不，不，我不要！"小智再次跪在铁蛋儿的墓前大哭起来，时空的错乱，亲情的错乱，让这个刚满十八岁的孩子实在无法接受，当年那个爱他疼他、陪他玩耍、逗他开心的父亲怎么一下子成了叔叔？虽然，小伙伴们在一起玩耍时，他们会嘲笑爸爸、模仿爸爸，但在小智眼里，爸爸是个好爸爸，是个老实巴交的人。而伯伯，他是一个传奇，是个英雄般的人物，与自己隔着一条感情的河，他实在无法把自己的心交到伯伯那里去。

小荷看着儿子，叹了口气，说道："小智，你已经十八岁了，已经成年了，该知道一切了，你如今考上了军校，该把这个好消息来告诉你的爸爸、你的奶奶和铁民叔叔知道的，来，小智，给你爸爸的坟上磕个头，亲自来告诉他这个好消息。"

小智像是没有听见母亲的话似的，继续趴在铁蛋儿的坟上大哭，但是嘴里再没有喊出"爸爸"的字眼来。哭了一会儿，小荷拉扯起小智，把他拉到铁生的墓前，小智跪着磕了三个响头。然后抬头端详着墓碑，想着父亲周铁生英雄般的生平事迹，依稀中，父亲周铁生伟岸的身形一下子亲切起来，仿佛看见他微笑着伸出手抚摸着自己的头顶。

脑门子一热，鼻子一酸："爸……"

自从上坟回来后，小荷便一病不起，滴水不进，红云让小刚用车子拉着小荷跑遍附近的大小医院，但所有的检查结果，都说小荷身体没有大的毛病。于是，红云便让妹妹红玉过来为小荷输些葡萄糖，好为身体增加点营养，几次趁人不备，小荷偷偷把手背上的针管拔掉。红云这才意识到是小荷的精神出了问题，自从铁生的忌日，红云发现了铁生坟前燃烧的纸灰后，就怀疑是小荷去坟上了。红云便拉住小智，问小智知道不知道他母亲小荷精神上有什么反常，小智这才向娘娘红云讲了，母亲小荷带他去给父亲上坟的事。红云说道："其实，她的失忆症好了真不是一件好事，还不如不好，好了，反而对她的刺激更大了。她不像我们，过了这么多年，伤痛淡了，而她，才刚刚开始。"

小荷的身体越来越羸弱，连说话的力气都没有了，小智跪在床前，哭着求她为自己吃些饭，小荷也无动于衷。看着小智跪在地上伤心欲绝的样子，红云实在不忍心，她过去一把拉起跪在地上的小智，喊道："管小荷，你好自私，你忍心撇下孤苦伶仃的小智，自己去找死吗？"

红云气得喘息着："管小荷，我知道你是咋想的，你是想去那边陪铁生，我还告诉你，没门儿，就是死了，你也要和铁民葬在一起。"红云说着说着，情绪开始激动起来，大声哭诉道，"铁生临终前的话你也听到了，他说，他这辈子欠了我太多的债，他要下辈子接着还，来生，我们还做夫妻。"红云说到这里，已是泪流满面，"管小荷，铁生他不欠你的，你就死了这条心吧，下辈子你们也做不成夫妻。"小荷干裂的嘴巴动了动，从喉咙里用尽最大力气，用微弱的气息说道："他欠你的债，而我又欠他的债，八年了，我也该还他了。"虽然红云用尽了各种办法，来挽救小荷的生命，但半个月后，小荷还是走了，心要是死了，人是留不住的。

小刚一把抱起四姐小荷冰冷的遗体，想起她一生所遭遇的坎坷磨难，不禁失声痛哭，久久不肯松手。

小荷走了，走得悄然无息，仿佛周家庄只是她途经的一个驿站。她只是在途中停下来稍做休息了片刻，起身掸了掸尘土，又接着上路；小荷走了，但乡亲们清晰的记忆里，当年那个十七岁如花朵一样美丽的少女，低眉含羞地走进洞房，手指挽着辫梢，抬起头来，那样的明眸皓齿，不知惊艳了多少乡下人还没来得及抹去眼屎的双眼，人们揉揉眼睛，认为这便是仙女下凡了。

小荷在走后的一个月后，曾有传言，村里有个傍晚时分去凤凰山的人，不经意间在小荷的坟头看见了一小团白乎乎、毛绒绒的东西，等再一走近，只见一道白影闪过，瞬间消失得无影无踪。于是，人们便绘声绘色地又编排出一个新的故事出来，说小荷就是传说中的小狐仙，转化为人，特意归来开启"宝藏"

来了，山打开了，"宝藏"取出来了，她也该"仙归"了。当然，这只是善良的乡亲们美好的愿望而已。当然，笔者作为故事的编排者，更愿意让现实与美好的传说结合起来，所以在此多加了些笔墨。

不过传说终究是传说，现实中，小荷与铁民合葬在一起。小智趴在坟上哭得昏天黑地，三个生命中他最亲的人都已经与他阴阳阻隔，一个是含辛茹苦拉扯他长大的母亲，一个是最疼他、爱他、宠他的叔叔，还有给予他血肉之躯的父亲，如今他们都走了，只留下了他自己。

红云把小智搂在怀里："小智，你不孤单，你还有爷爷，还有娘娘我，还有疼你的姐姐。"

第三十一章　大结局

　　时间跨步到 2013 年，在周家庄凤凰山山脚下，有一座刚刚建成的别墅，别墅外墙下层，是由整齐大块青石垒砌而成，上层粘贴着白色瓷瓦，别墅顶部，修建成五座"人"字形房顶结构，全部由青石板搭建，给人外观整体感觉是庄严、大气、厚重、沉稳。

　　别墅前的一片空地，中间是一条青砖铺就的甬道，甬道一侧的空地前有个池塘。池塘里的荷叶在夏日里，圈圈圆圆连片在一起，一两个粉嫩的荷花骨朵高高地插在一片荷叶上，池水清澈见底，几条小鱼儿在鹅卵石上摇头摆尾地游动。池塘后面是一小片竹林，竹子高高密密挨挤在一起，高挑的身躯被竹叶缀得弯着腰，被风一吹沙沙作响。甬道另一侧，是一片空地，几辆轿车停在那里。

　　沿着甬道走进一楼大门，便是宽敞的大厅，高大的厅堂两侧有两个鹅黄色的花岗岩立柱，头顶正上方有一个巨大的玲珑挂坠的吊灯，从大厅一进门便看到一个鱼缸，鱼缸里热带的水草鲜美，金色的小鱼儿欢快地游动。后面是一堵棕黑色的木制屏风，用白线条勾勒着一群穿着唐朝服饰的女子，她们宽衣长袖，梳着高高挽起的发髻，在一棵树下，或坐或站，或聊天或看书，姿态雍容富贵，淑贤典雅。大厅两侧的三层各有房间，每一间又分为前后两个独立单元，房间又根据空间布局情况，分为大间、小间和雅间。房间里，餐桌、餐椅、餐具一应俱全。

　　一层厅廊尽头，还有一间从不对外开放的房间，推开红棕色实心木门，屋里正中摆设着一个大型椭圆形深红色会议桌，四周分列摆布着同样颜色的椅子。墙上全都包裹了一层小暗花的木墙帷。

　　此时，在会议桌主席台的位置，一名年轻女子正在给坐在一圈会议桌旁的几个人讲话，只见她披着一头浓密的披肩长发，大大的眼睛，长长的睫毛，脸型稍宽，脸色如麦肤色。一件带帽衫的米白色小马甲，套在一件黑白豹纹的紧身衣上。看身形，也应该有一米七的个头，属于典型北方女孩儿高大的体型，此时她正对着会议桌上的一幅城市沙盘图，用手中一根红色小木棍，正在指指点点说着什么，讲完了，她看着对面一个上年纪的男人说道："姑父，怎么样？对于晋州的这块二期地铁工程，由你来全权负责，没问题吧？"对面的男人答道："没问题，我明天就坐飞机过去。"女子又对着斜对面一位身材清瘦、三十多岁的男子说道："小舅，长城饭店的投标在下周三进行，你也得抓紧准备准备了，多收集些资料，我们才能做到知己知彼呀。"清瘦的男子说道："倩倩，你放心，收集资料的事儿我已经派人去办了，这个周一就准备好了。"年轻女子笑着向清瘦的男人竖起大拇指，说道："我小舅办事就是爽快。"接着又环视着大家，说，"我们的山庄餐厅如今已经建成了，马上就要开业，名字我也想好了，就叫'凤凰山庄'吧，名字既好听又大气，等下个周六，一切手续都办齐了，我们要举行开业剪彩，我已经邀请了咱们市级的领导，不过李副市长说他有会议不能前来，他会派他的秘书过来，而咱们的李炯县长可是亲自答应我的，他要亲自来剪彩的，所以，希望各位都要提起十二分的精神，剪彩那天，都把自己收拾利落，别给我穿得邋里邋遢，跟老农民下地干活儿似的。"一屋子的人全都"哈哈"地笑起来。

　　在这里介绍一下，因为发现了凤凰山的大溶洞，当年开挖修建和经营工作办得非常成功，当年那个新来的县长没多久就升到了市常委，而李炯也在第二年，到了县委，两年后，正式被任命为县长。现在，讲话的正是铁生的女儿周倩，她已成了一家建工集团的董事长，根据父亲临终前的遗愿，便在凤凰山下建起了这家餐厅，因为山上包括铁生的坟墓在内，已和大溶洞口连成一体，成了风景旅游区，为了保护地下的大溶洞，山上是不容许盖建筑的。

　　一行人从会议室出来，周倩对着一个二十多岁的男孩儿说道："宏宇，餐厅开起来，经营管理方面，你可给我盯住，如果你要干不好，我可要把你这个经理的位子给你挪挪地儿。"周倩边走边用手捏了下男孩儿的鼻子，男孩儿正是莲子和卫东的孩子——周宏宇。宏宇揉了揉被捏得发酸的鼻子，赶紧又紧跑几步，追上周倩道："倩倩姐，你放心，我一定好好干。"周倩扭头拍了一下宏宇的肩头："好了，我知道，姐相信你能行。"

走到大厅门口，周倩挥着手又对着大家说道："好了，大家都各自请回吧，记住，下周六，全都来参加剪彩仪式，别忘了。"然后又对着上了岁数的男人和清瘦的男人说道，"姑父，小舅，我回去了，你们也请回吧。"这两个人便是耀辉和小刚。耀辉是整个集团经理，主抓工程全面工作，小刚主抓投标、合同谈判等业务上的事项。

周倩走到一辆崭新的黑色奔驰车旁，开了车门坐到驾驶座上，从挎包里掏出墨镜戴上，按下车窗，对大家招招手："我走啦。"汽车一溜烟驶出了大门。

耀辉边往外走边对小刚赞叹道："虎父无犬子啊，真的一点都没错，真有铁生当年的风范啊。"

周广顺的八十大寿就要到了，红云在她的小楼里上下忙活着，她一边走一边叨叨着："这间屋子给小智腾出来。"又走到旁边的一间，"这间呢，一直是小刚和亚慧住着的。"又推开另一扇门，看看里面说道，"姐姐呢，霸道，这正中间的屋子，她说归她，别人不许占她的房间。"说完红云又摇摇头道，"哎，也不是她霸道，她从小就住这间屋子，也住了十几年了。"红云沿着楼梯走下来，站在楼梯口，继续叨唠着，"我和姐姐她爷爷住一层，我们岁数大了，不愿每天都爬楼，东边的那间屋离厕所近，就让姐姐她爷爷住，我住西头的屋子。"

在 2013 年年底的时候，红云让公公搬到了自己的楼房住，开始周广顺死活不同意，他说舍不得离开前院这所老房子，后来红云让他看了看屋子后墙裂开的一个大缝隙，他这才同意搬过来，住了一段时间，感觉还是楼房住着方便，便再也不想住平房的事了。

红云便让耀辉找人把前院的平房拆了，这样一来，院落一下就显得敞亮了，他们把整个院落都铺满了青砖，中间又用洋灰沙子搅拌的混凝土铺了一条甬道，前院的那片小菜园，红云保留了下来。至于猪圈、牛圈也都拆了，在那片位置上，重新搭建一片鸡舍。现在，养鸡、种菜、打理小菜园的事就归自己了，她也不让别人插手她的小菜园。

红云头几天就把大家都通知了一遍，俊英一大早就赶来了，耀辉正在外地，赶不过来，俊英过来就要准备干活儿，红云把俊英拉过来，说道："我们都上了岁数，都不年轻了，也干了半大辈子的活儿，该享享福了，今天啊，我们不插手，让妞妞和亚慧她们干就行了，我们好好地陪着爸聊聊天。"于是，二人边说着就把那张大圆桌又搬到了客厅里，俊英说道："亚慧肯定会干，那妞妞呢，她会干家务吗？她在外边那么风光，还肯做家务？"红云答道："她是女人，要嫁人的，她不做家务哪行啊？她在外边多能干，回家来还是要给丈夫做饭的。"俊英笑着说道："你还是老一套，现在，都讲究男女平等，等妞妞结了婚，还指不定谁给谁做饭呢。"说话中，周广顺见外边红云和俊英讲得热闹，也从里屋走出来。红云把公公搀扶到椅子上，说道："好了，其他的事，我们都不管了，我们今天就把老寿星陪得高兴就行。"周广顺吧唧了下嘴，摸摸口袋，红云斜眼抿嘴笑了，便起身拿来了一包烟和一个打火机，放到公公手边说道："早给你准备好了，不过还是能少抽一根就少抽一根，我听你晚上老咳嗽。"周广顺点着了火儿，吧唧着抽了一口，说道："哎，我每次都是馋得忍不住时才抽的。"然后又问道，"妞妞呢，妞妞的对象怎么样了？"红云答道："哎，这闺女东挑西拣的老不中意，到现在对象还没影儿。"俊英就问："妞妞也快三十了吧？"红云答道："是啊，可不嘛，明年三月份，就整三十一了。"正说话时，只听外边汽车停车的声音，红云抬头透过窗户看了看屋外说道："这不，回来了。"又听外面车门打开的声音，只听周倩在院外喊道："亚慧，你出来一下，帮着我来拿东西。"只听外屋的亚慧答应着，便是一溜小跑着出门的声音。

红云说道："这妞妞啊，也不喊亚慧小舅妈，只管叫她亚慧。"俊英问道："她们俩年岁差不多吧？""是啊，亚慧只比妞妞大两岁。"红云答道。"这也难怪呢。"俊英说着，起身看着院外，妞妞和亚慧各提着两大兜子吃的往屋里走，红云拍拍俊英，说："不用管她们，让她们做去吧，我们好接着聊。"

周广顺抽完了一根烟，摸了一下嘴巴，说道："光说妞妞啦，我们小智怎么样啦？小智有对象了吗？"红云笑着答道："可不嘛，说了半天了，还没说我们小智呢。我们小智呀，现在是一名军官，我前天听妞妞和他打电话，妞妞想让小智回来和她一起搞工程，但小智不愿回来干，愿意留在军队里搞科研，现在孩子都大了，都有自己的主见了。"红云继续说道，"电话里我还和小智聊了几句，我问他有了对象没有，小智说，有一个，正处着呢，不过还没有定下来。他说如果关系定了，他这次就把女孩儿带回来，让爷爷先看看，他知道爷爷都着急了，见他姐姐那儿没有影儿，就开始惦记上他这儿了。"

这时，院外又传来一阵汽车喇叭响声，俊英起身看看窗外，红云说道："不用看，肯定是小刚回来了。"一会儿果然听到了小刚进屋说话的声音："亚慧，倩倩，你们的大餐做得怎么样了？"只听亚慧的声音说："小刚，你不叫周董事长，你叫倩倩，小心我们的周董事长跟你发脾气噢。"又听小刚的声音道："在外我喊周董事长，在家里我就叫她妞妞，是不是？"这时只听周倩义正词严的声音："管小刚。""到！"小刚答应着。

"我命令你，先把这堆菜摘干净，不要站在那儿只顾臭贫。""是，保证完成任务。"小刚答道。

红云、俊英和爷爷周广顺在客厅中听到了他们的对话声，笑得差点儿岔了气。

周倩、亚慧和小刚一通忙活，加上亚慧以前在饭店里打过工，不但手脚麻利，而且厨艺也不错。一会儿工夫，满满的一大桌菜已经摆上了桌，酒杯也已经摆好，就等主人说开宴了。可是小智却迟迟不见踪影，急得红云和俊英一次次把脸贴在窗户上张望。就在大家急得团团转的时候，院子里忽然传来了开门的声音，大家一起挤到窗户玻璃上往外看。

院门开了，只见一位模样英武的年轻军官，头戴绿色大檐帽，身穿笔挺的军装，腰扎皮带，斜挎着一个绿色军包，满头大汗的提着一个大蛋糕推门进来。旁边跟着一个梳着披肩长发的姑娘，姑娘穿着一件中长款的紫色外罩，容貌俊俏，斜挎着一个小巧的挎包，手里提着一大兜水果。

年轻军官进了院依次喊道："爷爷，娘娘，姐姐，小舅，我回来了。"红云扶着窗子一下子高声喊了起来："我们小智回来了！我们的小智回来了！"一屋子的人都迎出了屋门口。

又是一年的清明节，在田间小道上，走来两名妇女，都是四五十岁的年纪，一个身材微胖、年龄稍大，另一个略年轻一些，身形匀称。她们各自挎着一个竹篮，早早地来到凤凰山山脚下，沿着石阶小径走上山去，山上的花草、树木刚刚泛绿，一些鸟儿在山间的树枝上不停地鸣叫。二人穿过一条山间小径来到了一座坟墓前，从篮中取出了贡品，摆在了供桌上，然后从篮中取出一大把纸钱，用手中的打火机点燃了，正好一股山风吹来，燃烧的纸灰一下子被风吹了起来，飘飘悠悠地落到了坟头儿上，年龄大一些的妇女说道："你看，小荷知道我们来看她了，她把钱收下了。"另一个年轻一些的妇女说道："是啊，但愿她在那边过得舒心、快活。"纸钱借着风势一会儿就燃尽了，俩人慢慢往山下走去，年轻一些的妇女回头又看了一眼掩映在松柏树下的几座坟墓，说道："虽说小荷走的早，不过她也不亏了，她爱过，也被别人爱过，还有她的儿子小智，又是那样有出息，这就够了。"略大一些的妇女叹了口气："哎，只能这样讲了。"然后问道，"莲子，你家卫东怎么着呢？宏宇结婚了吗？"莲子答道："卫东现在不教课了，已经退居二线了，宏宇跟着妞妞干呢，他现在还没对象呢。你家怎么样呢？顺英姐。"

顺英答道："我家长安啊，现在还是大队支书，正带着满村的人刨地安水管子呢，锁儿啊，已经结婚了，小两口在村口开了家小超市，生意还不错。我们家囡囡啊，现在师范毕业后就在乡上教上书了。"

"顺英姐，那你算熬出头儿了，现在就等着享清福了。"莲子说道。

"是啊，是啊，莲子，听说你买楼了？"顺英接着又问道。

"是啊，几年前，我就已经在县城里买好了楼，等再过两年，卫东退下来后，我就把服装店盘出去，我和卫东就搬到县城里住去。"莲子答道。

俩人一边絮叨着，踩着一条崎岖的田垄慢慢走去。

（全剧终）